你不快乐的
每一天
都不是你的

丁立梅

著

人民东方出版传媒
People's Oriental Publishing & Media
东方出版社
The Oriental Press

世界的模样，取决于你凝视它的目光。

目　录

第一辑　每天热爱一点点

爱上平庸，并努力开出花来 / 002

每天热爱一点点 / 006

只管热爱，莫问前程 / 010

别辜负自己 / 013

没有一朵花是沮丧的 / 016

把心思腾空 / 019

护住今天的花朵 / 021

从爱自己开始 / 023

每一个当下，都是机会 / 026

总有一个位置为你留着 / 029

第二辑　幸运一直都在

牵着蜗牛去散步 / 034

幸运一直都在 / 037

这世上，还是有很多美好 / 040

向美而行 / 043

神奇的发夹 / 046

人生就是人生 / 049

另起一行 / 052

种下一棵向日葵 / 056

笔直向上 / 060

微笑，是一个人的磁场 / 063

CONTENTS

第三辑　我把今天爱过了

做一条活泼的鱼 / 068

拥有一颗欢喜心 / 072

你不快乐的每一天都不是你的 / 076

12 年零 5 个月 / 080

慢下来，等等自己的灵魂 / 085

我把今天爱过了 / 088

练就一颗平和心 / 091

好好活着，才是王道 / 094

别把自己弄丢了 / 097

先喝下眼前这杯"苦茶" / 101

第四辑　沙漠里也有玫瑰开

斑竹海棠的奇迹 / 106

沙漠里也有玫瑰开 / 108

成功没有任何捷径可走 / 112

做自己的救世主 / 116

高考不是人生的终点 / 119

你若盛开，蝴蝶自来 / 123

着手去做，永远比空想可靠 / 127

自己给自己鼓掌 / 131

一只瓢虫的启示 / 134

尽人事，听天命 / 137

做好分内的事情 / 140

能够打败你的，是你脆弱的意志 / 144

第五辑　芭蕉年年会绿

好花如故人 / 150

机遇只垂青有准备的人 / 153

芭蕉年年会绿 / 157

在自己的时区里 / 160

CONTENTS

活得像草木一般洁净 / 163

在自己的心里修篱种菊 / 166

给自己松松绑 / 170

天高任鸟飞 / 173

从未远走 / 176

第六辑 每一滴流水上，都写着美妙的诗行

拿出真诚和真心 / 182

读好书养心 / 185

美的感知 / 188

每一滴流水上，都写着美妙的诗行 / 191

清水出芙蓉 / 194

护住你的一颗初心 / 197

因为喜欢，所以坚持 / 201

每一天，都是新的 / 204

在细水长流中，细数流光 / 206

读书，是一场修为 / 208

读书会重塑我们的灵魂 / 212

坐看云起时 / 216

第 一 辑
每天热爱一点点

从一声鸟鸣开始，到花朵的绽放，到天上云彩的飘动，到山川河流的庄严……你慢慢试着去感受。那么，你的心，将一日一日变得柔软。

爱上平庸，并努力开出花来

梅子老师：

您好！

我是您的读者。在小学时，我们老师介绍了您的书，我一读就喜欢上了，从此，您的书就伴随着我。可以这么说吧，您的书陪伴了我的整个少年时代。

我现在已上高二，在一所普通高中，成绩不好也不差。这样的我，很没有存在感，很压抑。

我的家庭怎么说呢，很幸福吧。我的父母都是善良的人，他们做着一份普通的工作，却给予我无微不至的关怀，从吃穿到生活，林林总总，方方面面，照顾得极为细致。别人有的，我都有，他们宁愿自己节省，舍不得吃穿。看看我的学习状况，再想想父母为我付出的，我就觉得喘不过气来了。

我不想这么平庸下去，我很想创造奇迹，一跃而上，成为一个优秀的学生，让我的父母脸上有光。可我改变不了自己的平庸，我只能暗暗生着自己的气，无所作为。

梅子老师，我真的很茫然啊，我害怕着明天，害怕着将来。我的一生，怕是要这么平庸下去，那该怎么办？

您的小读者：颜

颜，你好啊。

读你的信，我读着读着就笑起来了。原谅我哦，我想到了一幅漫画：一个可爱的小兽，不小心掉进一个小坑里。它望着小坑上方的一角天空，不住地垂泪叹息，唉，我这辈子怕是不能爬出这个坑了，我的命怎么这么苦哇！在那个小坑旁边，开满大捧的鲜花。它如果稍加努力，就能跳进那捧鲜花丛中了。然它只顾唉声叹气，而忽略掉自身的力量，和一旁鲜花的明媚。

你看，你像不像那只貌似被小坑困住的小兽啊？可爱、稚气，很想给自己插上一对会飞的翅膀，能在突然间凌空飞起，叫人仰望、惊叹、艳羡，可是，人不是鸟，哪里会飞！你于是失望极了，大大的眼睛里，满是委屈。

我想给你讲另一个孩子的故事。她的青春，可真够难堪的。她家境清贫，貌相平常，没有什么能拿得出手示人的。更让人着恼的是，她成绩也不算突出。对物理学科，尤其惧怕，每次考试，试卷上多的是红叉叉。这样的女孩子，完全是只丑小鸭。青春一节一节在长，可是，却没人在意她。

学校分快慢班，她自然被分到慢班去了。所谓慢班，就是那些考试成绩靠后的，被编排到一个班上。这个班的学生，调皮捣蛋的多，自暴自弃的多，不爱学习的多。俗语里讲，坏木头浮一块儿。对，有人把这个班的学生，称作"坏木头"。老师们都不大待见，课是上着的，私下里，却都有抱怨，对这个班的态度，多半是放任着的。就像放任野地里的草，任它们自生自长。

学校把学生如此划分等级，肯定是不公平的。可成绩靠后，却也是事实。每天，看着快班学生，跟骄傲的白天鹅似的，从慢班门前的走廊上昂首走过，她的心里，可真是自卑得恨不得真的变成一棵草。那个时候，她做梦都想变成快班中的一员啊，想让面朝黄土背朝天的父母脸上，因她，而有着荣光。

然等她每每扬起点斗志来，随即却又泄了气。她想，像她那样平庸的孩子，哪里有资格腾飞！她得过且过着。直到有一天，她在教室后面的墙脚下，发现了一簇蒲公英。那是终年见不到阳光的阴山背后啊，可是，那些蒲公英们，却硬是撑起了一朵朵的黄花，仰面朝天，笑得又自豪又明媚。她掐下一朵黄花，夹进了自己的书里面，暗暗对自己说，我也要做一朵会开花的蒲公英。

她把自卑的时间，用来读书。她把伤神、羡慕别人的时间，用来做习题。她每天比别的孩子起得早，为的是多背几道历史题。她每天比别的孩子睡得晚，为的是多看两行书。她还给自己买了本日记本，每晚临睡前，把一天做的事，一一写在上面。她说，如果是只笨鸟，那么，我选择先飞。每一天，她都没有虚度。每一天，她都在进步中。那期间，她读了很多书，这样的读书经历，后来助她走上了写作之路。

没错，那个孩子，就是曾经的我，是你眼中现在所谓的成功者——梅子老师。她曾有着和你一样"平庸"着的青春，却在平庸里，让自己开出花来。

颜，你说什么是奇迹？我以为，能够战胜自己的懒惰、沮丧、灰暗，能够爱上平庸，关心每一步的成长里，有没有烙下自己的印迹，没有辜负时光，内心活得充实，每天进步一点点，那就是在创造奇迹。这样的奇迹，你也能创造出来。我相信，有一天，终有一天，你会开出属于你的那朵花的。

你的朋友梅子

每天热爱一点点

梅子：

您好！

怎么说呢，我就是一个无趣的人吧。每天睁开眼睛，除了等待夜晚再次降临，我好像没什么要做的了，只机械地重复着日子而已。

梅子，我多么羡慕你的活色生香啊，每天都有那么多有意思的事。真不知你哪里有那么多的热情，来爱着这个庸常的俗世，你真是上帝的宠儿啊。我也想像你一样热爱生活，但始终做不到。

愿您永远活得如此明媚啊。

您的读者：余好

余好，你的一句"梅子，我也想像你一样热爱生活，但始终做不到"，包含着太多信息，让我一时竟不知说什么才好。

我在想象里，画一个你。我想你，该是个女子。出生寻常，样貌亦寻常。从小到大，走的也都是寻常路，不显山，不露水。你不惹人注目，别人也不大入得了你的眼。生活在你的眼里，没有多少特别的东西。你甚至生出厌倦来。有时劳累得很，不是身体，是心；却又不能准确地说出，为什么会心累。

庸常的生活，一日一日蚀去你的好年华。你只重复地机械地，走着相同的路。日升月落，也只让你感觉到时光在流逝罢了，你看不到，岁月的缝隙里，原是暗藏着很多美丽的琐碎。它们，都像沙粒里的金子呢。

是哪一次，你无意中转身回望自己，大吃一惊，这么些年，你竟这么无声无息碌碌地过去了！你不甘！你心底生出渴望，希望发生点儿改变，希望美好能够降临。你开始羡慕别人，包括，羡慕我。你说不知道我哪里有那么多的热情，来爱着这个庸常的俗世。你觉得我应该是上帝的宠儿。

是的，我们在望向别人时，总容易生出这样的想法：他太幸运了，他什么都是一帆风顺的，他是得到命运额外眷顾的。我们就这样，为自己找着妥协和慵懒的理由，随波逐流。

可是，幸福的人真的是因为他本来就拥有很多幸福吗？不，不是这样的。每个人都有着各自的烦和恼。就像我，也未必像你想的那样：生活里每天都是花开簇簇，一派明媚的。我昨天跑步时，还摔了一跤呢，一只膝盖血肉模糊，肿疼得我一夜未曾合眼，我要将养一段时间，可能有一两个月不能外出。然我并未过分懊恼，我想的是，幸好，摔得还不算太重，没有伤着骨头。幸好，没有摔着我的脸。这么一想，我当然很开心啊，我得感谢冥冥中的眷顾呢。我也感谢绊我的是寻常的路基，幸好，它不是一块大石头。

是，我有苦中作乐的本事。因为我知道，抱怨、懊恼和哭泣，是一点儿作用也起不到的，反而会弄得自己心情更糟糕，让自己面目可憎。有时，还会影响到身边人的情绪，使他们的心情，也蒙上一层灰——坏情绪是会传染的，就像病菌一样。你说，这有什么好处呢？除了让生命的质量降低，把快乐和幸福白白浪费掉外，还真是一点儿益处也没有的。

我也有痛，有泪，有不快，但我，绝不会让它们成为我的主宰，我用大把大把的热爱，来抵抗它们。要做到这样的热爱，并非难事，但你却做不到。那是因为，你已丧失了热爱的能力，你热爱的那根神经，在庸常中，麻木了。

余好，恕我直言，这对人生来说，有些可怕。一个人倘若没有了热爱，这就像一截枯木，喑哑在岁月里，还有什么生机可言？幸好，你也发现了这一点。幸好，你还有着热爱的欲望。那么，从现在起，你就尝试着去热爱，可好？一点一点地，慢慢来。

先从爱自己开始。改变一下发型，买几件好衣裳，给自己焕然一新之感。多到人群里去走走，把自己想象成一朵花。买点绿植回家，从小芽芽开始，看它们一点一点抽枝长叶，养养自己的眼，养养自己的心。每天对着镜子，送自己一朵微笑，说一声，我喜欢你。每天花一个小时锻炼身体，慢跑或快走，哪怕就是原地伸伸胳膊踢踢腿也好。总之，要让自己动起来。《吕氏春秋》里有"流水不腐，户枢不蠹"之句，我甚是喜欢。说的是经常运动的事物，不会受到侵蚀。这道理应用在我们身上，同样行得通。你动起来，不但可以使身体康健，它也能使你的生命，散发出勃勃的生机。一个爱运动的人，他总显得神采奕奕。

爱自己的同时，也不要漠视身边的事物。从一声鸟鸣开始，到花朵的绽放，到天上云彩的飘动，到山川河流的庄严；从婴儿甜美的笑容，到邻居的问候，到朋友的相见，到老人脸上慈祥的皱纹里……你慢慢试着去感受。那么，你的心，将一日一日变得柔软。

余好，就从当下做起吧，不要多，每天只要热爱那么一点点，你热爱的能力，将会慢慢回到你的身上。过些日子，你再看生活，那些细枝末节里，都藏着无限的美和趣味。你会越来越感念这人生，并深深眷恋上。

梅子老师

只管热爱，莫问前程

亲爱的梅子老师：

您好！

我很喜欢您的文字，我买了很多您的书来读，还做了很多的摘抄呢。

我也热爱写作。我现在读初二了，我想发一些习作给您，您给指导一下好吗？

我想成为一个和您一样的作家，您说我能实现这个梦想吗？

您会帮我吗？期待您的回答。

您的读者：小丸子

小丸子，你这封信真是太有代表性了，我每隔几天，就会收到一封这样的来信呢。我常常不知道怎么答复才好。习作你可以挑一篇两篇给我看，也只能这么多了哦。要知道，每天我都会收到一些习作，我还真指导不了，也没有太多时间指导，我毕竟也有很多事要做的是不？这个真抱歉啊，宝贝。

我想跟你聊的是，梦想。梦想是什么呢？对于你这么大的宝贝来说，梦想是挂在云朵上的铃铛，它清脆的叮当声，时时隔着云端传过来，美妙清扬，却又遥远着。

我也曾是你这般年纪，因家境贫寒，我自卑，性格内向，只蜷在自己的小天地里，做着自己的梦。和你一样，我十分热爱阅读，但梦想不是当作家，而是做个摆书摊的人。那样，我就天天有书可看了。

有一次，我们学校请来一个演讲团。演讲团的成员，都是些大学生。讲的什么主题我忘了，反正挺慷慨激昂、热血澎湃的。演讲完了，有个男孩子和女孩子，当场给我们演唱了一首歌，唱的是《外婆的澎湖湾》。那女孩子唱得棒极了，让我们着迷得很。我几乎是在瞬间生出崇拜，我要做这样的女孩子，能站到舞台上演讲、唱歌。

我跑到礼堂的出口处，等着。我看到演讲团的一行人出来，那女孩子也出来了。不是远远看着的那么美，她脸颊上卧着块疤痕。我有点意外，但不妨碍我对她的崇拜。我默默跟着他走，一直走到他们登上了来时的车为止。

我至今想不明白我的动机是什么。只是觉得，自己的天地被洞开了，世上远不止摆书摊那一桩事值得我心心念念的了，外面的世界，大得很呢，我应该还有更多的梦想、更多的可能！当然，最后正如你现在知道的一样，我没有站上舞台演讲、唱歌，而是走上了写作的路。

嗯，说了这么多，小丸子你是不是被我绕晕了呢？宝贝儿，你热爱阅读，热爱写作，真的是非常棒的爱好。我好希望我们每个人都能像你这般，如此热爱，并且能够持续下去，成为终身的热爱。那么，我们整个的人生，一定会因此变得更为富有、智慧、明亮和清澈。

只是小丸子，我们有时热爱一桩事，最好不要带着目的性，一定要怎么样，或非要怎么样不可。热爱是发自内心的一种行为，是因为你喜欢，是因为这样做你就很快乐。那么，我们就这样热爱着，不是很好么？至于最后的结果是什么，管它呢。或许你会成为作家，或许不会，这都无关紧要了。到时候，说不定你成为科学家，成为工程师，成为设计师，或者，就成了一个普普通通快乐着的人，这又有什么不好呢？

我们要有梦想，这个很重要，没有梦想的人生好苍白的。但，不要纠结于这个梦想的结果。那是时间老人才能回答的问题。你只管顺着你的心意走下去，努力着，忠实于你内心的欢喜。走着走着，你就发现了更大的世界，更大的天空，你或许会相遇到更有意义的事，更值得你为之奋斗终生。又或许，你不改初衷，走着走着，一不小心，就成了作家。

梅子老师

别辜负自己

亲爱的梅子老师：

您好！

我是一个十六岁的女生，马上要上高中了。可是，随着年龄的增长，我感到越来越迷茫，我不知道自己为什么要学习。母亲从小就告诉我，穷人家的孩子，只有好好学习才能出人头地，才会有一个美好的未来，才会有一个灿烂的人生。

可是，我的成绩并没有那么优秀，这让我感到很焦虑。而且我马上要上高中，不久也会迎来高考，我很怕会辜负父母的期望。

我真的不知道该怎么做了。我想听听您的建议。

祝您永远健康快乐！

您忠实的读者

宝贝，你好。

十六岁，多好的年纪!

我想我的十六岁了。

那个时候，我刚从乡下的初级中学，考到镇上的完中去读书。我穿着我妈纳的土布鞋，我背着我妈缝的花格子书包，被城里同学取笑：乡下泥腿子。

那个时候，我像只慢慢爬行的蜗牛，自卑地把自己封闭在一个里面。我家境贫寒，长相算不得出众，人又算不上聪明，唯一公平的是，我可以和别的孩子一样，坐在教室里读书，我可以和他们一起聆听老师的课，一样地享受阳光、清风和明月。

我爸妈从没给我说过什么人生大道理，他们只是把做农活的农具给我备好：钉耙、锄头和扁担。我的出路写得明明白白，倘使书读不下去，只有回家，回到我那偏僻的乡下，扛起钉耙、锄头和扁担，以后找个人随便嫁了，重复着祖祖辈辈的日子。

这很现实，命运由不得我做出另外的选择。那么，好，我只有埋头好好读书。我信，勤能补拙。当别的同学在睡觉的时候，我在学习；当别的同学逛街的时候，我在学习；当别的同学玩耍的时候，我还在学习。大家的智力其实都差不多，唯一的差距，就是有人肯付出努力，有人不肯罢了。

是的，我很勤奋，这个习惯，从我少年时就养成，一直到今天，都未曾有所改变。它没有使我变得有多杰出，有多了不起，但足以使我变得更美好，使我成为我想成为的人。

宝贝，你说你不知道为什么要学习。答案其实很明朗，就是为了使你成为一个更好的你啊。在我的记忆里，我最感谢的，就是中学那段勤奋的时光，它让我从我的乡下走出来，走到更广阔的天地里来，走到更多更远的地方，阅览了人世间更多的风景。

你说你并没有那么优秀，这让你焦虑。我笑了，怎么来评价这个优秀？是要做年级第一，还是要考上清华北大？普通人难道就不优秀吗？只要积极向上，只要善良友爱，只要不颓废，在我看来，都是优秀的。我只知道，焦虑没有用，着急没有用，哭泣没有用，唯一有用的，就是努力去做。努力了，才能有所改变。也许最终无法达到别人眼中的那个优秀，但是，因为努力，我们会让自己更接近那个更好的自己，不是吗？

写到这里，我想起去年去拉萨，遇到一个从芒康来的小母亲，她带着她的三个女儿，到拉萨读书，最大的女儿上幼儿园，最小的女儿还在吃奶中。我不解，问她，芒康没有学校吗？她告诉我，也有的，但拉萨的教育资源多啊，我想让我的女儿们接受更好一点的教育。她说，有文化多好啊，哪怕是做生意，有文化的人和没文化的人就是不一样。她没文化，但她希望她的女儿们都能做个有文化的人。

宝贝，不要说怕辜负谁谁谁，我们最应该怕的，是辜负自己。为了你自己，好好学习吧。

梅子老师

没有一朵花是沮丧的

亲爱的梅子老师：

您好！

我很喜欢您的文字，还做了一些摘录，从字里行间都能体会到您是一个热爱生活、拥抱美好的人。

我是一个初三的学生，今年即将中考，时光流逝得太匆匆了。

我就是个普通人，没有很大的闪光点，就算有，与他人相比也实在是不值一提。我资质平平，成绩不算好但也不算差。近些日子以来，我越发感觉到自己的无能为力，一次又一次的失败把我给彻底击垮了。我一直觉得我是一个好学生，我可以不突出，但我要求自己不能太差。

自从上了九年级以来，我似乎变得焦虑不安了，我怀疑自己的能力，可能真的不算好，我真的不优秀。我怀念以前的我，失败了还可以再爬起来。

我该怎么办？

小桦

小桦，你好。

给你回信时，我的窗外，飘着好大一场雪，簌簌簌的，如风打落花。这是新春以来的第四场雪了，很出人意料。

我赶紧跑去楼下给两株蜡梅拍照，给三株红梅拍照，也给草地上的草拍照，给还清冷着的紫薇树、合欢树拍照。雪做了一面镜子，映出它们各自美好的样子：蜡梅是闪闪发光的黄宝石；红梅酷似一串串冰糖葫芦；草呢，戴上了白茸茸的帽子，萌萌的；紫薇树和合欢树那些暗哑的枝条，描着白的痕，看上去异常地俊朗——咦，怕是连它们自己也要吓一跳，啊，原来，我也会这么美啊。

就像你，宝贝，你有着青嫩的眉额，有着青嫩的思想和情感，就算你再普通，你也正坐拥着你的黄金岁月啊。路过你的人该怎么惊叹：啊，多青嫩的一个孩子啊。他们多想回到你的青嫩和蓬勃里，你身在其中并不知觉。

普通、没有闪光点、资质平平、一次又一次的失败、不优秀……你这么定义着你自己，我都替你感到委屈了，"她"真的就这么不值一提、不受你欢迎吗？

一个人倘若连自己都不爱自己、不欣赏自己，又岂能活出灿烂和趣味来？是的，普通，我们都是普通的。因为普通，才更接地气，才更具有旺盛的生命力。然每一个生命的存在，又都是唯一的。因为它的唯一性，它又成了不普通的、极其特别的。

　　我曾种过非洲菊。看上去完全一模一样的种子，撒到土里。不久后，冒出了很多的芽芽，芽芽看上去也是一模一样的，然长着长着，就有了区别，有的长得高一些，有的长得丰满一些，有的长得矮小，有的长得瘦弱。到开花的时候，有的开了白花，有的开了红花，有的开了黄花，有的开了粉花。有的先开，有的后开，有的花朵很丰腴，有的花朵秀气小巧。但没有一朵花看上去是沮丧的，没有一朵花独自在那儿焦虑不安，它们竭尽所能地，为着自己的开放做着努力。哪怕到深秋了，也还有晚开的花儿，兴高采烈地捧出自己的明媚。

　　宝贝，人生一场，最该相信的，是你自己。每天请对自己说一句，我最棒。你不要去论什么成功，也不要去论什么失败，你只认真地走着自己的路，认真地对待你的每一天，活得欢欢喜喜的，也就无愧于你的人生了。也许有的人跑在了你的前头，但没关系啊，你也一直在走着呢，总能走到终点的。

梅子老师

把心思腾空

梅子老师：

您好呀！

前段时间老师让我们寻找春天，一路上拍了些花花草草，和您分享。

由于繁忙的高中学业，我几乎没有时间和大自然亲密接触，然每天却都会在公众号上浏览您的文章。就快要进入高三了，压力越来越大，如果是您，面对渴望上大学的理想和跌跌撞撞的现实，您会怎么发泄您的压力呢？

期待您的回信！

您的读者：小怡

小怡，你好呀。你拍来的是垂丝海棠、西府海棠和紫荆吧？海棠花是早在先秦时代就有了的，有"国艳"之誉呢。紫荆呢，是南朝时就有了的，花朵很美，像一群着紫衣的小姑娘聚在一起。这世上，就没有一朵花不是美的。谢谢你让我分享了你的春天。

教你一个拍花的小技巧哦，镜头只对准一朵花，心无旁骛，只爱这一朵。

那么，它便也全心全意对你，把最美的一面，呈现给你看。盛开着的，多像一张笑脸啊。含苞着的，则像一颗心。

生而为人，各有各的烦恼和压力。理想很丰满，现实却很骨感——这是多数人都会遇到的迷惘和矛盾。

我也一样，也是从一些压力中，一步一步走出来的。当年，作为一个农村娃，考上大学是改变命运的唯一途径，压力真是"山大"。我能做的，就是把每天的学习计划排得满满的，不留空隙，杜绝自己去瞎想。说到底，压力都是来自自身的思想。当思想里都是习题都是要背诵的课文，还真的没时间去感受压力了。

还有一个办法，就是放平心态，允许自己平庸，允许自己把时间浪费在一些"无用"的事情上，画画也好，做美食也好，看电影也好。或者，就坐在窗前发发呆，看看外面的蓝天和白云。把心思腾空，以便装些新的内容进去。一天不做事，地球照样在转呢，世界并没有因为你停下脚步，而发生任何改变。但你却变得精神愉悦，重新蓄满能量。

另外，跑步也是个不错的选择。如果觉得压力太大了，不妨去操场上跑上几圈，让自己出一身汗，你会变得身轻如燕。

宝贝，你只要尽着自己的努力，向着理想靠近一些，再靠近一些。至于最后能不能如愿考上理想大学，那不是你现在要愁的事。管好你的现在，走下去，放心吧，向上的路，永远不会被封死。

梅子老师

护住今天的花朵

看到梅子信箱，很开心。

梅子阿姨，我是个十五岁的女孩子，今年上高一。

虽然初中时我理科就不是很好，但是也没影响到中考，很幸运地，我仍然上了很好的高中。可是呀，上了高中之后，理科越来越难，大家程度都差不多，中考时班级里第一和第五十五名只差了二点五分，我很担心自己就算很努力地在学，也不会有太好的收获。

您是过来人，您曾经历过孩子高中的成长，可否给我一些建议，我该以怎样的心态面对高中生活？

星空下的 girl

宝贝，祝贺你成为高中生哦。

对你来说，校园是崭新的，花草是崭新的，天空是崭新的，连空气也是崭新的。

先享受一下这个崭新哎，然后笑眯眯地，打开课本，精神饱满地迎接每堂课的到来。

怀揣着今天的花朵，担心着明天的凋落，这是不是很傻呢？何况，明天的花朵未必就凋落了，也许还在盛开，也许就结出一个大大的果实来。

你要做的，是竭力护住今天的花朵，给它浇水，给它施肥，给它捉虫子……让它尽情盛放。明天的事，留着明天去想吧。

理科再难，它也是一个台阶一个台阶垒上去的。倘若你从第一个台阶起，就做到稳稳地落脚，那么，攀爬到顶点，也不是没有可能。也许，由于体力较弱的缘故，你攀爬的速度比较慢，再努力，也不能到达预想中的高度。但那是不由你的意志决定的，你又何必为此烦恼？每个人的体能都有其一定的承受度，做到尽心尽力不辜负，就是大收获了。

是的，你只要过好当下就是了，把当下的事情做好，认真对待每一堂课，认真完成每一次作业，认真弄懂遇到的每一个难题。如此一步一踏实，你必将度过一段充实而无悔的高中生活。

人生最大的收获，就是充实和无悔。

梅子老师

从爱自己开始

梅子老师：

您好！

我是一名大四的学生，准备考研。最近压力有些大。我从小害怕的东西很多，"人之所畏，不可不畏"，我是一直对生活没什么信心的人，到上了大学也感觉过程不容易。

现在很怅惘，也迷茫。一直没什么安全感，想谈恋爱也没谈，也因为学校男女比例失衡。我也有入世出世的困惑，害怕我用尽全部力气，也没法在这世上过上普通人的生活，也害怕用尽全部力气。

其实我也想过要不要去看看心理医生的。我妈在我看来有点被害妄想症，我从小是她怀疑的对象。我妈也不容易，我们家有些不幸福。这么长大的我一直不知道怎么喜欢自己。

燕燕

亲爱的燕燕，你好。

你的这封信，我早些天就看到了，但我一直没想好怎么答复你。包括现在，在我做好准备开始答复你的时候，我还在犹豫着，不知从哪里说起好。

还是先说说我的窗外吧。冬天了，这几天一直是雨雾天气，一些地方在下雪。不少人愁着，什么时候天才转晴啊。我却听到无数的小雀的叫声，划破雨雾。它们并不介意这雨雾天，也不介意这样的寒冷，照例热闹得热火朝天。嗯，我这里的鸟雀实在多，它们一叫，似乎全世界都变得亮堂、活泼起来。每每这时，我都觉得特别心安，特别好。说不上来，就是觉得有这么好的世界在啊，尽管有雨雾有霜雪，可是，有鸟儿在欢呼鸣唱，有树木在摇曳生姿，有花朵在静静开放……我可以无尽地享用。真的，好得很。

燕燕，当你也能感受到身边这些小美好的时候，你的心中定会充满一种喜悦，它会让你元气满满，它会让你品味到一种叫幸福的味道，当你沉浸在这些美好里，哪里还有什么虚空、不安和迷惘。

你的原生家庭曾给你造成"伤害"，那是你没得选择的事。但现在，不同了，你已长大，你已有了独自选择的能力，你可以爱自己保护自己了。燕燕，从昔日的阴影里，一点一点走出来吧，不多虑，不枉思，把握好今天的每一个日子。

就从爱自己开始。

青春的女孩，不装扮也是可人的。假如你装扮一下呢？那一定是明媚无比！每天出门前，照照镜子，仔细给自己描个眉画个唇。青春的样子，本该就饱满得跟一颗水蜜桃似的。为什么不呢？纵使别人不欣赏你，你美给自己看也是好的。当那种美在你身上长驻下来，你的举手投足就有了足够的气场，这个时候，你不想惹人注目也做不到了。

要学会爱身边的事物。

哪怕就从热爱一个小物件开始，比如热爱一个漂亮的杯子。热爱一支好看的口红。热爱一盆花。热爱一棵树。热爱一声鸟鸣。热爱满月的光，照亮窗户。当你心中有了热爱，你的欢喜和自信就会不请自来。

不要害怕用尽力气，你的力气是用不完的呢。无论学习，无论工作，无论吃饭，无论睡觉，无论爱物、爱人，还是爱自己，你都要抱有十二分的热情，用力去做，不亏待属于你的每一个日子，那么，你的人生，一定活得很有光彩。

不要过分哀叹自己的"不幸"，怨天尤人。天才懒得理睬你呢，别人也懒得理睬你，你只有自己从里面爬起来才是正道。安全感不是别人给予的，而是你自己给予的。人生所有的困苦，都不是白受的，它在某些方面，可以说是人生的财富。因为经历过，才不会轻易被生活打败，才懂得内敛、怜悯和珍惜。

亲爱的好姑娘，世界这么好，好好爱着吧。

梅子老师

每一个当下，都是机会

梅子老师：

您好！

在初中时，我的成绩非常优秀，是老师眼中的尖子生，是父母的骄傲。

可是，升上高中后，我却节节败退，从班上前几名，掉到中游甚至中游偏下的水平。老师不待见，父母不待见，都说我不努力。

为什么大家都认为初中优秀，高中就一定优秀呢？梅子老师你说说，这是什么道理？！

现在我已经高二了，我很焦虑，不知道自己还有没有机会赶上去。

然然

然然，你好。

我想跟你先分享一下我在黄昏时见到的云。那是六七点的天空，夕阳已经落下去了，四面的云，飞跑起来，如龙飞，如凤舞，又恰似扯着一面大旗铿锵而行的天兵天将，头上罩着红晕的光。那等壮阔与辉煌，无法用言语说出。我在心里面叫着，老天，你怎么可以这么壮美！那时，我就特别想叫住所有急急赶路的人，亲爱的，请不要忙着走呀，停下来，抬头看一看天空啊。我信，任你是谁，只要看了一眼这么美的天空，一天的疲惫，也会都得到安慰，焦虑的情绪，会有所缓解。

然而，你第一要做的，就是消除焦虑。人在焦虑之中，是根本做不好事情的，它只会使局面变得越来越糟糕。只有等你的心情彻底平静下来，能感受到天空中的云朵之美了，你才能正确面对你的困惑，并找到解决它的办法。

你说你初中很优秀，高中不优秀了，你在老师、父母眼中，就是退步了，不努力了。我想问问你，你自己也是这么认为的吗？

什么是优秀？我以为，有善良的人品，有坚持不懈的奋斗精神，都可以算作优秀。高中学科的难度，显然比初中的要高许多，你可能在理解力和接受力方面偏弱一些，出现不适应的状况，也属正常。只要你还是努力认真的那个你，你就不能给自己打差评。不管别人怎么看你，你自己不能否定自己。这点很重要，因为，一个人在自己都不相信自己的前提之下，是没有办法做到思路清晰目标明确的。不管遇到什么样的挫折，我们的心态要保持健康和阳光。

现在，你可以正确评估自己了，你有不足的薄弱的环节，对付它们，你尽量能补则补，尽心尽力即可。你应该也有你所擅长的科目，那就尽量发挥其所长，使它们变得好上加好。高二不是开始选科了么，你可以挑选自己所擅长的科目，作为必修课。离高考还早着呢，你哪里就赶不上了？每一个当下，都是机会。

　　对的，什么时候努力都不晚。祝你好运。

梅子老师

总有一个位置为你留着

梅子老师：

您好！

您是我第一个喜欢的作家哦，很喜欢您的书，每个文字都像水煮出来的。

不好意思打扰您了，我想请教您一些问题，不知您方便不方便？下面我想说一下我自己。

我是小星，一个即将初三的深圳女生。我是一个很内向的人，不喜欢和别人交谈。升入初中了，小学同学也只有一个还有来往，这个同学和我成绩差不多，我们俩数学都不太好，我们立下目标说，明年向前进一百个名次。学校每次期末、期中、开学考都会开表彰大会，名次进步一百以上的同学会登在光荣榜上。结果我的同学榜上有名，我却没有。我开始感到恐慌，我害怕自己去上技校，我害怕身边的人会看不起我。

我身边的同学可以说几乎都是学霸，在年级里数一数二的，所以对比一下我自己，我会不由自主地很自卑。我知道我要做好自己，踏踏实实的就好了，但我还是忍不住去羡慕，甚至和家人出去玩心里都很过意不去。小姨拼命赚钱为的是到时候如果我没考上普高，还可以上私立。我是一个从小很独立的女孩子，我不想让别人为我担心，那种感觉让我厌恶。

大家都认为我学习很优秀，因为他们每次看到我都在安静学习，但当班主任训话我们不能假努力时，我又不由自主地想到我自己。我真的很想很想到深圳外国语学校上学。但是这个目标真的好难好难。

加上闺蜜今年中考失利没考上红岭，我更加觉得一个适合自己的目标或许更实际，所以我决定上红岭。但是不知道为什么，热血澎湃了没多久，我就泄气了。现在我好害怕啊，怎么办啊。我好害怕开学我落后了很多，我好想找回当初的那种感觉。梅子老师不好意思，我的故事有点乱。

由于我们这里教育局要减负，所以辅导班都挪到周一到周五上。我报了学而思五门科目，所以周一到周五每天晚上一节课，一节课两小时。我想问一下梅子老师，加上初三繁忙的功课和辅导班，我该如何保持住自己的初心并合理利用时间呢，我看学霸会学会玩，我也想这样。

小星

小星，你好。

我能成为你第一个最喜欢的作家，我感到很荣幸，谢谢宝贝喜欢。

深圳我去过好多次。在那里，我认识了蓝花草，花浅紫，如精致的小碗，每个清晨向着行人问早安。还认识了闭鞘姜，叶如姜叶，花苞如一支红烛燃着。它又名雷公笋，好形象！我还认识了一种特别喜庆的植物——虾衣花，花朵如累累衣裙，我打趣说，那是龙虾妹妹穿的衣。

深圳的树，是又高又蓬勃的，是《诗经》里写的"南有乔木"里的乔木吧。晴天里，天上的云也是吓人的，又白净又肥硕，眼看着它们一垛一垛飘着，就要扑下来，砸了行人的头。好孩子，我多希望你们在学习之余，能看到自然界里的这些小欢喜啊，而不是一味地在焦虑，在害怕，在不断否定自己。

考高中是摆在你面前的一道坎，最好的结果，你考上了你想考的普高。最坏的结果，你没考上，走上了私立的路。现在我们就来假设一下，假设你上了私立，那又有什么不能接受的？哪怕就是上技校，又有什么不能面对的？不管是私立还是技校，都聚集着许多的孩子，那里也自有天地，自有花开芬芳。这世上，总有一个位置为你留着，供你发光发热的。

好了宝贝，最坏的结果不过如此，那你还有什么可焦虑可害怕的？清除思想顾虑，只一门心思做好手头的事，向着你梦想的目标冲刺吧，别去关注别人的事，学霸们有多厉害，那与你何关？你有你的路要走。对了，我要告诉你的是，没有一个学霸不是拼出来的，他们的玩，只是假象，用功是在背后你看不到的地方。

宝贝，把书本上的知识吃透，举一反三，辅之以必要的课外练习，是提高学习效率的最好办法。把各学科分类管理，学得好的科目少花点时间。薄弱一些的，多花点时间。每天攻克一个难关，就是最大的收获。

少玩手机。有那个时间，多认识一下身边的花草，并学会热爱上它们。

梅子老师

第 二 辑
幸运一直都在

很多时候，幸运不在于你有没有得到，

而在于你有没有失去。

牵着蜗牛去散步

梅子老师：

我想问你一个问题啊，你有难过的时候吗？你难过了会怎么办呢？你会不会找朋友诉说？

我有很难过很难过的事，不知道怎么办才好。

我的朋友看见我难过，却假装不知，我更难过了。

会飞的鱼

会飞的鱼，你好。

且容我想象一下，一条鱼飞起来的样子，是否像庄子《逍遥游》里的那条名叫鲲的鱼呢？它一朝化为鹏，扶摇直上九万里。

真好，你能做这样飞翔的梦。

你问我，梅子老师，你有难过的时候吗？你难过了会怎么办？这个问题，我在不同的场合，被很多人问到过。小鱼儿，月有阴晴圆缺，人有悲欢离合，长长的人生旅途上，谁都会遇到坎坷，谁的肩上都淋过风雨。

就拿这会儿的我来说吧，状态可真算不得好，我是半躺着给你回信呢。我的腿意外受伤，走路时磕绊到一个铁器上，一下子弄出五道伤痕，青肿一片，暂不能行走了。我躺着，羡慕地望着窗外。窗外的云是自由的，风是自由的，鸟是自由的，草丛间鸣叫的小虫子也是自由的，我却不自由。我也惦念着晚上的月亮。这几天的月亮，已慢慢饱满起来，晚上散步时，走过一排栾树下，从茂密的枝叶间望过去，那枚大月亮很像一朵开好的水莲花，冰清玉洁着。一想到这几天我都出不了门，我就十分郁闷。

我有时，也遭人非议，受人排挤，那时会感到委屈，会有挫败感，但我，只允许自己难过一小会儿。我会很冷静地分析，难过的源头是什么。倘若我能解决它，我就着手去解决。倘若"事已至此"，无法更改，我就用别的事来抵抗难过。我会新学一首歌，跟在后面大声唱。我会声情并茂地朗诵一首诗，反复朗诵，直到背得滚瓜烂熟为止。当我的歌学完了，诗背完了，"难受"那个小东西，也就很知趣地跑得无影无踪了。

我也会画点小画，随意在纸上涂抹色彩，赤橙黄绿，我想怎么缤纷就怎么缤纷，这也是极有意思的事。或者，翻着花样，做点好吃的点心，慰劳一下自己的"难过"。不是说吃人的嘴软么？当"难过"那个小东西，品尝到我做的好吃的点心后，它摇身一变，就变成快乐了。

我还喜欢"牵着蜗牛去散步"。让自己的脚步，跟着蜗牛一起慢下来，时光便跟着也慢下来了。这样的慢行，让你听到鸟叫了；看到花开了；蚂蚁们正吃力地扛着一粒碎屑，它们齐心协力的样子，真叫你感动；一片落叶飘到水里，像帆，很快乐地，跟着流水远行去了；天空中的云朵，像张开翅膀的大鸟，眼看着它要飞扑下来……"牵着蜗牛去散步"，你似乎重新认识了这个世界，你会发现很多有趣的好玩的事情，心里的悲伤，也就不那么多了。

你问我，会不会找朋友倾诉。这个可以有，但我不会那么做。我以为，谁也没有义务接纳我的坏情绪。"难过"完全是一种私有行为，朋友再多的安慰，也只能是隔靴搔痒。我们还是自我解决吧，尽量找点喜欢的事做，来抵御"难过"。

小鱼儿，我们身处在这尘世之中，难免要被烟尘沾染上一二。偶尔的小难过，其实真没什么的。就像身体偶尔的受伤，那伤，随着时间的推移，终究会慢慢好起来。

梅子老师

幸运一直都在

梅子老师:

你好!

我是个很不走运的人。从降生到这个世上起,身上似乎就写下了两个字:艰难。

我的父母都是老实巴交的农民,一辈子没走出过我们那个小村子。在村子里,他们过得辛辛苦苦,默默无闻。我从小就立下誓言,一定要走出去,一定要挣好多钱,把父母接出去享福。

我拼命求学,一路涉险过滩,终于挤进城里。然而,现实与梦想的差距何其大。我拼尽全力,也不过是得了一份寻常的工作,一日重复着一日,温水煮蛙般的,曾经的心性和理想的光芒,全被煮没了。我一无背景,二无后台,一个贫穷的农村娃,靠什么跟那些光鲜的城里人比?我再努力,也升不了职发不了财。眼中时时见到太多阴暗的东西和太多的不公平,自己却无力改变这一切。

城里的生活成本水涨船高,我和妻子、孩子一家三口,一直挤在不足五十平的出租房里,想拥有自己的房子,谈何容易。带父母来城里住两天,都成奢望。在小区里,每日所见匆匆来去之人,也都是一脸倦容。我知道,他们和我一样，也都在艰难地求生存吧。

　　看过一句话，幸运都是暂时的，不幸才如影随形。我深有同感。也许，我的一生，都将要与不幸如影随形吧。

雨凡

　　雨凡，你让我想起我的两个同事来。他们也曾如你一样，抱怨着这不公那不平的，好像全世界都欠着他们。直到有一天，单位例行体检，一同事被检查出肺部有暗影一团。医生断定，癌。那同事当即瘫倒，面色煞白，整个人感觉都不好了。他再也吃不下饭，睡不着觉，看上去就是一晚期癌症病人状。他揪住每一个前去看他的人，气若游丝地说，怎么偏偏是我得这种病？

　　后他被送去外地大医院复查。复查结果，只是肺部感染，不是癌。那同事得知结果，狂喜得像中了头彩，他对着医生恨不得磕头，泪流满面地一个劲说谢谢。出得医院大门，他看天天也好，看地地也好。身旁走过的陌生人，也都是好的。街旁的花草树木，也都是好的。这世上，竟没有一样在他的眼里不是好的了。他说，算是死过一回的人了，才知道，活着，是多么幸运！

　　另一同事，双休日约了几家人一起出游。路线也都选好了，酒店也都在网上订好了。就在他收拾好行李，准备出行时，突然接到乡下老父亲的电话，说在干农活时，摔断了腿。他当时真是恼火得很，埋怨着老父亲，怎么早不摔断腿晚不摔断腿的，偏偏选他要出行的时候。但也没别的法子可想，只得取消行程，眼看着另几家欢欢喜喜出游去了。

傍晚，他在老家，有消息忽然至，说出游的几家，路遇车祸，死伤过半。我这同事惊呆了，愣在原地，半晌没说出话来。事后，他越想越后怕，紧紧抱着他的老父亲，感激万分，一遍一遍说，真是万幸呢！

雨凡，你瞧，幸运其实一直都在的。很多时候，幸运不在于你有没有得到，而在于你有没有失去。你守住了健康、平安和喜悦，你是幸运的；你晚上归家，家人一个都不缺，都好好地在着呢，你能陪着他们享受着家常菜的温馨，你是幸运的；窗外风狂雨骤，你的蜗居虽不大，但足够你躲避风雨，你是幸运的；每日清晨，阳光重又爬上你的窗，你又拥有了新的一天，你是幸运的；黄昏时，你穿行于俗世的庸常里，路边花开灼灼，瓦肆之中，寻常烟火蒸腾，那一刻，你在。你说，你还要怎样的幸运？

我也看到一句话，觉得挺好的，我想把它送你：

没有靠山，自己就是山。没有天下，自己打天下。没有资本，自己赚资本。

雨凡，我相信，这世上之人，都是越努力，越幸运。你说呢？

梅子老师

这世上，还是有很多美好

梅子老师：

　　读你的文章，似乎世界都是美好的。可事实上真的是这样吗？

　　为什么我眼里的世界，都是灰的暗的？它雾霾重重，灾难遍地，到处充满了谎言和欺骗，充满了你争我斗，充满了背叛和毁灭。我对这个世界，是极度失望的，我不信任它。

麦子

　　麦子，你好啊。

　　真喜欢你这个名字。麦子，麦子，让我想起我的老家，春天麦苗青，初夏麦穗黄，一片一片的。鸡鸭牛羊鸟雀，还有人，都淹没在里面。风吹着一波一波翠绿，或吹着一波一波金黄。很美。

　　麦子，你见过那样的村庄吗？或许，你就是村庄的一个孩子。如果真是那样，我倒很愿意和你聊聊种子、庄稼、蔬菜、草木、虫鸣鸟叫。还有炊烟和老房子。还有篱笆和草垛子。河畔的一棵柳树上，牵绕上去的一蓬扁豆花，开得可真叫好啊。

我知道，你要反驳我，你要说那样的村庄是落后的、土气的、辛苦的、贫穷的。是，它没有高楼大厦，它没有霓虹灯闪烁，它没有车如流水马如龙。可是，它有宁静、纯朴和祥和。当一个农夫，倚着一垛草垛子，笑眯眯地看着他亲手种下的庄稼，茂密生长，他的幸福感和成就感，溢满胸中。那种幸福，无法用繁华与金钱衡量。自由来去的风，风中飘散着庄稼和果实的清香。野花遍地。天地广阔。这一些，又哪是哪座高楼大厦里能够拥有的呢！

好，我不聊村庄了，我来聊你的问题。你说你对这个世界很失望，你说它是灰的暗的，雾霾不断，灾难重重，到处充满了谎言和欺骗。麦子，我得感谢你，即便你如此不相信这个世界，你还是选择了相信我，愿意把这些话告诉我。那么，你是把我排除在谎言和欺骗之外的，是吗？那么，你潜意识里也承认，这个世界还是有美好的，是吗？

你也许受过什么挫折，遇见过什么不公。但你不能因为摔过一次跤，从此恨上走路。你不能因了一次被雨淋，从此看不见阳光。是的，我们的蓝天常被雾霾遮住。亦有灾难，时常来造访。人生的路上，总有千难万险。但一代一代，却能生生不息，一往情深。你道为何？那是因为，在这个世上，快乐永远多于苦痛，阳光永远多于阴霾。冬天再漫长，也总会迎来春暖花开。黑夜再黑得密不透风，也总会被黎明的晨曦穿破。

　　我认识一个补鞋匠，他在一条老街上，补了几十年的鞋了。他小时患过小儿麻痹症，腿脚不便，替人补鞋，是他养家糊口的唯一生计。补鞋这行当，搁在从前贫穷岁月，生意还行。然现在，人们早已不缺买双新鞋的钱了，很多补鞋匠，都另谋别的职业去了。他的生意，却一直红火着。老街上的人，鞋子穿旧了，不扔，统统送到他的鞋摊上来。那些补好的鞋，老街人拿回去并不穿，只是收藏着。隔些天，拿剪刀戳个洞什么的，又拿到他的鞋摊上来了。大家就这样，顾惜着他的生意，不落痕迹。

　　麦子，我们每个人心中，都住着一个天使。善良是花，无处不在开放着。

　　曾于无意中看到一档电视节目，一个叫符凡迪的拾荒者的经历，叫我感动难忘。他不知道自己的年龄，出生没多久，父亲就过世了。从那时起，他就被恐惧和饥饿包围着。后来，他辗转到南方一所繁华的城市，靠捡垃圾维持生存。他吃过怎样的苦，都被他忽略掉了，时时记着的，却是对这个世界的感恩，那些来自陌生人的善意。他用这样的善意，又去帮助更需要帮助的人，他去照顾在街上卖唱的残疾人，他和他们成了好朋友。他爱看书，爱唱歌，书和音乐让他感觉到人世间的美好。

　　他说，我一直相信，世界上有很多美丽的东西，我也想成为其中一部分。是的，这世上，还是有很多美好。麦子，让我们，都成为其中的一个吧。

梅子老师

向美而行

梅子老师：

你好！

我很喜欢你的书。初中的时候就很喜欢读，你在书中塑造了一个个纯洁的灵魂、美好的灵魂，让我相信，这个世界上有更多的善良与理解。特别是《风会记得一朵花的香》，它陪伴我走过了一段艰难的时光，也让我懂得去爱护他人。

但是现在，我很困扰，我渐渐怀疑自己的人生，在时间的历练中，它被什么一点点腐蚀了。我现在读高中，自认为自己比同龄人走得更快，所以伤心的事情越来越多。就像我爱祖国，但我同时也为这个不公平的社会泪流满面，看到那么多的人像蝼蚁一样，他们曾经也是拥有梦想的，有一部分因为无法坚持变得麻木，因为这个渐渐失衡的社会与腐朽的人心变得麻木。我不想跟他们一样，可是行动却因为现实跟想法背道而驰。

因为父母，因为老师，因为同学，因为亲人朋友，我想尽量兼顾所有人，所以总是把自己搞得很累。我心疼父母，他们为我付出半生，除了学习上的回报，我也自愿成为他们事业、人际交往的工具，做这些我会心安理得一点，因为他们为了我真的很不容易，生活得很辛苦。可是我不想活得那么商业化，我好像比孔乙己还可笑，我也知道没有一个人是容易的，我也不明白自己为什么会变成这样，最难过的事就是我居然想对父母讲：我已经习惯一个人的生活了。梅子老师，我该怎么办？

你的读者

宝贝，你好。

我很高兴，我的书陪你走过了一段艰难时光。

这个世界，的确有着诸多的不完美，它有寒风凛冽，有雾霾笼罩，有山洪呼啸，有灾难频频，它有战争、有肮脏、有欺骗、有背叛、有麻木、有伤害。但它也有春暖花开，有夏虫呢喃，有秋叶斑斓，有冬雪晶莹，它也有和平、有洁净、有诚信、有坚贞、有热血、有爱护。人类之所以能够千秋万代延续下来，不是因为它的不完美，而是因为有花在开，有虫在鸣，有叶可赏，有雪可等，因为有爱在，有善良在，有希望和阳光在。

年初的时候，我曾到过印度一趟。我对印度，起初是怀着深深的戒备心的，它街道狭窄，秩序混乱，鸽群乱飞，尘土飞扬，然随着步履的深入，我看到它表象下面掩藏的那颗心，同样是滚烫的，那里的人们，也在热热火火地爱着这个人世间。我最忘不掉的是他们的笑，不管是在陋巷，还是在繁华的都市之中，你所遇到的印度人，都揣着一张笑脸朝向你。那些笑容，质朴如古城堡上的红砂岩。黑黑的地陪导游小凯，两只眼睛晶晶亮亮地看着我们说，是的，我们印度是不够好，它还很贫穷，还很落后，但请你们相信，我们也在慢慢变好。

宝贝，这会儿，我跟你说起他这句"也在慢慢变好"时，我的眼睛，不知为什么有些湿了。是的，我感动。人类从茹毛饮血的年代，一路走过来，哪一步不是向美而行？这期间，越过多少的艰难，涉过多少的险阻？在不断地纠正错误和探索真理中，人类的步伐，从来没有退却和停止过，这才有了人类的进步，这才有了我们现在更为开阔的天地和美好的生活。

宝贝，请不要怀疑自己的人生，你所看到的，和你即将看到的那些不完美，并不是这个世界的全部。这个世界风雨有，黑暗有，但阳光和光明，才是这个世界的主宰，我们不能因为某些阴暗、麻木和凋谢，就否决掉明亮、奋进和绽放。我们不能要求人人都是阳光的、光明的，但我们完全可以把持住自己，守着一颗初心，即使处在风雨中，也能心怀阳光。即使身在黑暗里，也能自带光芒。倘若如此，这个世界，并会因你而多出一分阳光和光明。

我不知道你的父母是怎样拿你当"商业上的工具"的。倘若他们只是想教你一些人际交往的技巧，那也未必全是坏事情。因为终有一天，你要独自踏上社会，到那时，这些人际交往的技能，或许能助你轻松地融入社会。毕竟，人与人才构成社会，如何更好地跟人打交道，也是一门学问。只要不违背良心做事，不伤天害理，不损人利己，不问心有愧，我以为，别的，都无关紧要。

宝贝，心怀善良，相信美好，向美而行，这是我要送你的话。

梅子老师

神奇的发夹

梅子老师：

您好！

我是您的读者。不知您会不会看到这条消息，但我还是发您这条消息了。

我读了您的一本《风会记得一朵花的香》，很有感触。我有件个人的事情，您能帮我看看吗？您的这本书里有一篇写的是要做自己，寻回自我的，不要为别人而活。可是我上了中学后，不知道我的性格到底是什么样的，我总是为了挽留我的朋友或者交朋友不断地做出改变，可是我累了，到现在我连自己是怎样的我都不知道了。我总是和别人聊不上来，别人说我情商低，可是我并非这样，我是为了和他们做朋友，为了跟他们聊得来，我把自己变得很疯，嗓门慢慢变大，就是想引起他们的注意。

可是我想找回自我。老师您能帮我看看吗？我该如何找回自己，找回原本的样子？因为我真的不知道怎么办了。我真的很想别人下课来找我玩，而不是我去找别人玩。每次我去找他们玩，总是融入不进去，感觉没人把我当朋友。我有时候真的觉得很累。我几次想找回我原本的样子，可还是一无所获，我想找回我小学时候的人缘与自己……老师，您对我有什么建议，可以告诉我吗？

您的读者

宝贝，你好。

我曾看过一个故事，不记得是在哪儿看到的了，不记得是在什么年纪看的了，但它在我的脑海里却留下了深刻的印象，让我时常会想起。

故事里有这么一个小女孩，她总是觉得自己不够漂亮，不够聪颖，因此活得很自卑。别的女孩子三五成群在一起玩，神采飞扬地跳啊蹦的，她好是羡慕啊，她也很想融入到她们中间去，也想像她们一样的跳啊蹦的。但一走近她们，她自己就不自信了，总感觉到大家在笑话她，笑话她的丑，笑话她的笨，她为此苦恼不堪。

她去求佛祖，她说，佛祖啊，我也想变得像她们一样好看，一样聪明，怎样才能做到呢？佛祖笑了，佛祖说，她们的头发上，都别了一枚漂亮的发夹，只要你也有这样的一枚发夹，你就会变得跟她们一样聪明和漂亮了。

小女孩恍然大悟。她求佛祖也赐她这么一枚神奇的发夹，佛祖答应了。

小女孩如愿得到了发夹。她把发夹很认真地别到头上，刹那间，她觉得她整个人变得光彩照人起来。再出门，她就很自信地昂起头，欢欢地笑着，遇见每个人，她都声音脆脆地打招呼。大家把她看了又看，忍不住夸她，你今天看上去好漂亮啊。小女孩很开心，她终于融入到一群女孩子中去了，和她们一起快乐地跳啊蹦啊。

等她玩累了哼着歌儿回到家，妈妈看着她，高兴地说，宝贝，你今天看上去真可爱啊。小女孩得意了，她晃晃头说，妈妈，那是因为我的头发上别了一枚神奇的发夹呢。妈妈仔细地拨弄着她的头发，惊讶地说，宝贝，你的头发上没有发夹呀，但你的脸上，却有着比发夹更明亮的色彩呢。小女孩不信，她跑到镜子跟前，左看右看，她的头发上，确实什么也没有。

这时，佛祖的声音响在不远处，佛祖说，孩子，你的自信，就是一枚最好的发夹啊。

宝贝，我们每个人都拥有一枚神奇的发夹，只要你找到这枚发夹，你也就找到了自己。

梅子老师

人生就是人生

梅子老师：

　　您好！

　　我是一名小学六年级的学生，是您的小迷妹。我想问您一个问题，您说，人生像什么？

　　期待梅子老师的回答。

小公主

　　小公主，你的问题难倒我了。

　　人生像什么呢？我给一盆吊兰浇水。这盆吊兰跟着我七八年了。我常离家，一走十多天，它不得不常强忍着干渴，等我归。有时看它都枯萎了，但青绿的一颗心，却不肯枯去。我施以点滴之水，它便又顽强地活过来。很快，又冒出新的芽，抽出长长的茎。它的花，开得似乎漫不经心，细细碎碎的白，若不留意，也就被你忽略了。然细细端详，却有着别致的美和动人。一朵一朵小花，微微吐着蕊，像在宣誓：我终于，盛开了。

人生，好比是这样的一盆吊兰吧。既然选择了活着，就努力地活着，怀着初心，不肯轻易离场。

人生也好比一条小溪流吧。有的能一路向前，顺畅流到终点，汇入大海。有的会在中途拐几个弯，但历经曲折后，最终，也能抵达终点。有的，却在半路上止息了，断流了。有的，要穿越很多的乱石瓦砾，道阻且长，然它奔流的脚步，从不肯停留。

我在新疆，曾跟着一条小溪流走。它走过乱石，绕过山冈，山谷空寂荒凉，走得我都快失望了，很想折回头去。然它，没有回头，不屈不挠。它心里面装着蓝天，装着梦想，装着盛开，装着飞翔，就那样，走啊走啊，一直走到一座雪山的下面。我的眼前，突然洞开，七月的繁花多如星星，我看到了最美的草甸。

小公主，我们的人生，有时缺乏的，就是这条小溪流的精神呢。当走不下去的时候，不要轻言放弃，再坚持一会儿，也许，我们就到达了生命中的芳草地。

人生也好比一棵树吧。从一颗种子开始，从一棵小树苗开始，慢慢长。有的奋发向上，长成了参天大树，成栋梁之材。有的因品性不端正，长歪了，只能当柴火烧。也有的，脆弱不堪风雨摧，不幸中途夭折。绝大多数的树木，都能撑起葱郁，成为四季风景。就像我们多数人的人生，也许平凡，然却孜孜以求，营造出属于自己的美好和丰华。

人生也好比一面镜子吧。你哭，它也哭。你笑，它也笑。你青青的额上，小绒毛历历可数。它便也有青青的额上，爬满小绒毛。你眼角堆着皱纹，岁月的波浪，在里面荡漾。它便也有皱纹，如波浪一般。这面镜子，也可称作心灵的镜子，它会时时映照你人生的容颜是否明亮。

电影《阿甘正传》中，阿甘的妈妈对阿甘说，人生就像一盒巧克力，你永远不知道会尝到哪种滋味。——她说的是，人生在于不断尝试，酸甜苦辣你也许都会尝得到。我想换成另一种说法，人生就像一场旅游，你永远不知道，下一个路口，会遇见怎样的风景。

我们也只有走下去，才能遇到。那景致也许很一般，也许很美好。但人生一场，就是为了体验不同的风景，也才有意思，从而成就我们的丰富和完满。

其实，小公主，我更愿意人生就是人生，就是我们真切地活在这个尘世里，爱着，眷恋着，一呼一吸间，都闪耀着日月的光辉，花草的芬芳。就是我在这里，就在这里啊，我好好活着，我看见天空和大地。我看见花开花落，鸟雀飞翔。我看见衰草连天，那里面，又冒出鹅黄的新芽。

梅子老师

另起一行

梅子老师：

你好！

高考结束了，很累！不仅仅是肉体的，肉体的歇歇就好了，可精神上的不是那么容易。三模过后有一段时间我都绝望了，心情很低落，很难熬，心疼得要命，睡也睡不踏实，心超级累。高考过后，我比之前还紧张，九号晚上回家，我一夜没睡好，睡一会儿就醒了。

有些事情，一开始就知道答案了，当时很看得开，觉得结果没有过程重要，还是想试一试。事后，什么都经历过了，付出了，又有那么一点在意结果了，很矛盾。当答案即将揭晓的时候，我还是会难受。

本有那么一丝丝希望，想要赌一把，最后还是怕输了。

他们都说，高考可以改变命运，这是真的吗？高考是离梦想最近的一次，可我却离梦想越来越远，渐渐地，我抓不住梦想的尾巴！

为什么，要让自己那么累，去追求那渺茫的希望？为什么不在单招时选择放弃？一切因为我想闯，想尝试！可没有什么事是如我所愿的。我不想面对这一切，试图将自己麻痹到成绩出来的那一天，那个时候，必须要面对了，没有逃避的理由了。

前方的路在哪里？我该怎么做？

你的读者

宝贝，你好。

原谅我，没有及时给你回信。

我在等，等高考成绩出来。

我当然知道，这个等待的过程，对你来说，是多么难挨。但，这是你必须经历和承受的，旁的任何人，都帮不了你。

现在，你高考成绩的谜底已揭开了吧？也许它出乎你的意料了。也许它就在你的意料之中。无论是哪一种，我都要恭喜你。从此，你的人生，要另起一行了。

高考是什么？是多年的播种、耕耘，开了花结了果，终于收获了。当然，这果实会有大有小。但对你命运的影响，并不完全取决于果实的大小，而是要看你，怎么利用这颗果实。倘若日后你精心伺弄，用心培育，它定会重新生根发芽，蓬勃出另一番天地，来个硕果满园。但如果你只一时享用它的芳美，日后却懈怠待之，最终，它将会干瘪掉，你将颗粒无收。人的一生，其实一直都在播种和收获之中。

我曾教过一个学生。高中三年，他的成绩在年级里都是名列前茅。高考时，毫无悬念，考上了重点大学。接到通知书后，他的父母激动得大摆宴席，所有认识这孩子的人都预言，他的未来将前途无量。然两年后，这孩子却被学校勒令退学回家。两年的大学生活，他全部用来玩电脑游戏了，导致门门挂科，再也无法把学业持续下去。

我还教过一个学生，当年高考，成绩很一般，最后只念了个民办本科院校，学的是冷门专业——宠物医学专业，没有一个人看好她。然这个学生后来却读研，读博，人生一路开挂。现而今，她已是某科研所的骨干成员，科研成果一个接一个出来。

宝贝，一场考试真的决定不了人生的输赢，人的命运，是由无数次风无数次浪组成的。什么时候都不要说希望渺茫这样的话，渺茫的只是你的心，而不是希望。你要整理的是自己的心，要尽量让它变得坚定和踏实。前方的路就在前方，好好走着吧。也许在这条路上，你还会遇到失败，遇到坎坷，然只要你有明确的方向，所有的失败和坎坷，最终，都将变成戴在你脖子上的花环。

好了，高考已离你远去了，还是先放松一会儿吧。趁着这难得的空暇时光，去读读这世上的好风景。如果你手里的钱不多，就近处走走看看，这个季节，绿阴幽草胜花时呢。倘若你手里有些余钱呢，咱就走远一点儿。新疆是值得一去的。这个时候，山坡和草甸上的花，花期正盛，五颜六色，雪山相映，美得不像人间。也可以到云贵高原去看看水，那些山谷里的水，那些飞溅而下的瀑布，旺盛得不得了，全都染着绿，像撒了无数的翡翠。还可以去西双版纳看看云。那里的云，被那里的人们喂养得白白又胖胖，每一朵都是丰腴富足的。

宝贝，当你置身于美妙的大自然中，你会由衷感叹，这活着的值得，便愿意为之，付出一生的努力。

我们的努力，只为配得上这个世界带给我们的美。

梅子老师

种下一棵向日葵

梅子老师，这次，我想请教您一些学习上的问题。

九年级以来，我的语文总是考得很差，主要扣分在作文，有两次作文竟然只得了 32 分（满分 50 分）！我以前（特别是小学）作文很好的，我的作文经常被老师当作范文去读。但现在，我越来越发现，我连叙述一件事，都叙述不清楚，不明白，更不生动。我常常觉得我的生活很无趣，整个初中，除了学习，除了拼命，除了熬夜，没有什么事了。所以，我也找不到写作素材。现在，我想学习的是，如何把生活中的一些小事，都能写得很好很详细很生动。

可能是因为我每天都不快乐，活得很糊涂，不像个孩子，总是逼自己学习，逼自己前进，所以我看不到生活中的美。去年暑假里有一天，我突然发现，天空中的云彩好漂亮，这时候我才意识到，我大概很久很久都没有仰望天空了。每天生活在蓝天下，天空对我而言却是陌生的。

我真是可悲、可怜。我也尝试着让自己停下来，生活慢一点，每天给自己定一个目标，发现生活中一件好玩的事。但我发现我做不到。我以前成绩不错，考过九次年级第二，但到了九年级，成绩很差，上次月考竟考了年级 27 名，现在在县里排名到了 80 名！我以前经常是县里前十啊！我不敢停，我也不能停，还有 127 天就是中招考试了，我离目标还很远！而且现在越来越不努力，很多事情困扰着我，阻挠着我前进。

我每天都在思考着一些问题，不断反思，不断和自己对话。我也不清楚自己在想什么，真正想要什么，我变得越来越不真实。我知道，我现在这个样子，活得糊里糊涂，肯定作文写不好，成绩也不会优异。

我很迷茫。我迷茫什么？迷茫我的未来——我该不该考郑外，我怎么和我家里人相处，我怎么变得真实，我怎么活得像自己，我怎么改掉自己多心多虑的毛病，我该不该遵守规则，我作业写不完该不该抄答案，以后有时间再补上？

我活得不快乐，很惆怅，我想得很多：朋友不理我了怎么办，我在乎的人不在乎我怎么办，我该怎么学习……生活中很多事情都让我疑惑。我也不知道自己是怎么了。可能是长大了吧。我可能需要去多读点书吧。

希望梅子老师可以给很糊涂很乱的我一点建议。谢谢老师了！

您的小读者

宝贝你好，我刚刚给我的长寿花拍了一些照片，今年它开得可好了，一茎上竟开出 36 朵花。我想到"簇"这个字，我的长寿花它已开成了"簇"，是花团锦簇里的"簇"，是臻臻簇簇里的"簇"。我们的汉字，真是有意思极了，它总能准确、生动、形象地表达出我们想要表达的。写作呢，就是从一个一个文字开始，你掌握的文字越多，你对事物的描述，就会越流畅越恰到好处。

我看着这盆花簇簇的长寿花，脑子里亦相应地蹦出欧阳修的词句"今年花胜去年红"来。他在那首《浪淘沙》里，慨叹时光美好，人世聚散却总是苦匆匆。我没有那么多的感慨，我只知道，我遇见了花们这一刻的明丽，它们比旧时光里的还要明丽，这便是极大的造化，是花的造化，也是看见花的人的造化。如果我们每个人的今天，都比昨天活得更好，而明天，又将胜过今朝，那还有什么困扰于心的？人心真的很贪，什么都想拥有，结果，什么都抓不住。知足常乐，才有可能更接近幸福。

就像丫头你，已经很不简单了，在县里排名能进入前 80 名呢。学习是一个长跑的过程，在这个过程中，有人会越过你，有人会落后于你，这都是再正常不过的事了。只要你没有放弃奔跑，只要你怀抱热忱，你也总能很好地到达终点。未来如何，那是未来的事，你掌管的，只是你的现在，那就把你的现在经营好。少去胡思乱想，因为想了也没用，不如还自己清静简单。

我想起我考大学那会儿，每天凌晨两点起床。那时，教室门尚未开，我翻窗进去，点灯背诵历史、地理，温习功课。那会儿的日子，似乎很苦，现在回想起来，却无比地简单幸福，心思单纯而饱满。因为自己拼命努力过吧，很对得起自己的人生了，最后虽没像我的同学那样考上重点大学，我也没什么可遗憾的。

我有一个画家朋友，如今他的事业如日中天。当年他从家乡小城，一路北上，住在北京潮湿的地下室里，里面昏暗不见天日。他在住处的一面墙上，画了一扇大大的窗，又在窗子外，画了一朵大大的向日葵。他告诉我，每当他沮丧的时候，他就看一看"窗外的向日葵"，内心里重新长出希望。

宝贝，生活不都是鲜花铺就，也有杂草丛生。这个时候，我们不要总是纠缠于杂草，最后也沦为杂草中的一根，而是要在自己的心里，种下一棵希望的向日葵。每天对自己说，我的向日葵在开着花呢。跟着向日葵的步伐往前走吧，朝着阳光，永不言败。

梅子老师

笔直向上

梅子老师：

　　您好！

　　我是一个平凡的中学生，掉在人堆里，找不着的那种。有时还挺敏感的，动不动会掉几滴眼泪，为别人的一句话，为看到的一件事。我也不明白吧，可能这就是青春的烦恼吧，说不上来。心里有时会塞得满满的，有时又空空如野。

　　父母对此很不屑，说，一个男孩子，动不动就掉金豆子，像什么男子汉！又谆谆教导我说，男子汉有泪不轻弹。

　　我也觉得羞愧，大概没有几个男孩子像我这般吧。但我还是忍不住要掉泪，就像读您的书，读着读着，我就掉泪了。也不是难过吧，就是生起莫名的情感，我也说不清是什么。或许那叫感动吧。您的文字真美，安静得叫人忘了呼吸。每当我烦乱的时候，捧起您的书读几页，就能安静下来。谢谢您写了那么多好书。

　　现在我有个苦恼想跟您说说，就是吧，我最近活得很茫然，不知道自己的方向是什么，是按照父母的意愿去好好学习，还是追求自己想做的事情。

　　谢谢您为我解答。祝您身体健康！

一个中学生

宝贝，你好啊，紧紧拥抱一下你，为你的"敏感"。

我不认同"男子汉有泪不轻弹"那句话，流泪也是人的一种本能反应啊，硬憋着有什么好，那不得憋出病来？

泪腺发达的人，多半是内心柔软的人。这世上不缺少强硬之人，缺少的恰恰是柔软之人啊，多一分柔软，就多一分善良和美好。因为，柔软之人更具同情心。所以宝贝，如果你想流泪，你就流吧，一滴泪水也许就能催生出一朵花呢，这是好事啊，有什么可羞愧的？当然，适当的节制还是要的，咱身体里的水分也不能流失得太多是不是？咱还要用它滋养我们的身体呢。

说到滋养身体，我们常常会忽略掉心灵。人最要滋养的，是心灵。你所说的"人生方向"，就是属于心灵的范畴。不同的人，会朝着不同的方向而去，但其中，总有一个大的方向，像指南针一样的，指导着人们的行为，让他们的方向，不会偏离它太远。

这个大的方向是什么呢？我还是举个例子来说吧。我去我们这里的黄海森林公园游玩，它由一片片人工水杉林组成，占地面积达四千多公顷，里面植被繁多，最多的，还是水杉，茫茫一大片林海。我印象深刻的是，有一棵只有小孩子胳膊粗的小水杉，夹杂在高大的杉树丛中，也是站得笔直笔直的，稚嫩地踮着脚尖，一路朝向天空。我想，这棵小杉树，未必清楚自己将来会成为什么样子，但它一定知道，作为一棵树，笔直地向上生长是它的责任。这里的"笔直向上"，就是杉树们的大方向。

　　我们人生的大方向，也应该是笔直向上的，向光、向善、向美而行。在保证这个大方向的前提下，我们再确定各自的小方向，就是明确自己将来要做什么事，相当于树立理想和目标。你没有理想吗？从你的话里，我却嗅出你分明有，你说"追求自己想做的事情"，这其实就是你的方向啊。

　　要想沿着这个方向走，你目前除了"好好学习"，我不能替你想到别的法子。要想实现你的理想，你必须先接受完系统的学校教育，这是你成才的基础。你拥有的知识越多，你离梦想的距离就会越接近。

　　好好学习吧宝贝，只有掌握了足够多的知识，你才能扬起理想的帆。

梅子老师

微笑，是一个人的磁场

梅子姐姐：

你好！

我是一名高一新生。偷偷告诉你，我复读过的，但我仍旧没考上我想考的高中，只差了几分，所以我对现在就读的学校有点儿怨气。

我似乎患上了社交恐惧症。我们班的同学都很活跃，他们在一个群里，谈天说地，你来我往，热闹非凡。我感觉自己插不进话。对于不熟悉的人，我真的做不到自来熟。我矛盾着，我很怕会融入不进去，很怕被孤立。

我不是个很有趣的人，我也不玩游戏，不喜欢看当下流行的电视剧。我只喜欢安安静静地看书、跳舞，做那个自己。但过于沉溺在自己的舒适圈里，我觉得孤单，我也想要踏出去，却不知道该怎么做。我也想像同学那样活跃，可以很快融入群体中去。

我从小最怕孤独，却又喜欢孤独。我不知道你理解不。我害怕自己一个人被别人看到，也许是虚荣心，也许是我怕别人看……

你的读者

宝贝，你好。

你的信写得有点凌乱哦，不过，挺有趣的。

你偷偷告诉我，你复读过。我的眼前，便出现了一个可爱的姑娘，她压低嗓音，悄悄凑近我的耳朵，一字一字咬着说，脸上飘着羞涩的红云朵——这模样多么有趣！

你害怕着跟不熟悉的人接触，又羡慕着他们的那份热闹，你远远望着，徘徊着，纠结着，像隐在花丛中的一朵小小的花，想把自己藏起来，又怕别人看不到，真正是左右为难呀——这，也是顶有趣的。

你看着你的书，你跳着你的舞蹈，一方面享受着那份安静，另一方面呢，又想自己身上能发光，能让人看见，并惹来惊叹，呀，呀，这个姑娘多么与众不同呀——这，也是很有趣的。

人生的趣味，是多种多样的，不是玩玩游戏，看看流行的电视剧就叫有趣（那在某种意义上，是无聊），能有着自己的爱好，能做着自己喜欢做的事，能有着自己的想法，有着自己的坚持，有着自己的目标，这都是有趣的。包括，喜欢并享受孤独，也是有趣的。

但，乱丢怨气不算有趣。你复读过，原不是件丢人的事。多少人想走回头路还不能够呢，你看你多好，原先走得太匆忙，路边的景致你一定落下不少，这下好了，你重新走了一遍，又遇到一些新的人，遇到一些新的事，遇到一些曾忽略掉的景致。这大大的收获，岂是一张试卷能收纳和考量的？你后来没考上理想的高中，这本身也算不得什么大事，普通高中的老师并不比重点高中的老师差，有的甚至比重点高中的老师还要敬业，专业素养还要高。只要你步步紧跟，勤奋刻苦，最后一样能学有所成。

然你却生了怨气，且把这个怨气丢在你就读的学校身上来了。它有对不起你的地方吗？没有。它妨碍你去考理想的高中了吗？没有。相反，是它接纳了你，包容了你。你说它冤不冤？唉，不是它对不起你，是你对不起它才是，你要做的，是为它争光，让它日后能以你为傲。

宝贝，在你今后的人生路上，还会遇到一些不如意。到那时，我希望，你不要埋怨他人，不要埋怨这个世界，凡事要多多反思你自己：我够好吗？我够勤奋努力吗？宝贝，这个世界不欠你什么，你有什么样的能力，它就给你匹配什么样的人生。

至于融入到群体中去，一点儿也不难，只要你能克服掉你的清高和虚荣，就可畅通无阻了。早上到班级，遇见同学了，主动笑着问候一声早。晚上离开时，主动笑着跟同学道一声晚安。平时跟同学互相问问题目，借借文具，交流一些小秘密，结伴着去食堂吃饭……记住，做这些时，请面带微笑。微笑，是一个人的磁场，那种从内心里散发出来的恬淡、善良和好意，有着独特的魅力，不管是在你独处的时候，还是走在人群里。

梅子老师

第 三 辑

我把今天爱过了

每一个被我爱过的今天，才是我真正的人生。

做一条活泼的鱼

亲爱的梅子老师:

　　您好!

　　梅子老师,您还记得我吗?我是三年前给您发过邮件的小圆子。真的很感激您曾经给我建议!三年来我经历了很多,成长了很多。也有许多话想和您说,想问问您。

　　梅子老师,我现在已经是一名大学生啦!九月份就要升大二了。我本来凭借高中获得的奖项和成绩,已通过了梦想中的大学的综合素质评价,面试也通过了。只要我高考达到一本线,就能被录取。然而最终,我差了一分,与之失之交臂,我几近崩溃。想到高中三年的努力,几乎没有自己娱乐的时间,每次回家都背着重重的书包,晚上熬夜研究题目,可我还是失败了。

　　这是至今让我无法释怀的事情。

　　糟糕的人际交往,也让我常常不开心。我太在乎别人对自己的看法了,高中时与同学之间发生过不愉快,现在一想起,还十分难受。在大学里,我还是不知如何处理人际关系,往往总是充老好人,软弱好欺负,有时候对我来说比较麻烦的事,只要别人开口,我总是竭力去帮忙,似乎她们开心,自己就开心了,有一种阿谀奉承的味道,生怕别人对自己有意见。偶尔也会觉得心累，自己小小委屈一下，然后依然会那么做。我其实挺恨这样的自己的，太讨好别人，而没有自我了。

梅子老师，我是不是太斤斤计较了啊？这样的人是不是永远也不可能实现梦想啊？我常质疑自己，面对不可知的未来，我既期待又害怕。

初高中，无论失败与辉煌，都过去了，但我始终很难真正放下。我不想相信所谓的命运，可又害怕最终会屈服。我想试着考研，我想考回我的家乡。对啦梅子老师，我还没和您说过我的家乡吧？我老家在安徽，所以很想考研考到安徽师范大学，多了解了解家乡。我想再努力一把，我觉得自己高考的努力程度还不够，但我又怕结果还是徒劳。

梅子老师，我很想与命运抗争，很想把握自己的命运。但是我又不知道自己具体应该怎么做，又是否能够坚定地付诸实践。

我想成为和您一样的老师和作家。梅子老师，您觉得成为一名作家需要具备哪些条件呀？

絮絮叨叨说了这么多，梅子老师该不会嫌我烦吧。

最后，祝梅子老师天天开心！

爱您的圆子

圆子，你好呀。祝贺你成为大学生了！

如果说小学的生活是条小溪，中学的生活是条大河，大学的生活就是江是海了，领域足够宽广，资源足够丰富。我希望你是一条活泼的鱼，跳入其中，能扑腾出一些闪亮的水花来。读书、摄影、音乐、绘画……一些与艺术有关的事，挑一个或几个自己感兴趣的，多参加，多投入一些精力，那将是你未来生活质量的保证。当一个人有了艺术的滋养，他将拥有高贵的气质、优良的品德，他会变得越来越自信，心胸也会变得越来越开阔，他已远远超越了原来的那个他，昔日的种种不愉快，又怎会挂在心上？未来的路，他也不惧怕。因为明天是今天的延续，今天的他已经够好了，明天的他，还会差吗？

圆子，不管昨天有多少的错失，它已经成为过去式了，即使从头再来，你未必比昨天的那个你做得更好，那你又何必耿耿于怀？把那一份经历，当作你成长的礼物岂不更好？不要为昨天的努力感到委屈，假如不是昨天那么努力，你也不会遇见今天的你。你应该对昨天努力着的你，充满感激才是。

今天的你，有了更明晰的目标，想考研，成为一名师范生，将来做老师。那就努力备考呗，这有什么可犹豫的？也许结果未必如你所愿，但你在备考中读进去的那些书，学进去的那些知识，送走掉的那些努力着的清晨、黄昏和夜晚，将成为你人生的财富，不定什么时候就派上用场，焉有什么"徒劳"之说？俗话说，东方不亮西方亮。人生从来没有白用过的功，只要努力了，定会有收获。就像鱼在水里，从不会停止它的游弋。虽然不是每次游弋都能给它带来食物，但却使它变得更为矫健。

至于要成为一名作家……这个，我不鼓励你。如果你喜欢读书，喜欢写作，那就读着写着好了，随心随性，这样，不沉重，很舒适。因为读书写作，不是职业，它更倾向于怡情养性。就像有人爱养花、有人爱喝茶一样。如果你一直坚持做下去，也许写着写着，不单单怡了你的情，也怡了别人的情，拥有了你的读者，不知不觉中，你也就自成一家了。

圆子，当你能沿着自己的梦想，心无旁骛，一路向前，又能有自己喜欢的艺术相伴左右，你真的就活得像一条活泼的鱼了，在宽广的海洋里，自在游弋。到那时，你所忧愁的人际关系，自会迎刃而解。要知道，你讨好型的人格，恰恰因为你没有底气，不够自信。

祝你从今天开始，能够眉目飞扬，笑对天上云卷云舒。

梅子老师

拥有一颗欢喜心

梅子：

你好！

做你的读者五年了。很喜欢你文字里的风淡云轻宁静美好，很羡慕你多姿多彩的生活，和不停地行走。常常想，你到底是个怎样的女人，才能活得如此肆意奔放？

我的生活，相较于你的来说，实在太无趣太无聊了。我有份稳定的工作，是属于小职员的那种，每个月拿着一份能维持衣食温饱的工资（仅此而已）。我每天除了上上班，不知还能干啥。日子对我来说，永远是一成不变的一副面孔，不痛不痒。

哎，我也不知要对你说些什么了，是心里有些发闷吧，也不知是什么缘由引起的，有些莫名其妙。我常这么莫名其妙地情绪低落，这个时候，我便到你的文字里寻找安慰。

谢谢你啊梅子老师，谢谢你写出那么多美好的文字，谢谢你听我胡说了这么多。

你的读者：阿若

亲爱的阿若，你好。

看完你的信我的第一反应是，你的命真好。多少人还奔波在为了一日三餐而打拼的路上，你早已衣食无忧了。这是多大的福泽和恩典，可惜你不知道。

我想起我的老祖母来。她出生于民国初年，历经战争、逃难和饥荒无数。小时我们因日日吃胡萝卜稀饭，而嘟着小嘴，一脸的不乐意。我的祖母会说，伢呀，有饭吃就该感谢老天爷了，人要知足啊。后来，我们能吃上大米饭了，饭粒掉在桌上，亦不可惜了。我的祖母一一捡拾起那些米粒，她说，一粒米七碗水，糟蹋了会遭到天打雷劈的。

一粒米七碗水，我记住了她的话。她让我对万物都存有敬畏，亦让我懂得，人要惜福。因有了爱惜，生命才有了厚度和庄重。亦因有了爱惜，也才有了欢喜心。

阿若，你欠缺的，正是一颗欢喜心啊。

你会被一朵花感动吗？那一朵，开在山涧边、乱石杂草之中，它撑着一张黄艳艳的小脸蛋，笑得眉目飞扬。抑或是，开在深秋的寂寞的林中，橘红的一朵。满目的枯败之中，它是不可言说的鲜丽。不，不，也许，它就开在你日日走过的路边。一朵蒲公英，或是一朵一年蓬，那么纤弱，又有着天真的美。想想，它该是飞奔了多少里路，才从乡下跑过来的。生命是这么倔强和鲜妍，该好好爱着才是。

你会因一朵云而停一停脚步吗？是在清晨，天上一朵云，正长成蘑菇的模样。抑或是，午后，上班的路上，玉兰花一样的云朵，开满了天空。又或是，临近黄昏的时候，天上的一朵云，像一只白色的大鸟张开翅膀。而更多的云，像海浪，它们前呼后拥着，奔向天边去了。宇宙多浩渺啊，一想到我们也是其中的一个，真是感激！

你会因春风细软，心里微微一动吗？细雨点洒落在光秃秃的柳枝上，一点一点，催生出鹅黄的柳芽。一个桃红柳绿的世界，又将如画卷一样，摊开在你的跟前。大自然里，隐藏着太多神奇，怎不叫人喜欢！

你会因孩子的蹒跚学步，而笑着相看吗？他摇摆着小胳膊小腿，带着无限的好奇和欢喜，一一去认知这个世界，如新冒出的笋。人之初，原都是这般鲜嫩，无与伦比。莫名的感动，会涨满你的心间吗？你也曾如此鲜嫩过啊。世界因这样的鲜嫩，多出多少的柔软和美好！

一对老人相携着缓缓走过，他们白发映着白发，皱纹映着皱纹。看着他们相依为命的背影，你的眼睛会湿润吗？他们一生中也许未曾有过海誓山盟，可走到人生的黄昏，还能执手相牵，已胜过世上最美的誓言。

你想过分享吗？看到好的景致，吃到好的食物，读到好的书，听到好的音乐，你都想告诉他人。冬日响晴的天，突然闻到一阵蜡梅香，你的心里跳出欢喜，你很想发信息告诉远方的一个朋友，你说，蜡梅开了。走过某个街角，看到卖竹编小物什的。你就那么愣了一愣，微笑慢慢爬上你的脸，那久远的手工艺品，让你一下子回到童年去，那时的乡下，多这样的手工艺品。你想也没想，就拨动了一个人的电话，你告诉她，你看到竹编小篮子和小筐子了。因为你知道，她甚是喜欢这些传统的手工艺品。

分享，会把一个人的快乐，变成两个人的。会把一份欢喜，变成两份的，甚至三份四份的。日子因分享，会变得格外有趣和喜乐。

你会给自己奖赏吗？因顺利做完了手头的事，而奖励自己一趟短途旅行。因认真付出，有了额外所得，而奖励自己半天闲暇时光，不谈俗事，只是发呆，和时光对坐，听风听雨听鸟鸣。因慷慨地给予他人，而给自己的善良献上一朵花。因平安健康，而奖励自己去看一场电影。爱自己也是一种能力，一种超强的能力。只有很好地爱自己，才能更好地爱他人，爱这个世界。

我们都有流泪的能力抱怨的能力，却渐渐丧失了爱的能力。

阿若，请学会爱吧。就从爱一朵花开始，爱她的含苞、盛开、芳香和凋落。当花瓣零落在地上，风吹过最后的香，她会化成养料，滋养着那方土地。来年，又将有花朵明媚。这样想着，怎不叫人感激万分！

只要你肯去爱，每一天都有春暖花开。

梅子老师

你不快乐的每一天都不是你的

梅子老师：

你好！

很喜欢你，想跟你说说心里话。

我从小就活得很不快乐，很自卑。我出生在一个贫穷的家里，从小吃穿就比别的孩子差。记得小学时，有一次学校组织去春游，每个孩子都欢天喜地的，带了一书包好吃的，什么面包啊火腿肠啊蛋糕啊，只有我，带了两个硬邦邦的馒头。那两个馒头，我是躲起来啃掉的。升上初中，第一年学校举办元旦文艺汇演，我的独唱节目被选上了。要登台，老师让准备一条红裙子。我妈却不肯拿出钱来给我买红裙子，她说，费那个钱做什么，一条裙子，够上家里半个月的伙食费了。元旦汇演那天，我佯称生病了，躲在家里哭了半天。从此后，我都没再登上过舞台。

我知道自己没什么可倚仗的，只有靠自己，所以我拼命学习。我的成绩很好，初中毕业时，以优异的成绩考上我们那儿最好的高中。高中三年，我的成绩都排在年级前 10 名以内（一个年级共 18 个班）。班主任预言我最差也能上个 211。然而，在高考的时候，我不幸患上肠胃炎，勉强坚持把所有场次考完，结果可想而知，我惨遭滑铁卢，最后，只能去读三本。我的父母为此唉声叹气，在人前都抬不起头来。

大学毕业后，我想读研，家里穷却拿不出钱来。我只好出去找工作，一波三折，屡屡碰壁，最后，只找了份自己根本不喜欢的工作做。然后，父母开始催婚了，天天在我耳边念叨，什么时候结婚什么时候结婚。我连恋爱都不曾好好谈过，又结什么婚？想想人生真是无趣得很，我已生无可恋。

你的读者：凤姑娘

凤姑娘，我急于想跟你分享一首诗。这首诗，我刚刚读到，是葡萄牙诗人费尔南多·佩索阿的，诗名是《你不快乐的每一天都不是你的》：

你不快乐的每一天都不是你的：

你只是虚度了它。无论你怎么活

只要不快乐，你就没有生活过。

夕阳倒映在水塘，假如足以令你愉悦

那么爱情，美酒，或者欢笑

便也无足轻重。

幸福的人，是他从微小的事物中

汲取到快乐，每一天都不拒绝

自然的馈赠！

我的窗外，憋了两天的雨，终于下了。一个夏天，几乎都未曾有雨。入秋快一个月了，这雨才晃晃悠悠而来。对它哪里有怨？欢喜还来不及的。久旱逢甘霖，——人生"四喜"之一。我也就站到窗口去听雨，听它敲打在晾衣架上，滴滴答答，如弹六弦琴。楼下的植物，一律昂着头，饱吸着这顿雨水。像饥饿的婴儿，终寻到母亲的乳房。一个天地，因这场雨，都欢唱起来。这一天活着的意义，也便都在这场雨里了。

凤姑娘，你的生命里，也应时不时地会碰见这样的小欢喜。只是你早已放大了你的不快乐，让它们雾霾一样地，笼罩着你的整个人生。你看不见身边的美好事了，看不见这些细微的点滴的幸福，像雨水催开了花朵。

凤姑娘，你一句"生无可恋"，真是惊着我了。人世间，有那么多可眷可恋之事啊。比如说，等待一场雨。比如说，看一场日出。比如说，夜半时，月亮像一朵水莲花似的，开在半空中。比如说，下午三四点的光景，你路过一条河边，看到太阳揉碎的影子，像小鱼一样地，在水面上跳跃。比如说，人家的墙头上，爬满了凌霄花。比如说，吃一块新烤出的面包，享受它的醇香。比如说，你遇到一个小小孩，她伏在小母亲的肩上，她看见你，像看见花儿和云朵，眼睛滴溜溜地打量着你，然后，甜蜜地笑了。比如说，一只陌生的小狗，跟着你走了很远的路。比如说，黄昏下，携手并肩而走的一对老人。还有费尔南多·佩索阿的"夕阳倒映在水塘"……凤姑娘，我们活在这些微小的美好里，它们一点一滴，化成我们的血液，饱满着我们的肌肤，你却把它们给弄丢了。正如费尔南多·佩索阿所说的，"只要不快乐，你就没有生活过"。人生的最大意义，原不在别的，而在于，是否快乐。

凤姑娘，细数你的那些不快乐，也只是些小小的尘粒而已。在贫穷年代，大多数人都遇到过。就说我吧，也是从小家贫。念初中了，还穿着母亲改制的父亲的裤子。那时的自行车，都是有前杠的，又笨又大，我个子小，每次跨上去都如登山。一次，从学校回家的路上，跨上自行车时，裤子被自行车的脚踏给挂住了，哗啦一下，撕开一个大口子。后面的一帮小男生看见，起哄地嘲笑地叫着，追着我跑了很远。到念高中时，我夹在一帮生活富裕的城里孩子里面，那自卑恰如荒草，噌噌噌直往上蹿啊。考大学时，我因两分之差，与本科失之交臂，没念成我心仪的本科新闻系，而上了大专的师范专业。毕业分配工作时，我被分到偏僻的乡下去，放学后，满校园就剩我一个留守的。窗舍旁有池塘，风吹着芦苇，沙沙沙地，全是孤寂。

我感谢我生命中遇到的这些不快乐，它们教会我强大。教会我，即便山穷水尽了，也还有满天的星斗可以观赏。所以我成了现在的我，一个每天都能笑着走路的人，一个不虚度每一天光阴的人。

凤姑娘，人生在世，总会有这样或那样的不顺，我们要做的是，从微小的事物中，获取感受快乐的能力。把你愁苦的时间，用来发现生活中那些细微的美好，当你再看到"夕阳倒映在水塘"时，你也就能感受到发自内心的愉悦了。当你愉悦了，看世界的眼光就会有所不同，人会变得积极而努力，好运将随之而来。

诗人说，你不快乐的每一天都不是你的。诗人又说，每一天都不拒绝，自然的馈赠。世界的模样，取决于你凝视它的目光。凤姑娘，愿你能握住你的每一天。

梅子老师

12 年零 5 个月

梅子姐姐：

　　您好！

　　请宽恕我时隔这么久，又再度给您写信了。这封信迟来 12 年（具体地说 12 年零 5 个月），也不知道这个邮箱是否还在用。此时略有些忐忑不安呢！或许您也早就不记得远去的曾经有一个上大三的小妹，因着对未来迷茫，而向你写信求助来着吧……连我自己也不知道一晃而过的时光，就是十几年了！太令人震惊了。

　　我最近时常想到你，也不知道为了什么，可能是因为若干年前种下的那颗种子在慵懒地发芽吧。是在尘封很久以后的那份温暖，终于等到了合适的土壤吧……

　　简单地讲一讲这些年的经历。

　　给你写信的第二年，决心成为一个非常厉害的设计师，我考了本校研究生。本以为这是一个很好的开始，但仍度过了一段很久的非常迷茫而恐惧的日子，也会因思念失去的男孩子而闷闷不乐——想工作的我最终考研，想考研的他最终选择工作。也就那样错过了。

　　三年后我毕业了，来到北京，一直待到现在。从事着旅游策划和城市规划方面的工作。中途换过几次工作。第一份在一个大学老师开的公司，做了三年。第二份只做了一年。第三份工作是当时业内比较有名的上市公司，因为薪资差不多翻倍，我毅然跳槽去了那里，直到工作的第六年才攒下了第一桶金，并为父母在老家的城市买了房子。

可是好景不长，公司因为资金链断裂大规模欠薪裁员，舆论上闹得沸沸扬扬，股价跌底。经历了一段轮岗颠沛流离且昏暗的日子后，我也离开了。之后的四个月我尝试过创业、考证书，最后没有耐住现实的压力，还是去了另外一家单位上班。规模不大，工作内容简单，也是手到擒来。周末不加班，因此我有许多业余的时间，我开始对街舞感兴趣，并且厚着脸皮成为舞社的众多姑娘小伙中，可能是唯一年龄30+的学员。看着那些年轻的脸庞，丑也好俊也罢，有朝气在，感到年轻真的很好。我年轻时也能这样就好了。我在补偿自己。现在才懂了你说的"青春是一颗蓬勃的树，你还有青春"的深刻含义，只可惜那时候傻傻的不懂。青春这条河只有蹚过去，才知道原来是这么回事儿。

我至今没有结婚，甚至在感情上一直是空白，从懂事起我没有真正地交过一个男朋友。我喜欢的，和喜欢过我的男孩，慢慢地成长为男人、丈夫、父亲，但那与我始终都没有关系。父母催婚无果已经心碎放弃，放任我自由流浪。阳光好的时候，我觉得人生就这样也不错；遇到困难时，我也后悔为什么不找个男人，至少肯有人为我打打气。再多困苦的日子，也就这样倔强地过到了现在。在一方小茧中，编织自己的美丽童话。洪涛巨浪中，只想保一方无虞，且偷浮生。

疫情这段时间，可以不去公司，我一直待在家里。最初，感到疲惫、恐慌、空虚、烦躁，后来我开始读书，一本一本地买，中外名著、当代作家、畅销书，我看了太宰治、芥川龙之介、东野圭吾、毛姆、萧红、老舍，看《百年孤独》

《霍乱时期的爱情》、《三体》系列、《月亮与六便士》；不顾一切抓住什么就看什么。渐渐地感到心实了，并且真切地感受到了被搁置十几年的梦想了。如果有一天，人都将死去，我到底为这世界留下些什么？肯定不是我画的那些图，做过的那些项目，那都不是我的成就。唯一的梦想，是拾起春华的笔，在即将过半的时光中绘出颜色，为我，为自己，留下些什么吧。

当然我知道这很艰难，所以打算用余生的时光慢慢地去培养、呵护。只要在老死之前，能留下那么一点点，也就足够了。我相信印度的"三世生轮回说"，这辈子做不完的事，下辈子接着做。这本来是该悄悄地做的事——人真的要做什么事，成功之前总不好去宣扬，但是我愿意与你分享，也希望你能给我一些力量。北漂的路不容易，我既不能离去，又无法安定。谁也不知道未来还会发生什么。但在这一刻，5月12日的晚上21点08分，我认定完成儿时的梦想是我未来最想做的事。

讲了好多，都是我在说，也不知道梅子姐姐如今怎么样，身体可好？家人可好？学生可好？希望你一切都好。再次感谢你那时的关切和回信，对我的指点和鼓励，你文采斐然至今读起来也如沐春风。希望你一切一切一切都好，开心幸福。

PS：诶？突然惊奇地发现，这是不是现实版的"解忧杂货铺"呢？！

from 就算历经生活困苦还是找到初心的小妹

小妹：

你好！

读完你的信，我的眼眶湿润了，隔了12年零5个月，你还记得通向我的路。无数花开花落的兜兜转转，你我都还安好着，足以感谢。

我站起身，给自己倒了杯白开水。好些年了，我不喝茶，只喝白开水。简洁，清爽，是水的原味。一如我对人生的态度吧。

我又把你的信从头到尾看了一遍，像看一棵小树，在时光的磨砺中，一段一段生长，终长得枝叶葱茏起来。我看得感动不已。一路的风你吹过了，一路的雨你淋过了，悲欢忧喜，你都尝过了，现在往回收了，回到内心做自己，真好。我一直觉得，一个人不管走多久，走多远，最终，都要回来做自己的。有的人会自觉去做，有的人却糊涂一世。你是那个自觉的，真为你高兴。

疫情期间，多少人焦躁不安，而你能静下心来，读了那么多的书，实在是明智之举。毛姆说过，阅读是一座随身携带的避难所。想来你是深有体会的吧？那么，继续把阅读坚持下去吧，你拥有的"财富"将会越来越多，你将不忧不惧，活得坦然从容。

现在，你重拾梦想，找回初心，我简直要跑去拥抱你了。多少人汲汲营营，拼命奔跑，跑着跑着，就弄丢了一颗初心，他们最后获得了名利又如何？只剩一个光鲜的空壳子罢了。你没有，你懂得及时止步，反思自己，能够思考我们人为什么而活，生活就变得有意义起来。谢谢你与我分享这些，我喜悦着你的喜悦，就让我陪着你，或是见证你，一路走下去好吗？管它能做多少呢，我们做着就是了，也许有一天梦想能实现，也许不能，那都不要紧。到生命的最后，倘若能无愧地对自己说一句，这辈子我没有白活。那就是最大的福报了。

北漂的路不好走，你肯定还得忍受一些孤单，一些沮丧，一些寂寞，一些迷茫，但我相信，你会很快调节好自己的，因为，你有梦想支撑着呀。愿你能时常给梦想的这盏灯添添油，让它一直旺旺地燃着。

同时我也希望，你能试着谈谈爱情，论论婚姻。我以过来人的经验告诉你，遇上对的人在一起，真是件十分十分幸福和好玩的事。一个人的快乐，会变成两个人的。那个人在的地方，就是你心安的地方。所以，对看对眼的可爱的男人，你千万别放过，勇敢一些，大胆去追吧。你这么好的姑娘，没有一个好男人爱着，对这人世间也是一大损失嘛。这世间会因你的一份爱情和婚姻，而多出一份美好来的。

我的一切都挺好的，除了年纪又长了10多岁，脸上添了些色斑以外。心态嘛，还留在可爱的18岁。我以为，人老的不是容颜，而是心态，即使活到80岁了，我还是个少女。你说是不是？

最后，我想跟你分享我写在一本书里的话：

我不执着于过去，也不幻想于未来，我只管走好脚下的路，走着走着，花就开了。

嗯，对我来说，把每一个今天爱过，就很好很好了。祝你平安，一切顺遂！

你永远的梅子姐姐

慢下来，等等自己的灵魂

丁立梅老师：

您好！

严格意义上来说，我不算您的读者。不过，我每隔一段时间会看下您的微博，是您的崇拜者。看您的人和文字，有幸福感染着我，人应该像您这么活着，做有情怀的事，做一个幸福如画的人。这种美好不会随着年龄逝去，而会使自己变得越发强大，精神的感染力是无尽的。

只是，我一件也没有做到。在这世上太难了，大家都在赚钱，我生怕慢了，没有一天停下来好好地生活过。如果有一天生命结束了，我大概只会苦笑两声，情怀和信念的空白，让我对死亡充满恐惧。

赖宝

赖宝，几天前，我刚参加完一个文友的葬礼。

那是阳光晴和的一天。路边，大把大把的紫薇花，在开着。百日菊和太阳花，也都开得很好。还遇到一地的藕花。我身边有人瞅一眼，轻声说，莲藕快上市了哎。这是活着。这么的真切、缤纷，能看到颜色，能听到声音，能尝到味道，能对明天有所期待。

一切，却在一个地方止息。那个地方，是殡仪馆。里面也筑有小桥亭台，小径通幽，花树掩映。如果气氛不是那么肃穆，真让人疑心是到了某个疗养院。我看着人群如鱼样的，从一个敞开的大门贯穿进去，那里，躺着我的文友。

告别仪式很快结束。出得门来，小白花扔了一地，阳光亮得晃人的眼。一个曾经鲜活的人，他化成灰了。我很恍惚。想他曾也眼眸灼灼，野心无数。他写小说写剧本，梦想着能拍成热门电视剧，梦想着能赚大钱。为此，他赌上了他整个的人生，眼里心里除了创作，再无其他。一日三餐凑合着吃。一年四季的衣衫，凑合着穿。人走出去，邋遢憔悴得不成样。妻子无法忍受他，早早与他分了手。他唯一的儿子，因他疏于管理，染上毒瘾，进了戒毒所。他是突发心肌梗死而终。我设想着，在他死前，意识尚在，他预感到生命要结束了，他恐惧了吗？后悔了吗？他会想起多少遗憾的事啊，妻子的，儿子的，他自己的。如果他不是那么执着于一定要"功成名就"，他的生活，肯定会是另一番样子。

赖宝，我们总是那么急急地走，慌慌地赶，总感觉来不及啊，再不赶路，就晚了，钱被人赚去了，名被人占去了。这么紧赶着，运气好的话，能抢得一点名和利。然这时你却发觉，你并不快乐，甚至是茫然的。因为，你在紧赶的路上，早把灵魂给弄丢了。也有另一种可能，你一辈子都在追着那镜中花水中月，到头来，还是两手空空，却赌上了自己的幸福和自由，没有一天真正生活过。就像你说的："如果有一天生命结束了，我大概只会苦笑两声，情怀和信念的空白，让我对死亡充满恐惧。"

既如此，为何不慢下来，等等自己的灵魂？我有高中同学，曾是做外贸生意的，整天忙得脚不沾地，资产上千万。偶尔同学聚餐，他也是电话不断，一顿饭难得有消停。问过他，要那么多钱干吗？他的回答叫人无语，他说，别人都在赚啊，停不下来啊。后来，一次外出途中，他突遇重大车祸，一车六个人，仅存他一人。车祸发生时，他脑子里蹦出的是，我要死了。心里面有一个声音在大叫，我不要死，不要！我还有很多的事没有做呢。他想着，要陪着老婆孩子去西藏的。他想着，早就答应父母，要陪他们坐一趟游轮，看看三峡的。他想着，要养一只小狗，他那么喜欢狗。他想着，要画点小画的，他从小就喜欢画画。他想得悲伤绝望，在心里祷告，上帝啊，哪怕再给我一天时间，这一天，我一定把时间还给自己，哪怕什么也不做，就用来发呆晒太阳，也是幸福的。想着想着，眼泪不知不觉糊了一脸，他不自知。

他很幸运，只受了点皮外伤。伤好后，他把公司转手给了他人，去了乡下老宅，养小猫小狗，种地，画画儿，穿布衣布衫，过简朴的日子。偶尔想走世界，背起包也就走了。从前走得那么快，自以为拥有了全世界，却把灵魂走丢了。现在，他彻底地慢下来，跟着灵魂的节奏行走。同学再聚，他精神最是饱满。他说了一句话，令我非常感慨，他说，即便我现在突然死去，我也无憾了，因为，我为自己活过。

赖宝，留点时间给自己，等等灵魂，爱想爱的人，看想看的景。只有灵魂丰盈了，人这一生，才不算辜负。

梅子老师

我把今天爱过了

梅子老师：

　　您好！

　　我是您的读者，从小学六年级，我就读您的文章，可以这么说，我是在您的文字的陪伴下长大的。谢谢您。

　　我现在读高三了，却越来越不开心，心里总像被什么压得沉沉的，想哭，却哭不出。想挣脱，却无法挣脱。

　　我想问您一个问题，您有没有想过要回到过去？当您意识到再也回不去了，您会怎么办？

　　　　　　　　　　　　　　　　　　　　　　　　您的读者：欣欣

欣欣你好。

收到你这封信时，我正走在深秋的天空下，去寻找漂亮的叶子。

其实根本用不着寻找，这个时候的天空下，到处游荡着漂亮的叶子。我捡各色各样的叶子：有爬满皱纹的梧桐叶；有生着可爱雀斑的海棠叶；有珊瑚一般红的紫薇叶；有像金色小扇子的银杏叶……哪怕随便一枚草叶子也是好看的，一捧温柔的土黄色。秋天做得最漂亮的事，就是让万物各归其位，带着一生的荣光。

我把捡来的叶子，夹到我的书里，夹到我的笔记本里。我等于收藏了这个秋天了。我知道明年的秋天，还会有各种各样漂亮的叶子，但它们不会是今年的这一些了。每一个经过的今天，都将成为往昔。而每一个往昔，都不可能再重新来过。

所以我从没想过要回到过去，尽管那里有我的年轻青嫩，有我的无忧无虑，有我的貌美如花。然它再好也是过去的事了，它不属于我了，它只属于记忆。我偶尔会回忆一把，但绝对不会在上面停留太多时间，因为我的时间太宝贵了，我要用来爱今天。爱关乎着我的一呼一吸的今天，爱有叶子红着黄着的当下，有木芙蓉花还在开着的当下。我把今天爱过了——每一个被我爱过的今天，才是我真正的人生。

欣欣，我不知道压在你心头的到底是什么。也许是情感上的事情，也许是学业上的事情，也许是对明天的恐惧和迷茫。无论是什么事情，咱不要逃避它好吗？如果是情感上的事情，若不能继续，就丢开吧。天涯大着呢，芳草多得会迷花你的眼。如果是学业上的事情，咱只要尽心尽力就成。不然又能怎样？樟树做不成榕树。同样，榕树也成不了樟树。每个人做好自己就很好了。至于明天你会怎样，那是到了明天你才会知道的事，何苦在今天去愁？再说，愁也愁不来呀。我想，倘若你把今天的路走好了，你的明天，断不会差到哪儿去。

　　欣欣，真正属于你的东西只有今天。我好希望在不久之后的某一天，会听到你对我说，梅子老师，我好开心，我也把今天爱过了。

梅子老师

练就一颗平和心

梅，不好意思，我又来麻烦你了。

今天我想跟你倾吐下我的烦恼。我嘛，曾经也是个胸怀大志的女文青，当年我可是凭着一叠发表的文章，才应聘到现在的单位的。然而结婚后，我整天的中心就是围绕着老公和娃娃转了。我整个人变得俗不可耐，还要应付一份工作，每天活得很机械很麻木。这很可怕。我那可爱的文青梦呢！看你每天都那么从容地读书、写作、生活，真是羡慕得不得了。我做不到了，偶尔捡起一本书来，想好好看看，困意立即袭上来。睡醒了又懊恼不已，时间啊，我的大好年华啊，真不甘。偶尔铺开纸张，想写点什么，但脑中却空空如也。亲爱的梅，你是怎么做到那么气定神闲的？难道你没有家庭拖累、工作拖累，不需要应付各种各样的应酬吗？梅，你说我该怎样做改变？再这样下去，我怕是要疯了。

爱你的晴格格

格格，看你的信，我笑了。嗯，每每看到你的信，我总是要笑。我的眼前晃着一个穿着白裙子，扎着麻花辫的姑娘，她站在一片绿色的田野上，旁边站着她的小娃娃。要多美好有多美好。可惜，这个姑娘她自己不知道。

的确，生活是烦琐的，我们不得不在其中穿梭，于千头万绪中，理顺一条路，好让自己好走。这是最能磨炼我们心性的一件事呢。如果我们心烦气躁，那本来就烦琐的事情，会变得更烦琐，我们眼里见到的，耳里听到的，心里所感受到的，都是琐碎的烦和恼了。最后，你会越来越受不了了，原本存在的美好，也被你忽略不见了。似乎生活处处都是荆棘都是麻烦，而你昔日的抱负，早已成零落的花瓣，委身地上。最后化成泥土，连尸迹都难寻觅。

然如果，我们心平气和呢？纵是一团乱麻摆在你跟前，它总有个头，有个尾，只要我们静下心来，理出它的头，慢慢儿也就能理顺了。慢慢儿地，原本烦琐的事儿，都变得不再烦琐，反而成为一种享受。对，就是这样的，你要怀着美好的心情来对待一切，那么，你觉得有负担的一些事，就会变得顺畅多了，你渐渐地，会爱上这样的生活的。

我也有家庭，有工作，有时也有一些应酬啥的，但我从没觉得那些是拖累。我做家务，我把那当作是休闲，而不是繁重任务。我一边听音乐一边做。我一边背宋词一边做。或者，做一会儿，我就跑到窗口去看看外面的天空，天空总能带给我惊喜，那些变幻的云朵，是这世上最有本领的魔术师。我也养了很多盆植物，每日里跟它们厮混一会儿，眼睛都是澄澈的。这样的家多好啊，我爱。我不喜太长时间外出，时间长了，我会很想家。

做饭在我来看，也是很有成就的一件事。看着不同的食材，在我的手底下，变出一盘盘佳肴来，那成就感，真的不亚于写出一篇好文章呢。我偶尔也玩玩小点心，把面粉调拌调拌，做出蛋糕来，做出米糕来，犒赏自己和家人。

带娃娃我也没觉得是负累。就像看着一棵植物生长一样，总能发现很多有趣的，愉悦心情。他会走路了。他会说一个单词了。他会说一句完整的话了。和孩子待在一起，能让人变得柔软。和他们对话，就是和天使对话。有些稚言稚语，孩子脱口而出，就是诗，那是从天真里长出来的，从童稚里长出来的，再伟大的诗人也写不出来。

对了，我还爱绣十字绣。每日绣上两行，看枝叶花朵，在我的一针一线中，鲜活起来。这等快乐，也是千金难买的。

至于工作，我努力做好就是。也只把它们看作是植物，这里长叶，那里开花，这也是很有意思的。而我最喜欢的是下班路上，不要那么忙着赶路（迟一会儿天掉不下来的），一路走，一路看着路边的树木花草，还有人家。在凡俗那热气腾腾的生活之中，想象人生的种种可能性。那些可能性，有时，都会成为我手底下的文字。

格格，带着这样快乐的心情，我们再去读书、写作，焉有不顺利的？那也只不过是换了一种休闲方式而已。当然，读书和写作，是件相当寂寞的事，你还得耐得住寂寞才行。在这个纷繁复杂的人世间，我们要炼就的，是一颗平和心，既耐得住繁华喧闹，也守得了清静孤独。到那时，你方能在自己的心里修篱种菊，面对琐碎杂乱，从容不迫，游刃有余。

你的朋友梅子

好好活着，才是王道

　　我在一个学校做讲座，讲座完了后，一个小男孩揣着与他年纪不相称的忧伤，走到我跟前，问了我一个很沉重的问题。回家后，我给他写了一封信，托他的老师转交给他。

——题记

　　亲爱的宝贝，你好。

　　圆脸，鼓鼓的额，眼睛晶亮，这样的你，多像一颗饱满的果实，往我跟前一站，我只觉得眼前亮晶晶一片。

　　我被你的同学围着，他们如喳喳欢叫的小鸟，拿着笔记本，争着要我的签名。你在嘈杂之外安静地等，终于，一切都静了，你走过来，看着我，认真问，梅子老师，我可以问你一个问题吗?

　　我被你的"严肃"逗乐了，我说当然可以。

　　我没有预料到，你会问出那样的问题。你问，如果觉得活不下去了，该怎么办?

宝贝，请原谅我，我有一刻，思维彻底停顿，我是被你给惊到了。

谁会把你跟"活不下去"这么冷酷的问题联系在一起？不，不，绝对不会。十三四岁的少年，看起来是多么葱茏蓬勃，结实欢脱，人生的路比南海的海岸线还要长，多少远航的梦在等着你去做的。

然你绝不像是在开玩笑，或一时冲动，你的眼中，闪着泪光，想你应该被这个问题纠缠了很久。

我抱抱你，伸手轻轻抚平你微皱的眉头，我说，宝贝，当你冒出"活不下去了"这个念头时，说明你身体里的能量少了，你饥饿了，你疲惫了，你丧失了兴趣，那么，不要怕，我们来补充能量好了。

我不知道你的生活里到底遇到了什么，或许是学习上的，或许是家里的，或许是别的什么，——这些，我们暂且都抛开吧，就让自己任性一回，去吃一顿好吃的好吗？唔，想想这世上还有美食在，多么叫人留恋。去买一个喜欢的小礼物送给自己吧，哪怕是一支笔，一张小贴画。这世上同样让人留恋的，就是有喜欢的东西在。去对着天空发发呆吧。天空的舞台上，白天有云朵，晚上有星星，你方唱罢我登场，真是热闹非凡。有这样的天空可看，也是很叫人不舍的。去睡一个美美的觉吧，等你醒来，你会发现，结果并不是你想的那么糟糕，地球并没有发生爆炸，太阳又重新升了起来，而你的身上，又变得能量满满的了。

因你要去上课，我来不及对你再多说什么。你也还有些话要说，但你的老师在礼堂外催你走，你只好礼貌地对我点点头，道一声，谢谢梅子老师。

便匆匆跑了。我冲着你的背影叮嘱你，宝贝，如果你还有什么话要说，可以给我的信箱写邮件，我会一直在的。你远远答应一声，好。

好几天了，我没有看到你的邮件，想来你的心结，该是解开了些。但我仍有些不放心，想要跟你再多唠叨几句。从前，在我的乡下，每当苦寒之中的乡人们，有了想不开的念头，村子里的老人们就出来劝解了，他们唠唠叨叨，反复说着这么一句，好死不如赖活。那时我很懵懂，并不知其中深意。如今想来，这真真是人世间最明亮的话语。谁能望得见后来呢？也许走着走着，在下一个拐角处，就能遇见美好。倘若没有赖活，哪会有日后的苦尽甘来？所以宝贝，不管在你的人生路上遇到什么难题，你都要抱着一条信念，好死不如赖活。好好活着，才是王道。你只需等一等，再等一等，也许就柳暗花明了。

宝贝，不要跟你无法解决的麻烦去较劲。那些麻烦，就让它们自个儿地麻烦着好了，时间会帮你解决了它们的。你现在，只要管好你自己，好好爱自己，爱你所能拥有的一切。我还特别建议你，热爱读书吧，读书可以帮你疗伤，读书可以使你重新获得自信和力量。

最后，我要特别特别叮嘱你，在你最难受最孤独的时候，千万不要一个人憋着，告诉你的亲人吧，告诉你信任的老师吧，告诉你信任的同学吧。有什么难题，让我们大家和你一起面对好吗？一个人走路很无助，但大家一起走路，可以相互取暖。

梅子老师

别把自己弄丢了

梅子老师：

您好！

我是追随您多年的读者了。

可能因为性格懦弱，也可能是不够自信，我很难开口对别人说不。明明有些事情我不想做，明明有些场合我不想去，明明有些东西我很不喜欢，明明有些人我心里面很拒绝，但我就是做不到说不。您说我该怎么办？

您的读者：沁瑶

——梅子，有空吗？我来了几个朋友，他们想见见你。

我很想说我没空啊，因为我手头正忙。然我还是答应道，好啊。

——梅子，我有个朋友的孩子特别喜欢读你的书，你签上你的大名，给她送一本呗。

我想说，不，我手头还真没书可送。但说出口的却是，好吧，等我得空了买来签送。

——梅子，下午有个座谈会，你准备一下，在会上发个言。

我心想着，什么破座谈会，无非一帮所谓文人墨客互相吹捧。但我不能这么说啊，我于是很好脾气地笑，能不能请个假？我有事呢。

那边不乐意了，说，谁没个事啊，你就别拿架子了，大家等着听你的发言呢。

哦，好的。我把不快自个儿吞了。

——梅子，晚上一起吃个饭吧，就文友圈子里的几个人，大家好些天没聚了，热闹一下呗，给我个面子啊，你可千万不要说没空啊。

好吧，退路都帮我堵住了，我还能说什么。

——梅子，明天有个集体活动。哈哈哈，你知道的，也就是玩玩喝喝啦，去吧，你不去，大家会失望的。

我说，好啊。

——梅子，你能否帮我的新书写个序？多少字你随意，以你的影响力，帮帮兄弟我好吗？

高帽子都给我戴上了，且语气如此诚恳，容不得我有丝毫犹豫，我说，好啊，荣幸之至。

——梅子，我家孩子别的学科都还好，就作文不好，你抽个空帮忙辅导一下好不？拜托亲爱的了！

可是亲爱的，我没空啊，——我好想这么说，但我说不出口。我听到我很不争气很虚伪地说，好的，没问题，你把孩子送过来吧。

曾经，我是这么"好说话"的人，我怕得罪人。我怕人说我清高不合群。我怕大家都是白的，独独我做了黑的。我怕被孤立。我来者不拒，赶赴着一场又一场的"约会"，出席一场又一场的活动，揽下无数额外的活计——帮人写序写推荐，替人摇旗呐喊，帮若干的认识不认识的小孩子改作文……赢得一个"此人很好相处"的"好名声"。我为此一次次违背自己的心愿，牺牲掉自己的健康、时间，还有好心情，我把自己弄丢了。

我到底累倒了，不得不住进医院做了一个手术。我躺在病床上，伤口的疼痛，成了我感知这个世界的唯一。我终于明白，人首先要为自己活着。病好之后，我回绝掉一个一个的宴请和活动。我安静在自己的小天地里，读点书，写点字，画点小画，和花草们厮混。兴致来了，我还会诸事皆抛下，做只闲云野鹤去远足。我的双颊，日益红润。我的心灵，日益饱满。我自然为此得罪了不少人，让他们很不待见我，骂我清高，说我狂妄，说我脾气古怪。好吧，我就清高了，我就狂妄了，我就脾气古怪了，关卿何事？你们说我好，我不会多长一块肉。你们说我坏，我不会掉下一块肉。我不想做的事，不想见的人，我统统可以说，NO！

这个世界没有因我的拒绝而发生一点点变化，花还在开，叶还在绿，月还在升，日还在落。我反倒赢得了时间，读了不少好书，写了不少好文章，看了不少好风景，活得自在又逍遥。

　　沁瑶，你现在的苦恼，跟我当年的如出一辙。我也不好让你放弃什么，选择什么。生活是你自己的，该走怎样的路，你应该听听心的意愿。只是啊，我想告诉亲爱的，不要被生活五花大绑，一再把自己弄丢。到头来，赔了时间，赔了精力，赔了心情，在表面的"一团和睦"里，郁郁寡欢。

梅子老师

先喝下眼前这杯"苦茶"

梅子老师：

您好！

特别喜欢您的书《等待绽放》，喜欢你们的家庭氛围，还有您对一个孩子的理解和您总在他迷茫时正确地指导、鼓励。我不知道是不是每个高中生都一样，我想变好，但我无从下手，自己不会的好多，还要学的也好多。每次就算是补课，没达到期望值，都喜欢说，花这么多钱就这样，还不如不补。很多时候我都很压抑，我想玩，但我不敢，因为玩过之后成绩下降，不管什么原因，都会被揪出来说，会被骂得更惨。我知道玩手机不好，但每看到那么多作业，一点想写的欲望都没有，宁愿发呆，都不想写作业。高中的迷茫打得我措手不及，我现在真是一点办法都没有，都不知道自己该做什么，该怎么学。

其实手机对我产生诱惑的原因是我平常接触不到（碰都不能碰的那种），真给我了，我也不知道干什么。他们总是对我期望很高，觉得我最起码能上211。可是现在对我来说是很难的。很多时候，比起责备更怕他们当我面对我说失望。我也曾满怀希望，我喜欢厦门大学，但我考不上。我喜欢英语，但我英语并不特别好，尤其口语。我不喜欢理科，可我还得在高一时就必须选择学理科。想变强，但连计划表都不会做，就像高一欠的债多了还不清。满腔热血，现在什么都做不好。好想有能像老师一样的家长，能在长大的路上告诉我该怎么做。

您的读者

宝贝，你好。

这会儿你在做什么呢？发呆？胡思乱想？还是做了一道习题，背了一篇古文？

人都是有惰性的，如果有机会躺平，我想，绝大多数人都会选择躺平的吧。可是，人又是有理智的，知道此刻的躺平，换来的将是将来无穷无尽的艰难困苦。所以，有些人又会警惕地起身，继续努力，朝着梦想奔去。

我想到了白族人的三道茶，一为苦茶，二为甜茶，三为回味茶。三道茶里，隐藏着的是智慧人生，先苦后甜，然后才有回味袅袅。为了能在将来尝到"甜茶"，为了能在将来回望一生的时候，有着回味袅袅，了无遗憾，好多人选择先喝下眼前的"苦茶"。

高中的学习，对你来说，就是杯"苦茶"，一点一点喝下眼前的这杯"苦茶"，你才有机会在将来饮上"甜茶"，找到安身立命的依傍。当然，你也可以把这杯"苦茶"倒掉，等着你的，只能是更糟糕的人生。

宝贝，忍耐一下，再忍耐一下，压制住心头那只想玩的小兽吧，让它安静些，再安静些。每天给自己列些小计划，学科就这么几科，语、数、英、物、化、生（地），你按自己的实际水平来均衡时间，功底比较扎实的学科，就少分配些任务，功底薄弱的，就多加强练习。温习书本是基础（搞题海战不可取，要有针对性，把书本知识嚼透嚼烂是提高学习成绩的不二法门），直到自己能熟练掌握每个章节所讲的内容。每天规定自己必须温习多少公式多少题目，背下多少单词几段课文。完成了奖励自己一下，听听音乐，看点闲书，吃点好吃的，出去溜达一圈……要实现这个不难，难的是坚持下去，这就取决于你的意志力了。可以参照我写的《等待绽放》里王潇同学的做法，每天早上在墙上贴上一张列着当天计划的小纸条，晚上的时候，对照着上面的一一检查，全部完成了，送自己一颗小星星。

父母对你有意见，我猜想，大多是因你给他们造成松懈了学习的表象。你不必过于计较父母的态度，学习是你的事，不是父母的事，咱暗暗蓄把力好不好？这也是不给自己将来懊恼的机会。

高一时成绩落下了，留下些空白，不要紧，咱现在追赶就是了。王潇当年到高二下学期才醒悟过来呢，他还不是一路追赶上去了？不要给自己找任何借口放弃，行动起来，努力，再努力，"昨日之日不可追，今日之日须臾期"，时不你待，别再白白浪费了。

梅子老师

第四辑
沙漠里也有玫瑰开

你若对生活报以微笑，生活回报你的，必将美好。

斑竹海棠的奇迹

梅子老师：

　　您好！

　　因为我没有考上高中，上了高职，我妈妈就看不起我，说我这说我那。我知道是我没用，可是我感觉妈妈现在越来越嫌弃我了，恨不得没有我这个女儿！我该怎么办，我也想好好学，可是被我妈妈说得没有信心了，觉得自己一无是处。

　　求梅子老师给我理理思路！

您的读者

　　宝贝，抱抱。你受委屈了。

　　我刚给阳台上一盆斑竹海棠浇了水。斑竹海棠真是好养得很，随便剪下一枝来，栽进土里，或插在水里，它都能活活泼泼蓬勃了给你看。你十天半个月不理它也不要紧，它兀自勤勉着，皮实得很。直到它开花，一撮儿花蕾，累累的，如小心脏般地垂着，如小果实般地垂着，你陡然发觉，哇，这是多么绚丽而华美的生命啊!

你看，命运没有让它做牡丹，而是做了斑竹海棠，得不到人们的祝福和赞美，也从不曾享受过丁点优待，它一样创造出属于自己的奇迹。

是，在俗世的眼光中，高职不如高中，就像斑竹海棠比不过牡丹的出生。可只要勤勉，只要肯学习，肯钻研，无论在哪个行业里，都能有所建树。所以宝贝，你要从你自身起，就不要轻视高职，不要瞧不起自己，说出什么自己没用的话来。不同的境遇和环境里，都会遇到一个最好的自己。

什么叫有用？都涌去名牌大学都出国留学才叫有用？那里面也有不少"烂果子"呢，出来后根本适应不了这个社会，他们除了死读书，别无其他特长，他们的人生，很难再发芽和蓬勃成长了。——这么看来，上了名牌大学也未必等于有用。

我以为，真正的有用，是能做对自己的人生有益处的事；是能做对他人有益处的事；是能做对这个世界有益处的事。在学习上比别人落后一步两步，并不代表你在其他方面的能力就等于零啊。这点自信，我希望你要有。甩甩头，把昨日的不快全甩到脑后去，从今天开始，明确高职的目标，在高职的汪洋里，通过勤奋，通过一心一意的钻研和学习，激荡出属于你的浪花来。当你结束高职学习，如一条鲤鱼一跃而起，你还怕你妈或别的什么人瞧不起你吗？

宝贝，现在所有的辩白都是废话，你用你的行动证明就是了。

梅子老师

沙漠里也有玫瑰开

梅子：

你好，我看过你很多文字，博客、微博里的，书里的。

我们同是老师，同是文字爱好者，可我没你那样幸福，没能从细小的事物中找到内心的快乐。

你的文字，给我感觉是"草芥生花"。你有幸福的家庭生活，你有开心的人生旅途，你的工作也是美丽的，幸福的。

可以了，足够了，一个女人活到这个份儿上，真的，很幸运，很荣光。

⋯⋯⋯⋯

我感兴趣的是，你真的如你所展示的那样幸福吗？你的日常生活怎么就那样滋润美好？每次看你的文字，我都十分羡慕，羡慕你可以这样一如既往地写东西，可以坚持初心和坚持自己对生活的看法。

你的生活应该也是一帆风顺的，从学校到学校。都说顺利的人，往往不够丰厚，不够定力，可你那么坚定地朝着美好走下去。是什么给你动力？——爱情？工作？文字？还是心里强行生成的彩虹？

我很想知道。

一个仰慕你的同行

不知怎么称呼你，我就叫你生花老师吧。

你好，生花老师。很高兴你从我的文字里，看到 "草芥生花"。生活虽有着太多寻常，但我一直努力地，让我的每个日子，都能生出花来。

你说我很幸运，很荣光。我拥有幸福的家庭、美满的生活，还能不断行走，在行走中，收纳和捡拾风景无限。你由此断定，我的生活一定是"一帆风顺"。

这你说对了。我从来不曾认为我是个倒霉的人，即便在出现挫折，路遇艰难时。我们绝大多数人的生活，不都是一帆风顺的么？——没有天灾人祸，没有杀戮和仇恨，没有战争、逃难和死亡，我以为就是大幸运。

也许你会说，不，我们有多多的烦恼，淹没掉我们的生命，细小的事物，已很难激起我们的快乐了。——这只能说，是你们感受生活的能力降低了，怨不了生活本身。日月星辰，就是日月星辰，它们就在那里，没有对谁多照耀一点，也没有对谁少照耀一点。山川河流，就是山川河流，它们就在那里，没有因谁丰腴，也没有因谁消瘦。天空和大地，多么公平，一样的阳光，照着你，也照着我。一样的细雨，润泽着你，也润泽着我。一样的花红柳绿，温暖了你，也温暖了我。你说，谁比谁更走运？

人间有苦难千种万种，但每一种苦难的前头，都有着更大的苦难。就像我摔了跤，伤了膝盖，肿疼了好些天。我却庆幸着，比起那个摔断了腿的，还有那个摔破了脸的，还有那个摔破了头的，我不知要幸运多少倍呢。苦难的降临，是为了避开更大的苦难，——这么一想，你正承受的那点小烦恼，又算得了什么？害耳疾的，胜过害眼疾的；害眼疾的，胜过断了腿的；断了腿的，胜过半身不遂的；半身不遂的，胜过得了绝症的……这世上，总有更坏的结局存在。而你拥有的，永远不是那个最坏的。所以，庆幸，释然，而后，自我满足。

花朵的明媚和鲜妍，常常让我们忽略掉它背后付出的努力。它也是一样经受了风雨侵蚀，经历了漫长的准备——抽枝、长叶、含苞，忍受了绽放的疼痛。尘世中，真的没有事先铺好的锦绣之路，一辈子任你花团锦簇，无有患忧。当然，我不否认，的确有少数的幸运儿，他们生在钟鸣鼎食之家，不费吹灰之力，就拥有了财富、地位和尊贵。然尘世众生万万千千，又有几个会遇到如此荣宠？再说，即便是这样的人，一生中也难免会有起伏呢。历史上，不乏这样的例子。几番风云突变，朝代更改，一切都化为乌有。靠谁也靠不住，只有自己不断修炼自己，丰富自己，把自己打造得能屈能伸，风雨不动安如山，那才是最保险的。

我曾说过一句话，生活赐予我的，无论好的，坏的，我一概慨然接受。因为，我没有办法对生活挑肥拣瘦。当不顺降临时，我不回避，或是坐以待毙束手就擒，而是尽着最大的努力，从不顺里，另辟出一条路来。即便有时什么也改变不了，但我还可以改变我的心情，不让它陷在沮丧和茫然里。沙漠里不是也有玫瑰开么？有什么可怕的呢，地球是圆的，哪里真的会山穷水尽。

你问我是什么给了我动力，让我那么坚定地朝着美好走下去。我的答案是，爱。我爱这个世界，无条件地爱着。我这一副寻常的血肉之躯能暂居其间，真是莫大的恩泽了。我感恩！它让我保持着旺盛的好奇心，和源源不断的快乐。我常对自己说的是，没什么，一切都会过去的。没什么，这样，已经很好了。

　　你若对生活报以微笑，生活回报你的，必将是美好。

梅子老师

成功没有任何捷径可走

梅子：

你好！

我是你的读者。今来向你求救，把你当成救我性命的最后一根稻草。

怎么说呢，我从小也是有梦想的一个人吧，一路考呀考呀，考高中，考大学，以为离梦想会越来越近，谁知拼命到最后，却两手空空。

如今，一晃都快三十了，恋爱无果，工作难定，连收留自己的窝都没有一个，真是一事无成啊。活着就是一场煎熬，每天都很挣扎，不知是否有勇气再面对明天的太阳了。

梅子，我真的不知道怎么走下去了。我还能抵达成功吗？那一条抵达成功的路在哪里？你能告诉我吗？

谢谢你。

读者：如蕴

如蕴，你好。

看你的信，我真是出了一头的汗啊。你说大学毕业至今，一晃都快三十了，至今一事无成。你向我寻求帮助。你说你现在把我当救命稻草，希望我能给你指一条成功的路。

亲爱的，请原谅我，我怎么担得起你的那根稻草？虽然，我多么想帮你。可我实在能力有限，除了会写两行文字，无甚别的本事，我哪里能给你指条成功的路！

但我却明白一个道理，这世上，根本没有所谓成功的路，光亮鲜明地摆在那儿，等着你去走，就像走红地毯那般轻松。但它却又是存在的，存在于每个人的脚下，得靠你一步一步，用汗水、用勤奋、用不屈不挠、用辛苦、用寂寞把它走出来。

小时，我爱看雏鸡出生。变薄的鸡蛋壳里，望见小雏鸡小小的身体，在一拱一拱的。那鸡蛋壳，却怎么也拱不破。我急，恨不得替了它，伸手就要捏碎蛋壳。祖母拦住，祖母说，让它自己出来，不然，养不活的。

我等啊等啊，等了一个下午，到傍晚，小雏鸡终于挣破蛋壳，出来了。可爱的小嘴，柔软的小眼睛，一个鲜活的小生命。它尚且站立不稳。站起，跌倒。再站起，再跌倒。就这么试过若干次后，它终于站立起来。那一刻，我真替小雏鸡欢喜，它成功了！现在，我想起这一幕来，还是很感动。如蕴，你说成功难吗？答案，难。它必须要有所付出，才会得到。成功容易吗？又很容易。只要你肯付出，且坚持不懈，你定能有所收获。

我有个企业家朋友，他拥有一家外贸加工企业，总资产过亿。别人都羡慕他运气好，他只笑笑，不言语。一次，我们几个朋友闲聚，其中就有这个企业家朋友。他当时又签了一笔交易额较大的单，心情很好。我们就围着他打趣，要他讲讲成功的经验，让我们也能如法炮制，分上一杯羹。

这个企业家朋友看看我们，说出一句惊人之语，他说，你们肯舍弃现在的一切，去捡破烂么？原来，他为了创办企业，曾捡过三年的破烂。又用三年的时间，走遍大江南北，进各家外贸厂打工、调研。再用十年的时间，从无到有，睡工地，住厂房，一点一点，累积下现在这个外贸加工企业。你们看，我手上的老茧，他伸出手来。一只一只老茧，像坚硬的石子似的，卧在他手上，刺疼了我们的眼。

如蕴，你可能要拿我打比方了，你以为我能够一本一本地写书出书，是很轻而易举的事。我要告诉你，不，不是这样的。

走上写作这条路，前前后后，我走了快三十年了。曾经，我的投稿，也是石沉大海。曾经，我捧着书稿去出版社，也被人家拒之门外。漫漫写作路，望不到尽头，看不到希望。我也不去管它，只管走着我的路，坚定不移地走下去，从未曾有过转移。在我，能够到达目标，固然是好。不能够到达，也无妨。它都是一种成功。因为我付出了，我收获到的，是充实，是无悔。

即便到今天，在你的眼里，已是成功者的我，又何曾有过丝毫的懈怠。不经一番寒彻骨，哪得梅花扑鼻香？这样的古训，细细思量，真是道理无穷啊。如蕴，这世上，成功没有任何捷径可走，一切成功的背后，都有着漫长的蛰伏、忍耐和不屈不挠。那些鲜花簇拥的时刻，无不生于寂寞和苦寒。

你的朋友梅子

做自己的救世主

梅子老师：

我记得你写过一本自传，也就是写了你的家乡，那本书中我看到你写过一个一棵桃花树下，一个大麻花辫的漂亮姑娘最终归于毁灭的故事。我不知道你写的那个故事是否真实。但是真的，一个好的家庭会成就一个人，一个不好的家庭真的会毁了一个人，美好从来不是一个人坚持就够的。

真的有很多无奈，有的残留下来，甚至根深蒂固。我不知道该说什么，有些东西无法表达，有些事解不开。有时候我想什么是罪，为什么有那么多注定的无奈和痛。如果真的是罪，又该谁赎。就像你想救自己，渴望美好，可是没有勇气，没有那一点运气。谁都想遇见，或许只有遇见，可怎么会遇见。逃也逃不掉，仿佛进入了一个圈套，明明有机会离开，可是这些年造就如今逃不开的我。有一种恨却不敢恨的那种感觉，你了解吗？

Angela_ 大可儿

亲爱的大可儿，你好。

我是写过这样的一篇文章，题目叫《桃花红》。小村庄，一树桃花沸沸地开着，扎麻花辫的漂亮姑娘，那都是真的。它是我童年遇见的一件事。

我清晰地记得她微笑着的样子，记得她担水的样子，记得她唱歌的样子，记得她在一树的桃花下，梳头发的样子。她不应该是那样的结局，却因被逼成婚，而走上绝路。那是一个家庭的悲剧，更是一个时代的悲剧。那个年代，乡村偏僻，人们见识短浅，思想保守，她又遇凶悍的嫂子，命运似乎无法掌控在她的手里。

然她真的就别无出路了吗？这些年里，我一想到这件事，就替她不值。一个连死都不怕的人，还有什么险阻不能逾越？她若是换一种活法，未必定要玉碎，天地又阔又大，跑出去，总能找到容身之处，何至于走上绝路？

曾看过一个女人的故事。女人本是富家千金，19岁时，父亲生意亏损，跳楼自杀，留下巨额债务给她。原本养尊处优的她，不得不奔波在赚钱还债的路上。20岁，她遇到一个男人，男人出手帮她，她感动之余，以身相许。婚姻10年，却遇到男人出轨和冷暴力，她每天必须靠吃安眠药才能勉强入睡。后来，她提出离婚，净身出户，从头来过。又一度遇人不淑，再度被伤。坎坷的经历，让她姣好的容颜不再，一颗心却越挫越勇，跌倒了，爬起来。再跌倒了，再爬起来。手头拮据时，她连买碗牛肉拉面的钱都没有。她硬是从贩卖地摊服装起，最后做成了一家时装公司，千难万阻，她走过来了。55岁，她重遇良人，活出她应有的灿烂。

大可儿，我试图从你的字里行间，读出你的境况来：家庭羁绊？父母思想刻板、偏激和守旧，对你造成伤害？不喜欢的生活，不喜欢的人，你沦陷其中，不能自已，想抽身走开，又藕断丝连，总有那么多束缚，让你不能轻松一走了之？恨也恨不得，爱也不能爱，只一任自己的心，在无奈中受尽煎熬。你期盼着会有意外降临，他是驾着风马而来的救世主。从此，你只照见美好，没有伤痛。

是的，你的人生里，也许有着万般艰难，然比起上面那个女人来说，你觉得你所遭遇的，比她更不堪吗？这世上，真正能打倒一个人的，不是旁的人旁的事，而是他自己。

我还想跟你说说一只蜜蜂的故事。对，一只蜜蜂。我不知它是怎么跑到我的书房里的，我发现它时，它正在我的窗台上左冲右突，试图寻找到一丝缝隙，去往它的自由天空。然窗子密封性太好，它被撞得昏头昏脑，屡屡失败。然它并不放弃，还是拼命地扑着翅膀，左冲右突。一番艰难的摸索后，它终于发现了墙上的空调孔，从那里，飞了出去。我为这只蜜蜂感动和骄傲！亲爱的，倘若这只蜜蜂几番碰壁之后，就此泄气，不再抗争，其结果只能囿于一室，等待灭亡。

大可儿，这世上，从来没有救世主。如果有，也只能是我们自己。生活再多的刀光剑影，只要信念不倒，总能杀出一条道来，走向光明和广阔。我们要做自己的救世主。

梅子老师

高考不是人生的终点

梅子老师您好。不得不说我现在是一个高三的学生了，在学校里的每一天，都是寝室——教室——食堂三点一线的生活，假期一个月几乎只有一天，这次放的十一长假几乎成了一种奢侈，像沙漠中偶遇的绿洲一样奢侈。开学之初，班主任让我们每人写一篇《高三，我奔跑》的作文，开学一个多月来，每天都让不同的同学念自己的奔跑，我还记得我的作文里的第一句话就是"奔跑是高三的基本状态"。

虽然是高三了，但在学校里不只学习一件事，还会和同学有摩擦，和朋友有矛盾，偶尔，心里有委屈。但我不会抱怨，因为你说过啊，"青春的疼痛，在骨头里噼啪作响"，也许青春，本该就是疼的。

不抱怨，但会惶恐，距高考倒计时只有249天了，曾看过一句话：如果想要在一个领域，成为出色的人物或大师级的人物，必须至少投入一万个小时才行。算算，若每天花3个小时，需要坚持10年，即使一天25个小时，即使每天不吃不喝不眠不休，要完成一件事，也要400天呢！可是，我只剩249天了，我不禁问自己怎么办。呵呵，即使惶恐到不知所措，生活也要继续，高三要继续，高考依旧要继续。您说是吧？

冰糖葫芦

宝贝，看到你的昵称，我轻轻地笑了。它勾起我一段往事了。

童年的我，一直生活在一个偏僻的村庄，对外面世界最大的渴望，就是能去老街一趟。老街离我的村庄三十多里路，那时觉得真是遥远啊，就像远在天边。我常常坐在田埂上，朝着西边天望，想着老街。

我想着它做什么呢？是想念那棵大柳树下摆着的小人书摊。是想念青石板铺就的巷道两旁店铺里的商品，琳琅满目，花花绿绿。还有，插在草把上的冰糖葫芦。

草把是被一妇人扛着的。有时，也会是一中年男人扛着。她或他，扛着它在大街上走，穿过花红，穿过柳绿，很招摇。草把上的一串串冰糖葫芦，像立在上面的一个个小人儿，裹着蜜糖熬制的衣裳。那些"小人儿"跟着她或他，穿过花红，穿过柳绿，有多少孩子的目光，附着在上面啊。他们心知肚明，故意逗着那些馋孩子，从草把上拔下一串冰糖葫芦来，对着孩子们招着摇着，来买冰糖葫芦哎，甜得要命哎！

我偶尔奢侈地跟着大人上一次老街，眼光注定是要被那些"小人儿"给牵了去的。我跟着那草把走，走过一条街，再一条街，心里面暗暗发着誓，等我长大了，我要天天买冰糖葫芦吃，我要把这一草把的"小人儿"都买下来。

那时，连接我与外面世界的唯一通道，就是读书。也没谁逼迫我，我自己"逼迫"着自己，一路把书从村小学，读到镇中学，读到异地的城里。也从不曾惶恐过什么，只那么顺其自然着，用着我的功，努着我的力。跌倒过，磕绊过，没事，爬起来，掸掉衣服上的灰尘，揉揉摔疼的膝盖再走。如果我自己想走路，总是有路可走的。实在没有路可走，也可以凭自己的双脚，踩出一条路来。

葫芦宝贝，高三不是人生的终点，你完全用不着那么数着日子，自己吓唬自己。当然，有一个很现实的问题是，高考恐惧气氛的存在。学校在制造这种气氛，社会在制造这种气氛，家长在制造这种气氛（我对这些制造者们，也很无奈，其实，大可不必这样的），于是乎，你们整天被这种气氛笼罩着，想不恐惧也不行了。

但总还留有空隙，容自己喘口气的。你不是也说了么，"但在学校里不仅仅只是学习一件事，会和同学有摩擦，和朋友有矛盾，偶尔，心里有委屈"。好，我们且把这点空隙拿出来，不把它浪费在摩擦、矛盾和委屈上，而是用来奖励自己，做点自己喜欢的事，哪怕是独自对着天空发发呆也是好的。在这个时间的空隙里，你可以独自栽种美好，心平气和，不慌不惧。

我这不是鼓励你不学习，而是要你做到张弛有度。学习应该是终身行为，而不是某一阶段的拼命。留得青山在，不怕没柴烧。咱们是普通人，可能成不了大师级的人物，不要拿他们的一两句名言，当作人生至宝，遵照执行。各人有各人的活法么，他们的，未必适合咱们。咱们做好自己就够了。纵使高考时你有失水准，也还可以继续读书，继续再考。不得不说，你逢上的时代真正是好，只要你不放弃学习，哪怕是活到七老八十了，总还有一方舞台在等着你。

　　葫芦宝贝，我很欣赏你在信末说的话："即使惶恐到不知所措，生活也要继续，高三要继续，高考依旧要继续。"我再给你添上几句吧：

　　即使高考过去了，生活还要继续，读书还要继续。而美好，也在继续。

梅子老师

你若盛开，蝴蝶自来

梅子老师：

你好！

我今年已28岁了，感觉自己年纪很大了，我事事不顺，做着一份自己不喜欢的工作，在感情生活上，也是个彻头彻尾的失败者。父母却不知体谅，整日在我耳边唠叨，责怪我心比天高，不知将就。

我是渺小如尘，没有人在意我。现在，活着的每时每刻，在我，都是煎熬。对这个尘世，我已厌倦。我不知道，人为什么要活着。或者这么说吧，我不知道我为什么要活着。梅子老师你能告诉我吗？

晓晓

亲爱的晓晓，读你的信时，我的窗外，正下着雨。雨不算大，有细微的滴答之声，很轻灵。

我听着雨，感觉像是谁在弹着六弦琴，有悠扬婉转之意。我很高兴，我知道这场雨，会抚绿河边的那些柳。"朝佩皆垂地，仙衣尽带风"，春天里的好景象，柳是数得上第一位的。这场雨也会催开一些花朵，迎春花、金银花、连翘、桃花、梨花、杏花、海棠、樱花……哪一场花事，不是拼了命地往那热烈里头钻？热烈啊！生命要的就是这样的热烈。我每每遇见，总不能自已，甘愿被它们俘虏。

爱啊。

是的，我爱。我爱这个世界。每一天都是良辰，——如果我愿意。

晓晓，你也看到这些花在开么？你也看到，生命如此地热烈么？你说你28岁了，这真让我羡慕。28岁，多好的年纪！恰如一段良辰，只春天的花团锦簇才能与之相配。可是，你却说你厌倦了这个尘世，你不知道人为什么要活着。

人为什么要活着呢？在我，答案很简单，是因为不舍得啊。晚上出门散步，看到一枚花朵般的月亮，开在天上。草木都开始返青了。河边一棵桃树上，也已爬满了小花骨朵。用不了多久，又将是一个姹紫嫣红的缤纷世界。做人真是有着千般好处呢，总有这么多美好事物在等着，有这么多可眷念可赏悦的，你叫我如何舍得！

是，我也有不顺有烦恼。曾一度，工作压力也挺大的，世事纷纷扰扰，我也如落叶掉进旋涡里，上下浮沉。然我实在没有多余的时间去烦去恼，因为，那些时间，我要用它去感受生活的美好。每一天，总有那么多新颖有趣的事在等着，叫人高兴不过来的。

比如，太阳初生。它多像一枚鲜艳欲滴的红柿子啊。

比如，雨后漫步，遇见蜘蛛在织网。那张透明的大网，张在两棵树之间，足足有一张小圆桌那么大。我实在要惊奇了，它是如何做到的？

比如，一棵碧桃树上，开出两种颜色的花。我看了这朵红的，再看那朵白的，明知是人工嫁接的结果，还是要惊叹。

比如，送外卖的电瓶车，快速地从我身边驶过，洒下歌声一串儿。它的愉悦，感染了我，我也想唱歌了。

比如，在黄昏底下走着，我看到每个行人肩上，都扛着一颗夕阳。想到我的肩上，也扛着这样的一颗，我便无比高兴。

我总在日子里如此地高兴着。看到月亮出来会高兴。数着星星会高兴。在月色里，辨认出哪种树木是紫荆，哪种树木是梅树，要高兴。听到两只鸟，站在高高的栾树上，变换着嗓子，比赛着叫，要高兴。看到蟹爪兰还在开花，要高兴。看到年前买的漳州水仙，终于长高了，结出花蕾了，要高兴。看到随手丢下的桂圆种子，冒出褐红的芽芽了，要高兴。喝着红枣茶，要高兴。看到我的书又加印了，要高兴。新写出不错的文章来，要高兴。刚看完一本书，清少纳言的《枕草子》，虽内容泛泛，但有几个篇幅挺好玩挺有趣的，我同样高兴得很。

晓晓，当你也能如此高兴时，你还觉得时光难熬么？对你所做的工作，可不可以试着去喜欢呢？带着欢喜心去做，没准你会渐渐热爱上它。如果你实在不喜欢，那就不要勉强自己，现在工作的机遇多的是，再找一份也不算难事。至于感情之事，碰过几次壁，有什么大不了的？谁的感情之路，没有经过几番折腾，才最终修成正果？你只是暂时没有遇到适合你的那一个罢了。等等呗，命定的那一个，也许就在不远处。

　　擦干泪，换种心情来过吧晓晓，把每一天，都当作良辰，你将拥有无数的美好，你的生命也将因此变得容光焕发。到时，好运自会如蝴蝶一般，循着芬芳，飞到你的身旁。

梅子老师

着手去做，永远比空想可靠

梅子老师：

你好！

我是深圳一所普通学校的学生，我已经上九年级了。现在的学业愈来愈繁重。每天学校的大课间女生做仰卧起坐，但是我的仰卧起坐做得真的不好，每次很想多做一个，却怎么也起不来。

前天班主任叫我到办公室，跟我谈我的一些情况，她说我们班女生仰卧起坐不行的，就是我和另一个女生。但我是愿意做却起不来的，而另一个女生是懒得不愿意做的。

后来，我一直在想老师说的话，越想越不安、烦躁、担忧、害怕。我知道时间真的不多了，一年不到就要中考了，而且体育还是第一门，如果我连体育也考不好，那么我接下来的文化考试，也不怎么会考好。

我想努力，我也愿意努力，可是我又想到别的人都可以做五六十个，老师的要求是七十五个，而我只能做二十多个，我真的很害怕自己追不上别人。

我还是个电视迷，总喜欢看电视，克制不住自己，分配不好时间。再加上我之前八年级的几次考试，都是年级五十几名，在七年级时我都是年级前十的，心里很惶恐。不过幸运的是，八年级的最后期末考试我又考了十四名，才在九年级分了个重点班。这很侥幸，是因为我历史成绩很好，才把排名提上去的。我很清楚我的语数英是比别人弱的。

现在的我很迷茫，因为我很清楚我身上的问题很多，我怕时间来不及了。而我的理想是上深圳四大的外国语学校。我不知道倘若我没考上我又会怎么样。梅子老师能给我一些建议吗？

期待回信的小衣草

小衣草，你好。

看完你的信，我笑了。

我想起中学时代的那个我。那个时候，我最不喜欢的老师是体育老师，原因很简单，因为他教体育呀，还教得特别认真。我不喜欢运动，怕上体育课，他总要来捉我到操场上去，每次还偏偏都要练习我最讨厌的一项运动——"跳马"。全班就我不会，每每跑到那"马"跟前，我就慌了神，腿怎么也迈不上去。那个时候，我胖胖的，同学们一看见我站在"马"跟前踌躇，就哄笑开来，哦，小胖墩又跳不过去了。唉，搞得体育课一度成为我的魔障。

那个时候，成绩单上也有体育成绩呢，我每次呢，因这个"跳马"，体育成绩都是不及格。这很打击我的。痛定思痛之下，我反倒豁出去了，我就不信了，在同等条件下，别人能做到的，我干吗做不到？于是乎，我就从练习跳小矮凳开始，慢慢往上增加高度。也不特地去练，在每天做作业做累了时，跳两下。在课间休息时，跳两下。走路时，遇到稍高的地方，我跳过去。纯粹是练着玩，玩着玩着，胆就玩大了。后来，再考"跳马"，我没有一次不率先跳过去的。

相对于我的"跳马"来说，你的这个仰卧起坐，实在算不得什么。为这个生了烦恼，一点儿也不值得呢。只要平时多练练就好啦，每晚临睡前，在床上做上几组。早上起床，再做上几组。这既不耽搁时间，又锻炼了身体，假以时日，你说不定还能成为这方面的高手呢。

宝贝，你现在在重点班，这很了不起。你对自己的学习状况看得异常清楚，这更了不起。多少人"只缘身在此山中"，因而迷失自我，糊里糊涂着，你却活得很清醒。这是人生的好态度，要保持。

你说自己身上的问题很多。那就一一解决它呀，语数英弱一些，咱就把学习时间多向它们倾斜一些。当你的日子被学习给填满了的时候，哪里还有心思去看电视？你说你怕时间来不及，我又笑了。既然你怕时间来不及，干吗还在浪费时间，一个劲地迷茫和空想？

能不能考上深圳四大的外国语学校，那是一年后的事。为这个一年后的事，你在这里牵肠挂肚苦恼徘徊，是相当划不来的。我以为，"我不知道倘若我没考上我又会怎么样"这样的问题，应该留到你明年考完之后再思考。或许你一下子就考上了呢，这个问题也就自行解决了。

　　宝贝，着手去做，永远比空想可靠。无论结局如何，通往明年的路，我们总要走下去，这是无可回避的。那就好好走着吧。

梅子老师

自己给自己鼓掌

梅子老师：

　　您好！

　　我是一名高三学生。自从进入高三以来，我的成绩就一直下降，不知道是我不太适应，还是什么原因，平时上课都能跟上老师的节奏，但一到考试却一次考得比一次差。

　　我尝试改变了自己的学习方法，我没有上补习班，买了资料回来做，但是成绩一点起色也没有。我特别着急，不知道该怎么办。

　　我不想放弃，不想对不起自己，对不起妈妈，但是我努力向前跑却怎么也跟不上。而且我现在的班上有一个极其令人反感的现象，班主任只关心那些送礼的学生，像我们不送礼的学生平常都不喊我们回答问题，有种被排斥的感觉，这种环境真的好压抑。距离高考不到200天了，我真的好无助，好绝望！

　　梅子老师，对我这种情况有什么好的建议吗？

您忠心的读者

　　宝贝，你学过哲学吧？哲学里讲，任何事物的变化都是内因和外因作用的结果。然内因才是变化的根据，外因只是个条件，外因的作用再大，也必须通过内因才起作用。

　　好吧，就算你们老师只"关注"送礼的那些孩子，但老师再怎么关注，哪怕细微到连他们每天穿什么每顿饭吃什么都关心，哪怕细微到他们一皱眉头，老师都紧张，但老师最终能代替他们去学习吗？答案是：不能。他们的路，还要靠他们自己走，那些背诵啊习题啊，还要靠他们自己去完成。

　　每节课堂，老师所提问人数也有限。能站起来回答老师的问题，是给了一个在全班亮相的机会，其他的，说明不了什么。只要那些问题你真的弄懂了，就好了。真本领是掌握在自己手里的，而不是表演给别人看的。这有什么好压抑的！

　　我最欣赏的生活态度是，没有人给我鼓掌，我就自己给自己鼓掌。纵使不幸生在岩缝之中，长在悬崖峭壁之上，也要努力绽放出花朵。那个时候，你以为是一片花园更引人注目和惊叹，还是一朵在岩缝里在悬崖上开出的花，更叫人心生敬意和仰慕呢？

　　进入高三，你的学习成绩的下降，也许与你的焦虑有关。给自己压力是好事，但压力过头了，就成慌张了，越慌张越手足无措，结果什么都想抓住，什么也都没抓住。就像你胡乱买很多的课外辅导资料来做，越做越乱，越做越没头绪。你以为的努力，大多数都是无效的。

哎，宝贝，你还是先把自己整理好了再说。不要去想距离高考还有多少天，我最反感这个了，弄得像世界末日似的。你就想你当下的每一天，这一天，你该记多少单词，你该温习多少课文，你该攻克哪一块儿的数学薄弱之处。要那么多课外资料干吗？你把书本上的知识点完全吃通吃透，能举一反三，就非常棒了。离高考还有 200 天呢，你急什么？你且慢悠悠地走过去。

祝你的今天开开心心！

梅子老师

一只瓢虫的启示

老师：

您好！

我今年18岁，是名高三的学生，因为看了您的书，喜欢上了您的文字。

我今年是要考大学的，但考学压力很大，因为我是名职高学生，普高尚且压力大，又何况职高呢？但我没有办法，为了爸妈的期待，为了自己未来的前途，我只有选择前行。

但是我有弱科：数学。我不知道怎样去补习。我现在只要一想到我将来会有可能因为数学考不上大学，就会很慌张。但我也知道，我现在只能努力。因为是职高，学习氛围肯定不行，我为了学习把自己完全封闭，告诉自己不能玩，玩了就全完了。但我想交朋友。我本身性格内向，如果将来我的学习上不去就太崩溃了。

好了，我说的就是这些，我也不知道自己在迷惘啥，就是感觉整天浑浑噩噩的。

您的读者

宝贝，你好，我想跟你说说一只瓢虫。

这只瓢虫是从哪里来的呢？我不知道。我发现它时，它正在我的窗台上左冲右突，样子显得既笨拙，又天真。它许是因我打开了窗户，被我室内的海棠花媚惑了，一头撞进来。又许是跟着我新买的吊兰进来的。等它发现只能囿于一室时，它不甘了，它的梦想，是在外面广阔的天地间。

我故意把所有的门窗关紧，我想试试，一只瓢虫，它怎么解救自己。

这只瓢虫，它很清楚它的处境，它不时撞上窗玻璃，撞上墙壁，发出轻微的剥剥之声音，而后重重地摔落下来。但它还是一刻不停留地，爬呀爬，飞呀飞，锲而不舍。

晌午我去看，它在奋斗。下午我去看，它还在奋斗。晚上我再去看，它不见了。小屋的门窗还是紧闭着，我到处找，也没找着。后来，我发现墙上装空调的地方，留有一丝缝隙，它应该是从那里，回到了它的广阔天地里去了。

宝贝，你现在，也是被囿于一个小天地的瓢虫呢，你渴望"外面的广阔天地"，想要冲出去，但你又极度自卑着，为自己找着种种借口逃避。只是这世上，哪有那么多落地的桃子等着你去捡？要吃桃子，须得自己上树去摘。要飞往更高的天空，你得自己学会飞翔才行。且要有坚定的信念、持之以恒的精神。

我跟你提到的这只瓢虫，假使它认命了，不再做任何努力，只浑浑噩噩地消费着时光，那么，它再也不可能见到高远的天和广阔的地了，它只能困死于一室之中。

　　宝贝，不要再给自己找任何理由让自己懈怠，好年华是经不起浪费的，过着过着，也就没了。所以，在任何时候任何情况下，你都不要轻易向命运妥协。哪怕只有一线希望，咱也要努力争取。向命运妥协的结局只有一个，那就是，等着束手就擒，被时光的风沙埋没。而努力的人生，时时会有光亮划过。即便你努力之后没有达到理想中的目标，但努力的过程，那些踏踏实实的日日夜夜，本身就散发出光芒。

梅子老师

尽人事，听天命

梅子姐姐：

　　您好！

　　我是一个小学生。我从爱上读书开始，就很喜欢看您写的书，是您忠实的小读者。这些年，我一直有一个困惑，希望您看到这条信息，能给我一些回复。

　　我从一年级起成绩就不错，一直担任学校的大队干部。听起来，是令人美慕的经历，可是，我平时却特别累！每当我读到您写的要爱生活的文章时，我都特别烦恼！我每天不是学习就是写作业，看似特别简单的两件事，在我眼里却特别难！

　　在我心里，理想的生活就是可以长时间干自己喜欢的事情，不用那么紧张。我现在却正好相反。但如果不那么紧张，我又怕成绩会被别人超越。您说我该怎么办呢？怎么才能在紧张的生活中寻到一丝快乐呢？

一个小读者

小宝贝，你好。

看完你的信，我笑得不行。你还这么小这么小啊，就皱着眉头，纠结和累得不行，你怎么去走你那长长的一生呀。

担任学校大队干部让你有负担了么，是不是就要因此成为他人的表率和标杆？唉，千万不要。你那不过是协助老师做了一点事而已嘛，切不可认为那是你优越于别的同学的地方哦。你要弄清楚的是，你，和别的孩子一样，都是两脚踩在大地上的，你没有比他们多长出一个脑袋来，你也没生出翅膀。你，就是一个寻常的孩子。对，芸芸众生之中，我们都是寻常的。

当你能够把自己定位在"寻常"上，你就会少了许多压力和焦虑。要那么紧张做什么呢？你会超过别人，同样地，别人也会超过你——这都是极其正常的现象。

宝贝，山的前头有山，水的前头有水。我们再聪明，也没有那么超能，可以打遍天下所有对手。我们可以有争取做"鳌头"的心，但切不可把那个"鳌头"，当作是自己专有的，非占有不可。我们应有的人生态度是，尽人事，听天命。说得更直白一点就是，尽自己的努力，一切顺其自然。

宝贝，不要把自己套在一个"壳"里，在那个"壳"里，只有学习和写作业，那会让你透不过气来的，从而生出惧怕，生出厌倦。久而久之，你的功夫没少用，学习的效率却大大降低。

我建议你，别过分约束了自己的天性，偶尔放松一下，玩玩你们这个年龄的孩子玩的那些游戏，也可以到乡下田野里去疯跑疯跑，顺便认认那些庄稼和野草。等你长大了，你回忆起童年的这一章，也不至于过于单调。

宝贝，祝你健康愉快地成长！

梅子老师

做好分内的事情

梅子老师：

　　您好！

　　我讨厌黑夜。因为每当晚上，总会让我想起很多往事，然后惭愧、自责、后悔。我觉得，往事总比现在美好。因为我看不清未来。

　　我学着努力，可一停下来就会很痛苦。除了努力，没有什么能给我以慰藉。

　　我心事遍天，却不知向谁倾诉。因为，我也不知道我在烦些什么，总觉得，活着很累，活着很痛苦。

　　我假装快乐，假装合群，假装让身边的人都因我而乐。可笑容的背后，是生活的阴暗面。

　　活着很虚，世界很虚，人们很虚。我思考人生的意义，却发现意义都没有意义。我想念故人，可故人早已忘却了自己。我讨厌遗憾，可遗憾偏是我一手造就，因而，我真的讨厌自己，自己的无病呻吟，矫情敏感。

　　就连写信，也要趁洗漱的空余。因为每个人都告诉我，你必须要有出息，你不得不去努力。接着，继续挑灯夜战。

　　这世界，仿佛没人能理解你。

每个人都只在意你飞得高不高，却不在乎你飞得累不累。

吃得苦中苦，方为人上人，每个人都这么说。因而，我必须这么做。这么麻木地努力下去，这么痛苦地讨厌自己。

我该怎么办……

天涯浪子

亲爱的少年，你好。

我姑且，这么叫你。

或许你已青春，但一颗心里，还住着个小小少年。小小少年有的迷惘、疼痛和负累——这些情绪，常常莫名其妙侵袭着你，甚至淹没你。这个时候，你不要惶恐。因为，这是成长中必然的裂痛。每个人在历经青春时，都或多或少有过这些情绪，只不过你的表现更为激烈些罢了。

成长，从来不是轻松的一件事。换句话来说，活着，从来不是轻松的一件事。

我想起小时看孵小鸡。且不说那母鸡所吃的苦，多少天蹲坐在一堆鸡蛋上，几乎纹丝不动，身下的毛都坐没了。鸡蛋的壳，终于越来越薄，可以望见小鸡的雏形，在壳里面晃来晃去。但母鸡还在努力着，又几天，小鸡挣扎着，就要拱破鸡蛋壳出来了，那个过程，缓慢、寂静、沉重，又充满神奇。终于，鸡崽们一个接一个，摇摇摆摆来到这个世间，它们柔嫩的小嘴，唧唧鸣叫着，绿豆似的小眼睛，好奇地张望着一切，天地因之而格外新亮。这会儿我回忆起那样的场景，还是无限的感动。即使活着有着千难万难，然每一个生命，依然在竭尽全力，争取活着的机会。这是生命的本能，亦是生命最动人的地方。

亲爱的少年，我们已拥有活着的机会，这多么值得感激。接下来我们要做的，也就是怎样来过好我们的一生。

草有草的活法，树有树的活法。世上做人的标准，看似有着统一，要吃苦中苦，方做人上人。但每个人的活法，又如草如树一般，有着各自的路径。你根本不需要活成别人的模样，你只要活成自己的样子。

你现在所迷惘的，恰恰是你不认识"自己的样子"，你不知道自己要活成一个怎样的你。你本能地抗拒着世俗做人的标准，然而，你又找不到自己的方向。你被一股说不清的洪流裹挟着，不得不一路向前，你走得很累很累。你以为，这不是你本来的意愿。

那么请问，亲爱的少年，你本来的意愿是什么呢？小鸟学会飞翔，小鱼学会游弋，小马学会奔跑，花朵学会绽放……这都是生命分内的事情。是的，在练习飞翔、游弋、奔跑、绽放的过程中，要付出很多辛劳，要承受很多的风雨、疼痛和孤独，然冲上蓝天、潜游水底、奔跑于旷野、散发出清香的那一刻，我们会品尝到生命带来的甜蜜、欢愉和幸福。

对，我们的人生，所要获取的，正是这样的幸福。

所以少年，咱不要去想"人生的意义"那么深刻的问题，咱也不要逼着自己非得成为"人上人"不可，咱就做好分内的事情，好好对待自己，学学飞翔、游弋、奔跑和绽放，收获一些小幸福小甜蜜。至于能飞多高，能潜多深，能奔跑多远，能绽放多久，都不是你说了算的事，你又何必纠结与在意？说到底，活着是很私有的一件事，你的活，只为你自己。咱只要顺着自己的路径走，走到哪儿，就是哪儿。走着走着，花也许就开了。

梅子老师

能够打败你的，是你脆弱的意志

梅子老师：

你好！

我们（高二的学生）最近期中考了，但我的成绩考了有史以来最差的一次，我觉得最大的原因就是我玩手机太多。

我现在有点迷茫，不知道该怎么办好，您能给我点建议吗？还有，我想问问您觉得我们这个时候（就快高三了），应该怎么使用手机（有时自己真的控制不了）。

你的读者

宝贝你好，我想问你个问题啊，手机对现在的你来说，是必备的，还是可有可无的？

你能对我的问题，有个明晰的清楚的回答么？

有些学校明令禁止学生带手机进校园。抱歉一下啊，我对这样的明令，竟十分十分赞同和认可。

是的是的，你会不服气，现在数码时代了嘛，卖菜的大妈、扫地的清洁工、拾荒的老人家、种地的农民，都是手机不离手的，不时地刷刷刷，给生活带来多少便捷呀。你当然也要刷刷刷。

好吧，你就刷吧。可你又刷出什么来了呢——"成绩考了有史以来最差的一次"，你迷茫了。这是不是有点滑稽？明明是因为你沉溺于玩手机，直接导致这样的后果，你还迷茫个啥？

嗯，如果你继续玩下去，你的大学梦跟着泡汤。如果再继续玩下去，你的整个青春，也就跟着玩儿完了。如果再再玩下去……哦，我不敢再替你往下想了。

我的建议真的对你有用吗？如果真的有用，那好，我建议：

一、剁手。哪只手想玩手机的，就剁去哪只手。

二、把手机摔了。眼不瞅见心不躁动，岂不清爽？

你愿意按我的建议去做吗？

你当然不愿意。

我其实，想告诉你的是，倘若你没有从根本上意识到沉溺于玩手机的危害；倘若你没有真正地痛定思痛，下定决心，把自己捞上"岸"；倘若你没有从内心掐断想玩手机的念头，我的任何建议对你来说，都是空谈，毫无作用。

　　宝贝，能够真正打败你的，不是手机，而是你脆弱的意志。倘若吃不了自律的苦，你终究要被平庸淹没。

梅子老师

第五辑
芭蕉年年会绿

芭蕉年年会绿，樱桃年年会红，而我们曾

有幸与之照会过，也曾做过那绿中的一枚，

红中的一粒，也算不得辜负生命了。

好花如故人

梅子老师：

　　你好！

　　我是你的一位读者，看你的书，我收获了很多。你的乐观是让我最佩服的。我觉得我的内心深处是有一点悲观主义的。

　　最近因为学业重，难免会受人生虚无的飘忽感侵袭。你是怎样对待这种感觉的呢？还有，你的语言质朴，可写出来的东西却总能给人指引，读来让人酣畅淋漓，你还记不记得自己的写作水平是在怎样的一个契机下，得到提升的？对于我们提高写作水平，你又有什么建议呢？

　　谢谢你！祝你快乐！

你的读者

　　宝贝，你好。你的行为是正常人的行为呀，再乐观的人，有时，也免不了生出一点人生的虚无感来的。因为，我们是会思想的人啊，思想是最捉摸不定的东西。

历史上，曹操够英雄吧？大丈夫一个，有气吞山河的豪迈。他也曾发出这样的感慨："对酒当歌，人生几何！譬如朝露，去日苦多。"看看，人生不过是朝露似的，太阳一照，就化了啊，真是短暂得可以。还有被大家公认为乐天派的苏东坡，似乎什么风雨也摧垮不了他的意志，他热衷于美食美景美文，乐滋滋地对人说，人间有味是清欢。就是这样一个人，也曾把人生形容成"隙中驹，石中火，梦中身"。我们看着是长长的人生，对于浩瀚的宇宙来说，只是一闪而过，虚无得很的。

比起他们来说，你的那点虚无算什么。不要怕，不要觉得郁闷，那不过是天上偶尔飘下的毛毛雨罢了，飘着飘着，它就会停了。你呢，只须静静等上一等就好了。这个时间，你可以找点轻松的事做，听听歌，看看杂书，嗑嗑瓜子，哪怕是发发呆，都是快活的。我在这个时候，往往喜欢抽出一本诗集，翻到哪首读哪首，大声读出来。比如我读陆游的：

闲愁如飞雪，入酒即消融。

好花如故人，一笑杯自空。

他和我们一样有着闲愁几许，都化作点点飞雪入了酒。更叫人羡慕的是，傍着他的，是些如故人的好花。我就跑去看我的好花，阳台上几盆海棠，它们的花朵一出动，就能开上小半年。想好花见我亦如见故人吧，眼前实实在在的好颜色，使我快乐起来，飘上心头的虚无感，自然而然飘走了。

至于写作，在我，已然成为一种习惯，一种像吃饭喝水一样的日常。没有什么契机不契机的，只是写多了而已。如果你天天写，写上几十年，你也会得到升华的。

　　写吧宝贝，从现在开始，你每天都丢下几行字，丢着丢着，它们就蔓延成一片草原了。

梅子老师

机遇只垂青有准备的人

梅子老师：

您好！

实话告诉您吧，初中时，老师让读您的书，我却不怎么喜欢读，那时被要求做摘抄做赏析的，头都大了。那时好恨您，怎么闲着没事写出那么多的文章来，要我们去读。

到了高中吧，偶然在杂志上看到您的文章，细细读了，挺香的嘛。想想初中时，被老师强迫着，我逆反了，哈哈。我要对您说对不起，对不起梅子老师，我曾经伤害了您。

您会原谅我的吧？因为您是一个温柔的人啊。中学生们给您写信，您都一一回复了。所以呢，我也抱着试试的心态，给您写了这么一封信。您会看到的吧？

先介绍一下我吧，我叫柚子，是个高二女生。长相普通，还很胖。我妈就是个胖子，这没办法。我也想减肥来着，可遗传的基因太强大了。

我们现在刚刚分了班，换的老师不如高一的老师，我渐渐失去了对学习的兴趣，上课觉得特无聊。以前喜欢的学科，现在也无丁点喜欢了。周围学习环境也不好，我的同桌还特爱八卦这个明星那个明星的，叫我失望。所谓近墨者黑，我都快成块黑炭了。

唉，总之吧，我现在对任何事都提不起兴趣，成绩直线下滑。偏偏命又不好，我的家庭没有任何背景，将来哪里有什么出路。还有一年就高考了，我真不知道如何去面对。

梅子老师，你说我是不是很不幸啊？

柚子

我为什么觉得上课无聊呢？是因为老师课讲得不好。

我为什么以前喜欢的学科，现在不喜欢了呢？是因为换了老师，那个老师我不喜欢。

我为什么老考不好呢？是因为考题总是出得太偏。

我为什么不喜欢学习呢？是因为我的学习环境太差了。

我为什么没出去跑步呢？是因为没有一双舒适的运动鞋。

我为什么发胖呢？是因为遗传基因，我妈本来就胖。

我为什么老提不起劲呢？是因为生活缺少惊喜。

我为什么很少成功呢？哦，天，是因为我的家庭背景太一般了，没有人相帮。

我为什么一无所长呢？是因为机遇总不光顾我，我对世界太失望了。

…………

柚子，我们总是找着各种各样的借口，为自己的懒散和堕落开脱。就是从没想过，现状的种种，都是你自己造成的。是你自己开始懒散了，是你自己开始堕落了，是你自己把自己给荒废了。

你的心不在课堂上了，你的思绪信马由缰了，你集中不了注意力了，听不进去课了，才会觉得上课无聊。就算是老师课讲得不算好，那别的同学怎么上的课？再说了，你完全可以一边听讲，一边提问，哪有时间无聊？

以前喜欢的学科，现在不喜欢了，那只能说明，你的喜欢，还是太浅。若真心喜欢一样东西，定会矢志不渝，不轻易改变和放弃。

你考不好只是你不够用功，不够勤奋，水平还欠而已。承认这一点死不了人。那就下把劲，好好努力呗。

什么是好的学习环境？高堂大屋？还是金碧辉煌之殿？抑或精致幽静，有竹影扶疏？宝贝，你能不给自己找借口么？你不过是想偷懒而已。"凿壁偷光"和"囊萤夜读"的典故，虽说有点夸张了，但历史上却不乏寒窗苦读勤奋刻苦的人。而今也还有。我曾路遇一建筑工人，捧着书在路灯下读。有些贫困山区的孩子，无纸墨可书写，拿树枝在地上书写，照样把一本一本的书读了下来。

没有运动鞋，就跑不成步了吗？布鞋子也能跑。赤脚也能飞奔。只要你想运动，随时随地都可以。

你发胖是因为你馋你懒你怕动，别总赖在你妈身上好么。你如果能管住自己的嘴，不那么贪吃。你如果能多迈开你的腿，在能站的时候，坚决不躺着。在能走的时候，坚决不坐车。你还会发胖么？记住，懒人才最容易发胖。

罗丹说，生活中不是缺少美，而是缺少发现美的眼睛。我想换一种说法也一样，生活中不是缺少惊喜，而是缺少感受惊喜的能力。宝贝，你尚年轻，心已钝化了，生了锈了，这很不好。我替你愁着，你拿什么来配你的青春？

若所谓成功都靠家庭背景才能取得，那不叫能耐，那叫寄生虫。总想坐享其成，吃落地桃子，那怎么成？所有的花开，都是努力的结果。生命的价值，是在努力中实现的。

柚子，从来机遇只垂青有准备的人。不要再说对世界太失望了之类的话了，那很好笑的，焉不知，世界对你更失望呢。只有自己好好努力，把生了锈的心，擦拭明亮了。把想懒散和堕落的借口，统统焚烧掉，让它们化成灰，化成给养，你才能活出一个全新的你。

祝你进步。

梅子老师

芭蕉年年会绿

梅子：

　　你好！

　　你不认识我，但我认识你，认识很久了，从早先的论坛，到博客，到后来的QQ空间，再到现在的微信公众号。我追着你的每一个足迹，你的每一篇文章，我都会看，有的还打印出来。我欣赏你的文笔，欣赏你对生活永远抱着巨大的热情。

　　我以前也喜欢写点东西，但都是登不上台面的，只自娱罢了。现在，连这点自娱也没有了。生活是一团乱麻，挣扎不了应付不及，常暗自心伤。许是年纪渐渐大了，人变脆弱了，一点点事情，都会郁结胸中。看《红楼梦》时，有句话对我触动很大，"好一似食尽鸟投林，落了片白茫茫大地真干净"。真是一瞬间万念俱灰啊。

　　回过神来，还是心有不甘，我来了人世这一遭，就这么不声不响地老去？我似乎什么还不曾拥有过啊。青春的时候，我不知它的华美，就那么糊里糊涂路过。中年到了，却一地鸡毛。

　　梅子，真不好意思，我的这些负能量的话，真不该让你的耳朵听到。你那么美好的一个人，就应该和美好在一起。我也只是想说说话。不知为何，总觉得你很亲切，仿佛是我前世的姐妹。

祝你永远美好如初。

一个陌生的朋友

亲爱的朋友你好啊，很高兴收到你的来信，很高兴听你说心里话，也许前世我们真的是姐妹呢。

黄昏时，我去河边跑步。沿河岸一带，有树木终年常绿，四季花草不断。我很爱去那里，一边跑步，一边看花看草，看河里船只往来。

我遇见了那个老人。他在我的前头，像坨稻草似的，缓缓移动。我很快走到他身旁，看到他的脸，脸上斑点密布，眼睛和鼻子，几乎都淹没在皱纹里。他手扶拐杖，一寸一寸往前挪着。我跑了一圈，回头，远远看到，他还在那里蠕动着，像坨草。我站到一棵树后，默默看他，他远没有一只蜗牛走得快了。曾经他也少年过。他也青年过。他也中年过。他也意气风发过。他也健步如飞过。他也如我这般，蹦跳起来，似乎就能够到天空。现在，他都不能了。他只能拖着他的脚，数着这人生最后的步子。

我想到了一棵树。是在婺源一个叫长溪的小山村，在人迹罕至的山上，我看到它。它应该活过几百年了，却终禁不住自然的循环，衰老地倒下，粗壮的树干，千疮百孔。确切地说，它已不能称作一棵树了，它是树的骷髅。

想它上面，也曾栖息过鸟儿。也曾有稚童攀于其上。日月一年一年眷照。风一年一年轻抚。有雨雪打过。有霜露落过。它都经历过了，叶子绿过一年又一年。叶子也枯黄过一年又一年。生命是博大的，生命又是脆弱的。它终敌不过岁月，就那么老下去，最后的最后，会化为尘土。

谁能敌得过岁月呢？终有一天，我们也都会老去，老得无可奈何，老得无能为力。而岁月，却永远有花在不息地开着，永远有星辰映满天空，永远有江河在奔流。四季变幻，不过是它玩的一个戏法而已。人世多少的纷争，都荡作它唇边浅浅的一笑。再力拔山兮的人，也要在它的怀抱中老去，而千年的月亮，却还在它的额头亮着。

传说，释迦牟尼涅槃的时候，是在贫病交加中。他盘腿坐在两棵婆罗双树间，给他的弟子布最后的道。在生命的回光返照里，他身旁的两棵树，突然迅速地抽枝长叶、开花结果，于瞬息间又花落果坠，叶子全部掉光。神谕告诉我们的是，世间万物，生死轮回，不过如此。

所以亲爱的，你别跟岁月较劲，你较不过它的。还是省点儿气力，好好经营我们的今生，把我们今世的轮回走好。芭蕉年年会绿，樱桃年年会红，而我们曾有幸与之照会过，也曾做过那绿中的一枚，红中的一粒，也算不得辜负生命了。放下执念，放下过多烦恼，别贪那么多，所需之物，够安置我们这尊凡胎肉体就行了。是因为，贪多了也没用。最终，身外所有的拥有，都将还给岁月。我们的肉身，也终将化为尘烟和泥土，回到那宇宙的无限中去。

你的朋友梅子

在自己的时区里

梅子老师：

您好！

我看到了许多学生给您的留言，于是我也想向您请教一下，说说我的烦恼。

我刚刚升入了初中，13周岁，到了这个新的环境中，我接触了很多新的事物。小学的时候，我的成绩还不错，各科老师都还挺喜欢我。但是，到了初中后，我发现我和这里的同学聊不到一起，也可能是刚开学的原因，没有互相地深刻了解。

这几天进行了几次小考，但我的成绩非常不理想，别的同学却考得出奇好。英语听写也一直没有全对过。我很纳闷，为什么升入初中后我的成绩变成了这样。

在学校的这段时间里，我很想家。上课的时候我认真听讲，但总是达不到我要的效果，和小学的我差距很大，我不知道哪里出了问题。在这里我每天闷闷不乐，想着妈妈说的："我以你为骄傲。"爸爸和我说别人家的孩子学习多么多么好，考了多少多少名次，让我必须好好学。相对来说，在小学的时候我感觉到我在学习中获得了快乐，而在这里，我感到了非常沉重的压力，每天度日如年，不知道为什么。

马上要月考了，我不知道我会考个怎样的成绩。如果考不好，我的父母该多么失望，我也许会更加丧失信心了吧。随着科目增多，作业增多，各方面都令我担心，为什么我认真地学，却没有任何收获呢。在我看来，老师也没有觉得我学习多好，我考了很差的成绩，老师也没有说我，也没有叫我单独和她谈谈，这更加让我觉得难过。

我每天都很烦，想着这些不如意的事情，不敢和任何人讲，就这么憋在我心里，真的很难受。梅子老师，请您告诉告诉我，我到底该怎么做，才能让成绩提高，让我重拾信心呢？

星光下的女孩

宝贝，你好。

来，我们先笑一个再说。对，嘴角上扬，眉毛弯弯。这样的笑容，像不像一朵花在盛开着？这才是一个孩子该有的样子啊。

换了一个新环境，你有着诸多不适应，校园不一样了，老师不一样了，同学不一样了，你闻不到你曾经熟悉的那些气息，于是你惶恐了，你焦虑了，你度日如年了。

这本属正常。人对环境的适应性是有差异的，有的人适应能力强一些，有的人适应能力弱一些。这本无须过分紧张，慢慢儿地，你就会融入进去了。

你需要的，只是时间而已。

你成绩的"下降"，或许也有不适应的成分在里面呢。以前你是被宠着的小公主，离开家了，没有人再宠着你了，你很想家，你不适应了。小学的天地相对来说比较小，在那个小天地里，虽也有星星闪烁，但你是耀眼的一颗，父母以你为傲，老师高看你一眼。而现在，你念中学了，到了一个大天地里，四面八方的星星都在闪烁，你淹没其中，没有人围着你鼓掌了，你不适应了。你因此焦虑，你因此心里不平衡，你闷闷不乐着。这样一个坏情绪缠绕着的你，又怎能做到心无旁骛地认真学习？

有一句话说得好，昨天的太阳再灿烂，也晒不干今天淋湿的衣角。昨天再多的辉煌，那也是昨天的事了。而你今天面临的问题，必须今天全力以赴去解决。所以宝贝，你现在最明智的做法是，一切重新开始。微笑着接受新的环境，尽快地让自己融入进去，熟悉它，爱上它。

当然，你也许很努力很努力了，却未必能成为别人眼中的优秀——如果真是这样，我们也不必因此烦恼和自责。每个人都有自己的时区自己的步伐，你在你的时区里，恰逢其时。

宝贝，请相信，努力的人生，从不会落空。

梅子老师

活得像草木一般洁净

丁老师：

你好！

我有件烦恼事，想对你说说。

我大学毕业后，参加国家公务员考试，很幸运地，进了一个不错的机关。由于工作成绩突出，不几年，就从股级升到副科级，成为单位里最年轻的科级干部。

现在我们单位面临一次重大的人事调整，有一个领导岗位将通过内部竞聘上岗。我不想放过这个机会，很想通过这次竞聘让自己的事业更上一层楼。然我有个强有力的竞争对手，说句实在话，他的能力远不及我，做事远没有我干净漂亮。但他先于我来单位，资历比我老很多，且人脉也比我广得多，跟领导们相处融洽，八面玲珑，四面来风，单位里不少人也都说他的好话。我呢，不善言辞，只知道埋头做事，平时很少去社交。故我很焦虑，我如何才能竞争得过他？假如这次机会错失掉，就得再等上三五年。到时谁知道情形又是怎样的？长江后浪推前浪，那时，我也老了，纵有雄心，怕是也心有余而力不足了。

一言

一言，你好。

从你的来信中，我大体可以给你画个像：人干练实在，颇有才情，一直走着有为青年的路。你让我想到一个词，年轻有为。这是俗世里的赞美标准，你怕是没少听到过。且陶醉于这样的赞美中，它鞭策着你，不断攀升、攀升，以获得更多赞美。——这本是好的，一个积极向上的人，胜过裹足不前的人千万倍。然而，我怕的是，你这向上变味。当你的眼光，只盯着前面那个闪闪发光的"宝座"，你的心态已难以保持平稳，你的柔软，会慢慢变得坚硬。你日思夜想的是，如何才能得到它，而忽略掉踏踏实实、厚道诚实、水到渠成。你考虑到竞争对手的种种，难免会不择手段，扫除你以为的"障碍"。——如果发展到那一步，你的面目，会很可怕。

但愿我这是杞人忧天。我对晋升这类的事儿，向来很少关注。在单位里，我也只是个小小职员，一直是。评职评级提升获优等事情，我一律绕开去。我是怕费了那个时间。那个时间，我用来可以读很多的书，写很多的文章。我也没有那个精神气去跟别人争。有这样的精神气，我还不如画画小画自娱。或去看花看草，享受大自然的恩泽。嗯，是这样的，我怕那些东西，扰了我的心性。

我这个样子，在你看来，是很不求进取的了。但我以为，进取也分好坏的。本着你的初心，努力相待，一路走下去，花儿自会为你开放。若是为了某个目标，舍掉做人的本分，而学会钻营，把玲珑心事都用歪了，纵使你能获得一些"光环"，那也是虚的，不是实实在在属于你的。你怕是睡觉也睡不安稳呢。

几天前，我曾去医院看望一个生病的朋友。当年，他是个多么厉害的角色，在单位里，说一不二，呼风唤雨。而今躺在病床上，大家都知道他活不长了，只他自己还在相信奇迹。他努力吞咽着一小勺米饭。能吃，就代表还能活。吃饭——这本能的行为，在他，已如攀山越岭了。

他展望病后的前景，他说，现在我也看开了，等身体复原了，我就选择退出，过一段清静日子，不去争，不去恼。他说，世间所有大事，在死亡面前，都是不值一提的。

很可惜，他顿悟得太晚了，浪费掉很多好光阴，他已无回天之力了。

我有学生，也是有为青年一枚。三十出头的年纪，已在部级部门工作。头顶上有多少光环，就有多少付出。有些付出，非他自己所愿。改变缘于一次小小感冒，他去医院输液，药物过敏，导致休克。幸好被人发现，挽救及时，捡得一命。"鬼门关"门前走了一遭，他整个人的性情都变了，他看淡了名利纷争，更多的精力用来做好事做善事，人活得草木一般洁净了。我笑他，我都看见他头上冒着佛光了。

一言，不知道我说的这些，能不能解你一点困惑，让你有所顿悟。你最好什么也不要去虑去想，做好手头的事，一切随缘最好，活得像草木一般洁净。

梅子老师

在自己的心里修篱种菊

梅子老师：

　　您好！

　　我是一名快要中考的初三学生，我原本幻想到了初三，班上同学应该会奋笔疾书、安安静静地写作业。然而我的初三生活却是这样的：每次一下课班上的男生就在那大喊大叫，叫同学父母的名字（好幼稚）；一上课旁边的同学有的趴在桌子上睡觉，有的低着头玩手机；吃完饭休息的时候，还有人拿手机放节奏欢快的舞曲……我在这样的环境中心里烦恼极了。

　　我在一所很普通的私立学校。最近期中考试结束了，英语虽然有了进步，却被数学和物理拉低了分数。我发现最近身边的同学学习上都有相同的问题（不是只有一科不行，其他科都有问题），这次班上大多数同学成绩都总体下降了，大家慢慢有些焦虑。我的中考再这样下去怕是要废了，怎么办？班上最好的同学也只能勉强达到想报考的那个学校的分数线……大家脸上都写满了迷茫的神色。

　　我想这就是普通中学和重点中学的区别吧，所在的环境不同，谈论的内容也就不同，我们谈论的不是我要考哪所重点高中，而是不知道能不能考得上，"我放弃了"这样的话语充斥在耳边。我不知道怎么处理环境和我这上下起伏或开心或低落的心情，我变成了我自己情绪的奴隶。

初三要上晚自习，星期六还要上课，星期六下午放学还要去补习班补两个小时的数学，星期天再上四个小时的数学和英语，下午一点回到家做一下家庭作业。就这样一个星期就过去了。学校和家两点一线，日复一日。都说初三是苦的累的枯燥的，要的不是热情而是谁能坚持到最后。

虽然这些道理我都懂，可我如那泄了气的气球一般，这样的日子无聊极了。有时候积极地做作业，可没坚持多久就放弃了。一边想争取时间，一边又一只手去玩，一玩就能玩半个小时。心情时起时落，什么都不想做。第二天回想起来又在为昨天自己浪费时间懊恼极了，随着时间越来越长，感觉越来越累。

我不想成为情绪的奴隶，也不想要这样纠结的，推一下才动一下的自己。

希望梅子老师能给我答复，不论是鼓励、批评，还是建议的一段话。

心果

心果，你好。

读完你长长的信，我也有些郁闷了。瞧，坏情绪也会传染给人哩。

在你身上，读书好像是受难，是一丁点乐趣也没有的——如果真是这样，宝贝，我劝你，这样的书，不读也罢。

然我很不死心，我很想很想问一下宝贝，读书果真如此枯燥如此难受吗？你难道不会因解出一道不会的方程式而欣喜若狂？你难道不会因背出一篇古文而特有成就感？你难道不会因完成了一篇英语作文而充满喜悦？如果我们把学习的目标里，都注入这样的小欢喜，然后一点一点去收获它们，那么，我们的学习，会不会有意思多了？

前提是，你要培养起热爱的情绪，而不是抱怨、逃避和懊恼。你说你待的地方不对头，是个普通的私立中学；你说你周围的环境不对头，同学们都不好好学习，得过且过；你说你的实力摆在那儿，你再努力也不能如何……是是是，这些都会成为你向上的阻力，然这些阻力再怎么强大，它们也仅仅是个外部条件罢了。最终决定你怎么走，走向哪里的，不是这些，而是你自己，是你的热爱，那也是对生命的热爱。荒漠里，也有玫瑰开。松树也会在岩石中生根。悬崖峭壁上，也有果实垂挂。

快递小哥雷海为的故事你听说过吧？他在诗词大赛的舞台上，过关斩将，最终击败北大硕士，获得了《中国诗词大会》的总冠军。人们津津乐道于他头顶上的桂冠，却少有人关注，那里面注入了他多少虔诚的汗水。少年时没钱买书，他把书店里书中的诗词背下来，回家默写。送快递时辛苦奔波，但只要一有空隙，比如在等餐或休息时，他都在读诗。你的生活环境比起他来说，是不是要好太多太多了？宝贝，任何出现在你道路上的"障碍"，都不能成为你不前行的理由。至少对于目前的你来说，是如此。

　　愿你能避开车马喧闹，在自己的心里修篱种菊，勤于灌溉。最后也许不会有期待中的满园花簇簇，但请相信，只要你付出了，总有一朵小花，为你而开。

梅子老师

给自己松松绑

梅子姐：

　　你好！

　　从小我就接受着这样的教育：一寸光阴一寸金，要珍惜光阴呀。于是我养成了分秒必争的习惯，稍稍一点点浪费，也会有负罪感。我因此得了个"女强人"的称号，也就被架到一定高度上了，生怕自己一个不小心，就摔下来，摔个稀巴烂。我时时绷紧着一根弦，与时间赛跑。

　　我是一个部门的主管，部门的大小事务都要操心，从线下到线上。每天早上，我都是匆忙塞点干面包，喝点白开水，就紧着到单位。忙了一天回家，还要亲自管理部门的公众号，回复每一条留言每一个评论，我为此或喜或忧，常忙到半夜三更还不得休息。即便这样努力，有时，还是落不到好处，总有些不好的评说，搅得我心神不宁，让我焦虑，我为此憔悴。

　　我真心累了，年纪轻轻便腰肌劳损，还大把大把掉头发。我不知道还能坚持多久，也许我今天晚上倒下去了，明天就起不来了。

　　梅子姐，不好意思，打搅到你了。祝你天天快乐。

扶桑

扶桑，这会儿是清晨。我起床了，照例是先跑去窗口，看看外面的天。初秋的天，有着不一般的静谧和澄澈，不荒凉，不芜杂。昨日看一个人如此形容这样的天，他说，我恨不得到天上去洗个澡。莞尔。我更想在天上养几朵小花的。就养睡莲好了，开白花的，开红花的。我曾在一个地方，看到开蓝花和紫花的，大概是人工培植和嫁接的杰作。花朵儿开得面无表情的，像假花。不喜。还是白花和红花好，是它们的自然色。

我再去问候一下我的花们草们。玫瑰谢了。茉莉谢了。太阳花还在开。一朵轻黄，一朵玫红。吊兰是疯长着的了，又爆出很多新芽。摘下它，随便往土里一栽，它又会长出一盆新绿来。

然后，我不紧不慢做早饭，煮两只鸡蛋，榨两杯豆浆，蒸一个包子和馒头，再拌一点小菜。我还趁着蒸包子的空隙，去给我的书桌挪了位置，把桌上的插花，重换一个瓶子装了。人时常换衣，面貌才整洁焕然，花们也是。我与花们，似乎又是初相见了。我因此，一天都很开心。

扶桑，在你看来，我这绝对是在浪费大好时光，你舍不得的。你早起，要紧着看帖回帖，然后，随便应付点早饭，赶紧去上班。晚上回家，你一溜小跑，坐到你的电脑桌前，发公众号，细细揣摩每一条留言每一个评论，你不到深夜，不得休息。为此，你得了腰肌劳损。为此，你大把大把掉头发。

我多想脱口骂你一句，活该！谁也没有逼你，是你自找的。你偶尔一天不发公众号，不更新帖子，你看看地球转不转，你看看人家活不活？你偶尔几天不回帖，不上网，世界不会因此缺去一个角，花们也不会因此少开一朵。倒是你，损了健康，透支了生命和快乐。何苦呢？

你可能要争辩，梅子姐，我这是努力认真呀。我这是要让我的每一个时刻，都活得充实呀。呵呵，亲爱的，这世上，凡事都讲究一个"度"，适可而止，方能进退自如。你拿着针线，一步不让地把时间缝了个严严实实，把自己也缝进时间里了，你感到快乐么？你感到美好么？既不快乐又不美好，你还折腾个什么劲啊！

亲爱的，珍惜光阴没错，但不是让你把自己给绑架了，慷慨赴死般地去成就什么伟大事业。那样的事业即便成就出来了，又有什么意义？还是给自己松松绑吧扶桑，人生真的没有那么多重要的事非你不可，匀一点时间给自己，每天坚持散散步，看看天。间或画点小画，听点小曲，喝点小茶。或者跑去乡下，去田野里走走，认认四季草木。如果能买块地种点蔬菜，再好也没有了。倘若实在无事可干，你就发发呆吧，听听风吹鸟叫也是好的，让身体和灵魂皆放松。

扶桑，我常把大好时光，浪费在一些看似无用的事上，并不觉得于心不安，反而倍感充实，欢喜莫名。我以为，这才是活着，应有的样子。

梅子老师

天高任鸟飞

梅子老师：

你好！

我是来自滨海县一中的学生。我总是害怕有一天如果自己死了怎么办？我想了好久，看到周围的老人相继死去，内心很害怕，昨晚听了唢呐声，我对生与死更感到迷茫了。

人活着的意义是什么呢？我觉得我的人生像被规划好了一样，一出生就与周围的人不同。就连念什么样的学校，找什么样的对象都不能选择。我从小就和保姆待在一起，处处小心谨慎。

我也有自杀的念头，因为我没朋友，很孤独。我曾经尝试着养花和鸟。我养过猫头鹰、苍鹰、黄鹂和鹦鹉，它们都使我快乐。可它们死了，我又开始变得孤独。我养过月季花，可没几天也败了。所以我对生命很迷茫。你能给我些建议吗？

您的读者

宝贝，你好。

你并没有与周围人有什么不同哦，他们长着眼睛、鼻子、耳朵，你也长着。他们说着中国话，你也说着。他们能听到风吹雨打，你也能听到。他们可以奔跑，你也可以。你头顶上的天空，和他们的一模一样。你脚下站立的地方，也是他们所站立的地方。如果真有不同，也只是你的户籍地与他们不同，你家庭环境与他们略有点差异而已。

人生被规划，的确不是件愉快的事，想来你有着许多不自由。好在，你慢慢长大了，最寂寞最暗淡的那段路，应该走过来了。现在，你完全可以自己走路了，通过自己的努力，把家人给你规划好的人生，一一推翻掉，按你自己的生命节奏来。

要实现这样的目标，上上策除了读书，还是读书。你家是不缺钱的吧，不管你读到什么程度，都有钱供你读的吧？那你要好好借助这条件，把自己扔进书本里去，让书籍好好喂养你，它会锻造你的体魄，丰盈你的心灵。当你的知识容量达到一定层次，你就有了选择的权利了，到时候，天高任鸟飞，你的心灵，便获得大自由了。养花养鸟只能陪伴你一时，真正能伴你一生的，是知识，是才华，是眼界，是心胸。而读书，是能给你带来这些的唯一途径。

人活着的意义是什么呢？就是尽量使自己活得快乐、有趣，其他的一切，都不过是围绕这个的附加品。走自己想走的路，做自己喜欢做的事，才能真正获得快乐。

死亡，是我们所有人的归宿。这没什么可哀叹的，就像你养的月季花最后凋落了一般。可是呀，花开的时候，是多么明艳，多么让你欢喜！花的一生，就是为了那样的盛放。而我们活着，就是为了日子里有那些欢喜在啊。我们自己本身，也是大地上的一份欢喜。

宝贝，不要再动自杀的念头。生命一场，不晓得几千年几万年才等来一回，好好享用，切不可浪费。我们要使劲活，活到白发苍苍，活到天荒地老。一切生命的降临，都是大自然的赐予，好好爱着，方不算辜负。

梅子老师

从未远走

一直想给我的朵朵写一封信。我知道，它永远也不会收到。

我也永远不可能再与它相逢。

它或许还在这个世上。或许已经不在了。

在与不在，它都永远活在我心里，从未远走。

——题记

还记得我们的初相见吗，朵朵？

夏天的傍晚，天边有好看的火烧云。我散步至郊外，突然在路边的草丛里看见你。其时，你不过拳头大小，像只黄白相间的绒球球，正在草丛里，跳上跳下捉虫子玩。

我脱口唤道："朵朵——"我也不知我为什么要这么唤你。或许因为，我把你当作草丛里的一朵花。你停下来，抬头好奇地打量我，一副不谙世事的模样。有好一会儿，我们就那么对望着，我对你微笑，我相信，你也在对我微笑。

天渐渐暗下来，四野里，虫鸣声渐起。路边紫薇花的暗香，飘得若有似无。我对你说："乖啊，你继续捉虫子玩吧，我要回家了。"走几步，回头，却意外发现你跟在我身后。我蹲下身子唤你，你稍稍犹豫了一下，就乐颠乐颠跑到我跟前。我问你："朵朵，是不是想跟我回家？"你小声"喵"一下，算作作答。我左右看看，没看到人，断定你是出来流浪的。

在此之前，我并没有打算要收养一只猫咪的。但你乖巧的样子，实在让我拒绝不了。我抚抚你的小身子，说："那么，好吧，我们回家。"不知你是不是听懂了我的话，你很高兴地跑到我的前面去，坐下来等我。三四里地，你就那样一路跟着我，一直跟到家门口。

你用两天的时间，熟悉了家里的地形。到第三天，你已开始楼上楼下跑着玩。我在房间里看书，突然听到门上你挠爪子的声音。开门，你一个箭步冲进来，这儿看看，那儿瞅瞅。最后，你跳上了我的床，非要躺到被子上去不可。我说："朵朵，你身上脏呢。"你却天真地看着我，喵喵叫，仿佛在说："不脏不脏。"且伸出你粉红的小舌头，很认真地把你的小脚，舔了又舔。我的心当下一软，由了你去。从此，我的床，成了你的安乐窝，你在上面四仰八叉地躺着，很享受。

你爱吃鱼，这不奇怪，你的祖祖辈辈们都爱吃鱼。可你还特别爱吃零食，这就有点奇怪了。小孩子们爱吃的巴巴脆、虾条、雪米饼，你统统爱吃。只要一听见我拆包装纸的声音，你就兴奋地飞扑过来，绕了我的脚跟撒娇，很缠绵地叫，直到我把零食拿给你。你吃得可真香啊，小脑袋直晃悠，边吃还边偷空看看我，很感激的样子。

我去上班，不得不把你单独留在家里。你无奈何，跳上窗台，目送我走。我下班回，你在院内听到我的脚步声，立即叫起来，一声声，催人肠。我打开院门，你正候着呢，仰了脖子冲着我，叫得更为急促了，似乎很委屈了。我抱起你来，轻轻抚摸两下，你一下子就把委屈给忘了，闭起眼，咕噜咕噜的，很享受。

我们厮守在一起，我看电视，你也看。我看书，你也看。我翻过一页去，你眼睛滴溜溜地，跟着翻过一页去。你乖巧得让我恍惚，尽管外面风声雨声，我们的屋檐，却是安稳的。有我在，有你在，时光仿佛永远是这个样子。

你越长越漂亮，一年不到的时间，你已长成一个漂亮的"大姑娘"了。不知是不是外面的春光太满，招得你频频外出，你开始跟我玩失踪。我满世界唤你，唤不到。而几天后回家，却发现你正蹲在院门口，若无其事地看着我。我问你哪里去了。你不答，只管缠绵地绕着我的脚跟转，你用这样的举动，跟我道歉。

终有一天，你不告而别之后，再没有回来。彼时，外面的世界，大朵的红花黄花，正开得噼里啪啦。这样的季节，适合谈情说爱。那人安慰我，说你肯定跟着你的爱情走了。我信。朵朵，你有你的天长地久，我替你感到幸福。

只是常常不自觉地会想到你。一次，我路过草丛，看到一只小猫，真像初相见的你啊，它也有着好看的眼睛、鼻子和嘴唇，也有着黄白相间的毛。它的活泼也一如你的当初，跳上跳下的，在捉虫子玩。我呆呆地站在那儿看着，时光仿佛从不曾流走，路边的紫薇花开着，天边有好看的火烧云，朵朵，我们相遇了。

第六辑
每一滴流水上，
都写着美妙的诗行

最好的语言不在他处，而在大自然里……那里，每
一棵草上、每一朵花上、每一粒鸟鸣声中、每一滴
流水上，都写着美妙的诗行。

拿出真诚和真心

亲爱的丁老师：

您好！

感谢您在百忙之中阅读这封邮件。我是您的一位热心读者，四年级时语文老师将您的《风会记得一朵花的香》借了给我，从那时起，我开始阅读您的作品，直到现在上初二。

我常常被您的文字所感动，也会抬头看天。也会在朋友伤心的时候，买上一本您的书送给她，并告诉她没有什么大不了的，生活一直很美好。

可以说，有您的陪伴和您的故事，我的成长并不孤单。

但是我一直有一个烦恼，虽然我热爱阅读和写作，但是我写的应试作文往往不符合老师的要求。我认为巧妙的地方，老师却觉得不好。这让我很苦恼。您能帮帮我吗？

如意

如意你好，不介意我引用你发来的文章里的几段话吧：

啊，婉月，迷蒙，芦苇萧萧；朝阳，清媚，微风依依。一路走来，岁岁情长，段段心殇，晨曦中，我找到了曾经的方向……

原，真的是一片芦苇荡，辽阔的水面映着蓝天白云，密密疏疏的芦苇一片片，又一片片，雪白的芦絮，随风飘在眼前，飘在心上。

窗外，轻风。

不记得是什么时候，只是在破碎的流年碎片中，望见那样一幕幕。

稻粱肥，蒹葭秀，黄添篱落，绿淡汀洲。

这是你写的题为《窗外》的一篇作文里的片断。

你大概很得意于自己的用词，每一个词拎出来，都那么似是而非，精雕细琢，像玻璃珠儿，亮闪闪的。但很抱歉的是，我读不出一点美感，读不出任何真诚和真心。是的，你写得一点不真诚不真心。你用尽力气，试图赋予文字以凄美和迷离，试图给它披上美丽的外衣，使它看上去又忧伤又哀怨，但你不成功。我看到的，读者们看到的，只是一堆莫名其妙的词，堆在一块儿，它们一个个睁着死鱼般的眼睛，没有生机，没有鲜活的气息。宝贝，你这分明是在自说自话，或曰说瞎话。

我的话可能说重了，但我不能违心去表扬你。写作最重要的态度是真诚。

学习写作，我们先要学习老老实实说话，是一不要说成二，是二不要说成三。是黑的，不要说成白的。能够用一两句话表达清楚的，就不要设置障碍，弄出一堆废话来，让人如坠雾中还是不能够听明白。

只有让我们的眼睛和心，落到实实在在处，我们笔下的文字，才能落到实实在在处。因为真正的好文字，反映的就是我们眼中所观到的，耳中所听到的，心中所思所想的。对一个场景描写完整，对一件事件阐述明了，对一种情感拥有真切体会，也才能使他人产生同理心，引起他人共鸣。比如你跟人聊天儿，你说你想起小时候，那时在乡下，有大片的芦苇荡，每到冬天，芦苇的头上，都顶着一撮儿苇花，在风中飘荡。你这样说，听的人会在心中勾画出一幅冬日芦苇图来，并因此产生情绪上的波动，愉悦或忧伤。

但如果你这样说：啊，婉月，迷蒙，芦苇萧萧；朝阳，清媚，微风依依……雪白的芦絮，随风飘在眼前，飘在心上……你觉得听的人会是什么感觉？他怕是要以为你在说梦话吧。

当然，我不是说这些词语在文中就不能用，但每个词语的应用，都要用得准确，恰到好处。不要乱造句子，不要乱拼凑字词，让文字先清减下来朴素下来，等你掌握了"化妆"技巧，再给它们"化妆"也不迟。但现在，你最起码要做到的是让读者能读懂它。一句话，就是拿出真诚和真心，老老实实说话。这样，你的文章才会变得亲切和好看。

梅子老师

读好书养心

梅子老师：

就这样称呼你吧！在我眼里梅子老师真的很美丽！我也不知道该说什么，只想这样慢慢地写，很随便地写。

梅子老师，第一次读你的文章是那篇《掌心化雪》，不知道为什么我就是很喜欢，有时我想那样的老师世间难寻。

昨天我在理发店，边等理发边看你的书，感觉那是我过得最愉快的一个下午。人应该有属于自己的兴趣，可惜我和其他男孩子不一样，别人打游戏，我却在读书。有时感觉自己应该打游戏，可是又对自己讲现在不可以，很羡慕那些可以边玩边学的人，而我也只敢在寒假里读自己喜欢的书，因为这样可以得到一些心灵的安慰！

还记得我在图书馆里想读《平凡的世界》，可是又强迫自己去写数学题。我不是很聪明，作文也写得不好。但我觉得读书应该是种享受，不被一切干扰，只须做好自己！特别喜欢你写老师的文章，因为你笔下的老师温柔善良，有一种很特别的东西。我以前的老师讲到你的那篇《黄裙子，绿帕子》中的女老师讲的话："你好调皮呀！"我还记得他当时把"调皮"说成"tiao pi"所引起的哄堂大笑，真感觉你的那位老师像极了魏巍笔下的那位老师。"雪是美的，也是冷的"，经历这么多之后才发现，我们一步步长大，就得一步步面对现实。不过我想，世界上总有"一些花儿绽放在幽谷，点亮那些冰雪似的眼神"。有的人的眼神会有光，而我的眼神是被一切所覆盖的忧郁。老师，你的眼睛我觉得放着光，因为只有这样的人才能洞察出《每一棵草都会开花》。

不写了，希望梅子老师的眼里永远有光……

小读者

宝贝，你好。

读你的信，我的眼前晃着一个可爱的男生，他额头饱满，眼神清澈。理发店里人来人往，吹风机在呼啦呼啦响着，音响里多的是民谣类的歌，多嘈杂啊，他却捧着一本书，安静在他的世界里。那画面，让我想到一坡的芜杂之中，一枚结实的果子。

感谢你，能把读书当作享受，而不是带着功利性。那就继续读着吧，热爱着吧，你已从中收获到愉悦，收获到充实，收获到安慰，这是读书给你的最大回报。当别的男孩子在打着游戏，辜负着光阴时，你在读书，这是多么值得骄傲的事！你该羡慕的，不是那些玩耍着的人，而是一个爱读书的自己啊。来，宝贝，给自己一个大大的拥抱吧！

我曾说过一句话，读好书养心。人生而为人，最需要滋养的，不是一副皮囊，而是皮囊下的那颗心。再好的皮囊，也禁不住岁月的侵蚀和磨损，但用文字浸养着的一颗心，却像玉一样的，摩挲的时间越久，它越温润。一个人的心里若住着清亮、明净和柔软，那么，他看世界的眼神便也是清亮、明净和柔软的。

一个爱读书的孩子，他的人品绝不会差。纵使他在某些方面算不得出色，但他为人豁达、善良、真诚而美好，那才是做人最大的好啊。宝贝，如果你把书继续读下去，你终将成为这样的人。

谢谢你觉得我很美丽。我争取让我的眼睛里，永远有光。

愿你也永远做个眼里有光的人。

梅子老师

美的感知

丁老师：

　　您好！

　　我是从微信公众号知道您的，也不知道是什么时候开始关注您的，只知道看到的第一篇文章叫《掌心里的温暖》。看过太多公众号的文章，唯独您的文字能带给我灵魂上的震撼，这是我知道的其他公众号不具有的。

　　知道您后，家里多了几本书：《花未央，人未老》《只因相遇太美》《低到尘埃的美好》《住在自己的美好里》《仿佛多年前》，好几次我是含着泪看完的，感动又温暖。

　　谢谢您，让我找回了那颗柔软的心。

　　在此之前，我都忘了自己有多少年没认真地看过一本书了，但现在每天都会看上几篇。从字里行间感受您对生活的热爱，对亲人的感恩，对大自然的享受……这是我目前向往却又达不到的境界。有时候心里有很多的感受堵着，心慌难受，很想学您那样把它们捏成一颗颗的文字排在纸上，可提笔又不知该如何下笔表达。老师，要怎样做才能像您那样做到我手写我心呢？我很想很想跟您学习写作，您收徒弟吗？

您的忠实读者：纭纭

亲爱的纭纭，你好啊。

能让你"找回了那颗触动的心"，我觉得非常幸福，我要谢谢你才是。

昨天傍晚，我去医院看望我的老父亲，他身体里有些"机器零件"已完全失灵，出入医院成为家常。我提着带给他的一堆儿东西——面包、水果、八宝粥、卷纸、毛巾，一路走过去。我喜欢走路，因为走路能让我抬头看天，低头见花，能让我不断有新的"遇见"。每一次走路，在我，都是去捡宝贝的。

这次，我捡到的"宝贝"首先是路边的紫薇花。秋渐深，别的植物都慌里慌张，忙着举行告别宴，它们倒好，气定神闲得很，慢慢地开着花，把些红颜色紫颜色白颜色，一点点涂上身。我站定，看它们，每回看，都有新的柔软碰触我的心。植物的活法，岂不是人的活法？人类从它们身上，总能学到点什么。我又想到那样的诗句"青瓷瓶插紫薇花"，这简朴的清供，实在动人。日子的美好，原在这样的简朴中。

我又抬头看天，这是我最喜欢做的事。我以为没有什么事物的语言，比天空的语言更丰富。这时的天空，带给我的，除了震撼，还是震撼，透明的、干净的，像溪水一般的天幕上，白云朵驾着风马在赛跑，仿佛有上千顷盛开的茅花，沸沸扬扬拂动起来。

那一刹那，我如禅定了一般，我被巨大的美所淹没。到我见到我的老父亲时，我一直在笑着，我告诉他，爸，你知道外面天空有多美吗？老父亲笑了，躺在床上静静听我描述。是的，我把这个美的天空也带给了他。让他感到，他从未与这个世界脱节，他还活在这样的美好里。

这是美的感知。人类需要的，正是这种感知美的能力，使寻常的活着，有了意思。我们的文字，要传递的，也正是这种能力——美，无处不在。当你真正具备了这种能力，你手下的文字，就自然而然地呼之欲出了。你只要忠实于你所看到的，你所想到的，不伪不装，简朴一些，再简朴一些，写下它就好。

不要急着去表现所谓的深刻，不要急着去雕刻它的所谓文学性，丢掉那些文学的路子吧，花是红的，咱就写下它是红的。草是绿的，咱就写下它是绿的。叶子是黄的，咱就写下它是黄的。看到叶落，总不免要想到离别，想到一些人。好吧，那就温暖地想着吧。我在等着来年的叶绿花开，也等你。

梅子老师

每一滴流水上，都写着美妙的诗行

梅子老师：

您好！

我是一名初三学生，家居小乡村。年级人不多，150人左右，我一直是第一名。

不知为什么，所有老师都说，你要一直保持第一名呀。

我喜欢读书，我喜欢英语，我想拿出很多时间来满足我内心的热爱，可是年级第二名已经凭着他的奋斗赶上了我。

我觉得人不应为名次而活，但所有老师和一些同学给的压力太大。我不知道现在到底应不应该重视这个第一名。作为初三的我，到底应不应该减少课外读书时间？

另外，虽然读的书较多，但我的语言生动性还是较差，请问梅子老师如何尽快提高语言的生动性？

谢谢梅子老师啦！

您的读者

宝贝，你好。

真为你感到庆幸和高兴，因为，你拥有一个小乡村啊。那里少有城市的喧闹，少有车水马龙昼夜不分。那里天地分明，草木有着四季。

我也是出生在小乡村的。出走这么多年，行过很多的地方，看过很多的繁华，最怀念的，还是我的小乡村。我是在那里，认识了蓝天和白云，认识了朝阳和晚霞，认识了月亮和星星；也是在那里认识了河流、庄稼和小池塘，认识了蚯蚓、蚂蚁、蜻蜓、蚂蚱、蜜蜂、蝴蝶、青蛙和瓢虫，认识了车前子、泽漆、荠菜、益母草、繁缕、一年蓬、野蒿、蒲公英、芦苇和茅，认识了麻雀、喜鹊、鹧鸪、布谷鸟、画眉……

我在《诗经》里，总能一下子找到我的小乡村当年的样子。我在唐诗宋词中，总会捡拾到我的小乡村当年落下的雪和霜。宝贝，最好的语言不在他处，而在大自然里。而乡村，是离大自然最近的地方。如果你用心去聆听、去阅读，你不难发现，那里，每一棵草上、每一朵花上、每一粒鸟鸣声中、每一滴流水上，都写着美妙的诗行。

想来你懂我的意思了。我们爱读书，但不要把书读死了，必须让它回到自然里，回到生活中。比如，书里写"兰叶春葳蕤，桂华秋皎洁"，那我们在春天的时候，就要带上眼睛，看看兰花以及别的植物，是怎样"葳蕤"起来的。只要有春天在，生命就有蓬勃生长的机会；而到了秋天，桂花如月光般皎洁在枝头上，给人高雅清洁之感。那如果是白天看呢，那些花朵上，是不是附着了阳光的影子，熠熠生辉？你这么看着想着，一些生动的语言，自然而然就会蹦跳出来。

读书与学习并不冲突，书读得越多的人，获得的智慧也就越多，它反而会促进学习成绩的提升。当然，要看你读的是什么书。那些纯粹的娱乐性的书，我希望你少读些，它们相当于油炸膨化食品，对人益处不大，有时吃多了，反倒会损害身体。我建议你文学类的书读一些，历史类的书看一点，地理类的书也可以涉足一二，甚至于建筑类的音乐类的美术欣赏类的书，都可以了解一点——如果你喜欢。所有的艺术，都是相通的，它们会让你的生命变得饱满变得厚重。

名次在前固然好，但不要过分在意名次，是第一也好，第二也罢，那都是暂时的。你大可不必把别人的期望，当成自己的包袱，背在身上。你只要遵循着内心的热爱，认真地走好自己的路，一路向前，努力奋进，你的人生，绝对会活得很精彩。

梅子老师

清水出芙蓉

梅子老师：

　　您好！

　　自从上了初中，我就对语文学习和写作文有个很大的困惑，因为我不知道初中语文追求的是什么。老师讲作文的时候讲的大多数是"美"，我总是在写作文时写不出美丽的词句。我就是想问一下，如何可以获得大量美丽的词句，又该如何运用？

小读者

　　宝贝，你好。

　　文章之美，应该是指文章本身所散发出的动人的味道。这种动人，也许来自故乡的泥土；也许来自植物和花朵；也许来自日月和星辰；也许来自家常的饭菜，来自一盏灯的守候，来自一个人的惦念、扶助和信仰；也许来自陌生人脸上的一抹微笑……它们无一例外地，都有着鲜活的生动的气息。

任何一个事物，任何一种情感，都是有着它内在的质地的。"词句"所要呈现的，正是这样的质地。倘若你做到了，哪怕只是简简单单的几个字，它也是美的。比方说，久别重逢的两个人，四目相对的刹那，只轻轻一句问候，你还好吗？这就抵得上千言万语了。

——你还好吗？

你认为这样的词句华丽吗？好像不。它直白得很，可却美得动人心弦，万千个往昔，都浓缩在这一句里了，思念有，牵挂有，委屈有，不舍有，真正是悲喜交加呢。

宝贝，词句的美与不美，不是光靠外表的光鲜与否来判断的。就像我们通常看待一个人，不施粉黛有时好过浓妆艳抹，清水出芙蓉，天然去雕饰。那些自然的、本真的、质地分明的，从你的心底流淌出来的话语，有着鲜活的温度，有着干净的味道，有着真情实意，即便它们看上去，只是明明白白的大白话，也更能扣动人心。毫无疑问，它们，是美的。

当然，一些词语不会自己从天上掉下来，它们靠的是你平时阅读的积累。俗话说，巧妇难为无米之炊。假如把写作比作做饭的话，词语就是我们用来做饭的"大米"，你再聪慧，如果没有掌握大量的词语——这做饭之米，你也就很难驾驭一顿饭，写不出动人的文章来。

在阅读时，可多涉猎一些古典文学，尤其是诗经和唐诗宋词类的。那些篇章里，养育着大量精妙的词句，你读多了，它们不知不觉就会成为你的营养，滋养着你的心灵，并从里面生长出属于你的语言。到你写作的时候，你的笔下，自然而然就会流淌着一条词语的河流，你想用哪个就用哪个，尽着你挑选。一个词语的美与不美，有时，要看你用在什么地方。如果你用得恰如其分，恰到好处，那么，纵使这个词语是很平常的一个，它也能散发出美的光芒。

宝贝，在写作上，我们千万不要为了追求"美"而美，不要希求文字都做园中牡丹，让它们做做野外的小花小草也不错啊，自然天成，朴实无华，有着绵长的味道。

梅子老师

护住你的一颗初心

梅子老师：

　　您好！

　　最初遇见您的文字是在语文试卷中的阅读题《小欢喜》，那次破天荒地阅读只扣了2分，那篇文章也让我开始关注生活中的点点滴滴。再后来，我买了您所有的书，喜欢上您那质朴又不失细腻的文笔。

　　我也是个热爱写作的学生，我喜欢用笔记下点点滴滴，感受生活带来的美好。上了八年级，我们接触到了议论文，每次大考小考，作文虽说文体自选，但就连语文老师都说，只有写议论文得分才能高，他还教了一大堆第一段写什么，第二段写什么。在我看来，这样的文章没有灵气，事例论证一个不能少，先写古代再写现代，然后举例……这种套路我真的不能再熟悉了。然而我喜欢跟随自己的想法去构造一篇属于我的文章，我的文章可以没有华丽的辞藻，没有惊天动地的大事，也可能不能得到好的分数。但是，它会影响到我的中考分数。老师说，很无奈，形式就是这样，想得高分，就得要一步步跟着套路走。

　　我想请问梅子老师，如果为了追求好的分数而放弃自己喜欢的文字，是否会对文字失去初心？

一个小读者

宝贝，真好，你对"写作"，用了"热爱"这个词。人生因了这个词，多出许多的温度、美好、趣味和生动，但愿你能永远热爱下去。

你苦恼着现在的考试作文，完全脱离了你的主观愿望——你的这个苦恼，也是很多孩子的苦恼呢，也是部分老师的苦恼呢。

我给阳台上的斑叶竹节秋海棠浇水，一边想着怎么答复你。

我先给你描绘一下这种花吧。它的叶子的观赏性就很高，阔而大，背面是红色的，正面的青绿上，点缀着一些白的小斑点。这样的叶子，若是扯下来，直接做件女孩子的披肩，应该甚是好看。

它一年四季都在生长着，似乎永不凋落。事实上，它也在凋落，只是新生和凋落在交替进行中，容易被人忽略。花期也特别长，从春开到夏，从夏开到秋。花朵起初像一颗颗红红的小心脏，慢慢地，那小心脏打开了，从里面露出像小蛾子一样的黄花蕊，花蕊的头上，还戴着一顶漂亮的小花帽子。它要么不开，一开，就是一把。对，是一把花，如一把小小的果实，坠着。

它的故土，在青海的一个农家小院子里。那是我朋友大福的家乡。他回老家，不远千里，把它一路带过来，分我一枝。这枝秋海棠，很快繁衍出更多的秋海棠来，也不过几年的工夫，我的阳台就被它们整个地占领了，子子孙孙无穷尽。我每天早上起床的第一件事，就是跑去看它们，它们总是呈现出欣欣向荣的样子。时光在它们身上，永远是蓊郁丰盈的。我的一天，因它们，也就变得蓊郁丰盈起来。

宝贝，我跟你描述这些，你的心中是否因我的描述而有所触动？是否眼前也盛开着一盆一盆他乡的秋海棠？是否也因这生命的代代无穷尽而心生欢喜？倘若是，那么，我的文字它便是成功的——文字的真正力量，不在于它以何种形式呈现出来，而是它有没有打动人。

我一直比较反感 "考场作文" 一说。何谓考场作文？它只不过是平时的作文腾挪了一个位置，在固定的场所、固定的时间段里完成而已。你若平时作文能写好，考场上，也一定能写好。你若平时作文写得动人，考场上写出来的作文也不会差到哪里去。好吧，就算真的有一种作文类别，叫 "考场作文"，但它也是我们一个字一个字写出来的，也一定不能脱离了真情实感。阅卷子的老师不是机器人，他们，就是我们寻常人中的一个，我们拥有的情感，他们也都拥有，能感动我们的事物，一定也能感动他们。当他们在一堆假大空的作文里，跋涉得万般辛苦时，突然，冒出一篇真正动人的文章，想不让他们的眼睛为之一亮也不能够呢。

所以宝贝，文字的表情只有一个，那就是 "真"。至于用什么文体写作，并没有那么重要，不要拘泥于是写议论文，还是记叙文，还是散文，文体与文体之间，本就无明确界定（诗歌除外），它们之间完全是相互贯通的。倘若指定非写议论文不可，你也可以写得鲜活一些，生动一些，写成夹叙夹议的，用精彩的小故事（可以是身边的，可以是他人的，这些故事，不受时间、空间限制，但它们一定是生活的），来阐释一些人生的小道理。先秦诸子百家的散文，哪一篇拿出来，都是文采斐然的议论文呢。

宝贝，护住你的一颗初心吧，真正的好文字，是绝对不会被埋没的。

梅子老师

因为喜欢，所以坚持

梅子老师：

你好！

我是你的读者，同时也是一个文学爱好者，我想做一名好编辑、好作者。但一个人坚持自己喜欢做的事，很难，真的很难。我常常以"就算只有一个人，我也可以坚持下去"为激励，去鼓励我另外一个朋友，可换作我自己我就没有底气了。

我知道在背后努力，总有一天会被人看到，也知道如果不珍惜机会，就会被埋没在黄沙中。直到现在，我觉得机会渺茫，我还在原地踏步。尽管我有一颗前进的心。

你的读者

亲爱的，你好啊。

和你一样，我也曾经历过失意迷茫。

那个时候，我拼命写稿，拼命投寄，我希望得到别人的认可。然而，千百份稿件投出去，都是黄鹤一去不复返。连我们的地方小报，也毫不留情地拒绝了我。唉，我一颗热烈的文艺心，真是饱受打击。

在极度沮丧下，我问了自己两个问题：

一、我为什么要写作？

二、我还要继续写吗？

我几乎不假思索，就回答出自己的两个问题：

我写作只是因为我喜欢；我当然要继续写下去。

那么，好，既然是我自己喜欢做的事，与他人也就不相干了，与发表也就不相干了，我为什么一定要得到他人的认可呢？这就像你爱上一个人，爱就是爱了，别人同不同意你爱他，或者他爱不爱你，你都不在乎，你爱着就好了。

再往下走，我的心态也就平和了很多。我不再纠结于发表与否，不再苛求于别人的欣赏或不欣赏，我像个热爱土地的农夫，只管享受耕耘的乐趣。至于它能长出什么来，那与我，关系也不大了。它或许长出一片草来，我也是高兴的。我可捉些羊来放养。它或许开出一簇花来，我当然高兴了。我有花可赏，且每日剪下三两枝作清供。它若肯结出果实来，那我就更高兴了，我会把它当作天赐的礼物，邀请他人一起品尝。

我抱着这样的心态，喜欢着我的喜欢，一路走到现在，走得快快乐乐的。

有人看见了，也有人没看见，对我来说，几无影响。看见了固然好，看不见也没关系，我不是因为得到谁的关注才走下来的。

你或许会说，呀，我好羡慕你，你现在多有成就，我要是能成为你这样的就好了。

我笑。我看一眼我的窗外，今天的天真是蓝得很，上面堆积着一堆的白云朵，像是谁做出的一堆冰淇淋。我想，天空不是因为有人欣赏，才变得这么美的吧？它只是因为喜欢。

因为喜欢，所以坚持。坚持着坚持着，或许就有了自己灿烂的样子。

亲爱的，属于你的人生路，只能一个人走。倘若你真心喜欢文学，那就走下去吧。在这条路上，绝大多数时候是孤独的、寂寞的、无人喝彩的。你耐住了这样的孤独和寂寞，你也就能走到那光亮之中去，成就你自己。

当然，坚持的本身，就是一种结果，一种进步，一种辉煌。

梅子老师

每一天，都是新的

梅子老师：

你好！

我每天坚持写日记，不知道写什么内容，是写全天呢，还是只写一件事？我觉得没什么素材可写。

我也写。我妈说我写的全是流水账，没什么用处。

有时我真苦恼啊，生活里哪有那么多的事好写啊。可是，又不得不写。

梅子老师，你能帮帮我吗？

小读者

宝贝你好，瞧你这么认真寻问的语气，你一定是把写日记当成作业来完成了，——如果真是这样，那就一点儿也不好玩了。

写日记本是件好玩的事情呢，轻松，自在，愉快，是随便乱丢字。对，就是随便乱丢字。就像小孩子站在河边扔石子儿玩，他能兴趣盎然地玩上大半天。为什么呢？就是因为他高兴啊。

　　写日记也是如此，你手里的文字就如同小石子儿，可以任由你扔着玩。你不用考虑结构布局，不用考虑如何升华，也不用考虑走不走题，你只管跟着你的心情走，用你自己的语言，写出你最真实的想法（说不定写着写着，你就有了自己的文字风格了呢），它可以是快乐的，也可以是不快乐的。总之，它是属于你的，是你和你的灵魂在对话。

　　一天里，你总要有些遇见的吧。吃了一顿美味的饭菜，值得记录一下；看到一朵好玩的云，值得记录一下；遇见一只可爱的小鸟，值得记录一下；撞到一只调皮的小猫，值得记录一下。看到绚烂的花开了，值得记录一下；看到红红的叶子，值得记录一下；听到好听的歌了，值得记录一下；看到月亮升起来了，值得记录一下；与好朋友一起去看电影了，值得记录一下……

　　每一天，都是新的。每一天，都有新的期待新的遇见。你若能把这些如实地记录下来，那么，你在人世间的每一步行走，都已深深烙上你的印迹。待多少年后，你在夕阳下回顾往事，多少的人和事，都已成云烟飘散，再难追寻，然等你打开你的日记本，你所有曾经经历的一切的一切，都在你的文字里鲜艳地存活着，无一遗漏。你整个的人生，因此而格外有了意义，这是多么值得感恩的事！

　　宝贝，我希望写日记能成为你的小日常，就像渴了就要喝水，饿了就要吃饭那样自然而然。天长日久地坚持下来，你不单能提高你的书面表达能力，还能从中汲取到营养，享受到无穷的乐趣。

梅子老师

在细水长流中，细数流光

丁阿姨：

您好！

我已经学习写作两年了，但是至今没有写出自己满意的，我都想放弃了，可是我很喜欢写作，我是否应该坚持下去呢？我应该怎么努力，往哪个方向努力，怎么学习，以什么方式学习呢？我很迷茫，希望得到回复，谢谢。

东东

东东，你好。

我想问你一个问题：你为什么要学习写作？

你肯定会回答我，因为喜欢。

倘若你是真心喜欢，又何来的失望和迷茫？你只管喜欢下去就是，不管它是长成小草的样子，还是开出花朵的样子，你都会喜欢。因为，自己真心喜欢的事情，只与自己有关，它无关乎名利得失。

　　但很明显的，你并不是真心喜欢写作。你说你至今没有写出自己满意的。我很想知道，让你"满意"的标准是什么？是发表了？是出书了？还是通过它成名成家了？

　　如果你以这样的标准来衡量写作，那我劝你最好还是放弃吧。因为写作一旦功利性太强，就难免要去迎合和讨好，要去干些讨巧的走捷径的事，这对于写作来说是伤害，会让你离真情真意远了，会让你渐渐地看不清自己的初心。

　　我不知道你是如何理解写作的，在我，它是灵魂发出的声音，或欢乐，或忧伤，或明媚，或缤纷，它洁净、纯粹、婉转，能抚慰我的五脏六腑，让我在精神的王国里，成为自由自在的王。

　　东东，写作是个长期的过程，是在细水长流中，细数流光。它必须耐得住寂寞，守得住清贫。你不必刻意去经营，你只要忠实于你内心的热情，让笔下的每一个文字，都能带着你应有的温度，就这么写下去、写下去。也许某天，你与它劈面相逢，你会惊讶地发现，它早已在不知不觉中，长成一棵参天大树了。

梅子老师

读书，是一场修为

梅子老师：

　　您好！

　　我们经常在语文试卷上遇到您，真的很喜欢很喜欢您啊。只是每次做您文章的阅读题，我都要被扣分啦。

　　今天我想问您一个问题：读书，除了为了应付考试，还有什么用呢？

您的读者：紫藤花开在心苑里

　　宝贝，我叫你心苑，可好？

　　你的昵称可真长啊，紫藤花开在心苑里。你很喜欢紫藤花吧？我也喜欢。四月紫藤花开，校园的长廊上，伏着那么一丛丛，垂下深紫的花帘，好似有仙人住在里面。我总忍不住跑去那里，走来走去，能走上一下午。心苑，你是否也做过这样的傻事情？可以想象，你是个心思细腻敏感柔软的孩子。人有柔软，多好。

你只问了我一个问题，读书，除了为了应付考试，还有什么用呢？我似乎看到你正蹙紧双眉，面对摊开的教科书，一百个不情愿。

你的苦恼，我理解。学习是件苦差事，天下的孩子都一样。要是没有外力压迫，谁愿意埋首在教科书里呢！但我们成长的起步，是要从这里开始的。我们要通过这些教科书，去打开一扇又一扇认知世界的窗。

然而，心苑，读书不等于读教科书，也不仅仅是为了考试。书的海洋，浩瀚无际。单单文学书籍，就叫人眼花缭乱得很，中外的，古今的，诗词歌赋，传记传说，小说散文，无所不有，一浪逐着一浪。你深入其中，或许一时半会儿，还体会不到它的好处来。你且读上一个月再看。读上一年再看。读上两年再看。读上三年呢？四年五年呢？你会发现，你的内心，早已丰富起来，胸中有丘壑，腹中有锦绣。你的眼界，也早已宽广起来，古今多少事，都付笑谈中。读书，能使你到达你去不了的地方，使你阅尽你本不能知晓的世事人情，使你学会爱、珍惜和感恩。读书，是一场修为。

写到这里，我想起一个叫允的孩子来。年前，他从苏州回，陪在老家的爷爷奶奶过年。他说读了我不少书，要约见我。

我们约在小城的咖啡馆见。他提前到了，叫好咖啡等我。我去时，他正低头在翻一本书，那安静读书的姿势，着实叫人感动。说不出的感动。好比你正走着一段极寻常的路，路边风景天天看都看乏了，却意外遇见了一棵开花的树。

那天，我推掉另外的事，和他聊了好久。他是个长相一般的男孩子，瘦瘦的，个子不高，但一笑起来，就有了不一样的光芒，又知性又阳光。我由衷夸他，我说你真是个好孩子。他却笑着看定我，认真地说，不，老师，我曾经不是，我曾经是个问题少年。

从小跟着爷爷奶奶过，做着留守儿童。老人也不知怎么教育他，只管他吃饱了穿暖了就万事大吉了。他像匹野马驹，养成了一身的野性子。调皮闯祸，那是家常便饭，三天两头有人上门告状，说他打破这个的头，揭开那家房上的瓦了。他在外打工的父母，最后不得不把他送进一家私立学校去，那所学校采取封闭式教学，管理严格。一匹野马，被关进了笼子里。他终于安静下来。

在私立学校，日子漫长，他无聊极了，不得不用读书来打发时光。渐渐地，他竟迷上读书。虽因学习底子差，成绩并无起色，但他却读了不少好书，像《古文观止》《红楼梦》，他都读了下来。

17岁，他初中毕业，去了苏州打工。他在饭店做过小服务员。在广告公司发过传单。如今，他23岁了，已进了一家比较大的汽车修配厂工作，月工资达到一万以上。不管到哪里，他的身边，一定都带着书。做小服务员那会儿，他晚上回宿舍再晚，也要看上两行书，心里才会踏实。别人笑他，你一个小服务员，还看啥子书嘛，看了有啥用！他笑笑，不争辩。因为读书，苦日子也不觉得苦了，待人接物，都能宽容了。他说是读书改变了他，弥补了他的很多不足。现在，在公司里，他还兼做着文案策划，公司的人都很信服他。也是读书让他明白了许多做人的道理，从前很对不起爷爷奶奶，没少让他们操心，却从不知回报。现在，他只要一有假期，就跑回老家来陪两个老人，烧饭做菜，他样样精通。

他说，读书使人变得有温度。心苑，我想把这句话送给你。愿你也能像他一样，热爱读书，成为一个有温度的人。

梅子老师

读书会重塑我们的灵魂

梅子老师：

是我，我是R。我又来了。这一次来，我还是想问问你，人为什么要读书呢？

我实在不喜欢读书，却一再被老师、父母强迫着去读。这令我十分烦恼。

人到底为什么要读书呢？

你不要告诉我，读书才能让人变得有出息哦。这话我妈天天在我耳边叨叨。可现实不是这样啊，我身边那些搞房地产的、开大公司的、做大老板的，有几个是读了很多书的？他们举止粗俗，不晓得四大名著，不懂诗词歌赋，说不清朝代更替，不是照样赚得盆满钵满的，动不动就资产过亿。

再说我表哥吧，上海复旦大学的毕业生，够牛吧？他入职的公司里的老板，却只有张小学文凭。

梅子老师你说，为什么要强迫每个人都读书呢？我想早早接触社会，我想早早去学做生意不好吗？我真是搞不懂。

R

R，你又跑来问我，人为什么要读书？让我不得不正式思考一回，是啊，我们为什么要读书呢？

现成的答案一抓一大把：读书会使我们变得有气质；读书是最好的化妆品；读书会让我们遇见更好的自己；读书改变我们的命运；读书会让我们站得更高看得更远；读书会使我们的人生变得有厚度；书籍是人类进步的阶梯……

然你并不满意这些"标准答案"，你羡慕身边搞房地产的、开大公司的、做大老板的，他们没读过多少书，却拥有过亿资产。

R，你看到的，只是个例而已。放眼世界，有多少成功人士不是学富五车、知识渊博的？你又哪来的底气，现在就要去社会上打拼？还是问问你自己吧，你到底有多大的能耐。身处在这个信息高速发展的时代，一天不学习，你就可能跟不上别人的脚步。要想在这个世上立足，你必须拥有真才实学。而真才实学从哪里来？最佳的途径，就是读书。

古人云："玉不琢，不成器。人不学，不知义。"北宋文学家、书法家黄庭坚亦说过这样的话，人不读书，则尘俗生其间，照镜则面目可憎，对人则语言无味。R，读书使我们知廉耻、懂仁义、守道义，我们的面目会因读书而焕发出光彩，我们的语言会因读书而吐露芬芳，我们的行为会因读书变得磊落，我们的心胸会因读书变得开阔。

我还漫想到一些别的。远古时期，尚没有文字，那时的人们是靠结绳记事的。这有点类似于我们小时走亲戚，路远，怕记不住归程，就在途经的一些树上，或是房屋的墙上，做上记号。用刀刻下痕迹，或用茅草在其上挽个结，或在树枝上绑上一朵野花。归时，循着这些记号，便能一路顺利到家了。

然后有了岩画。然后有了甲骨文。甲骨文是在龟壳或兽骨上刻字，每完成一笔一画，都极费时费力。"写"完一整个龟壳或兽骨，算得上一项很大的工程了。然先民们还是乐此不疲地"写"着，是因为，需要。他们需要用它记载王室占卜之事，需要用它表情达意。

我猜想，文字最初的诞生，怕是哪个多情人，为了表达心中如浪花一般的情感，而随手刻下的印迹。他坐在草地上，或一块石头上，捡着一块兽骨了，一笔一画，刻下他心里的欢喜。他要送给那一个，这是示爱的，是最早的情书。他知道，说得再动听的话，也终如一阵风吹过，很快就会没了影了。然刻下来的"字"，却永远风化不掉，什么时候抚上去，都自有它的温度。

R，我们为什么要读书？是为了更好地表情达意啊，更好地与这个世界沟通。

千百年来，多少繁华追逐终如梦去，唯文字屹立不倒。"彼采艾兮，一日不见，如三岁兮"，这田间地头的歌谣，被记录下来，打动了多少人的心啊。当我们看到桂花开了，很容易就会念起"一枝淡贮书窗下，人与花心各自香"。当我们看到梅花开了，又会想到"疏影横斜水清浅，暗香浮动月黄昏"，或

"寻常一样窗前月，才有梅花便不同"，我们沉浸在那种意境里，玲珑剔透，精神愉悦。

R，我们为什么要读书？是为了使我们精神愉悦啊。精神的愉悦，远超过别的。

六月，我去了新疆一趟，在夏特古道，住在上了年纪的木房子里。那里远离喧闹，人烟稀少，我踩着泥泞，一步一步，往雪山走去，想着那远古僧人的脚步，是怎样一步一步丈量过去。又马蹄声声，花开过一夏又一夏，雪落过一季又一季。伸手之处，似乎都能触摸到远古气息，一颗心，早就被感动得不知要往哪儿搁了。我身边几个人只走了一点点路，已抱怨不已，说，这地方有什么看头？路难走死了，还冷，就开了几朵破花。他们跟导游吵嚷着，要住到城里面去。我当时真替他们难为情了，他们看似活得很体面，珠光宝气，脑子却空空如野。心必也是空空如野的吧，仅剩一副空皮囊而已。

R，我们为什么要读书？是为了懂欣赏，懂敬重。是为了使自己心灵丰盈。是为了能在那些细草和小花之中，发现生命存在和延续之美。

很喜欢陶渊明笔下那个爱读书爱喝酒的高人五柳先生，"闲静少言，不慕荣利。好读书，不求甚解；每有会意，便欣然忘食"。他飘逸高贵的形象，穿越千年，依然熠熠生辉。

R，我们为什么要读书？是为了做一个精神高贵的人啊。读书会重塑我们的灵魂，使我们活得更加纯粹和明澈。

梅子老师

坐看云起时

丁作家：

您好！

接到这封信，您定会感到奇怪，因为我对您来说，是陌生的。但是，对我而言，您却是我再"熟悉"不过的作家。

而写这封信给丁作家您，我的心情是复杂而无形的，因此根本不知从何说起，也不知哪轻哪重，只能说些憋在我心里许久的困惑，如若有不到之语，还万请见谅。另外，内容也许长些，但不求您一次看完，我有的是时间，等您的回音，哪怕仅有只言片语。

············

我生在苏北农村，家里很穷，但打小学三年级起，心中便渐渐喜欢上了文学，以至于多年后开始萌发想写小说特别是长篇小说的念头，而且随着时间的流逝，欲念变得越发强烈。

············

说个更让您惊异的情况，我是男人，一个已步入"奔五"行列的男人，是一头笨极了的猪。但就这头老猪，心却不死，还念念不忘成就人生风景，在一分一秒的写作欲念中痛不欲生、垂死挣扎，其实对我自己细思起来，觉得这话一点都不为过。我的这种景况，直接造成我做什么都显得"不在状态"，给家人、领导、同事、朋友几乎所有人的感觉，就是不理解、我离他们很远、像有仇而不给人靠近，实际都是我的心理状态惹的祸，我从没对任何人诉说过，自然他人也就无从晓，仍然保持着相互间的若即若离的状态。说起来，这要算我的最大的悲哀，因为思念写作、又不能写作，却完全丢掉了生活和交流，丢掉了活生生的日子。最可怕的，现在连自己都觉得变成麻木的人了，思而痛，痛而思，身不由己，话不投机，吃饭饭不香，睡觉觉不实，有种情结，大概是要了结了才行，否则真不知要如何面对以后的岁月。

…………

我想请教您的是：如何进行写作？

我的思想的低下、情感的稚拙、文性的劣质，这所有看来，都不适合在文行立脚。现实情况惨痛又残忍的是，我却死死抱住这样的理想之树不放，永远不能也不愿释怀。也许，处于这个年龄段，已经不能叫理想了，而应叫作愿望，这一辈子，这种愿望要是不能实现，到死时恐怕都不会闭眼了的。

…………

我特别想了解一件事情，也是我思考了许多年、特别想知道的一个情景，就是作为作家、诗人这些人，他们每天的内心状态到底是什么样的？他们的思想和感情真的每时每刻都与众不同吗？举个极端的例子，比如海子会选择死，那么他的内心是怎样的？是什么想法让他变得如此激烈而走极端？他的思想感情真的就那样激烈吗？我觉得就我这样的人，都一直觉得生命很宝贵，而不会轻易抛弃活生生的身体，让灵魂游离躯体。可他，却愿放弃活着，这到底怎么回事呢？

我的座右铭是：山阻石拦，大江毕竟东流去；雪压霜欺，梅花终究向阳开。可是我很矛盾，虽有自信，却也游移不定，实在开释不了我的生命之意。

谢谢您的阅读，原谅我的不知所言。

你忠实的读者

老乡你好。

我也是苏北人，至今还生活在苏北这片土地上。我们在地域上，应该相距不远。所以，我称你老乡，自觉挺合适的。你不介意吧？

老乡，你的信是我迄今为止，收到的最长的一封读者来信了，五千多字啊，是一篇大散文了。我读得很慢，读完，又回过头再读。我不敢疏忽了它的每一个字，那些带着体温带着重量带着真情的字。感谢你老乡，感谢你写出这么一封长信给我，感谢你信任我！我把它进行了删减，刊登出来，这个还请你原谅。你的信，虽是个例，但，代表了很大一部分怀揣着文学梦的人。我的回信，是给你的，也是给他们的。我替他们谢谢你！

你从小就怀了文学梦，且守着这颗初心，几十年未改初衷。这让我敬佩，也让我感动，这世上，能守着一颗初心前行的人，真的不多见了。单单冲着这点，你就是个很了不起的人。

说了你也许不信，我小时，是没有做过文学梦的。虽也酷爱读书，也只是酷爱着。和你一样，我家里也很贫穷，自己买书读是不可能的，基本上都是靠借。村子里谁家有书，我都清楚着。借的书读着很不过瘾，我就整部整部抄下它。那时，我的梦想，是做个裁缝。村子里有个刘裁缝，人整日待在屋子里，不要晒太阳，不要干农活，面皮儿捂得白白的，令我羡慕。我还羡慕她的是，能赚到钱。我怕干农活，我受不了那种苦。我想我若做了裁缝，就可以名正言顺地待在屋子里。赚到钱后，我可以买我喜欢看的书。

再大一些，我的梦想变成了摆书摊的。老街上有摆书摊的男人，他拥有几百本的小人书。在那时我的眼里，那个男人就是世界上最富有的人。我要做那样的人，想看哪本小人书，就看哪本。想看多久，就看多久。

我最后没有做成裁缝，也没有去摆书摊，而是走上了写作的路。这多少有些出乎意料，因为，我从未奢求过，只是因为喜欢着，就写上了。至于能写得怎样，能写出什么名堂来，我也未曾考虑过，也不去想那样的事。只是顺着自己的心意走着，一切顺其自然。

也许在你的眼里，我现在是个颇有"成就"的人。你所说的 "成就"，就是指出版了一些书，发表了一些文章，有一些读者追随着。然我真的并不在意这一些，有，我自然欢喜。没有，我也不难过，也不觉得缺失了什么。

我享受的，只是文字轻轻落在纸上的那个过程。当它落纸成字了，它的使命，也就完成了。我爱文学，但它绝不是我生活的全部，更不可能成为我的生命。

老乡，你对文学的执念，对文学的痴迷，令我感佩。然，我不敢苟同。我们热爱一桩事，本应是欢愉的，是使自己的精神世界变得更为欢实丰满，而不是让它成为负担成为枷锁。你看看，你已成什么样子了，它已令你"痛不欲生""垂死挣扎"，让你做什么都显得"不在状态"。你这哪里是喜欢它？你这分明是走火入魔了。它已让你偏离了正常的生活轨道，你若再不及时警醒和刹车，后果真的很令人担忧。

老乡，你现在执着的是，你为什么不能写出理想中的作品。所谓理想中的作品，在你的定义里，那是要能出版的，要能发表的，要能得到众多读者首肯的。你说，"这一辈子，这种愿望要是不能实现，到死时恐怕都不会闭眼了的。"——亲爱的老乡，你这么定义文学，真是极其狭隘的。文学难道不能完全成为一种个人行为吗？为什么非得出版了发表了才算数？就像你的这一封长信，我就以为它很文学，它把一个人的心路过程，表露得明明白白。如果热爱文学，就非得整出个千古传诵万古不朽的作品不可，那这个世上，根本没几个人配得起文学。

亲爱的老乡，我很害怕我的话，会伤到你。但我又不得不说，怀抱理想是一回事，实现它，又是另一回事。并非所有的理想，都能落地生根的。有时候，我们光有一腔热血是不够的，也要有一定的天赋在里头。当明知道不可行，却还执念着走下去，那不是坚韧，那是偏执。当它已严重干扰了你的正常生活，你说这样的执念，还有意义吗？

你请教我，如何进行写作。我认真思考了这个问题，还真没办法给出一个答案来。我的写，真的从没想过什么写作技巧写作方法，我只是顺着自己的心写，一切皆出于自然。有时，没有什么高的目标，随性随心，反而会有意外收获。这一点，我希望你能学习我，热爱它，但不要过于执念，有了感觉时就写两行。没有感觉时，就不要写。读读别人写的，这不也挺好么？

你在信里提到海子。你把一个个例，当作普遍现象了。你以为作家、诗人这些人，都不同于常人，他们的思想和感情，都有些奇葩。其实，哪里是。普通人因情感脆弱，走上绝路的，不在少数。海子也好，顾城也罢，他们只是这些普通人中的一个。只是因他们顶着著名诗人的头衔，引起些轰动，让人产生无穷的想象罢了。

比方我，也是寻常到不能再寻常的。洗衣做饭扫地抹桌子，我做着一个家庭主妇做的一切。也时常穿梭于市井之中，做那热闹中的一个。我用我全部的热情，爱着我眼下的生活，爱着这个尘世。

亲爱的老乡，人活着，千万不要太过用力，整天一副誓要与生活抗战到底的架势，那会很累的。你且放松下来，还自己自由，行到水穷处，坐看云起时。

梅子老师

没有人是

一座孤岛

丁立梅 著

人民东方出版传媒
People's Oriental Publishing & Media

东方出版社
The Oriental Press

这世上，没有人是一座孤岛，

每个人都与这个世界有着千丝万缕的联系，

如鱼在水，如花在野。

目　录

CONTENTS

第一辑　打开新的一页

从一粒芥末中走出 / 002

打开新的一页 / 006

学会过滤 / 008

瑰丽的珍珠 / 012

有些爱，不能缺席 / 014

孩子就像一张白纸 / 017

一苇可航 / 021

心怀甜蜜 / 023

人生的必修课 / 025

正视并接受 / 028

家是温暖的港湾 / 031

第二辑　灵魂的高贵

灵魂的高贵 / 036

你是大自然的孩子 / 040

赞美的力量 / 044

学会尊重和感恩 / 048

戒嗔戒怒，也是一种慈悲 / 051

一花独放不是春 / 054

爱的印记 / 058

人心就是这个世界 / 062

给他，你的温度 / 065

独处是享有内心的宁静 / 067

第三辑　恋的忧伤，爱的唯美

沙漠里会开什么花 / 072

爱有永恒 / 077

早恋是青荷上的露 / 080

爱是开在枝头的花朵 / 083

谈一场光明正大的爱情 / 087

恋的忧伤，爱的唯美 / 090

幸福在那一点一滴的经营中 / 093

他会沿着一束光亮找到你 / 098

迷人的小心事 / 101

你且静静欣赏着 / 104

恰如枝头柔嫩的新芽 / 106

就像风摇动花朵 / 109

第四辑　做自己的风水

用实际行动来证明 / 114

天上不会掉馅饼 / 116

你若是珍宝，必有光芒 / 121

追星的意义 / 124

做自己的风水 / 127

揣着一颗认真的心 /132

守护梦想 / 134

理想必须有所附丽 / 138

成为一棵树 / 141

星星再亮，也在天上 /144

第五辑　人生的大自在

不要放任那只叫恨的"小兽" /148

人与人的相处，是有边界的 / 151

爱情是什么 / 153

保持一颗愉悦心 / 156

你未来的世界很大很大 / 160

人生的大自在 / 162

你有你的日月星辰 / 166

生命是在不断行走不断遇见中 / 171

今晚天上有个月亮 / 174

第六辑　暗香浮动月黄昏

此路不通彼路通 / 180

且许他几年海阔天高 /183

你有你的一亩花田 / 187

好脾气是有底线的 / 190

不将就，不妥协 / 194

花朵的意义 / 198

拥有自己的铠甲 / 202

你将白衣胜雪 / 206

一个人的独角戏 / 209

人生的历练 / 212

血浓于水 / 215

暗香浮动月黄昏 / 219

第一辑
打开新的一页

打开新的一页，重新书写，写一行草绿，

再写一行花开。那么，心灵都是芳香的。

从一粒芥末中走出

梅子老师：

您好！

上次给您发邮件时，我还在上初中。现在，我都要升高二啦！

先来介绍一下我的基本情况。我考上了县里面最好的高中，进了强化班，排名也很靠前，是第三名。高一下学期期中考试后文理分科，我选的是文科，强化班大部分人都留在理科。

说实话，初来文科班时，我心里的落差很大，就像在喜马拉雅山上做自由落体一样。因为选文科的大多数是学习成绩一般的，学习氛围自然不能跟我原来的班级比。

在这个班里，我跟我最好的朋友 S，出了些问题。归结到底，就是我最好的朋友成了我最大的竞争对手。我们两人实力相当，没法做到坦诚，但我又觉得对她有所隐瞒甚至欺骗会有负罪感。平时暗暗努力，我也不想让别人知道。S 坐在我旁边，在她看来，我总是让她感到焦虑，惹她生气，因为我在学习。确实，进了文科班后，于我而言，学习真的是本能的求生欲。

后来，包括 S 在内，大家都说我"内卷"。是这样的，我也就是不会的问题去问老师，没事刷刷数学题，整理整理错题集。我觉得这些都是应该做的事。没想到是她，我很痛心。期末考试前一星期，她没跟我说一句话。

如果说她的焦虑，有一部分是我导致的话，我很愧疚。但我觉得我所做的都是对的，不会改变。同时她对我的孤立，我只愿意理解为友情危机。但那段时间她垮了后，我也濒临崩溃。因为，她于我而言很重要，我希望她能成为我一生的挚友。我很珍视这段友情，我也很欣赏她，所以说我在行动上是主动的，情感上是被动的。

她的朋友圈子很广泛，压根儿就不差我这一个。若真的是竞争关系，就不可能做到绝对坦诚或放下脸面。虽然期末考试结束后我们和好了，但是如果问题不解决，就会像经济危机一样，每隔几年就爆发一次。

我该怎么办？如何和 S 坦露我的感受？如何处理两人的关系？

HH

宝贝，我还是先跟你说说天气吧。

这是立秋后的第六天了，我这里，早晚明显地凉爽起来，风里都带着露珠的清新味了，鸟儿的叫声里，也都含了露的，一口一个清凉。夏天里再多炽烈的事情，到了秋天，也一一平息下来。

人的一生，又能见识多少的夏和秋呢？实在有限得很呢。正如我们所遇到的人，不过是星辰划过夜空，只有那么一瞬而已，又有什么江山可打的呢？你初中的同学，好些已与你分别。你高中的同学，至多也只能相处两三年。天地实在太大，一个学校一个班级，相对于偌大的天地来说，只是一粒芥末而已。纵使你在这粒芥末里，称了王称了霸，可它还是一粒芥末，不会变成一颗钻石。

　　宝贝，有竞争对手，当然是好事儿，因为竞争会让我们不敢懈怠，会让我们有个风向标，获得前行的动力。但竞争应该是光明的竞争，是磊落的竞争，弄成鬼鬼祟祟的，等同于耍阴谋诡计，岂不失了心性和本真？你的眼光不应定格在"一粒芥末"中，而应放眼于大事物，放到一个地区，一个市，一个省，乃至于全国和全世界。从这个角度来看，你和你的朋友 S 该结成联盟才是，你们携手并肩，共同进步，向着更高的目标冲刺，到时候，若是都能摘到丰硕的果实，该有多好！

　　宝贝，格局放大一些，眼界放宽一些，要别人对你真诚，你自己首先得真诚。暗暗努力着做什么呢，是搞地下工作的么？学习是件光明的事，努力是件值得赞许的事，大大方方摆出来，咱就努力了，咱们一起努力吧。当你和你的朋友能互通有无，进步起来就更迅速了。且两个人心无芥蒂，关系融洽，也会少了很多不必要的烦恼，会使学习效率大大提高。

　　当你做到真诚了，你才会坦荡。至于在你的开诚布公之下，你的朋友能不能做到像你一样坦荡，那不是你能左右的事。能，皆大欢喜。不能，也不必沮丧。你只要做好你自己就够了。

另外，我想嘱咐你的是，考大学固然是件很重要的事，要全力以赴，但适时地停一停脚步，听一听鸟儿们的鸣唱婉转，看一看落日的绚丽辉煌，也很重要。当我们真的热爱上生活，好多的不愉快，皆可以原谅。

梅子老师

打开新的一页

亲爱的丁老师：

　　您好！

　　我的小孩是看着您的书长大的。她与您虽不相识，却对您有深深的师生情谊。

　　孩子今年上初一了，最近在学校受到同学误导犯了一个错误，造成了老师的误解。孩子在此过程受到很大的伤害，消沉了好几天。今天她问我："妈妈，丁立梅老师写尽了世间美好，我却读成了傻白甜。我要换种眼光看这个世界，丁老师有其他类型的书吗？"

　　我内心很受震撼，告诉她丁老师给你这份童年的美好，是任何东西都无法比拟的。但怎样怀揣这份美好，应对复杂的成人世界，您能给孩子说几句解解眼前的迷惑吗？

　　　　　　　　　　　　　　　　　　　　　　　　　静好

亲爱的，告诉你家宝贝，人生在世，受点委屈是难免的，她将来还会遇到很多。

谁的一生，都不是顺风顺水的。当有了委屈，首先反观的是自己的行为，能不能避免此类事件发生。所谓吃一堑长一智。活在这世上，并不是鲜花相迎才叫成长，有时打击、挫败、失望、委屈也是成长的一种。这叫历练，会锻造我们的精神和肉身，让我们变得更加坚强。这也符合自然法则，所谓适者生存。这个"适"，讲的是既能适应顺境，又能适应逆境。世界以不变应万变，我们则要以万变应不变，以达到与它和睦共处，共融共生。"万变"是指赞美受得，诋毁也受得；成功受得，失败也受得；欢喜受得，痛苦也受得。能做到进退有度，得失随缘。一个人的人生不是单一的，而是丰富多彩的，酸甜苦辣皆有之。

亲爱的，让你家宝贝把那不愉快的一页尽快翻过去吧。一个人长时间沉浸于不愉快之中，不服、悲痛、愤怒，其结果只能使自己的心灵扭曲，也会让身体的健康大大受损，同时，还要浪费掉大把的好时光。怎么看，都是件顶不划算的事。不如打开新的一页，重新书写，写一行草绿，再写一行花开。那么，心灵都是芳香的。

"两岸桃花烘日出，四围高柳到天垂"，世间虽有雨雪冰霜，哪敌得过阳光万丈？只要我们心怀阳光，再多的灰暗和阴霾，也会被驱散。

梅子老师

学会过滤

梅子，我有一个相处了很多年的女同事，我一直拿她当我最好的朋友，闲暇时，我们在一起吃喝玩乐，只要我有的好东西，她都有一份。我的工作业绩比较突出，升职得比较快。而她却工作平平，所以一直在原地踏步。我并没有因此与她疏远，在工作中，尽可能地帮她争取机会。就在去年，因我的帮衬，她终于成功升职。

最近，我应聘到另一个部门去主持工作，那个职位，是很多人梦寐以求的。我起初并没有打算参加应聘，是她鼓动我，说我能力强云云。我应聘成功了。然而，在我就要到新岗位报到的前一晚，我所在公司各个主管部门，几乎同时收到举报信，信中捏造大量事实，对我进行人身攻击。

因事发突然，我的职位被搁浅了。这也罢了，我本来就不稀罕什么升迁。但是，周围的人看我的眼神却变得怪怪的，似乎我真的做了什么见不得人的事，这令我十分难堪难受。谁跟我有这么深的仇恨，处心积虑地要把我整垮？我思前想后也想不通，我没跟谁结过怨啊。后来，知情人透露给我，说举报信都是实名的，上面清清楚楚写着她的名字。是她！是我十分信任的好朋友，在背后给我使了绊子。她当我不知，居然还在我面前惺惺作态。

我知道是人都会有嫉妒，但不至于嫉妒到这种地步。何况，她是我最好的朋友啊！我不知怎么面对她，怎么面对我自己。我现在食不知味，夜不能寐，人也瘦了许多，整天精神恍惚，心里郁闷难解。梅子，我没人可以倾诉，我今天把这事告诉你，不为别的，只是想倾诉。谢谢你听我说。

要哭了。不好意思。

菲菲

亲爱的菲菲，看了你的信，我也很难受。我极少以恶意揣度人心，但人心，有时的确难测，危机四伏。我理解你的处境，你最伤心的莫过于，被好朋友"出卖"了。这一刀，不是伤在别处，而是准确无误地伤在你的心上。我几乎要替你拍案而起了，大骂一声，歹毒！

可是，怒骂和痛斥，有用吗？是不是就能让你的难受，减损一点点？是不是就可以让原本的状况，改良起来？你很清楚，不能。结果只能是，在你难受的基础上，更添愤懑，使你的情绪，更难平静。也会导致他人对你的误解更深，以为你是小肚鸡肠，容不得别人说你的不是。最终，损伤的还是你。

菲菲，我们走路一不小心，还会摔跟头呢。你就当摔了一个跟头好了。也不要再纠结于"我又未伤过人，别人为什么要伤我"。道理其实很简单，只因为你优秀啊。你的"优秀"，刺伤了别人。

有句比较戳心灵的话："欲戴王冠，必承其重"，我很认同。这个"重"里面，我以为也包括来自各方面的伤害和打击。百炼才能成钢嘛！菲菲，你就当是让你磨炼了，不必过于生气。

我也曾遇到过类似的事情，被人恶意中伤，无中生有，沸沸扬扬一段时日。我也只不理，照旧做我的事，过我的日子，快乐着我的快乐。我是什么样的人，我自己清楚就是。别人的中伤，焉能夺去我拥有的幸福？天长日久，谣言自会不攻自破。清者自清嘛！一些人在事隔很久之后遇到我，对我很是敬佩，说我的气场与定力强，别人想伤害也不能嘛！我只笑笑，不语。沉默有时是最好的回答。

生活是要我们学会过滤的吧。把一些负面的阴暗的，统统过滤掉，只留下一些洁净的澄明的，好供养自己的灵魂，使自己活得更光明正大，磊落安详。

有一则被引用泛滥的经典对话，我想再引用一下给你听。这段对话是唐代天台山国清寺隐僧寒山与拾得的，记录在《古尊宿语录》中：

　　寒山问曰："世间有人谤我、欺我、辱我、笑我、轻我、贱我、恶我、骗我，该如何处之乎？"

　　拾得答曰："只需忍他、让他、由他、避他、耐他、敬他、不要理他、再待几年，你且看他。"

菲菲，我们不能阻止一些人内心的邪恶，但我们尽可以忍他、让他、由他、避他、耐他、敬他、不要理他。时间会替你做出最公正的判决的，内心邪恶之人，终究得不到幸福安康的！想他躲在自己的阴影里，日日算计着别人，活得那么见不得光，也是很难受的一桩事呢，我们该同情他才是。

菲菲，不要哭了。她弄疼了你哪里，揉揉就是了。然后，继续走你的路，过着你的幸福日子。就像一粒沙子，进入你的眼里，你吹掉就是了，何苦跟它较着劲？最后，害苦的只能是你的眼睛。

这世上，要让我们留意的事儿实在太多了。秋已走到正好处，风吹来满满的好意，我好像闻到桂花的香了呢。且收拾起你的坏心情，我们看桂花去吧。

梅子老师

瑰丽的珍珠

梅子老师：

您好！

我离婚两次了，孩子三岁了，由我的爸妈带着。我每天上班很辛苦，有时候为了家庭琐事与父母发生争执。事后，我也很自责，父母也辛苦了大半辈子。

我该怎么办？也想业余写文章，但坚持不下来，该如何是好？

梦儿

亲爱的，婚姻不是儿戏啊。再遇婚姻，请不要再任性了好吗？请慎重，也请珍惜。

父母是上辈子欠你债的人，这辈子，他们还债来了。

这么一想，做父母的真的好可怜。当你一再受伤，返回家门的时候，他们的心，在流泪，甚至流血啊，只是你看不到。当全世界都抛弃你的时候，只有父母的怀抱对你无条件地敞开着。亲爱的，懂得感恩吧，你再也找不到比父母更无私更深情地对待你的人了。更何况，他们正在老去。

你的孩子已三岁，一定活泼着可爱着吧？孩子在渐渐长大，你将以什么方式教育你的孩子呢？以尖刻？以抱怨？以愁苦？以怯弱？不，不，我希望你带给孩子的，是这样一些东西：善良、爱、阳光、希望、理解、宽容。

亲爱的，人只有自己强大，才有能力保护好自己，保护好家人。当你坚持不了做某件事的时候，是不是该反问一下自己，你有资格懈怠吗？你有权利妥协吗？哦，你没有。那就好好地踏踏实实地努力吧。

这世上，每个笑容的背后，都有各自的辛酸。不要以为只有你活得很辛苦，比你更辛苦的人多了去了。蚌育珍珠，不是个轻而易举的过程。唯其如此，才有了最后的瑰丽。愿你也能成为一颗瑰丽的珍珠。

梅子老师

有些爱，不能缺席

梅姐姐：

您好！

我是两个孩子的妈妈，大宝 4 岁，小宝 10 个月。

我目前有件事很纠结，想请教梅姐姐。

我在一家上市公司上班，薪水高，升职的空间也很大。我很喜欢这份工作，做得得心应手，最近有个出国的机会，回来后，我有可能会被调到中层岗位上去。

可我两个宝宝让我分身无术，昨天我回家，小宝因为病了，哭得气都喘不过来了。大宝因为没人陪他玩，眼泪汪汪对我说，妈妈，你不要上班了好不好。看着两个宝宝，我真的好愧疚。我是不是该辞职回家陪孩子？但我又真的舍不下我的这份工作，何况眼下这么好的升迁机会，是多少人梦寐以求的啊。我如果错过了这个机会，以后怕是再难遇到了。

梅姐姐，您是个成功的母亲，也是个成功的作家，我想问问，您是怎么平衡家庭和工作的关系的？我在工作和家庭间，到底该如何做出选择呢？打搅您了，谢谢您。

丫丫的春天

亲爱的，你好。你问了我一个顶顶实际，也是顶顶普遍的问题：如何平衡家庭和工作的关系。

如何平衡呢？最好的状况当然是，工作要，家庭也要，双方温柔以待，互不冲突。然现实往往很是无情，它不会让我们左手甜蜜，右手锦绣的。这个时候，得看我们的取舍了，要甜蜜，就得放下锦绣；要锦绣，就得放下甜蜜。两两兼顾的有没有？有，只是过程万分艰难辛苦，非一般人能承受。其结果，往往也是两方面都照顾得不算好，都有所欠缺。

我是个感性的人。我以为，天大的事，都大不过陪伴孩子的成长。有些爱，是不能缺席的，一旦缺席，你再想回头弥补，已不能够。孩子的成长，是人生最重要的一章。这一章，如果没有母爱的陪伴，将来无论你给予他们多少额外的补偿，他们的人生，都是缺了一角的。你的事业却不同，现在暂且缓一缓，牺牲掉一点点，将来总有机会补回来的。只要你不放弃学习，不让自己沦入庸常，活得清醒就成。

我在儿子还小的时候，大部分精力是倾注在儿子身上的。当然，我的读书写作也从不曾落下，见缝插针呗。很多个夜深人静的时候，儿子在他的小床上甜美酣睡，我书桌上的台灯，是亮着的，我在灯下读书写字。儿子如今大了，虽没有成为大才，可是，他阳光、善良、积极、乐观，是这个世界美好的一分子。我呢，也没有丢了我的事业，那时候的积累，现在正好发光。

亲爱的，当你把孩子带到这个世上之时，你的肩上，就扛着一份巨大的责任，这份责任是，你得好好教育他们，守护他们，使他们心灵完整，人格完整。我们的身边不乏这样的例子，在事业上取得相当成功的女人，其子女却是"残缺"的，有三观不正的，有不学无术的，有五毒俱全的，叫人唏嘘不已。

孩子是上天献给这个世界的礼物，是我们生命的延续和传承，孩子健康了，世界的未来才是健康的。每每走过幼儿园门口，看到里面如雀般活泼天真的孩子，我总忍不住驻足在那里，看上一会儿。那是些多么幼小纯洁的生命！将来，他们又会成为怎样的人呢？他们若美好，这个社会的美好就会多一份。他们若不美好，这个社会便多一份灰暗和危害。一个孩子，他不单属于一个家庭，他也属于这个社会。

我家那人是警察。平日里，他见多了熊孩子们的不学无术，劣斑累累。这些孩子，曾经也是白璧无瑕，无比纯良的，怎么就成长到了这一步了？这与家庭教育的缺失，不无关系。

亲爱的，职位可以缓几年再升，孩子的成长，却一刻也等不了。人说光阴似水，盛年不再来。人生的哪一个阶段，又可以重来呢？一眨眼，宝宝们就大了，他们的童年，再回不去了。这一段倘若留下空白，对父母来说，也是一种遗憾吧。

我想，如果可以，你还是尽可能地，多花点时间陪陪孩子们的成长吧。当未来的某一天，你向社会输送了两个健康善良又有素养的孩子时，你该有多骄傲。因为，那才是你一生中，做得最漂亮的事。

梅姐姐

孩子就像一张白纸

梅子老师：

　　您好！

　　有个问题请教一下，现在教师行业补课、送礼成风，送礼的坐在教室的"黄金区"，不送的或者送少的坐在角落。孩子回来极端不平衡，但又不愿意我们送礼，期中考试成绩滑坡，这次调座位周围全是调皮的学生，不知道孩子坐在教室里内心是如何挣扎和无奈，会不会反感班主任从而对学习产生厌倦情绪。

　　梅子老师，作为一位母亲，我该如何开导孩子，或者妥协去送礼吗？说出来，轻松多了，请您务必给我回复。因为这也是一种社会问题，很普遍，家长很苦恼和焦虑。

您忠心的读者

　　亲爱的，看了你的信后，我思索了很久很久，我给不了你答案，也给不了你多么好的建议。我也只能就我个人的生活体验，谈一谈你说的这个社会现象。

我也是老师。我在教学第一线多年，我和我的同事们，谈不上有多优秀，但对每一个学生，都是倾尽心力去对待，无一丝隐瞒和藏掖，把自己毕生之所学，倾囊相授。常有调皮的学生，把我的同事气得恨不得吐血，他们在办公室里也发牢骚，是恨铁不成钢。然而一旦走进教室，身上的责任感又油然而生，哪一个老师不希望自己教的学生，能展翅翱翔？他们起早贪黑，从学生的早自修开始，一直陪伴到学生的晚自修，几乎是全天候。只要开学了，他们就完全没有了自己的时间，他们的时间都是属于学生的。

你说的老师补课现象送礼现象确实存在，尤其在小学阶段。因为孩子小，家长们特别不放心，生怕孩子在学校里被忽略了，被欺负了，送点礼拜托拜托老师关照，才心安。久而久之，大家都如此效仿起来，似乎不送礼他家孩子在学校就没办法活了——这多少因为我们做家长的心态，做不到安之若素啊。

我儿子读小学时，因他是中途转学来城里的，人生地不熟的。我也曾考虑过要不要送点礼，给他创造一个宽松的环境。但细思之下，我打消了这个念头。若我不是出自真心，想表达对哪个老师的感谢，这种送礼我自己会憋屈的，也是对老师的不尊重。我也不想让我的孩子形成这样一个概念，他努不努力都没关系，命运总会对他格外眷顾，因为他的妈妈会送礼，会帮他打通关系扫除障碍。我也害怕会在他幼小的心灵里，根植下这样的观念：这个世界，只要送礼，就没有行不通的事。我害怕我的孩子在将来，不靠努力吃饭，而成为一个挖空心思走"捷径"的人。

因此，在我儿子上学期间，我没有送过一次礼。当然，儿子喜欢哪个老师，他会主动买了书送那个老师，在节日里买了花送老师，他还送过老师月饼和巧克力——那是孩子自觉自愿的行为，且是带着感恩感激的心，我非常支持。

我想起我老家的一个人，他的孩子从乡下考进城里的重点中学。有人跟他开玩笑，说，城里都时兴给老师送礼的，你也收拾两亩地的东西送去，不然你那孩子想考上大学可就难喽。我的这个乡亲不紧不慢回了这么一段话，他说，他若把书读得进去，就不用我送礼。他若读不进去，我送了也没用，一切全靠他自己的造化。就像我种庄稼，能长麦子就长麦子，能长玉米就长玉米，这要看土壤它自己的意思哩。我这个老乡的孩子，后来考上一所知名的政法大学，现在留在北京工作。

亲爱的，孩子的成绩滑坡，与你没有送礼有必然的联系吗？几十个孩子坐在一个课堂里，不管是坐在前面的位置，还是后面的位置，一个教室就那么大，老师讲课的声音，足够传播到每一个孩子的耳里。老师也不可能因为有的孩子家里送礼了，就专门讲课给他听。有的孩子家里没送礼，就给那孩子塞上耳塞，让他听不到课。孩子成绩下滑，我们还是多从孩子自身找原因，及时纠正失误，树立信心。

还有，少在孩子面前抱怨和夸大社会上的负面消息。孩子就像一张白纸，你告诉他世界是白的，他就坚信是白的。你告诉他世界是黑的，他就坚信是黑的。我希望，对孩子要多些正面的引导。是的是的，这世上乱七八糟的事情很多，然正是因为这个世界不够完美不够好，才需要我们在孩子的心里根植下美好，用它来抵御那些不完美。

你说这次调座位，孩子的周围全是调皮的学生。那又如何？我想，那些孩子再调皮，在老师的课堂上，他们也不至于闹翻天吧？倘若你的孩子能在喧闹之中，坚定心神，勤奋努力，那也是一种历练。然后，你还能骄傲地告诉孩子，孩子，别人靠送礼靠拉关系，也不过尔尔，咱们凭借自己，就能把路走得这么好，这证明我们有多牛啊。

倘使那些孩子真的调皮过分了，真的太影响到你家宝贝学习，那你也不能坐视不理，可以找老师找学校讲明。我想，你合情合理的要求，会得到妥善解决的。

梅子老师

一苇可航

梅子姐：

你好！

我想跟你说说我的烦恼。

我今年15岁了，没有交心的朋友，微信、QQ、微博几乎没有人给我发消息。

我在学校里有朋友，但都不是交心的，有些话无处倾诉，孤独的感觉愈来愈强烈。我总感觉自己得了阳光孤独症，看着很快乐、开心、乐观、努力学习，其实我的内心很难受。我承受着初三巨大的压力，负重前行，每天都不敢有一丝懈怠。我很遗憾我没能有一个能同甘共苦，从小玩到大的朋友，那样，至少也不会那么难受了吧！

梅子姐，你说呢？

小读者

宝贝，你是不是夸大了你的孤独呢？

学习的压力，不是你一个人才有的哦，天底下读书的孩子，没有一个是轻松的，他们都在"负重而行"呢。一个校园，有那么多班级，一个班级，有那么多孩子，他们不正和你同甘共苦吗？宝贝，你根本不是一个人在奋斗，而是一群人呢。

你感叹没有交心的朋友。或许，你的同学也在这么感叹着呢。我们总是揣着小心事，期望着别人来理解我们，来做我们的解语花，这多半是不可能的。因为，你不跟人家交心，人家又怎么可能跟你交心呢？

人人都隔着一条河，期待对方的光临。其结果是什么呢？哪怕等上一千年一万年，对方也不会光临的吧。这个时候，哀叹和遗憾是无用的，只有主动想办法靠近。

心与心的距离，有时并不是我们想象的那么遥远，它或许只有一胳膊的距离，一苇可航。你为什么不试着向前迈上一步呢，用你的微笑，你的理解，你的宽容，你的活泼，你的真诚，你的热情……渡过这条横亘于你们之间的窄窄的小河，便可顺利抵达对方的堤岸。

另外，你也要学会与自己相处哦。孤独是人生的常态，适当的孤独，可以使我们更好地面对自己，保持内心的澄澈。有些话不与人语，可与自己语，让自己做自己的解语花。

祝你快乐。

梅子老师

心怀甜蜜

梅子老师，父母离婚四个月，我还是无法忘记这件事，心也一直痛，真的很难受。

我真的迷惘，可能心灵创伤无法弥补吧，我也有了一丝的自卑感，我觉得我是个很倒霉的人，什么坏事都会发生在我身上，每天晚上都是悄悄地哭。希望梅子老师能出点好主意，让我忘记这件事。万分感谢！

惮惮

宝贝，我给你讲一个真实的故事吧。

故事的主人公是个八十六岁的老太太，她生活在海边的一个小渔村，一辈子没有走出过那个村子。

当年嫁人，她生下第二个孩子后，丈夫在海里出了事。那个时候，她三十岁不到，一个女人拉扯着两个孩子，生活实在艰难。后来为了孩子，她又嫁了人。她与第二任丈夫又生下三个孩子，这样的太平日子并没有维持多久，在她最小的孩子还在襁褓中时，她的第二任丈夫也在海里出了事。

彼时，她三十五六岁，早早白了头。苦熬苦撑着，她终于把孩子们都养大了，个个成家立业。眼看着她要奔向好日子了，该安度晚年了，上帝却给她开了个更大的玩笑，她的子女接二连三出事，这家出了车祸，那家得了绝症，五个子女，竟无一幸免。床上还躺着她那患软骨病的孙子，三十多岁了，吃喝拉撒，全要人伺候。她每天拖着八十六岁的身子，奔波在她的子女中间，一家一家去照料，日子是泡在海水里的。

即便这样，她也还是抽空在门前的空地上种花生、种芝麻。每年，她都用她种的花生和芝麻熬制花生芝麻糖，自己吃，也分送给邻里吃。吃过的人，都念念不忘，都说比超市里卖的要好吃得多。

我也吃过她做的花生芝麻糖，薄薄的一块块，脆而香。我问过她，这手艺是什么时候会的？她告诉我，在她年轻的时候，就会了。那些苦巴巴的日子里，她就是靠着这点点的甜，一路走过来的。她说，日子里还有花生芝麻糖吃，这日子总不算太坏的。

宝贝，你有这个老太太倒霉吗？当然没有。成人犯的错，用不着你来承担，你还小得很，还有大把美好的未来在等着你。一路之上，你当然还会跌倒，还会受伤，但请不要过分沉溺于哀叹之中，生活不仅是苦的，还有甜美的滋味。来，种下你的"花生"吧，种下你的"芝麻"吧，熬制出属于你的"花生芝麻糖"。让心里多一点甜蜜，再多的不幸，终会过去。

梅子老师

人生的必修课

梅子老师：

　　您好！

　　初中起就很喜欢您的书，现在的我已经上高一，可能是刚开学的缘故吧，总是会不适应。

　　爸爸曾在初中时答应我，如果我考上我们这里最好的高中，他会接送我，无论刮风下雨。这所学校离我们家很近很近，我中考完，成绩也够得上，但是，他怕我去这所学校因为成绩靠后跟不上，所以让我去了另一所学校。去那所学校就要住校，我心里是极不愿意的。明明他说会接送我，可是现在却为了省事就让我住校。我无法理解他为什么要这样。

　　我知道他每天工作很辛苦，有时候我也不想和他们吵，和他们生气。上个星期住校回家，和妈妈抱怨了一路，当时的我在气头上，所以说的话很冲，其实后来我很内疚。这个星期回家，我是想好好和他们说的，可是无论我怎么说，他们就是不同意我不住校（住校要一个月才能回家一次）。我又不是住在乡下，我觉得没有必要。

　　今天妈妈为这事说我，话说得很冲，我没有和她吵，只是承受着，我哭得很难受。我心里也不想让他们烦心，我只不过是想把我的真实想法说出来而已，我有错吗？明明说好的承诺，可为什么又不兑现。梅子老师，您说我该怎么办？

一个高一女生党

姑娘你好，再小的鸟，也总是要长大的，也总要自己去觅食。终有一天，要自己去搏击蓝天。

好姑娘，你现在已经是高中生了，不再是牵着爸妈衣襟走路的小女孩了。世界在你面前，将会越来越阔大，越来越缤纷。山高水远，道阻且长，都得靠你，独自一一去体味，一一去走完。

是的，爸妈曾护着你，如老鸡护小鸡。他们害怕你会受伤害，害怕你会摔倒，他们替你挡住了所有风雨，扫除了所有障碍，让你的世界，一片纯真静好。然爸妈的羽翼再丰满，也只能护得了你一时，护不了你一世。亲爱的好姑娘，自主独立是人生的必修课，你不亲自修完这一课，你又如何长大？

住校有什么不妥和不好的呢？你相对于其他孩子，又有什么特别的地方呢？其他孩子能做到的，你为什么不能？这是多么自然而然能做到的事，在你，却是百般委屈，且拿了这个去跟爸妈较劲。好姑娘，你是不是显得有些幼稚了？

在集体环境里生活，是相当棒的一件事。大家一同起床，一同吃饭，一同学习，一同顶着星星回宿舍，临睡前，一起八卦，柜互交流着一些小秘密——

这些都是你的青春最绚丽的色彩，日后都将成为你最珍贵的回忆。

好姑娘，不要太惯着自己，太惯自己了只会使自己变得越来越脆弱。植物只有经过日晒雨淋，才会生长得更茂盛。同样的道理，只有经过繁复的生活百般锤炼的人，才会越来越结实，才会经得起风，扛得起浪，顶天立地起来。

好姑娘，愿你有个美好的未来。

梅子老师

正视并接受

尊敬的丁老师：

您好！

我是一个初二女学生的家长。我的女儿是一个白化病患者，就是通体雪白，头发雪白的那种人，怕见光，视力只有0.05。小学时各方面表现都不错。

现在因为学业重，做父母的起初也没注意她腰椎和颈椎都有问题，有时会头晕得厉害，有时腰痛得厉害。于是脾气也变躁了，不叫我们父母，总是对我们大声叫唤，甩门、死命甩东西，感觉整个人都躁动不安，三天两头与我们吵闹，感觉她心中没有爱和美好，我们为此很焦虑，而您的文章充满着爱与美好，您能给我们支支招吗？

一个为孩子成长而焦虑的父亲：姜

姜爸爸，你好。

看完你的信，我的心情有些沉重。对于花季的女孩子来说，患上这样的病，真的要了命。对于做父母的来说，孩子病成这样，比病在自己身上还痛。

可是，命运有时由不得人，厄运就这么来了，我们能怎样呢？除了接受它，别无别的法子。

这个时候，孩子需要的，不是安慰，不是同情，而是理解，是有人能陪着她耐心地走下去。

所以，你们要理解她脾气的反复无常。

那不是她自愿的，是她的身体逼迫着她做出的反应。

在她暴怒的时候，你们千万不要跟她动气，要给她宣泄的一个出口，不要把那个出口堵死了。她最亲的人是你们，她也只有对你们能这样。

等她情绪恢复正常的时候，再跟她推心置腹地谈谈，让她正视并接受一个事实：她真的病了。这是谁也不愿意见到的事，但没办法啊，上天就是这么安排的，我们抗拒也没有用啊，那就好好地接受它，慢慢地适应它，最后超越它，活出另一番样子来。

这世上不乏命运多舛的人，她不是唯一的一个。有人一出生肢体就不全，有人先天性失明，有人瘫痪，有人患上软骨症……他们中，有不少的人活出精彩人生。你可找这方面的书籍给她看看，比如海伦·凯勒的《假如给我三天光明》，克里斯廷·拉森的《霍金传》。

不要轻易否定她的爱和美好，只是她的爱和美好，暂时被疾病给淹没了。给予她时间和耐心，也给予你们自己时间和耐心，陪着她一起走出泥潭。不管她如何狂躁，你们也不要跟在后面狂躁，你们要尽量表现得云淡风轻些，哪怕是表面上假装的乐观，对她，也有一定的安抚作用。

尽可能地多开拓些她的爱好，引导她做点喜欢做的事，比如画画呀，比如做手工呀，比如鼓捣一种乐器呀……当她喜欢并热爱上某一桩事情并为之投入热情时，她会"忽略"掉身体上的不足。支撑人好好活下来的，是精神的富有。

这世上芸芸众生，各有各的艰难。努力克服掉那些艰难，做自己的英雄，是我们这辈子要追求的事。和孩子一起努力吧。

另外，建议你多带孩子到大自然里去走走。大自然是最好的疗养师。

爱你们的梅子老师

家是温暖的港湾

梅子老师：

您好！

最近我的家庭里出现了一些问题，我的母亲最近很焦虑，因为我的哥哥。

他原来是当兵的，退伍后，出来工作，住在我们家。一开始他是篮球教练，早上七点钟起床，然后就在卫生间里待着，由最初的十分钟，变成了三十分钟，后来变成一小时。出来后，三五分钟在厨房，面对着窗户背对着我妈解决早饭，就出门。此间一句话没有和我妈讲过。晚上十点钟回来。总之是早出晚归。

我妈和他谈过，问他为什么早出晚归，他说是工作原因。再细问便不回答，认为是我妈逼他成功，给他施加压力。总之，他的事情从不告诉我们，发生了什么我们都不知道。

再后来，他辞掉了这份工作，因为薪水低。我妈让他赶紧找工作，他都说"好"。清明节以后，他便起得越来越早，五点多就出门了，晚上将近十二点钟才回来。我妈变得越来越焦虑，她害怕我哥会不会干什么不该干的，走上不归路。

一切情况便是这么多，很抱歉耽误了您的时间，但是真的很希望梅子老师能给些建议，该怎样处理。

谢谢梅子老师！

您忠实的读者

亲爱的，看了你所描述的，我都替你们担起心来，是啊，你哥到底在干吗呢？

你哥和你们的关系，从前就是这样吗？他行他素，少有与你们交流的？

想来你哥也二十好几了吧？二十多年的时间里，你妈对你哥了解多少？他平时喜欢做些什么，不喜欢做些什么，他结交过哪些人，他平时想得最多的是什么，他有什么样的愿望……这一些，你妈知道吗？

当兵回来，他心里有没有失落感？做篮球教练那阵子，他遇到过什么样的事？在这样一个靠文凭靠实力才能立足的社会，大学毕业生就业尚且艰难，你哥一高中毕业的，要找到一份满意的工作，谈何容易？他碰过多少壁呢？内心一定相当挣扎，一定暗藏自卑。这一些，你妈知道吗？

他一个人扛着，也是不想你们看轻他吧。你妈和他谈，关心的不是他活得是否开心，而是他为什么要早出晚归。他在你们那里，得不到安慰，他的心门，自然会对你们越关越紧。他辞了教练的工作，你妈大概没等他调整好心情，就不停地催促他，赶紧找工作。他只得赶紧，也急于证明给你们看，他会赚多多的钱，独立出来，独当一面。可钱真的不是那么好赚的，他陷在他的困境里了。

亲爱的，能解开你哥心结的，只有你们这些家人了。在他面前，尽量少提工作的事，多关心一下他的冷暖。家是温暖的港湾，你哥在家的时候，家里的气氛千万不要太沉闷，你和你妈，都要开明一些，笑容多一些。家人在一起，说说玩笑话，逗逗乐子不好吗？

找个由头，送你哥一件他刚好用得着的礼物。做一顿丰盛的晚餐，搞个家庭小聚会，拉上你哥，喝点小酒，一起好好聊聊。我想，慢慢地，他对抗的情绪会软化的吧。趁着彼此的心情都不错，聊点心里话吧。亲人之间，有什么话不可以说的呢？说出来，大家一起想办法解决，让你哥触摸到来自你们这些家人的温暖。

是的，告诉他，你们是最爱他的人。他能不能找到一份好工作，能不能挣大钱，那些都不重要。重要的是，人要好好的，要快快乐乐的。

只要人好好的，未来便充满希望，一切都会好起来的。

梅子老师

第 二 辑

灵魂的高贵

微笑，有时抵得过千金相赠。

灵魂的高贵

梅子老师：

你好！

我最近读了你很多文章，发现你是个很善良的人，一花一草都在你的笔下生情，让我很想靠近你，取取暖。在生活中，我是个很悲观的人，很少能遇到像你那样的人。我觉得，人心深不可测，人太坏。

请问，你是如何理解善良的呢？你又是如何做到善良的呢？

零度以下

亲爱的宝贝，你好。谢谢你对我的阅读，谢谢你还觉得我是个很善良的人。那么，这个世界，还不是叫人太悲观的。你说是不是呢？

我常常要为生活中的一些小小的事件感动：

比如说，在一商场门口，有个女子，掀起门帘，立在门口很久。她等后面的顾客全进去了，这才放下门帘，独自走开。为了保持室内恒温，商场门口挂着厚重的门帘。

比如说，黄昏时，一个男人，路过路边小菜摊。那是近郊的菜农们摆的摊。男人本来已经走过去了，忽然回头，犹豫了一下，走到一个老人跟前，蹲下来，把老人菜摊上的菜，个个买了一些。临了，他不肯要老人找给他的零头。他蹲下的那个动作里，有慈悲。他知道这些乡下种菜的老农不容易。

比如说，红绿灯路口，一个小女孩牵着要闯红灯的妈妈的衣襟，指着红绿灯，执拗地说，妈妈，等绿灯，等绿灯。

比如说，一个盲人走进一家早餐店，里面的一个小服务员看到，立即走过来，搀扶着他，把他引领到桌边坐下，又细心给他布好桌上的餐具。

比如说，傍晚的时候，一个男人用三轮车载着他半身不遂的父亲，出门散心。白天，这辆三轮车是他载客的工具，他用它赚生活费。那个傍晚，他用它尽孝心。他一边慢慢蹬着车，一边扭头轻声对父亲说着话。七尺男儿，话语温柔得滴得下水来。

比如说，下雨天，一家小店借出自己的门厅，给路过的人避雨，且提供板凳和免费的茶水。

比如说，一个小男孩，给因车祸而导致瘫痪的母亲梳头发。他一边梳，一边唱着赞美歌，妈妈，你是世界上最漂亮的妈妈。神情低落的妈妈脸上，渐渐浮上了笑容。

比如说，火车上，一矮个的妇人，无法把重重的行李，搁到行李架上。

旁边立即有人伸出手来，轻松地帮她搞定。妇人到站了，又有人主动帮她把行李取下。

比如说，进城探亲的老人迷了路，在一个学校附近打转转。一来上学男孩看见，询问了情况，他把老人一直送到目的地。他为此而迟到了一节课，挨了不知情的老师的责备。

比如说，血库告急，而病人必须输血。消息一出，认识的不认识的人，都赶了来，在医院门口排起长队，静静等着献血。

比如说，小城人穿破的旧鞋从不丢弃，都送到巷口的补鞋摊上去。那个患腿疾的男人，在那里摆摊已好几十年了。近些年，小城人的生活水平极大提高，早已不在意一双穿旧的鞋了，可他的生意，却从未中断过，鞋摊上总有补不完的鞋。

善的举动，并非都要敲锣打鼓地进行，很多的，已融入我们的日常。走路时，低首，你看见路上有障碍物，如小砖块、小石头，或是断了的树枝之类的，你捡起它，以防后面的人摔倒；拥挤的路口，你不争抢一分一秒，而是静静等待；被人不小心踩着脚了，你不破口大骂，而是宽容地一笑，说声，没关系的；遇到受伤的小动物，你能救治得活；对小孩和老人你都极有耐心，态度和蔼。

不恶语伤人。不疾言厉色。不坑不拐。不嘲笑讽刺。不打击挖苦。不尖酸刻薄。不要阴谋诡计。不斤斤计较。不钻营取巧。不漠视不麻木。自律自爱，恪守本分，乐于助人，富有同情心，这都是善良。别人落难了，你因条件有限，不能提供太多的物质帮助，但你可以借他一个温暖的肩头，让他靠一靠。你还可以给予他微笑和懂得，慈悲和怜惜。

微笑，有时抵得过千金相赠。

我把这一些称之为，灵魂的高贵。我能做到，许多普通人都能做到。

宝贝，这世上虽有可厌可恶之人，可更多的，却是这些普通着的，灵魂却如钻石般闪着光的人。我希望，你也是。

梅子老师

你是大自然的孩子

梅子老师，我喜欢你。

刘弯弯

小弯弯，你好啊。

我是梅子老师。我走在从你的学校，返回我老家的路上，手里揣着你给我的纸条，上面是你工工整整写着的一行铅笔字："梅子老师，我喜欢你。"一路上，我都在想你。我想着，要跟你说说话儿。

我选择的是步行，我喜欢这样走着。从前上学，我都是从家里这样走着去学校，再从学校这样走着回家。沿路要穿过好几个村庄，和一些田畴。要跨过好几座小木桥，和一些沟渠。我认识路边每一户人家养的狗和猫。我认识地里所有的庄稼，那些麦子、蚕豆、玉米、水稻和棉花。我认识沟边长着的小野花，那些一年蓬、蒲公英、婆婆纳、泽漆、紫云英和小蓟。河畔的茅草春天绿着，夏初时节会开出茅花，白花花的一片，像下着雪。靠岸的柳树上，也总是托着个大大的鸟窝。我痴迷于那些花啊朵的，还有花朵下的虫子们，它们总能牵住我的脚步，让我一再晚归。

　　小弯弯，你也是这么走着上学放学的吧？那么，我要为你庆幸。多幸运啊，你能身处这样的大自然里，日日不相离。你是否走着走着，也会停下来，和一棵草说说话，和一朵花说说话，或者，逗逗一只小虫子，问候路过的一只小鸟？一个心中装着大自然的孩子，无论他将来身在何方，他都会心怀柔软和善良，懂得爱，懂得感恩和珍惜。

　　小弯弯，我和你，都出生在这样的乡村，它偏僻，它离闹市甚远，它没有车马喧哗，它有的，是鸡鸭猪羊。在一些人的眼里，那是落后，是闭塞，是贫穷困苦。——曾经我也是这么认为的，并为此而自卑。然等我长大了，等我置身于城市的高楼大厦里，我却深深怀念，这里的一切，我感激着我能生长在这里。你看，大自然是多么偏爱你啊，你知道庄稼是怎么从泥土里长出来的。你能脱口叫出很多野花野草的名字。你能学小雀的声音。你听得懂哪是蛐蛐在叫，哪是纺织娘在唱歌。你知道，月亮倒映在门口的小池塘里，是什么样子。你知道，青蛙是从蝌蚪变出来的。你能说出弯弯的月亮，像扁豆。

　　小弯弯，我之所以要跟你说这些，只是想告诉你，你拥有的，永远比失去的要多得多。

　　你的学校，也曾是我的母校，是我少年的梦想生长的地方。只是，很不好意思地悄悄告诉你，那个时候，因家里贫穷，我曾好自卑。但我热爱读书，热爱幻想，热爱大自然，所以，内心活得丰盈充实。至今回想，那段时光，堪称我人生最美的时光。我好比一株植物，一棵庄稼，享用着天地日月的无私赐予，一日一日葱茏起来。

你比那时年少的我，还要小一些，你才九岁，才念小学二年级，如初春的柳芽，刚刚冒出来。在你稚嫩的眼里，天空大地，应该无一不好吧？你尚不懂得惧怕和自卑，风来，雨来，在你，都以为那是理所应当。我多么希望，你能永远活在这样的天真里。

听你的老师介绍你，还在吃奶的年纪，你就矢去双亲，跟了爷爷奶奶。爷爷瘫痪在床，奶奶又因小儿麻痹症留下后遗症，行动不便。你小小的人儿，就撑起一个家，烧火做饭，竟都学会了。邻里也都帮衬着你们家，缺短少长的，都会有人送来。社会上也有好心人上门，送钱送物。你身上穿的，不比别的孩子差。

知道吗小弯弯，听到这里时，我的鼻子一度发酸。你是不幸的，仍又是幸运的。邻里相帮，天地广阔，该削减了你多少的疼痛和寒寂啊。

我坐进你们的教室里听课。你，和那些孩子，多像小鸟、小鱼、小猫、小狗、小鸡、小鸭、小蝴蝶。我不知道怎么比喻才恰当，一切的小小的可爱的，都能用到你们身上。

那节课，老师带你们学习了李峤的一首名为《风》的诗。老师让你们学大自然的风吹，你们一个个，鼓起小嘴巴，一会儿学龙卷风，一会儿学大风，一会儿学微风，兴高采烈。你也是兴高采烈的。

下课了，我把你叫到身边，抱你坐我的膝上。你两只大眼睛，很害羞地看着我。我问你，小弯弯，你最喜欢什么样的风呢？你眨巴眨巴眼睛，轻轻答，我最喜欢微风。我问为什么。你回，因为微风吹在身上暖洋洋的，不冷。

好一个不冷！小弯弯，我真高兴你这么答。我真心祝愿，那些微风吹过的暖，都能烙在你的记忆里，成为你今后战胜困厄的力量和勇气。

还是要为你庆幸，你生在这里，你是大自然的孩子。

梅子老师

赞美的力量

梅子老师：

　　您好！

　　我是您的小读者，我读过您很多书，最喜欢您的《等待绽放》。我羡慕王潇哥哥，他有您这样的好妈妈。我真想您做我的妈妈。

　　我一直生活在我妈的阴影下，好像我是捡来的，不是她亲生的。

　　从小到大，我都非常努力。小学时，年年被评为优秀少先队员，我妈却从来没有一句赞扬的话，总是对我说，别翘尾巴，你的路长着呢。到了初中，我的成绩稳在年级前五名。我妈对此不是很满意，问我，那个第一的位置，为什么不是你去坐？我做得再好，她也不会有多高兴。昨天我兴冲冲回家，告诉她，妈妈，我参加市里物理竞赛获得一等奖了。我妈只是淡淡地笑了笑，哦了声，却反复提醒我，别骄傲，山外有山，楼外有楼。

　　在我妈的眼里，我就是个很失败的人，永远不可能昂扬起来。我觉得好孤单好孤单，我已不知道我努力的意义在哪里了。我不知道我妈为什么要生下我这么笨的小孩。

　　梅子老师，您能和我妈妈聊聊吗？我真的不想活在她的阴影下了，我很压抑。

　　谢谢梅子老师。

小读者：果

果妈，你好。

收到我的信，你感到很意外吧？是你儿子果的一封信，促使我想要跟你聊几句。

你的儿子果，是个很优秀的少年呢。他读书，从小学，到初中，一路做着好学生。却有个困惑埋在心底，他说他做得再好，也从未得到过你的赞美。即便他参加全市物理竞赛获得一等奖，你也表现得很淡定，对他说，别骄傲，山外有山，楼外有楼。在你眼里，他一直有着欠缺。你不知道，这对他打击有多大。

果妈，也许，你是想用你的淡定，来激发孩子更大的斗志，你的赞美，是放在心里的。也许，你是怕孩子骄傲自满，故意看轻他取得的成绩。——不管你是出于什么目的，一个极少获得赞美的孩子，他会越来越失去自信心的。

我想跟你说个与赞美有关的故事，我亲历的。

半年前，我遇见我的一个老同事，从前她做后勤工作，我们接触不是太多，遇到也只是点点头，招呼一声。至多是这样。

她于哪一年退休了，我并不知。偌大的学校，多一个员工，少一个员工，不大显现。只是偶尔我拐过图书楼一角时，才想起好久没看见她了。从前她喜欢站那里，和图书馆的一个老师聊天，玫红的衣裙，打扮得挺精神。有葱兰花儿，小白蛾子似的，绕着墙脚开。

那日她来，是有事来的，脸色很憔悴，似有万分的不如意。我冲她笑笑，招呼她，她也只冷漠地点一点头。然她一袭玫红，却自有着鲜艳和明亮。我忍不住夸道，你穿玫红真好看，你的身材保持得真是好。

她本是要走开的，听我这么说，很意外，站住，侧过头来看着我，笑慢慢爬上她的脸，她问我，真的吗？我肯定地告诉她，真的。

电梯旁有穿衣镜，她冲里面瞭一眼，点点头。电梯来了，她笑着走了。

一些日子后，她托同事捎来口信，说她特别感谢我。同事说，她现在天天去公园跑步，还报了个老年绘画班，在学绘画。六十多岁的人，看上去一点儿也不像。

原来，我那次看见她时，她正跌到人生低谷，儿子和儿媳离婚，她自己又查出一身的病，觉得人生了无生趣。我随口两句的夸奖，像点醒了梦中人。她在镜子里看到她自己，还不算老，还能跑能动，身材也还不错。她想，我应该活得很快乐的啊。

她去学绘画，跟五颜六色打交道。她每天去公园跑几圈，顺便看看花草树木，听听鸟叫虫鸣。一身的病，竟渐渐消减了，血压和血脂也都降了下来，人也变得面色红润。最近，她又加入一支老年舞蹈队，在里面做了领舞的，很风光。我能想象她的样子，一袭玫红，旋转起来，还当如一朵芍药花。

我想起以前在作家班读书时，遇见的一个小男孩，那孩子告诉我，他家养了好几大盆兰花。"我家的兰花，开得特别特别好，花朵特别特别大，是世界上最大最好看的兰花。因为，我每天都对它弹琴呀，赞美它呀。"小男孩一边比画着，一边得意地说。他妈妈在一旁证实，说每次孩子的琴声响起时，那些兰花都有反应，花瓣儿随着音律轻轻颤动呢。

果妈，你信吗？反正我信。花草尚且需要赞美，何况我们人呢？轻轻的一句赞美，有时，顶得过送人一个春天。

梅子老师

学会尊重和感恩

梅子老师：

您好！

我刚刚和我妈又吵了一架，我啪地带上门，跑出来了。在街上晃了一通，不想回家，我就跑到我同学家里来了。这会儿，在用我同学家的电脑，给您写信。

我妈一直当我是个长不大的小孩，整天对我管头管脚，恨不得把我的心也管住。她进我的房间，从不会敲门，想进就进。她整天啰啰唆唆，多吃点啊多穿点啊走路看着点路啊别和同学玩太晚啊……反正是一大堆一大堆，听得我耳朵疼。她偷偷翻看我的日记，被我发现了，她却理直气壮地说，我是你妈妈，你对我还有什么秘密？我不听她说的老经验，她就甩过来一句口头禅，我吃的盐比你吃的米还要多，你不听我的听谁的？

梅子老师，我今年都15岁了，我长大了，我妈还这样对我，我真的受不了了。我好美慕你家小孩，你对他就像对好朋友一样的，我真美慕他有你这样的妈妈。

唉，我也不知道怎么办了，我真的不想回家。梅子老师你能告诉我，我该怎么办吗？

冉冉

冉冉，在读你的信的时候，我的眼前，晃动的却是一位妈妈的样子，她无助、孤立、茫然、难过，夜不能寐。夜色中，她静静伫立街头，默默祷告，上天啊，请保佑我的孩子！

　　我曾经也是这样的一个妈妈。我的小孩，是我一手带大的。他小时体弱多病，半夜三更，我一个人抱着他往医院跑，看针管插进他细嫩的皮肉里，我哭得稀里哗啦，比剜了自己的肉还疼。他会走路了，我高兴得恨不得让全世界都知道。他会说话了，那声音在我耳里听来，是最美妙的天籁。他能背着书包去学校了，我担心着一路的车辆，祈祷着，千万别碰着我的小孩啊。天冷了，赶紧给他加衣。再忙，也赶着回家给他做饭。他就是我的小宇宙。

　　不知不觉中，他长大了。他经常跟我顶嘴了。他不屑听我说话了。哪怕我说的话再有道理，他也要对着干。有一段日子，他的口头禅是，你懂什么！他用"代沟"这个词，把我这个做妈妈的，拒于他的心门外。那些日子，我很不争气地偷偷流过眼泪。夜里睡不着，坐床上叹气，心绞成一片一片的，不知拿我这个小孩怎么办。大清早的，却忙着起床，去买他爱吃的早点。

　　冉冉，这就是妈妈。天底下的妈妈都是这般的，对孩子无限包容和爱着。我想，你的妈妈也不例外。

　　你说你又和她吵了一架。你嫌她老是管着你。你嫌她说话啰唆。你嫌她不尊重你的隐私，偷偷翻看你的日记本。你嫌她老用她的老经验来教育你。你说你好羡慕我的小孩，好羡慕他有我这样的妈妈。我得惭愧了冉冉，因为，我这个妈妈，在我的小孩眼里，也有着诸多不足呢。虽然他已长大成人，我还是对他啰唆着，操着操不完的闲心。

曾看过这样一个故事，一个女孩子，和妈妈拌嘴了，一气之下，离家出走。妈妈在一夜之间急得白了头。女孩子却不知，她赌着气发着誓，再也不回那个家了。然而身上的钱，很快用光了。她在一家面条店门口徘徊，饿得快晕过去的时候，好心的面条店老板，给她下了一碗面吃。她吃完，感恩戴德地双膝跪下，向面条店老板谢恩，说他是个好人。

面条店老板一把扶起那孩子，叹口气说，孩子，陌生人给你一碗面，你就下跪，感激得不得了。你妈妈养育了你十八年，你有没有跟她说过一声谢谢？你现在还让她在家担着心呢。

冉冉，不知你听了这个故事，有何感想。当你摔门而走的时候，你有没有听听身后，妈妈无奈的啜泣？你有没有看到一颗做妈妈的心，因你的伤害，也会碎裂开来？身边的爱，来得那么容易，那么理所当然，常被我们辜负而不自知。

冉冉，你现在知道该怎么做了吗？你对妈妈，首先要学会尊重和感恩。这个尊重和感恩，不是让你对妈妈绝对言听计从，而是把妈妈当好朋友。她说的话，她做的事，未必全部没有道理。有道理的，你且试着去听去做。你认为没道理的，你可以跟妈妈好好交流。你不妨跟妈妈温柔地说，来，妈妈，我们好好聊聊吧。如果这样，冉冉，你想，结果又会如何呢？

梅子老师

戒嗔戒怒，也是一种慈悲

梅子，我想了几想，还是想跟你倾诉一下我的小烦恼。原因嘛，我也想不好，就是觉得你值得信任，可以解我心结。我这个人吧，没多大坏心眼，但就是脾气坏，很爱发火。我妈常说我是个"爆竹捻子"，一点即燃。每次发完火后，我都深深后悔，很恨那个发火的自己，一点风度和气度也没有，很丑陋。有些事事后想想，完全没必要发火，不就那么芝麻大点儿的小事嘛。可是，我就是控制不了自己，那一刻，我就像被魔鬼附了身，非要搅他个天翻地覆不可。唉，就因我这坏脾气，我的人际关系，一团糟糕。

丽丽是个女汉子

丽丽好，谢谢你信任我。

我想讲一个真实的故事给你听，是前不久发生在我身边的。

那是一个很美好的清晨。太阳还不曾出来，路旁的紫薇花上沾着露，小鸟的叫声里含着露，银杏的叶子开始描着金黄，栾树的果，也有些微微红了，路上行人稀少，一切的一切，望上去，都是恬美的、宁静的。一辆货车驶来。紧接着，一辆轿车也驶来。货车突然停下，要把车上的部分货，卸给路旁的一家店铺去。后面的轿车被挡了道，司机先是不停地按喇叭，见货车司机不理会，他就跑下来理论，三言两语的，双方吵了起来。都年轻气盛着，吵着吵着，发展到谩骂和互殴。货车司机在争打中吃了点亏，一怒之下，返身回到驾驶室，取了一把扳手出来，一扳手下去，当场结果了轿车司机的命。

美好的清晨，就这样被打碎了。事情本来只是个简单的事情，货车司机只消几分钟，就可以卸完他的货，轿车司机等上几分钟，也就好了。两个人本可以好好商量的，却因脾气上来了，什么也顾不上了，白白毁掉自己，也毁掉他人。留给他们亲人的痛，是长长久久的，一生或许都难以平复。

丽丽，我们生活在这个尘世里，泥沙俱下，难免会遇到不对眼的人，不对眼的事，一时不能顺了自己的心。这个时候，我们尤其要有定力，不能自乱了阵脚，任由脾气似脱缰的野马，肆意横冲直闯，最终伤了别人，又伤了自己。更何况，有时，有些事情并不是你想的那样，只不过是你钻了牛角尖了，你把问题想偏了，你产生误解了，你一时半会没回过神来。倘若你不分青红皂白，乱发一通脾气，你是一时痛快了，可事情会变得怎样？也许本来是桩好事儿，被你一通"大火"，生生给烧成灰烬。

人在脾气上来的时候，最不像人，像兽。正如你所说的，很丑陋。三句话不投就暴跳如雷的人，是很难获得别人尊重的。尽管有的人心地也很善良，还颇有才华，却因脾气太臭而显得缺乏素养，在别人的评价里往往是这样的：呶，那个人，素质很差的。他们又哪里能赢得朋友？

我祖母曾有金句赠我：一句话说得人笑，一句话说得人跳。说的是言语的好坏，往往会导致相反的结果，言语恰当，如春风拂面，使人开怀；言语丑陋，如阴雨淋漓，使人愤怒难堪。当坏脾气上来了，什么难听的话都蹦出来，句句裹着刀带着剑的，哪会不伤人？

丽丽，我们来到这世上，终其一生，就是个不断完善自己的过程。在这个过程中，我以为，素养应该放在第一位。良好的品德，是建立在良好的素养上的。戒嗔戒怒，是一种好的素养，也是一种慈悲。因为，言语伤人是把软刀子，虽然看不见出血，却被你戳得处处都是血窟窿。

人常说，忍一忍风平浪静，退一步海阔天高。这是很高的修为呢。越是有修养的人，遇事越能沉得住气。他的和风细雨，往往有四两拨千斤的功效。丽丽，你要修炼的，正是这个。多微笑，少发火。多听别人解释，少武断。多学会说对不起，多说几声没关系，那样的你，会变得很优雅。

医家讲，怒伤肝。佛家说，不嗔不怒。丽丽，一笑泯恩仇。何况也没有那么多恩仇呢。收起你的坏脾气，做个有修养的人，这是对别人的善良，也是对自己的善良。

梅子老师

一花独放不是春

梅子老师：

您好！

我是您的小读者。

我最近很苦恼，想对您诉说，不知您会不会看到。

我是一个好强的人，在小学里，成绩一直遥遥领先，我上过我们市的十佳少先队员榜，我得过很多奖项，其中包括演讲比赛、作文竞赛，我受到全校师生的瞩目。

可升上初中后，我遇到一个强有力的对手了，他处处比我强，口才也很好，我的强项作文，也比不过他了。本该我得的荣誉，一个一个，被他不动声色收入囊中。每次看向我，他的眼神都充满挑衅，目傲不凡，仿佛在说，你，沈琪心，不过是小样儿。这使我深受打击。我承认，我嫉妒了，我很恨他，可是我又毫无办法。

昨天我的同桌告诉我，他在背后扬言，说，再来十个沈琪心，我也能打败她。我听得又愤怒又沮丧。梅子老师，你能不能告诉我一个好办法，让我好对付他。我实在受不了了。

您的小读者：琪心

琪心，我想先给你讲几米漫画中的一个故事，是关于一只猫，和一只小老鼠的。

　　你也知道，猫和老鼠天生是死对头。漫画里的这只猫，自然对老鼠也没什么好印象，它一看见小老鼠，就穷追不舍。小老鼠每天过的日子，那叫一个提心吊胆啊，充满了刺激和挑战，它生怕一不小心，就落入猫爪下，成为猫的美餐。

　　小老鼠恨这只猫，恨得牙痒痒的，恨不得这只猫立即从它跟前消失。有一天，它的心愿，竟意外达成了，猫真的从它跟前"消失"了。原来，猫不幸染病，病得很重，躺在床上起不来了。小老鼠这下可高兴坏了，它终于扬眉吐气起来，不用再时时提着一颗心，提防着那只可恶的猫了。它打开了家里的窗户，舒舒服服躺在窗台上，对着月亮唱歌。它敞开肚皮吃吃喝喝，好不自在。

　　时光慢了下来，小老鼠就这么逍遥快活着。但没过多久，它便空虚起来，做什么也提不起劲来，什么月亮啊星星啊，再也撩不起它半点兴趣了，它寂寞了。这个时候，它格外怀念起猫来，怀念起以往那些追追杀杀的日子。那些日子里，它活得多么朝气蓬勃呀。它暗暗盼望着，猫的病快快好起来。

　　琪心，听到这里，你是不是笑了？你会笑那只小老鼠真是犯贱，好好的太平日子它不知珍惜，竟然怀念起死对头来，真是欠揍。好，你且笑一会儿，笑过后，是不是有所感悟呢？生活如若总是一潭死水，没有任何挑战，那样的活，不过是行尸走肉罢了。

现在，回到你的信上来。在信中，你告诉我，小学里，你一直是全校最受瞩目的学生。但自打进了中学后，你遇到了一个强有力的对手，他处处表现得都比你优秀。原本属于你的那些荣誉，一一被他收入囊中。偏偏他又在你面前趾高气扬，你憋屈极了，很恨他，但又奈何不了他，你对自己真是又灰心又失望。你向我讨要办法，问怎么去对付他。

呵呵，我笑了。请允许我笑一下。琪心，你用了一个词"对付"，我怎么看着像是要上演武侠剧呢？我也只能老老实实告诉你，梅子老师不会武功，帮不了你。

你的人生，才刚刚开始。你所走的路，所接触的人和事，还都很有限。仅仅在一个中学校园里，你遇到一个对手。若是全市的中学校园呢？全省的呢？全国的呢？全世界的呢？又有多少孩子，他们的能力和成绩都比你强。你是不是要把他们一个一个都"对付"了？等有一天，你走上社会，各路精英，层出不穷，你比不过他们去，到那时，你又该怎么办呢？前头的前头，总还有个前头。山峰的上头，还有天空呢。你总也高不过天空去。

所以，琪心，你紧着要做的第一桩事，就是要端正自己的心态。你很要强，本是好事儿，但要强不等于过分自私和自我。一花独放不是春，万紫千红才春满园的。

放下你的嫉恨吧琪心，你要感谢你的对手，把他当一面镜子，照见你的不足。把他当一种鞭策，让你时时不敢懈怠。把他当一个目标，让你在前进的路上，不会迷失方向。把他当一种活力，让你焕发出应有的激情。只有这样，你的人生，才能一步一步，走向生命的制高点。

梅子老师

爱的印记

梅子老师：

　　您好！

　　我呢，是在做试卷时，认识您的哦。非常不好意思地告诉您，以您的文章出的题我总被扣分，但我还是喜欢上了您的文章。在您的眼里，这个世界样样东西都很可爱。我要是能遇上您就好了。

　　从来没有人认为我可爱。小的时候，由于我的塌鼻子（遗传的我妈妈的），没少被人嘲笑过。遇到我的人，都爱揪着我的塌鼻子说事儿。后来干脆唤我"塌鼻儿"。我长大了，好不容易摆脱掉"塌鼻儿"的绰号，可最近又新得一绰号"痘痘女"。原因是我的脸上，长满了青春痘。

　　我想过很多法子，挤、掐、捏，也去看过医生，涂过很多药膏子，脸上的痘痘却顽强得跟英雄似的，弄掉一个，又冒出一个。我妈说，没法子，你爸当年就是满脸痘痘，不要紧的，等过了青春期就好了。

　　可我要紧啊，听到同学们一声一声唤我"痘痘女"，我心里是什么滋味？我真的有些讨厌我的爸爸和妈妈了，他们一个把满脸痘痘遗传给了我，一个把塌鼻子遗传给了我，把我整成这么个丑模样。每回照到镜子，我都很自卑，不知道怎么办才好。梅子老师您理解我的心情吗？

您的小读者：妙妙

我又闹牙疼了。

每隔一段日子，就要闹一回。在我还很年轻的时候，就犯着这种病。看过牙医，牙医检视一番我的牙齿后说，不容乐观，你牙齿的"土壤"太坏了。

我无比清楚这一点。我爸我妈的牙齿都不好，打我有了记忆起，他们就隔三岔五地捧着个脸，眉头痛苦地皱成一团儿，吃饭也张不了嘴，只能喝糊糊。他们把这一强大的基因，无有遗漏地遗传给了我。尽管，我采取各种方法来维护和修复，也不能够避免。

遗传，这强悍的植入，貌似霸道，却又带着无比的温情。因为，我们不管走到哪里，身上都烙着他们深刻的印记，知道自己是谁家的孩子，是从哪里来的，而不至于迷失。脸上的一颗痣，他们长在眉旁，你也长在眉旁。他们有颗虎牙，你也有颗一模一样的。他们臂弯处有块疤痕，你居然也有一块，位置不差分毫。你的眉毛像他们。你的嘴唇像他们。你走路的样子像他们。你喜甜食喜糯的东西，也随了他们。甚至于成年后，你的声音，跟他们也很类似了。总之，他们的气息，渗透进你的每一个毛孔里。

想起有一年，我姐要去大医院动个手术。我爸便写了张便纸，让我们去找他在大医院里工作的小学同学，他们也有很多年不曾见过面了。等我们辗转找到我爸的同学，尚未递出便纸呢，人家盯着我姐和我的脸，看了会儿，就笑了，说，我知道你们是谁的孩子了，你们俩的眼睛，长得跟他的一模一样。然后，他准确地叫出我爸的名字。

妙妙，你不觉得这很神奇吗？遗传这一强大的基因，让这个尘世生生不息，彼此交融，每一次相遇，都恰如重逢。

你说你遗传了你爸的痘痘，遗传了你妈的塌鼻子。你生着埋怨，怨他们把一个不完美的你，带到这个世上。你痛苦着那满脸的痘痘，和那个塌鼻子，你因此自卑。是的妙妙，这不是件令人太愉快的事，哪个女孩子不希望自己皮肤光滑貌美如花呢。只是妙妙，已然这样了，我们埋怨，会让脸上的痘痘少掉一颗吗？会让塌鼻子变得高耸起来吗？再多的埋怨，也改变不了一点点，反而会令父母生出愧疚，生出难过，那又何必？我们何不大大方方地接受，怎么了，我就痘痘了，我就塌鼻子了，那是上帝在我身上做的特殊记号呢。

再说了，过了青春期，痘痘会慢慢消失掉的。塌鼻子么，若换个角度看，也是一种美呢。你看啊，满大街都是那锥子脸高鼻梁，咱就来个塌鼻子，是不一样的可爱呢。你且顶着那个塌鼻子，高高兴兴的。想想，你和你妈都拥有一样的塌鼻子，多好玩！又是多么值得感激的事！就像我每次闹牙疼，我都要想一回我爸我妈，给他们拨一个电话回去。我妈都条件反射了，她会紧张地问，乖乖，你又牙疼了？我就乐得不行，我们多么心有灵犀。上帝用这种方法叫你惦记，不要遗忘。遗传，又何尝不是一种爱的延续？

妙妙，长相天定，素养内修。咱还可以通过内修，让自己闪光起来。比如，多读些书，热爱艺术和大自然。人不是因为美丽而可爱，而是因为可爱而美丽。愿你永远可可爱爱。

梅子老师

人心就是这个世界

梅子老师：

　　最近我又开始困惑，为什么我一再谦让，步步小心，还是有很多人处处针对我，排挤我。有些时候，我知道他们心里的想法，就好难过，我真不知我做错了什么。我很想问一句，到底什么才是人心？我知道，这很复杂，但我，依旧想知道答案……

小读者

宝贝，一个人如果遭到很多人的排挤，我以为情况不外乎以下几种：

一、他的性格有缺陷，行事乖张，让人难以理解和接受。

二、他过于懦弱，缺乏做人的底气。

三、他过于优秀，鹤立鸡群，木秀于林。

你属于第几种呢？看你"一再谦让，步步小心"，显然你不属于第一种。

那么，你是不是属于第二种？倘若是，那你可要警醒了。弱肉强食，这是丛林法则。一个人如果一味地懦弱下去，最终只能被人瞧不起。甚至，连他自己也瞧不起自己。

要改变目前这种局面，必须从改变你自身开始。你首先要自信起来。为什么不呢？你就是你，不比别人少鼻子少眼睛的，有什么可自卑的？遇事不要怕，要有直面的勇气，敢于担当，敢于表达。这样的你，身上会充满一种蓬勃的力量，再没人敢小瞧你了。

又或许，你是属于第三种。别人针对你，排挤你，不是你有什么错，而是因为你的优秀"刺伤"了他们，他们嫉妒了。

——若是这样的话，你就大可不必为此苦恼。更不必为了所谓的"合群"屈尊就卑，竭力去讨好。君子坦荡荡，小人长戚戚，你磊落光明，别人再排挤，你又有何惧？天长了，日久了，谁是光明的，谁是阴暗的，便都一目了然了。喜欢光明的人，自会聚到你身边，追逐阴暗的人，你就随他们去吧。

每个人都有自己的底线，当他人侵犯了你的底线，这个时候你就没必要谦让和小心了。最好的还击是，我就是高奏我的进行曲，我就是坚持做我自己，我就是越来越优秀，气死你！

盛开的花朵吸引蝴蝶和蜜蜂，也有蚊子和苍蝇来扰。这世上，有阳光，便有阴影，这才构成了一个完整的世界。所以宝贝，你不必介怀他人的阴暗，管好我们自己就好了，努力让我们自己不被阴暗所俘虏，不跟它同流合污，不成为它的追随者和帮凶。你若是明亮的，这世上便多一份明亮。

人心是什么呢？这个问题是没有标准答案的。你说它是海洋。对。你说它是天空。对。你说它是变幻莫测的云烟。也对。人心啊，它就是这个世界。世界有多大，人心就有多大。世界有多缤纷复杂，人心就有多缤纷复杂。不必去揣测他人的心，你揣测不了的。还是随缘吧，等我们遇到了同频率的心，自会撞出火花。

那个时候，我们告诉自己的，唯有两个字：珍昔。

梅子老师

给他，你的温度

梅子老师：

　　我们班上有个学生从小仇视老师，情绪特别容易激动，撕书咆哮，所以班主任对他不做要求。但是我感觉这样，他越容易变本加厉，上课没有安分过一分钟。这种学生还是要对他冷处理吗？

槿夕

　　亲爱的，这世上，没有无缘无故的爱。同样地，也没有无缘无故的恨。

　　你说的这个孩子，他打小就"仇视"老师，这令我十分惊讶。

　　打小？小到什么时候？是从幼儿园开始，还是从小学开始？

　　好吧，我们假定他是从小学开始，那个时候，他不过八九岁。一个八九岁的儿童，就对老师这个团体，从此仇恨上了，这该受过多大的刺激！

　　你说这孩子一见老师，"情绪特别容易激动，撕书咆哮"——这样的举动，不是从娘胎里带来的，它一定有着它的诱因啊。我这么推测着，也许在他小的时候，真的因某个老师的不当行为，受过刺激。而这种刺激，并没有引起他人重视，任由阴影在他小小的心中生根、成长，以致蔓延成一片。

一届一届的老师，都先入为主的，把他列进了"黑名单"，视他为另类。就像他现在的班主任，"对他不做要求"，——这是多么大的冷漠和伤害，这比打他骂他更可怕！我们设身处地地替这个孩子想想，假如你处在他的位置，一天一天的，就这么被一个群体漠视着，你会做出怎样的反应？这样的孤立，足以杀死一个孩子的天真和善良。

亲爱的，不要对他冷处理。你试着关心他，试着用你的温暖，去温暖他，试着找找他身上的闪光点。或许他唱歌不错呢？或许他画画不错呢？或许他爱好打球呢？或许他喜欢小动物呢？和他聊聊这一些吧，哪怕是聊聊他喜欢的动漫也好，聊聊他喜欢的歌星影星，这也会让你离他的心灵近一步。等你们很熟悉了，等他能够接受你了，你再跟他聊聊他的从前，说不定聊着聊着，就让他的心结解了呢。

也许你的靠近和努力，不能让他有多大改观，但你的温暖，一定会在他的心中，留下一抹柔软。让他对老师的"仇视"，会因此而减少一分。哪怕仅仅是减少一点儿，也是好的。

有的时候，老师的一个举动，一句话语，一个眼神，足以改变一个孩子的一生。

梅子老师

独处是享有内心的宁静

亲爱的梅子老师：

您好！

我是一名初中生，从小学就读您的书，感觉您的文字就像初日暖阳，好温暖。

也许每个少年的成长都要经历一个阶段，体验孤独，无处诉说自己的喜悦和烦恼。我也在这个阶段，只不过很奇怪，我很喜欢这种状态，自己一个人静坐，无人打扰，没有虚伪的赞美，不需僵硬的笑容，可以抛开所有包袱。渐渐地，我似乎与人群格格不入。女孩子在这个年纪，可能都聚在一起讨论喜欢的明星，开着玩笑，但我却喜欢捡一片落叶作为书签，在同学为自己班的球队加油时，静静地在一旁，捧着一本《文化苦旅》。我喜欢独处带给我的舒适平静。有时身处喧闹，我甚至感觉自己很多余，越是热闹，越是失落。

我有一个朋友，她很特立独行，有自己的个性，但老师经常找她谈话，就是因为她似乎有些不合群。我感到奇怪，难道世界上就不能有负面情绪，就不能有一点自己的想法吗？

梅子老师，您能告诉我吗，我该如何找到平衡？

天天

亲爱的天天，你好。

我们每个人来到这个世上，都是作为一个独立的个体而存在的，悲喜自知，冷暖自处，谁也替代不了谁。所以，以什么样的方式来生活，以什么样的心态来过日子，那完全是由我们自己说了算。他人喜欢热闹，那就让他热闹着去吧。你享受独处，那就独处着好了。到底是热闹着好，还是独处着好，这本身是没有可比性的。就拿太阳和星星作比较，你以为哪个更好呢？太阳有太阳的好，星星有星星的好，它们各有各的运行轨道。只要以自己最舒适的方式，跟这个世界和睦共处便好。

你的朋友特立独行，有自己的个性，这没错，世界本就是千差万别五光十色的。但倘若她过分地离群索居，对诸事漠不关心，周围再多的事物，也难以引起她情绪上的波动，那就很容易陷入到孤僻中去。一个孤僻的人，是少有温度和温暖的。老师找她谈话，也是出于老师的好意，是想给她一些暖意罢了。每个人都有自己的负面情绪，这样的情绪可以有，但不能成为主导。否则，会影响到正常的人生和生活。

宝贝，独处不代表隔绝烟尘，也不代表对万事万物都持冷漠态度。独处是享有内心的宁静。而能拥有这样的宁静，必须有旷达的情怀，和一颗热爱自然万物的心。对，一定要有热爱。比如你热爱读书；比如你热爱一片落叶。正因为有了这样的热爱，你虽孤独，但不寂寞。

美国有个女诗人叫艾米莉·狄金森，25 岁之后，她基本上就谢绝了社交，独自在自家的庭院里生活，几十年的时间里，她写下近 2000 首诗作。但她性格并不孤僻，相反，很活泼很机敏。她独处时，喜欢养花种草，并为此做了各种植物标本，用来美化她的居室和她的书。她还特别爱厨艺，喜欢一个人做美食，并获过奖。她很享受她的独处时光，并把这样的时光，活成了诗和花。在她的晚年，她曾写下这样两行诗：

烟雾与光，人与虚幻，我与世界。

请记住，我曾经来过。

她把人生写成了传奇。尽管如此，她也并没有把自己隔绝在世界之外，她永远处在世界的怀抱中。

梅子老师

第三辑
恋的忧伤，爱的唯美

少年与少年相遇，
该如春天的草绿遇到花红吧。

沙漠里会开什么花

崇茂：

你好！

夜，很沉了。我在书房，给你写信。

我所在的小区，已少有灯光。偶尔传来虫子的鸣叫声，从楼下的草丛里，一声高，一声低。落笔之前，自己想着要笑。人生真是说不出的有趣，生命中原本毫不相干的两个人，却因文字相遇了。

是在去年，我就多次听胡荣说起你，说你远在青海那个风沙出没的地方。说你在冰冷寒寂的帐篷里，把蜡烛插在泡沫板上，在烛光底下写作。字写到一半，蜡烛油滴下，滴在纸上，好像开出的花。他每说一次，我的心就感动一回。我对胡荣说，我要认识这个人。这很好笑了是不是？我什么时候变得这样"追星"了？

终于"认识"了你。是你的一个电话先至，在我感动着你的同时，你亦早已知道了我。当你那裹着风沙的声音，越过千山万水，抵达我的耳边时，我竟不能相信是真的。你是那么远，又是那么近，一时竟是说不清的。

我看你写草原的文字。看你写为了打一个电话给朋友，在中秋之夜攀上山巅，寻找信号。看你的忧伤，看你的坚持……那个时候，我不止是感动了，竟混杂着疼痛。如果可以，我愿意把我的阳光，统统送给你。

有两句话我常对自己的学生说，一是：只要心中有阳光，再多的灰暗也会变得灿烂；一是：播下善良，就会收获一路的芳香。这个世界之所以叫人留恋，是因为还有阳光还有善的存在啊。就像你的存在。

善心如花。你的率真，你的纯良，你的坚守，在这个沙砾遍布的人世间，一如荒漠中的绿洲，抚慰着人的灵魂。如果说这个世界，真正有一种天长地久的东西存在，我以为，那就是善，它能使人世间的许多坚硬变得柔软。这么想来，你远在天边的受苦，便都有了意义。

我教室后面的墙上，挂着一幅中国地图。孩子们在做习题的间隙，我会有意无意地转到那里。我盯着上面那片浅蓝或褐黄的色彩，找寻着你在的地方，目光久久落在那个叫那棱格勒的地方。之前，那片土地与我毫无关联，我不知道它，就像它不知道我一样。而现在，它对于我来说，多么亲切！因为，你在那里啊，我的牵挂，便有了落脚的地方。我用手指丈量着我们之间的距离，浅浅一盈，咫尺而已，其实，却隔了千山万水的。我在地图前笑，想象着你在做什么，是在工地上忙碌，还是在帐篷里读书写字？是不是大白天里又飘起了雪花？茫茫一望，鸟也不见一只，除了呼啸的风，还是呼啸的风。

想到你将要在荒漠深处待那么久，有些心疼。如果可以，真的希望能把我的阳光洒到那个地方去。

风中，有隐约的花香从窗外飘进来，是白玉兰。那么大的一朵朵，白鸽似的息在枝上。你们那儿有玉兰花吗？沙漠里会开什么花？给我摘一朵吧。

梅子于东台

梅子：

你好！

没有和你说话，已有好多时日；不是没惦记，只是在心里说。

我正在柴达木盆地最西缘的那棱格勒沙漠，在一个叫作狼牙山的地方。不是五壮士的狼牙山，只因这里的山峰尖耸如狼牙，大伙儿都这样叫。向西是祁漫塔格山，山那边就是新疆；南边是昆仑山，翻越过去，就是著名的可可西里了。

昨天，去矿业公司租卫星电话。一分钟，十块钱。早忘了心疼。拨了许久，却无人接听。想象你可能正在写字，挂了，等于没打。

晚上，还是忍不住再次来到五公里以外的那家公司，租借了电话。由于四周皆被群山包围，信号极度微弱。我打开电话天线开始搜寻信号，就像一只孤独的藏羚羊，伸开犄角，倾听它迷失的家园的方向。

　　终于接通了！你的声音从很远很远的地方传来。由于信号太弱，我几乎只是听到自己在说话，还听到自己的心跳，而你的话模糊不清。它隔了无数的山，无数的水；不同的冷，不同的热。你好像问我什么时候能够回家？工程尚未结束，我也无法说清。对于命运，对于未知的一切，我是一个完全束手无策的人。不过，听到你的声音，寒风中的我，心里还是微微感到有些发烫。

　　平时有好几次，我的脸颊和耳朵陡地烫得厉害。我就想：一定是你和哪位朋友一起谈起我了。很小的时候，听大人们说过，当一个人耳朵发烫的时候，一定是有什么人在惦着或念叨着他了。我觉得，倘若这个世界还有什么朋友惦着我的话，你们几个一定是不可少的。朋友——多么美好的一个词！是寒中的暖，噪中的静，泣中的笑。

　　前一段日子，我们被冻得承受不了。因为从西宁出发时正值盛夏，所以未曾备足衣物，有好几位民工兄弟病倒了。等公司终于送来我们急需的棉衣棉被，天气却又一下子热了起来，再也不像前段时期那样雨雪交加了。老天爷似乎在拿我们寻开心——这几天中午，天竟热得让人喘不过气来。晃亮刺眼的阳光倾泻而下，像是从天幕上源源不断地悬垂下另一道无形的大漠。

　　因环境和气候的恶劣，我们的工程进展缓慢。我急得心里上火，嘴唇烧破许多时日。这几天，头晕沉得难以支撑，气也喘不上来。趴在帐篷里，四肢无力动弹，整个人像一架几近瘫痪的机器。失眠是常有的事。我的睡眠像一根冰冷的黑色链条，一旦断裂，往往就再也难以续接。只好枯躺着胡思乱想。

　　有时，我什么也不想，不去想山上的雪会化，不指望山上的花能开。我只想远方，想那生命中的几个朋友。等我哪一天回到西宁，离我想念的朋友又会近一些了。

　　你问我，沙漠里开什么花？告诉你，这里的沙漠中没有花。如果有，那也是一种叫作思念的花。

崇茂于那棱格勒沙漠

爱有永恒

梅子老师：

你好！

来信没有别的事，就是问你一个问题：你相信爱情吗？

我不相信爱情，我更不相信爱有永恒。我以为，那都是骗人的鬼话。世间男女，都以追逐利益为重，那么多女孩企盼嫁入豪门，不是冲着爱情，而是冲着金钱的。

期望得到你的解答。

你的读者：Y

Y，在给你写这封回信的时候，我想起了一部片子，片名叫《爱有来生》。

你看过吗？如果没有，我强烈推荐你看一下。银杏树下，阿明的一缕魂魄，守着与阿九的前世约定，错过了转世为人的大好机会。这一守，就是五十年，直到他与阿九再度重逢。其时，阿九早已转世投胎为人，有了自己的意中人，生活安定幸福。然而那个叫爱的东西，一直住在他们心里面。

这部片子我看了不下 10 遍，每回看，都忍不住落泪。我感动于那种刻骨之爱，阴阳相隔，她不记得他了，却很自然地说出他们约定的那句话，茶凉了，我给你再续上吧。我信，每个今生的爱人，都是来续他前世的缘的。

Y，你却斩钉截铁地告诉我，你不相信爱情，你更不相信爱有永恒。

我几乎看到你的咬牙切齿。就像两个小孩子吵架，彼此互相发着狠，从此，我再不要跟你好了，再不要理你了，谁跟你好谁就是小狗变的！然而，只一个转身，他们便又玩到一起，全然忘了发下的誓言。

Y，我信，你也是如此。你不是不相信爱情，只是尚未遇到更好的爱情。也许你在爱里面受过一点儿伤，留下了一些小疤痕，可不能因此而否定爱的美好。谁的情路会是一帆风顺的呢？总要经历一些磨难，方能修得功德圆满。就像初次尝试下水的人，难免会呛上几口水，他若从此怕了水，怕是一辈子也很难学会游泳。

我不否认，现实里，的确有冲着权势钱财而来的，把爱践踏了；的确有遇人不淑，把爱辜负了，但那不是爱的错，又怎么能把一腔的怨气，都洒在爱的身上？就像你吃饭被饭噎着了，你不能因此就怪饭的不好。你走路被石头绊着了，你也不能抱怨是因路的不平。你该记取教训，下次再吃饭时，做到慢一点儿，细嚼慢咽。把吃饭当作享受，不但有利于消化，还能慢慢品尝出饭的好滋味。走路时，你也不要急着走，尽量放慢脚步，眼睛时不时地看看脚下，顺带欣赏一下沿途的风景。那么，走路也会成为愉悦的事。

换到爱情上来讲，也是一样。被爱伤过，就像不小心被蜂蜇着了，眼下虽肿疼着，过些日子也就消肿了。有必要念念于那只伤你的蜂吗？你要做的仅仅是，学会辨别而已。在真爱到来之前，不要再轻易地急着去爱。

Y，我想跟你讲一个发生在我身边的真实故事：

年轻的女孩患上脑瘤，恶性，最严重的那一种。医生宣判她将不久于人世。女孩躺在医院里，疼痛难眠，她急于找人倾诉，遂拿起手机，在微信的功能"摇一摇"里，摇了那么一摇，"摇"到了一个男孩。男孩长相帅气，是女孩喜欢的类型，女孩和他聊起来。

一天，两天，三天……他们由陌生，到熟识。男孩跑来医院探望女孩，被女孩直面死亡的乐观深深打动了，他爱上女孩。在他们相处一个月后，男孩拿着电喇叭，跑到医院楼下，当着来来往往行人的面，向女孩求婚。

他们的爱情，受到来自男孩父母的阻挠，但最终，男孩还是克服重重困难，和女孩去民政局登记结婚了。女孩度过了医生宣判的"死亡期"，在男孩悉心陪伴下，多活了整整三年。三年后，在女孩又一次走进手术室前，女孩偷偷做了一桩事，为男孩公开征集女朋友。女孩清醒地知道，她的这次手术，风险系数相当高，成功率只有百分之二十，她怕她在手术台上下不来了，留下男孩一个人孤单。这个时候的男孩，正在四处卖他的房子。因女孩的手术费高达 20 万，男孩就算倾家荡产，也要为心爱的女孩赢得一线希望。

Y，这就是爱情。你若问男孩，爱她什么？他会答，爱她全部。你若问女孩，爱他什么？她亦会答，所有的所有的。对于他们来说，一夕相守，便成永恒。

梅子老师

早恋是青荷上的露

梅子老师：

您好！

我是您的小读者，我们好多同学都喜欢您写的书，您的文字太温柔了，我爱您。

我有个问题想请教您，您是如何看待早恋的？别误会，我没有早恋。

自从我上了初中后，我妈就变得神经高度紧张，防贼一样防着我早恋。她偷偷翻我的书包，翻看我的日记。我跟同学通个电话，她也要竖着耳朵在一旁偷听。有一次，她还化装成我的同学，加了我的QQ，进了我的QQ空间查看。我周末约了同学出去玩，一回头看见我妈，她讪讪笑说是碰巧。我心里明白，她一直在跟踪我。梅子老师您说说，这都什么跟什么啊，她把自己整得跟个间谍似的，真叫我受不了。我好想遂了她的愿，去早恋一把。

梅子老师，我该怎么办？

二房东家的甜甜圈

二房东家的甜甜圈，——嗬，你这昵称真够有意思的。想来是个爱吃甜甜圈的小姑娘吧？爱吃甜食的女孩子，大多都心地善良，率真可爱。

你问我如何看待早恋。你说你妈整天跟防贼一样防着你早恋，她偷偷翻看你的日记，偷听你跟同学通电话，偷翻你的 QQ 空间，还偷偷跟踪你，把自己整得像个间谍，真叫你受不了，弄得你倒真的想尝试一下早恋了。

啊，别，千万别。甜甜圈，你这样的"尝试"，是带着报复性的，有着怨气和恨意，一点儿也不美好。早恋是青荷上的露呢，那是万籁俱静后，它在不知不觉中降落下的，晶莹纯美，容不得半点儿亵渎和不敬。

我也曾路过你的年纪，衣衫上浸染过青春之花的甜香。那时，我们班有个吴姓女生，喜欢上一个杨姓男生。喜欢上的原因很简单，那杨姓男生有着一头浓密的天然的卷发，吴姓女生说，他像她一个童年的小伙伴。吴姓女生跟我关系最要好，他们之间的交往，从来不避开我，我还替他们偷偷传递过纸条呢。纸条上说的无非是些孩子气的话，比如，你看某老师今天那头发梳的，还三七开呢。你看某同学，今天还打了领带呀。你今天早上明明看见我了，怎么假装不理呀。我不喜欢听英语老头子的课，看见他，真烦。如此等等。他们偶尔也闹点小别扭，杨姓同学就去买了糖果，找我给吴姓同学送去。他们很快会和好，然后叫上我，一起去郊外逛逛，看看田野，看看庄稼，然后心满意足地回转。他们做得最多的是，你帮我抄笔记，我帮你补讲义。你英语不好，我帮你补。我数学不行，你给我讲题。他们成绩上升得令老师们惊奇。他们相约着，一定要一同考上某所大学。最后，果真如愿。经年之后，他们并没有走到一起。但我相信，那段青春的美好，将永存在他们的记忆之中。

甜甜圈，哪个少女不怀春，哪个少男不钟情？少年之间的恋情，纯洁得如同一阵微风吹过花蕊。你妈的紧张，那是源于她爱你，怕你受到伤害。你不要因此存了怨气，生出逆反的心，啊，你不让我干的，我偏要干！傻孩子，你若真那样做，让你妈后悔和伤心了，你就变得开心了吗？——当然不会。那你又何苦要对着干呢？说不定因你的负气，做出令你一生后悔的事，到时候，你再想回头，已不能够了。到那时，该怎么办呢？

好孩子，听梅子老师的话，不要意气用事。好好跟你妈谈一谈，告诉她你目前尚未早恋呢，告诉她你的感受。请她相信你，尊重你的私密空间。

倘使有一天，早恋也如一颗青荷上的露，悄悄降临到你的世界里。那我要恭喜你啊甜甜圈，你长大了呢。你莫要慌张，亦不要害怕，一切顺其自然吧，真心相待。切记，爱是一件有尊严的事，不要做伤害自己，伤害他人的事。又，美好的爱，是带着光亮的，应激励着双方积极向上，向着更好的方向发展，而不是堕落下去，沦为庸常。

梅子老师

爱是开在枝头的花朵

梅子老师：

您好！

我想告诉您一件事，我恋爱了。

唉，其实也不能算是恋爱，只能算是我的暗恋吧。

他是我的同班同学，从初中，到高中，我们都是同学。我喜欢他很久很久了。他呢，跟学校里其他肤浅的男孩子不一样。我至今记得春末的一个黄昏，那是初三最后一学期的黄昏，我从作业堆里偶一抬头，瞥见了我的左边，隔着一张学桌的距离，正在做题的他的侧脸。天呢，他的侧脸实在太好看太冷峻了，线条明朗，那一瞬间，我听到自己的心，咚地跳了一下，我喜欢上了他。

然后呢，一个暑假过去，我惊喜地发现，他和我，考上了同一所高中，又分到了同一个班级。梅子老师，您说这是不是冥冥中的缘分？我在课后上演了无数偶遇的戏码，不断与他相见着，希望他能注意到我。我知道他喜欢打篮球，每天下午他都会去操场上打，我就决心买一个顶好顶好的篮球送给他。跑去商场一看，商场里顶好顶好的篮球，要一千多块钱呢，我的零用钱没这么多，积攒了好些日子，还是差一些，我就瞒着我爸我妈，去一家蛋糕店打了一个星期的短工，终于给他买了一只顶好顶好的篮球。他感冒了，坐在教室里不停咳嗽，我一上午都心神不宁的，恨不得替他咳嗽。好不容易等到下课，午饭都没来得及吃，就跑去药店给他买感冒药，偷偷放他桌肚子里。

放学了，我悄悄跟在他身后，在他家门口，装作偶然相遇的样子。只为听他奇怪地问一句，你怎么也在这里？下雨天，我把手里的伞塞给他，自己淋了一身的雨，也感到快乐。

然而，他对我做的一切，要么视而不见，要么不领情。每每看见我，他都会蹙起眉头，一副拒我千里之外的冷漠模样。我给他买的篮球，他拒绝接受。我给他买的感冒药，他扔进了垃圾桶。我把伞让给他，后来才知道，他把它给了另一个男生。

我很难过。我知道我不美，我知道我有些胖，但我已经在努力减肥了。原来我是个贪嘴的女生，看见好吃的就挪不开眼睛，现在，晚饭我都忍着不吃了。因为他文科好，为了他，我也选了文科，还天天背诵两首古诗词，希望自己配得上他，希望有一天，他会发现我的好。

梅子老师，我不知道那一天会不会来到。有时想想自己，爱得好可怜啊，真的有些沮丧呢。今天写信给您，也没什么，就是想有个人听我诉说。谢谢您梅子老师，听我说了这么多。祝您开心快乐！

彼岸花开

宝贝，你好。

看完你长长的信，我轻轻叹了一声，多纯美的情感啊！你让我想起日本电影《情书》里的场面了：隔着薄薄的纱帘，男孩偷看着心爱的女孩，他是多么喜欢她啊，深深地。她却不知道。一直到多年之后，当年这场暗恋的真相，才一点一点被揭开。满天洁白的雪花，把曾经的青春，封存在美好里，成了永恒。对于曾经的当事人，不管逝去的，还是活着的，有过那么一段美好，这人生，也便值了。

所以我要祝福你宝贝，你拥有的这段暗恋，是你人生中最纯美的一笔，是皎若月光的，是净若晨露的。

只是，你该对它说再见了。从他拒收你的篮球起，从他扔了你辛苦买来的感冒药起，从他把你给他的伞给了另外的男生起，从他对你皱起眉头，一脸的不耐烦起，你应该清楚地知道，他全身上下都写着大大的五个字：我不喜欢你！非但不喜欢，还看轻了你，鄙视着你。对这样一个他，你还要自轻自贱到何时呢？再说，你又对他了解多少呢，除了"侧脸好看，线条明朗"？你爱的，只是你用你的想象打造出来的一个他，身上无一处不迷人。等真的靠近了，未必不是肤浅的一个呢，到时你该多失望。

宝贝，爱，绝不是低三下四，不是卑微，不是丧失掉自我，不是黯淡无光，它是高尚的，是开在枝头的花朵，鲜艳又明媚。

高中的学习，将会越来越紧张，你也要应对高考的。切不可为了虚妄中的"恋人"，再贸然减什么肥了，把自己的身体搞垮了，于你一点好处也没有。再说了，胖一点有什么要紧？青春的女孩子，有点肉肉，才更饱满好看。

你每天背两首诗词，是要得的，不为任何人而背，只为你自己。腹有诗书气自华，这是真理呢。我很希望你能把这个习惯坚持下去，一个睿智的有才华的姑娘，是从内到外散发出光彩的。这样的姑娘，走到哪里，都是一道亮丽的风景线。

宝贝，当有一天，你走过这段青春，再回头，你会感谢今天的你。因为，它教会了你成长。

梅子老师

谈一场光明正大的爱情

一个深夜，我已躺下入睡，突然被一阵手机铃声惊醒。接听，是武汉的一个女孩打来的。其时，她那儿下着雨，她一个人在江边徘徊……

——题记

好姑娘，你好。

寂静的夜里，你站在雨的江边，给我打来电话，你说是我忠实的读者，想对我倾诉你的故事。

故事俗套得从一开始，就望得见结局，你爱上了一个有妇之夫。单纯得跟一只小绵羊似的，一头坠进他绿色的陷阱里。

他是一家报社的编辑，你是一个文学爱好者，因为稿件的往来而相识。这样的相识，多与烟火隔绝，浪漫唯美。你很留恋地跟我回顾你们相识的点点滴滴，一路花开，一路月圆。

你再三说，你不是一个坏女孩，你根本无意于破坏别人的家庭。最初的最初，你没想过要去爱他。是他，口口声声说与妻子再无感情，说要离婚，说你才是他的最爱。你信了。他开始频频出现在你的生活圈子里，做出追求的姿势，和你出双入对。你的朋友，起初并不看好他。你是那么心高气傲的一个女孩，身边追你的男孩多得排着队，随便挑一个出来，也比他长得好看。然他，有的是一往情深，对你关怀得无微不至。朋友们反过来说你有福气，遇到这样一个好男人。

他的婚却一直未离，你不止一次在街上，遇见他和他的妻。他们并不像他所说的那样，生分疏离，而是有说有笑，琴瑟相和的样子。你的心上，像被生生插了一把刀。这个时候，你发现你怀孕了，他却避而不见。好不容易逮着他了，他轻飘飘一句，我现在对你，一点感觉也没有了，我不爱你了。

曾经的所有，在这一句里，是烟飘过云散去。你痛不欲生，爱与不爱，都如潮水，来得急，退得也急，这算怎么回事呢？你不住地反问自己，是不是我哪个地方做得不好，让他不爱了？

你问我，我该怎么办？曾经那么多的好啊，怎么说没就没了呢？

我默默听你说完，心里替你痛得慌。好姑娘，你该有多傻啊，从一开始，你就不应该抱有幻想。情感的事，是一对一的，没道理占着窝里的，还看着窝外的。我"残忍"地对你说，你那不是爱情，是游戏，你别再作贱你自己了，忘了你与他发生的所有，彻底地、干净地忘掉，重新来过。纵使他现在肯回头了，你也不要回头，因为，他根本不配拥有你的爱。

这种爱，一般都难成善果。痴情女孩，碰上已婚男人，除非她是修炼千年的狐仙化身，否则，真的不是他的对手。他对付女人的那一套，早已驾轻就熟，什么时候表情，什么时候表意，拿捏得十分准。你有几颗心经得起这样的"好"？更何况他还会装出一副婚姻不幸的模样，沧桑得让人忍不住想揽了他的头入怀。你于是爱心泛滥，不管不顾爱了，把他当作真命天子，把自己当作拯救爱情的天使。怀了这样的使命，飞蛾扑火一般，向着所谓的爱情飞扑而去，焉有不被灼伤的道理？

我不是不相信已婚男人的爱。那或许也是真的，他爱你，一时的意乱情迷总是有的。只是那些爱，都是纸糊的花朵，看着漂亮鲜艳，却经不起岁月的任何汰洗。他若真的爱你，为什么不先离婚了再来谈？凭什么他可以坐守围城，再伸出一只手来，招揽城外的春光？爱情是坦诚的，是堂堂正正的，而不是花非花雾非雾。

忘掉他吧好姑娘，不要再陷于以往的伤痛中。大错已经铸成，你无论怎样懊恼、悔恨和不甘，都无济于事，只会使你痛上加痛。你又何苦执迷？给时间一点耐心，再多的伤痛，终会渐渐愈合。收拾好自己，重新上路吧，擦亮眼睛，相遇良人，光明正大地爱上一场。

梅子老师

恋的忧伤，爱的唯美

梅子姐姐，我想问你一个问题，我和一个男生互相动心了。但我认真得比他快，我担心我的太主动会让他不珍惜我，但我忍不住，我要怎么办才能留住他对我的好感？

我知道这种问题问别人也没用。可我自己不知道怎么办，心里想他也尽量忍着不打扰他。我很担心我的好吓走了一个对我有意思的人。我们是偶然认识的，时间不久，了解不深入。我的朋友都劝我一定要矜持，不要太快沦陷，慢慢了解。但我就是忍不住主动联系他。因为我们不在一个地方。

这种感觉好难受，像是一脚沦陷在井里，我却用双臂撑在井口，不敢让自己掉下去，可心里又忍不住往下看。为什么会这样呢？

弯弯的月牙儿

月牙儿，我感动了，为你。为这恋的忧伤，爱的唯美，它有着露珠一般的清纯，月光一般的朦胧，花开一般的疼痛。

你让我想到遥远的诗经年代。那个年代，天高地阔，遍布清纯。青年男女，一旦涉足爱河，无不把它郑重视为生命，忐忑、辗转、小心翼翼，想靠近，又害怕。如一头初入尘世的小兽，懵懂着，忧伤地甜蜜。如《褰裳》中的这个姑娘：

> 子惠思我，褰裳涉溱。子不我思，岂无他人？狂童之狂也且！

> 子惠思我，褰裳涉洧。子不我思，岂无他士？狂童之狂也且！

这个姑娘，爱了。她爱的那个男孩子，一朝没来看她，她就心生焦虑，伫立久等，猜疑、难受、百结愁肠。内心一把爱的火，烧啊烧啊，枉自把自己灼伤。她是那般怯弱，想哭泣。她想，是不是他不爱我了？是不是他嫌我烦了？是不是我哪里做得不够好？是不是因我不够矜持太过投入？千万个问，却得不出一个确定的答案，啊，他到底爱我几分？如你，"像是一脚沦陷在井里，却用双臂撑在井口，不敢让自己掉下去，可心里又忍不住往下看"。瞧，月牙儿，你们的爱情姿态，多么一致！

这个姑娘表面上却佯装满不在乎，她故作强硬，卡着小腰发着狠：啊，你如果真的想我，一条河流的阻隔算什么，你就不会提着衣裳蹚过水来看我呀。你不爱我，难道就没有他人爱我吗？你这个狂妄的坏小子啊！呵呵，人家心里其实纠结难受着呢。倘他突然出现在跟前，只一个微笑，她也许就彻底沦陷，忘了刚刚发的狠了。

月牙儿，现在，你还要问为什么会这样吗？那是因为，你太在意啊，你害怕失去，你的世界里，已然全是他了。既如此，那就继续爱着吧，以你的节奏，以你最自然的方式，不用试探，不用猜度，真情自有真情回应。如果没有回应，那说明，他并不值得你如此深爱。

我想以过来人的经验，给你几点忠告：

一、爱要有尊严。践踏自己尊严的爱，是结不出好的果实来的。你可以为他低到尘埃，但不可以湮没于尘埃，丧失了自我，而是要在尘埃里开出花来。

二、爱要留有余地。爱得密不透风，你自己难受，也会让对方呼吸困难。这样的爱，会缺氧的。给对方留一些时间和空间，也给你自己留一些时间和空间。爱不是生活的全部，除了爱，我们还有很多的事要做的。

三、爱要找到平衡。爱情是双方的，否则那不叫爱情，那叫一厢情愿。一个劲儿对他好，换来的，也许不是圆满，而是鄙视和厌烦。什么事都讲究一个度，过犹不及。"恋爱脑"要不得，智商正常，生活才能正常。

月牙儿，情如人饮水，适量最好，否则，就伤身了。在爱的同时，你不要忘了，生活中，还有别的追求。读书也好，旅游也好，养花种草也好，总之，不要丢弃这一些。一个充满活力的女孩子，会为她的爱情锦上添花的。

梅子老师

幸福在那一点一滴的经营中

梅子老师：

你好！

不知道当你看到这篇留言的时候，我是怎样选择的，高二的时候因为《等待绽放》认识的你，如今也已为人母。

我的宝宝四个月了，她很乖，乖到让我心疼。这两天因为要上班，我把奶给她断了，她都没有哭闹。但我其实好难过啊，曾经梦想参与她成长的每天，记录她不经意间的每一个小动作，但生活却把我想要的选项去掉了，我上班了。母乳使劲涨了两三天，每天不得不挤掉，以缓解疼痛，这时候我会好难过，总想着这是我宝最好的口粮。今天母乳不会涨了，已经开始回了，我也好难过，感觉是我让我宝的口粮没有了，工作空闲总忍不住掉眼泪。

我和宝宝爸最近一直处于闹矛盾的状态。他说，这生活过得他从未感到幸福。我想了好几天，我不知道幸福该怎样定义，不知道我是舍不得我的小家庭，还是舍不得我的婚姻。在知道我们情况的人都劝我不要再联系他的时候，我还在一次次都想着，会不会慢慢就好了，假如我们坚持下去，会不会就幸福一辈子了？是不是真的只有不联系，我才能在慢慢遗忘中开始幸福。

好累啊……

丛丛

亲爱的丛丛，看了你的信后，我一直在想着，怎么回复你。

天气已秋。从午后，至黄昏，至夜晚，我们这里落着一场连绵的雨。看着雨，我对那人说，我们散步去吧。他没有丝毫的犹豫，答应，好。遂撑伞与我同行。

我们一路走过去。我在一棵紫薇花前，停一停。我在一丛美人蕉前，停一停。遇见木芙蓉和木槿了，我也要停一停。我喜欢花，每天看看它们，觉得满足。那人对花远没有我那么热衷，他不识它们，但他会很耐心地站一边等我。婚姻多年，我们很少说爱了，但是，彼此却懂得，我的习惯，他的喜好，虽有时相差千里，却不犯冲，而是自然而然地接纳和融入，成为熟稔的日常。这，是不是幸福呢？至少，对我来说，是。我看着天，天是好的。看着地，地是好的。看着雨，雨也是好的。看着他，他当然也是好的。

婚姻的最初，却不是这样的，我也经历过无数的挣扎和迷茫呢。那时，我曾一度怀疑我是不是错上了贼船。婚姻里的琐碎事一桩接一桩，从前的好时光似乎不再了，我手忙脚乱地应对着。特别是有了孩子后，简直像是给自己套上枷锁了，走也走不远，飞也飞不高。而那人，却做着甩手掌柜，潇洒出门去，天地广阔任他游。我对他强烈不满着，觉得他就是个骗子，婚前那么多的甜言蜜语，婚后却一句也不肯说了。婚前那么体贴入微宠爱有加，婚后却变得粗枝大叶潦草不堪。我越想心里越失衡，越想越觉得日子失去趣味了，幸福离得遥遥的，所谓的琴瑟相合只是个骗人的童话。

然等我冷静下来，把一团乱麻的日子，慢慢理清楚了，才发现，我没有变，他也没有变，只是我们的角色变了。而我们，都没有做好角色转换的准备。

认清了这一点，肩上就有了责任和义务，不是对一个人的，而是对一个家的。日子不再是谈谈天说说地你情我爱一味浪漫，而是很现实的种种——烟火凡尘，生儿育女，赡养老人，一日三餐。

找到了问题症结，解决起来也就很容易了。跟他坐下来，好好规划一下日子吧。钱不多是吗？没事，咱有双手，努力去挣，够吃够穿够住就好，额外能存点钱，会让我乐上天。我也会利用这点钱，拖家带口去看场电影，去小旅游一回，去餐厅点上几份好吃的，换来的是好心情。

家务事繁杂是吗？没事，能做多少就做多少，拣最要紧的做。屋子乱就让它乱着吧，地板脏就脏着吧，晚两天拖也没关系，一家人一起去听听鸟叫看看花开，远比拖地板重要。

做家务活儿很累是吗？没事，我完全可以让它成为享受。我一边听音乐一边做饭。一边听朗诵一边拖地。一边哼唱一边晾衣。倘若日子里没有花，我可以自己变成一朵花——这点很重要。女人千万不能在婚姻中迷失掉自己，爱家人的同时，更要爱自己。而爱自己的前提是，你必须独立，有自己的喜好，无论在什么境况下，都不要中断了学习和接受新的信息，时时保持美好。一个被美好武装起来的女人，即便是山崩了地塌了也不惧怕，她也还可以在那山崩地塌里，找到花开的影子。

他懒得再说爱了。没关系，就让我跟他说。石头也还会被焐热呢，何况一个大活人？何况曾经相爱的两个人？他不送我礼物，没关系，我送他也一样。

送着送着，他就不好意思了，投桃要报李的嘛。

我允许他的原形毕露，比方说，把脏袜子随便乱丢。比方说，一遇酒就如同遇到情人。"我们在一起，是因为别人看不到真实的我，而你却可以"，他能在我面前裸露他的真实，我同样也能在他面前裸露我的真实。这说明，我们不是外人，而是家里人，是最亲近的两个。懂得，是婚姻的黏合剂。慢慢地，我们成了两个气息相投的人。

丛丛，好的婚姻是经营出来的，幸福也就在那一点一滴的经营中，变得绵长。

现在，好姑娘，我来帮你理理你的一团乱麻。

之一， 你难过于不得不上班，给幼小的宝宝断奶了。

这的确是件让人揪心的事，没奈何哎。既然没奈何，你一直一直地难过，也不能改变什么呀，反倒让自己堵心。我们换种思维来想好不，你上班，是为了给宝宝挣更多的口粮，给宝宝挣更多的好东西，你是多么了不起的一个妈妈。这么一想，是不是开心起来了？

之二，你和宝宝爸闹着矛盾，日子过得一地鸡毛。

我想问，你们之间的矛盾超过你的底线了吗？倘若不是，那就没有解决不了的。不要过分地去掰谁对谁错，对了又如何，错了又如何？不过是你们两个人过日子，不存在谁得益多了谁得益少了。不要拿自己的想法，去让对方绝对服从。也不要让对方就像你肚子里的蛔虫，全部知晓你心中的所思所想。

这是不可能的,也是不可取的。你有什么想法,有什么要求,就直白地表达出来。婚姻中的两个人不是用来伤害的,而是用来爱的。求同存异吧,你有你的喜欢,他有他的爱好,适当给对方空间,这样相处起来彼此都舒服。最好的爱,不是密不透风的,而是放在适度的距离之外的。

想想,小小一室之中,那一桌一椅,那一窗一几,那天使一般的你们的孩子,那曾牵着你的手步入婚姻里的那个人……都是你无法割舍的。这就是家啊,外边的天空再大再广阔,然当你走进你的小区,仰头看到家的窗口,那一盏温暖的灯光,是不是有欲流泪的冲动?是的,那是你的家,只属于你的家,你怎能轻易舍弃?

好好爱着吧好姑娘,不到万不得已,都不要轻言放弃。也不要听信其他人的鬼话,动不动就来个不联系冷处理。问题摆在那儿,拖得越久,心中越是郁结,何不敞敞亮亮爽爽利利地直接面对?别再浪费人间宝贵的时间了,早点和好如初,多享受一些婚姻的美好,岂不更好?

祝你幸福。

梅子老师

他会沿着一束光亮找到你

亲爱的梅子老师：

　　您好！

　　最近刚读完您写的书《风会记得一朵花的香》，里面的文字实在是太美了，不论是写花写人写器具，还是写音乐，您唯美细腻的文笔，总是让人感同身受，内心涌起无数感慨。

　　我相信您对婚姻和爱情也应该有独到的见解。我眼见着自己年岁逼近三十，却从未谈过恋爱。我无数次祈求上天，帮助我早日遇见那个他，多少次在尘世中寻寻觅觅，却始终遇不到合适的人。除了内心的焦虑不安，更是对父母殷切期盼的深深自责，我真害怕，害怕自己就这样孤独一辈子，寻找一辈子。

　　您在《乱红》中有这样一段话："三十还未出嫁的女友说，她所希望的人生最完美的结局，是在一个爱她的人怀抱中老去。原来，世间女子，怕的不是凋零，而是被忽略，被辜负。所要的，不过是一段俗世姻缘，有时却难得如愿。于是寻常的拥有，便成珍贵。"这段话深深地触动了我，也让我多了很多忧愁，感觉人生没有意义了，如果我一直找不到那个对的人，该如何快乐地生活下去？

　　期盼您的回信。

天天

亲爱的天天，谢谢你对我文字的溢美，谢谢你对我的信任。

我给你讲个真实的故事吧：

我曾有一小友，跟你现在的状况极其相似，她久久苦寻，也找不到生命中的中意之人。眼看着奔三了，父母天天逼婚，弄得她与父母关系紧张。她30岁生日那天，一早起来，迎接她的不是长寿面和祝福，而是父亲的数落，母亲的眼泪。她逃了出去，在外面游荡一天，独自一人把个生日囫囵过了。事后她跟我苦笑，哎呀，我恨不得站大街上去抢个男人回家。

她恋爱的标准一降再降，但，就是成不了。其中曾谈了一个无父无母无甚根基的外地人，她的父母为了促成这桩姻缘，愿意拿出全部家底，给他们置办一个新家，但最后还是未得圆满——外地人甩了她。

我的小友自然有些难过，但并不十分气馁。她说，命中该是我的肯定走不掉，命中不该是我的争也争不来。那之后，她依然打扮得光鲜亮丽，兴冲冲奔走在相亲的路上，哪里有人介绍对象，她就奔向哪里去。

31岁上，她与一军官相亲，那军官长得人高马大的，威武英俊，她本以为没戏。谁知那军官竟中意了她，觉得她样样都好。小友与他开始交往，感情不断升温，最后的结局，当然是收获圆满。小友在婚后立马办了调迁手续，从我们的小城，欢欢喜喜跟着她的军官到杭州工作去了。现在，他们的女儿已念小学。

天天，世间的爱情和婚姻，讲究的是缘分，缘分到了，挡也挡不住呢。你还正当好年华，是一朵花正明媚地开着呢，你要做的不是去愁它哪天凋谢，而是怎么使它开得更好更长久。没遇到中意的人，那说明咱的缘分还没到，那就继续找呗。人生的幸福和圆满，很多时候，是在寻找中获得的。

不要去设想"如果……"，你只要真实地拥抱好你的今天，不管遇到多少的失意，你都要坚信，不如意只是暂时的。不对自己失望，不对人生失望，让自己时时活得有光彩。这样的光彩，说不定哪天，就会照亮一个人的眼睛，他会沿着这束光亮找到你。

祝福你天天，深深地！

梅子老师

迷人的小心事

梅子姐姐：

您好啊！

我是一名初二的学生，最近不知不觉中多了许多心事。您可能会想，你一个女孩子，而且还那么小，能有什么事。但是……

我最近可能喜欢上了一个男孩子，但是我知道我不能告诉他，因为告诉他了，对我们两个都没有好处。如果我们两个学习都很差，在班级倒数的话，我可以毫不犹豫地告诉他，但是不可以啊。说实话，我们两个的成绩都是在全班前十的，虽然他比我稍微差那么一点点，但也是个学霸。我们虽然在一个班里，但平时的交流不是很多，我是从什么时候开始喜欢他的，我也不知道。就是觉得他的一切都是好的。

但是，我害怕他会影响我上课时的状态，所以上课时，我集中精力，忍着不去看他，他最终也没有影响我上课。但是，我总是在午休、晚休或晚自习时，不经意地想起他。我想，忍一下吧，或许过一段时间就不会那么喜欢他了。一年过去了，我还是有点喜欢他，我多想告诉他啊，但是不行啊。可是，我也不想这么憋屈着自己，憋得难受，但不能说……

所以……梅子姐姐，您可以给我一些建议吗？

小读者

小宝贝，你好啊。

这么叫你时，我的心，软化成一摊水了。

我想起杜牧的诗来："娉娉袅袅十三余，豆蔻梢头二月初。"你现在，正是那梢头的豆蔻呢。多好的年纪！

你有了你的小心事，这是多么迷人的小心事呀。我又想到曾看过的日本电影《情书》，里面少年的小心事，隔着窗帘，隔着风，隔着雪，隔着陈年的纸页，最后，成了岁月馈赠的琥珀，纵是天人永隔，亦不能掩盖了那份纯洁和美好。

我在想，倘若当年他们说破了那些小心事，结果会怎么样呢？这个，还真没办法设想。但有一点是可以肯定的，稚嫩的果实，没有一个不是酸涩的。当距离外的神秘消失了，纯美的事物变得庸常，它带来的也许不是美好，而是伤害。

所以，我只想告诉你，小宝贝，这样的小心事还请你收收好，继续藏在心底，就让它一直是你的小秘密。因为呀，你现在的喜欢未必都是算数的。你的路还长着，天地还大着，当有一天你走到更广阔的天地中去了，会遇见更多更美的风景。

还因为，你现在还是花苞苞一个，尚未到怒放的时候。你喜欢的那个男生，他也是个花苞苞呢，就让两个花苞苞彼此"遥遥"地欣赏深深地祝福好了。想他一次，你就读两页书，为的是使自己变得更好，好在将来遇见更好的"他"。将来，你们也许会碰到一起，彼此的眼里，都有曾经的星星跳跃，觉得既熟悉又亲切，你们就会很自然地一起走下去，那是再好也没有了。也许不会再相遇，你们成了两条平行线，渐行渐远，你有了你的繁花盛地，你在回忆起他的时候，一团模糊——这些，都是将来的事了，咱还是把它交给将来吧。

宝贝，植物们到长叶的时候，它们自会长叶。到开花的时候，它们自会开花。我们人也一样呢。愿你的少年时光，纯美如花。愿你永远沐着阳光，没有伤害。

梅子老师

你且静静欣赏着

丁立梅老师:

您好!

我是一名中学生,从小学就读您的书,您的文字治愈了我晦暗的心。

少年成长的路上,总会有些看似很难越过的坎吧。近日,我发现,我竟对班上的一位女生产生好感。她很优秀,文笔很好,画画也好,弹琴也是一流,浑身散发的气质,深邃而又静美。我不知道该怎么办,是保守这份秘密,还是怎样?

梅子老师,若您能给我答案,真的万分感谢。

忞忞

你好,少年。

我在想,你是怎样的一个少年呢?你从小就读我的书,说明你是爱读书的。你对画画应该也很喜欢,也能欣赏琴声——凡是与艺术相关的事情,都会让你产生愉悦的吧？我真为你高兴。宝贝，你能拥有欣赏美和感知美的能力。

人生而为人，最了不得的体验就是，能够发现美，欣赏美，继而努力让自己也成为美的一部分。当一个文笔好、画画也好、又会弹琴这样"深邃而又静美"的女孩子出现在你跟前，她无疑是美好的。你对她产生好感，这是多么正常的事情，这是美的发现在你身上的投射啊。

少年与少年相遇，该如春天的草绿遇到花红吧。我无端想起那首旋律动听的《声律启蒙》来：云对雨，雪对风，晚照对晴空……我以为，这是美好映照着美好。

但是少年，你不要说出来，不要。一些美好，是要小心轻放的，它只宜在距离之外，一旦说出来，它也许就像肥皂泡一样的，破灭了。你且静静欣赏着，就像春天守护着一棵小白杨，春天吹向它的是柔风，是细雨，是煦暖的阳光，是悄然生长的懂得、尊重和欢喜。等你们都走进葱茏的夏天，等你们都枝叶蓬勃起来，能经得起风、扛得起雨了，到那时，如果你确信，她还是你眼中最美的风景，你就走到她跟前，笑吟吟地告诉她，曾经，我喜欢过你呀。

不管她会不会喜欢你，那样的结局，都堪称美好。因为，你们曾在年少时遇见，那一页上，写下的都是纯真、柔软和美好。

梅子老师

恰如枝头柔嫩的新芽

梅子老师：

　　您好！

　　我是一名初三的学生，我前桌是个男生，我平时和他说笑聊天，有的时候还一起讨论题目，差不多是普通朋友的关系。但前几周他忽然发信息给我，很认真地说他喜欢我，而且连续几天都发了类似的话。我和他说过了现在的任务是学习，但他还总是给我发消息打电话，我觉得他好烦。

　　现在我们的关系越来越不正常了，我甚至不敢和他说话，有的时候还故意躲着他，看到他的眼神就害怕，我也不知道自己为什么会这样。他和我的成绩都不错，他的成绩在年级里也算数一数二的了。明年就要中考了，我总是提醒自己要加倍努力，但是这些事情总会让我心神不宁，没办法把心思放在学习上，最近成绩也下降了不少。

　　梅子老师，我该怎么办呢？

您的小读者

宝贝，真好，有人喜欢你。

我们每个人都有喜欢他人的权利。这个男孩子喜欢你，不是他的错，你的身上一定有着光亮吸引了他。就像我们有时看到一朵灼灼开放着的花朵，忍不住会发出一声欢呼，好漂亮的花啊！继而产生去嗅闻的冲动。美的事物，总能激发我们心中的柔软和深情。你是美好的。

看你的描述，这个男孩子似乎也不坏，成绩是数一数二的，跟你也相处得来，你曾和他说笑聊天，一起讨论题目。或许因为你们有着这样的"亲近"，他的爱的朦胧的情感发了芽。在他，也不定鼓起了多大的勇气，才对你说喜欢呢。

你的理智和清醒，多么珍贵。是的宝贝，对于现在的你们，更要把握好的是学习。因为你们的人生路才刚刚开始，你们恰如枝头柔嫩的新芽，一切有待日月风雨的历练。到时候了，一切将都水到渠成。你既然明确了自己的心意，又为何不能坦然，又为什么要故意躲着他，又为何要心神不宁？

宝贝，直面问题远比回避问题要好。我以为，最好的做法是，大大方方走到他跟前，面对他，直截了当地告诉他，谢谢你喜欢我，但很抱歉的是，我不喜欢你。倘若你能接受我不喜欢你这个事实，我们还可以做很好的朋友，一起说笑，一起讨论习题。倘若你不能接受，那我们连朋友也没得做了。我尊重你，也请你尊重我，请你不要再给我发无关的信息，不要再给我打无关的电话，不要影响我的生活我的学习，也请你不要因我而耽搁了你的学习。

　　我想，这个男孩子也是个聪明的孩子，你的话已说到这个份儿上，他没有理由再"纠缠"下去了吧。他虽然会有点小难过，但最终，会接受这样的事实。你们或许会回到从前，或许不会，那都好过你现在的"心神不宁"。

　　宝贝，喜欢一个人，是种很美好的情感，它本身没有错。你可以不喜欢，但尽可能地，不要去伤害。我希望，你在保护好自己的前提下，对他人多些理解、坦诚和宽容。

梅子老师

就像风摇动花朵

梅子老师：

您好！

我是您的忠实粉丝，但最近遇到了一些问题，让我困惑不已，希望老师可以给我一些参考意见。

我是一名初三学生，是转校生，成绩比较好，同学们不喜欢与我交流，我也不太喜欢与班里的同学接触，常常觉得很孤独。

但是兄弟班级有一位男生，我们常常上学放学顺路，偶尔在路上聊两句。我们成绩相仿，很有共同话题，对彼此也很感兴趣。不知道从什么时候起，每天放学可以和他一起回家，成了我每天最期待的事情。无数个夜晚，在我被学习压得喘不过气来的时候，他给了我喘息的机会，给了我一丝光明。

可是前一段时间，他总向我瞒一些事情，拿我开玩笑，拿我打趣，在我面前起哄，我很想知道他为什么这样做。一天放学，很严肃地问了他这件事情。当时可能态度比较强硬，话说得也不好听，最后不欢而散。快一个月了，我们几乎没碰过面，即使碰了面，也是形同陌路。我甚至觉得他对我有些敌意了。

造成这样的结果，我很难过，也很后悔，这样的结局不是我想要的。这段时间，我一直在反思。其实一开始他所做的并不是什么大事，可能对于他们男生来说，朋友之间开个玩笑，搞个恶作剧只是图个好玩，但我却看得很重，我觉得他是在玩弄我们朋友之间的感情。这件事情我不应该计较，更不应该去找他兴师问罪，这样我就失去他这个朋友了。但以前成绩不如我，但升入九年级以来，他成绩突飞猛进，我却直线下降。在他身上，我发现了很多我可以学习的地方，他情商智商很高，洞察力很强，很多问题一语道破。我很渴望他这个朋友。

其实有几次，我故意制造一些见面机会，我总以为他会给我道歉，那样我就可以原谅他，我们还是朋友。我自己不去找他道歉，原因有两点：其一，我碍于面子；其二，我不清楚自己到底有没有做错。但我怕如果我不道歉可能会永远失去他这个朋友了。

可能事情很无聊，但我的确对感情很谨慎很认真。每次不经意地撞见他，我都觉得怪怪的，一个月了，我依然自责犹豫着……可能我就是这么个人吧。

您的读者

宝贝，你好啊，冬天快过去了呢。

早起时，我听到一阵婉转的鸟鸣，那声音里，已含着翠。河边的柳枝萌芽了，上面爬满小虫子一般的芽苞苞。早开的结香，已在风中播着馨香。紧接着，冰层会融化，虫子会破土而出，草绿花红又将盛满一个世界。

你看，我们本以为无比漫长的冬天，它最终，也要翻过一页去，让位于春天。那些难耐的寒冷和孤寂，那些苍白和荒凉，以及恼人的西北风，将统统被时间的大手，擦拭得干干净净——这世上，就没有什么事是过不去的。

宝贝，你的这段小烦恼，也很快会过去的。

每个人的成长途中，都要历经一些孤独——那些触不到摸不着的情绪，如烟似雾。这个时候，当有人能够靠近你的孤独，你的心中，会升起一种很奇异的感觉，那是些说不清的情愫。就像风摇动花朵，花朵会因此发生悸动。

这本是很自然的事，只是年少的心，尚不能明白这样的事，于是乎，出现了他的"恶作剧"，你的"兴师问罪"。于是乎，有了"伤害"和"误解"，有了"困惑"和"难过"。

那怎么办呢？我以为，最好的解决办法：一是面对，二是丢开。

你问问自己的心，如果你真心想拥有什么，那就直接面对它。不兜弯子，不找借口，不假装，不故意，不过激，不冲动，有一说一，坦坦荡荡。你坦荡了，你获得的友谊，才会更加纯净。

如果你觉得面对不了，那就把它当作往事好了，埋在心底，或丢进风里，不要再为它自寻烦恼了。时间会带着你一路向前，你会升入高中，你会进入大学，你会走向社会，一路上的风景还有很多很多。那个时候，不晓得有多少和煦体贴的风，会吹软你的心呢。

梅子老师

第四辑
做自己的风水

我们每个人，都是自己的风水。

当一个人心里盛着愉悦和欢喜，

那么，在他的脸上，必然呈现出善的光芒。

用实际行动来证明

梅子老师：

　　您好！

　　我不知道您能不能看到这封私信。

　　我看了很多您的书，觉得您是一个值得信任的人，所以我想跟您说说我的生活，我不知道我该怎么办，好像周围的人都不是很尊重我的想法。

　　就是，我父母不会问我的意见，好像我还是一个小孩。但我明年就成年了。您能想象吗，我比他们都高，但在他们眼里就像一个刚刚学会走路的小孩子一样，他们不论什么事都要过问，说我太幼稚了，长不大。他们不会让我自己去经历风雨。我真的有些话想跟他们说，但他们永远不会认真去听。

　　我一股脑儿跟您说这么多，不知会不会打扰到您。

月亮弯弯

　　月亮，我想象了一下你的个头，该到一米七以上了吧，像棵挺拔的小白杨吧。真好。我提前祝贺一下你成年吧，青年，你好，欢迎你加入到我们成人的队伍中来。

你的父母一定极为疼你，疼得有点"事无巨细"了，这才让你有了窒息感。他们的出发点本没有错，是想竭尽全力护你周全，想让你免受外界丁点伤害。当你努力要挣脱他们相搀的手，他们其实是恐惧的，害怕一放手了，你就摔跟头了。也害怕，会"失去"你，——孩子长大了，就像鸟儿长大了一样，是要飞走的，做父母的，会产生深深的失落感。所以，你不要过分埋怨他们，而是要多些理解。

他们有个功课要做，就是学会对孩子慢慢放手。这个功课能不能顺利进行，很大程度上，取决于你。你要积极引导他们放手呢。

是，他们现在不会听你解释，他们总是习惯地以为你还小，总是习惯地说你幼稚，说你长不大。那你可不可以用实际行动来证明你长大了呢，能不能偷偷地独立完成一些事，让他们大吃一惊，啊，原来他们的小孩，真的长大了。

我有个提议，现在不是正放着暑假吗，想来你也有些空余的时间，那匀点时间出来，适当地学做些家务活吧，学着做做饭吧。当你的父母下班回家，看到饭桌上已做好的饭菜，他们是感到欣慰的吧。

另外，你可以培养一两个属于你的兴趣爱好，专注地做，慢慢地放出光彩来，让自己显得有担当。还要培养良好的习惯，早睡早起，自律，积极向上，阳光开朗，在一些事情上，有自己的主见，到时候，怕是你的父母每每做事，都要来向你讨意见呢，哪里还会说你幼稚呢。

梅子老师

天上不会掉馅饼

梅子老师：

　　您好！

　　我见过您的，在上海的书展上。您当然不记得我，因为那时您在台上，我在台下，我们隔着好些人头呢。

　　我给您手书了一封信。觉得还是手书的信有温度，也更能把我要倾吐的话，倾吐出来。因不晓得您准确的收信地址，就只能扫成图片随这封电子邮件发您了，您可以点击图片放大了看。以后若有机会再见到您，我会亲自把这封信交给您。我练过钢笔字，貌似字还挺好看的，博梅子老师一笑。

　　我的经历都写在信纸上了，想听听梅子老师的建议。

　　祝梅子老师永远文丰笔健！

您的读者：苗宇

苗宇，你好。我看到你手书的信了，字真的挺好看的，飘逸洒脱。

想你，该是个帅气的小伙子吧？阳光，明朗，一身朝气。我希望是这样。年轻人就该有年轻人的样子，不要让暮色，及早地爬上脸庞。

大学毕业，别的同学忙于考研，你没有。你说你对考研提不起一点兴趣，除了再多浪费两年时光，换得一张研究生文凭，别无用处。世界多大啊，你想去走走。你亦想早点进入工作模式，一年赚上个百八十万的，想去哪就去哪，想怎么潇洒就怎么潇洒。彼时的世界，在你的眼里，处处流淌着黄金，似乎你只需一弯腰，就能捡个满怀。

你拒绝回家乡。你对家乡的那个小城，很是不屑，它古板，小富即安，不思进取，这都不对你年轻的胃口。你想靠自己打拼，闯出一片天下，干出一番事业来。你首选是北京。大都会，镂金雕银，好多人的梦想，都是在那里开花的。你当然也想。

你与多人合挤在一间租住房内，上下床。饿了吃泡面。最拮据的时候，你啃过冷馒头。你投了几百份简历，面试电话断断续续来。但你很挑，因为那些工作都不是你想象中的高大上。最后，无奈何，你只得去了一家文化公司。

待遇仍是不高，一个月只有三千多一点，扣除掉交房租的钱，扣除掉吃饭和交通费用，所剩无几。且这份工作，没日没夜地做，还落不到好，常被主管批得体无完肤。你忍，才知社会不是你梦想中的那么步步生花。

这份工作持续了半年，你觉得无趣。整天追在作者后面要稿，挖空心思写文案，这很不对你的路子。也有违你当初的雄心壮志了。你辞了职，从北京跑去上海，你认为上海的机遇应该更多。

在上海，你重复着北京的求职经历。一张普通的本科文凭，对付厚重的现实，实在轻如鸿毛。你想进一些好的企业和公司去，难。也只能退而求其次，最后，你谋得一份一家医药公司网络编辑的工作。工资待遇也还是差强你意，光应付房租和吃饭，你的囊中，已变得很羞涩。你在那里待了八个月后，又转身走人。

这一回，你跑到广州去。在广州一晃一个多月，用光身上所有积蓄，你还不曾找到合适工作。你靠父母支援，硬撑着。父母这时对你发话了，让你回家考公务员。他们对你的愿望是，赶紧找份稳定工作，让自己安顿下来。你不愿回去，你说，考上公务员，一生也就望到底了，没有任何挑战性。

你与父母的矛盾，就此产生。父母恨你不听话，你烦恼着他们不理解你。你说你的命运你想自己做主，你想过自己想要的日子。我听出这话里，你的底气已明显不足了。刚出校门时的雄心壮志，已被现实的犀利，分割得七零八落。你有些犹疑，不知该往哪里走。你说想听听我的意见。

苗宇，我说了你不要不高兴呀，你让我想到一个词，年轻气盛。还有一个词，好高骛远。年轻人身上的特质——敢闯，这是令人欣慰的。趁着年轻，多走一些地方，多些经历和阅历，是值得赞许的。但人不能永远漂泊在路上，我们最终寻找的，还是一个安身立命所在。我很想问问，亲爱的孩子，你准备拿什么来安身立命呢？你想要的日子，又是什么样的？——你怕是回答不了。因为，你根本不知道答案是什么。你对自己缺少明晰的认识。

这世上，收获与付出，是对等的。你想收获到什么，必须首先弄清楚，你能给社会提供什么。有多大的能耐，做多大的事，天上不会掉馅饼，地上也没有铺满黄金。要想在这个社会上有个立足之地，你必须拥有一定的资本。这个资本，包括情商、智商和相当的才华。在不断行走的过程中，你要不断储备才是。一定要明确自己想要什么，擅长做什么，而不是东一榔头西一棒子，全由着自己的性子来。到头来，虽说你也走过很多地方，阅过很多风景，然那些地方还是别人的地方，那些风景还是别人的风景，你连一根羽毛也不曾留下。你说，这样的漂泊与闯荡，有意义吗？

苗宇，我以为，你目下要解决的，第一件顶顶要紧的事，就是找到养活自己的办法。这很重要。一个四肢健全的年轻人，连自己都养不活（还要靠父母接济），就遑论其他了。你要试着让自己的眼光降低一些，落到现实的土壤中来，看清自己到底有多大才能，然后找到适合自己的位置，并一心一意待它，努力在这个位置上，把你的潜能发挥到最大。这样，你或许能走出一条宽阔大道来。北京、上海和广州已经告诉你了，生活绝不是绣在绸缎上的花朵，它是遍布沙砾与荆棘的。

你还须努力地充实自己。无论你做什么工作，回家考公务员也好，继续漂泊也罢，你都不要忘了读书。读书会让你站得更高，看得更远，会及时补充你的贫瘠和不足，让一些改变命运的机遇，不期而至。

你还要努力做一个有意思的人。有一项或几项兴趣爱好，比方说，喜欢打球、游泳，或徒步行走。比方说，喜欢音乐或书法。一个人有着自己的兴趣爱好，这个人才不会让人觉得乏味，也才能保持精神焕发，内心充盈。他会因此赢得好人缘，为他的事业，插上飞翔的翅膀。

梅子老师

你若是珍宝，必有光芒

梅子老师：

您好！

我读的是一所211大学，当年是以我们县中第一名考上的。如今我毕业已三年了，曾经的理想抱负，却一日一日，被现实消磨殆尽。

我在一机关工作，有编制的那种。我以为凭着一腔热血和学到的知识，可以报效社会，大展宏图。可事实上，全然不是这样。这是个关系网密集的社会，是个要靠后台才能提升的社会，是个吹牛拍马成家常便饭的社会，根本没有公平可言。我幼稚，我天真，处处得罪人，受打压，受排挤，谁也不把我这个小年青放眼里，连个小小办事员，也能随便吩咐我做事。我勒个去了，我曾经也是个高才生哎，凭什么处处受人挤压，干着最重的活，拿着最少的钱？

不好意思梅子老师，让您听这些。我这也是在心里憋得慌，跟您一吐为快。

想起当年刚考上大学时，县中校长都亲自到我家去祝贺了，左右邻舍没一个不羡慕的，那时的辉煌，恍若做梦。很伤感呢。

祝梅子老师永远年轻美丽。

晴日里的小猪

晴日里的小猪，你好啊。

看到你的这个昵称，我想起一幅漫画来。画面上，一只可爱的小猪，抱着一棵大树，奋力往上爬着、爬着。树顶上，挂着一个明晃晃的大太阳，小猪是要去摘那个太阳的。旁白：踮起脚尖，就更靠近阳光。

我真心喜欢这只小猪。它活泼，性格开朗，不气馁，很努力，目标明确。

你也是这样的一只"小猪"吗？——显然你不是。你不快乐，牢骚满腹，工作才三年，似乎已把社会和现实看透。你认为这世上处处都写着"不公"二字，使你怀才不遇。你万分委屈地说，我曾经也是个高才生哎，凭什么处处受人挤压，干着最重的活，拿着最少的钱。

亲爱的小猪，你牢骚的重心，其实在一个字上，那个字，叫"利"。你只字没提你做的是什么工作，做得怎么样。你眼光盯着的，是你得到了什么。当现实与你的想象产生落差时，你心理就严重不平衡了，你觉得是社会负了你。你念念于你昔日的辉煌，而那个辉煌，你认为完全可以用来和现实作交换，换得相应的报酬和尊重。

可是，小猪，你有没有想过，昔日再多的辉煌，也只能属于昔日。再说，高才生与高能力，这是两码事。现在不少的大学毕业生，都是眼高手低，高分低能的。他们总要经过一段时期，才能真正适应自己的新角色。

　　不要恼火，不要一蹦三尺高，急着要反驳我。小猪，咱坐下来，冷静地好好想想，是不是你自身也有不足呢？你工作不过才三年，搁在过去，你尚未"满师"，还属于学徒，你怎么就可以把自己当"元老"了，想要瓜分社会积攒了几十年甚至上百年的"利"呢？说真的，假若我是你的主管，怕是对你这样的员工，也欢喜不起来。因为，你浮躁得很，太过于急功近利。

　　好多干出一番事业的人，都是从最基层锻炼起的。刘邦还卖过草鞋呢。所以小猪，收起你的抱怨和愤懑吧，踏踏实实，从"小学生"做起，一步一步，夯实基础。这也是为了将来，你能到更大的空间里去施展。你要相信，你有多大才能，就将有多大的舞台。

　　如果你还是不能释怀，对现在手头的工作觉得厌倦和不满，待在现在的地方觉得憋屈，那么，好，你可以拔腿走人。常言道，树挪死，人挪活。趁着年轻，多些闯荡，多些历练，也是好事。说不定闯着闯着，就闯荡出一条金光大道来呢。

　　不过请切记，千万不要频繁跳槽。一个没有定性，若浮萍般生不了根的人，是注定做不了大事的，也注定难以取得别人的信任。小猪，不要只盯着人家能给予你什么，而是首先要问问，你能给人家贡献什么。不管你今后从事什么工作，你一定要打心眼里热爱它，认认真真地待它。公平不是别人给予的，而是你自己。等你做出成绩了，该你得到的"好处"，自然而然就来了。你若是珍宝，必有光芒。

梅子老师

追星的意义

丁老师:

您好!

我是一名即将进入高一的学生,是您的忠实读者,也是一名追星女孩。

这段日子,许多明星接连"翻车",丑闻不断,引发了我对追星的深度思考。我发现,其实明星有时并不是我们所想的那样光鲜亮丽,背后有强大的经纪公司来替他运作,从而可能引发粉丝,尤其是未成年人的不理智追星(如集资应援、不顾师长劝阻去见面、私生围堵机场酒店等),严重破坏社会秩序,造成悲剧。

我的一个朋友表示她对娱乐圈很是愤愤不平,她说,那些伟大的科学家、政治家等才是推动人类向前的重要力量,我们为什么不去追他们,反而让明星的资产比他们高得多?

我关注了《人民日报》,《人民日报》称中央正在大力整治饭圈乱象。我感到对"追星"这个词的定位不大清晰,所以我想听您谈谈您对追星的理解。追星的意义是什么?它对青少年乃至社会的意义和作用又是什么?该如何正确地追星?望您解答,真诚地感谢您!

您的读者

宝贝，你好。

首先祝贺一下你，即将开启人生新的一页，书写新的篇章。愿你写下的每一笔，都是明亮的，灿烂的。

真好，你有了独立思考的能力，已能明辨是非。人的伟大之处，就在于人能够思想，有了这种能力的加持，你的人生之路，定会越走越广阔的。

每个人的生命中，或多或少，都曾被一些"星星"照亮过，他们或带来心灵的觉醒和感动；或唤起对美的沉思和追求；或激发起生活的信心和勇气。如果能从他们身上汲取到这些正能量，衍化成自己行动的动力，那么，这样的追星，就有着相当大的意义。

文坛上，曾发生一起追星事件，被人津津乐道了千百年。当年，小李白11岁的杜甫，一见李白就迷上了，成了李白绝对的铁杆迷弟。闻一多曾如此形容杜甫见李白的场景：

> 四千年的历史里，除了孔子见老子，没有比这两人的会面，更重大，更神圣，更可纪念的。我们再逼紧我们的想象，譬如说，青天里太阳和月亮碰了头，那么，尘世上不知要焚起多少香案，不知有多少人要望天遥拜，说是皇天的祥瑞。

他们一个是太阳，一个是月亮，美好与美好碰撞到一起，璀璨了整个天空。再看看杜甫，到底着迷于李白身上的什么呢，"白也诗无敌，飘然思不群""笔落惊风雨，诗成泣鬼神""痛饮狂歌空度日，飞扬跋扈为谁雄""冠盖满京华，斯人独憔悴"……他着迷的，原来是李白潇洒的真性情和汪洋恣肆的才华。他以他为榜样，最终成了一代诗圣。

现代人，尤其是少年人，又追的是什么星呢？他们追的是一些人外表的光鲜。那层用装饰品装饰起来的光鲜，经得起多少时间的验证呢？一朝啪啪啪掉落了外面的包装，内里的丑陋，便一览无余。花费了那么多的时间和精力，甚至金钱，去追的一个星，到头来，追了一场空虚和寂寞，是不是很冤枉很讽刺？

追星，还是多注重一下星们的学识素养和精神素养才好，我们追的应该是真才实学，而不是一个花架子，且要理性地去追。倘若一味盲目，又是机场围堵，又是宾馆拦截的，沦陷其中，迷失了自己，那样的追星，有百害而无一利。有一个追星的孩子就很好，她告诉我，她追一个叫胡歌的明星，凡他参演的电影电视，她都一遍一遍看。她说，她从他身上看到智慧的力量，看到善良的光芒，看到坚韧和努力。她说她要向他学习，努力多读书，做一个有智慧和善良的人。

这就对了。我们追星，原是为了成为更好的自己。

梅子老师

做自己的风水

梅子老师：

你好！

我是个 29 岁的单亲妈妈。

我 29 岁的人生里，充满幼稚、虚假、欺骗和疼痛，我眼睛盲，心也盲，一头扎进这个叫生活的大容器里，自然被碾轧得只剩碎渣渣。生活留给我的，除了 3 岁的女儿，就是满身的伤痕。我带着女儿，回到父母家。

父母怕我伤心，从不当我的面叹息，但我听到他们的叹息，看到他们为我愁白的发。女儿懂事得让我心疼，我哭，她用小手替我擦泪，把她的饼干全捧给我，说，妈妈，不疼，吃了饼干就不疼了。

为了女儿和父母，我决心振作起来，又一个人外出打拼，想赚足够多的钱，给他们一个美好的未来。

然而，生活似乎总跟我作对，幸福总也不肯来敲我的门，我付出十分努力，有时却得不到一分收获。明明我已做得很好了，主管却来批评我。还不是看我无权无势无任何背景，又是单身一人好欺负？同事们没一个帮我说话，他们是巴不得看我笑话的吧。晚上回家，我还得强打精神强装笑脸，和女儿视频。每每看到女儿那张稚嫩的小脸，听到她稚嫩的声音叫妈妈，我都心如刀割，觉得对不起她。我真是好失败，没有一天如意过，让女儿跟着我受苦。

老天怎么会这么不公平？为什么对别人好，却不把它的温暖洒一点点给我？我越来越讨厌我身边的那些人，是的，他们年轻，他们有的是资本，鲜衣怒马神采飞扬。面对他们，是件十分痛苦的事。他们的笑声刺耳，他们的说话声刺耳，他们的举止行为刺眼，我越来越不想看见他们，恨不得他们全部消失。

梅子老师，我知道这种心理很可怕，可一日一日地，我陷在其中，无力自拔。它让我食不知味，夜不能寐。我觉得自己快坚持不下去了。

木芙蓉

芙蓉你好。

知道吗，在见到你昵称的那一刹那，我特别想对你念一首诗，是宋代词人吕本中的：

> 小池南畔木芙蓉，雨后霜前着意红。
>
> 犹胜无言旧桃李，一生开落任东风。

木芙蓉长在池畔，秋来，雨一场，霜一场，别的花都已凋零殆尽，它却越开越绚烂。寥落而清寒的深秋，因了它，有了明亮和明媚。

我的小区旁长着这么一大丛。初秋的天，它开始慢慢地打苞，累累的，子嗣众多。然后，一朵一朵，缓缓开，嫣红的，如浮霞一般。路过它，我总要一边欢喜，一边生出些敬意，它是怎么抵御住春的繁华烂漫，夏的喧哗闹腾，而一路走到秋的？且在秋的寂静与衰落里，捧出一捧的鲜艳色。我想，内心的坚韧，比什么都重要。

亲爱的芙蓉，人生难免会有些曲折，天灾，人祸，疾病，遇人不淑，等等。哪一样，都足以打破我们原有的平静，让我们不得不承担一些痛苦和眼泪。可人的一生，又恰恰因这些曲折和挫折，才得到磨炼。抚着往昔的伤疤，我们才知避让前路上有可能再绊倒自己的石头，也才知道寻常的拥有，多么叫我们感激。

你跌倒过，而且这一跤，似乎摔得不轻，29 岁之前的经历让你成了一个单亲妈妈。你再次阔别家乡，离开父母和孩子，一个人外出打拼。最初的愿望，是朝着美好的方向奔的，你只想努力攒钱，把孩子好好培养成人，让父母少操些心。但事与愿违，你想拥有的幸福，并没有来敲你的门，你日日生活在不如意中。而你身边的那些人，却个个鲜衣怒马，神采飞扬，你心理失衡了，你忌恨他们，凭什么呢，他们就能那么快乐，而你的人生，却要苍白地继续？你在这样的忌恨中，一日一日扭曲着自己的心灵。

哎，亲爱的，这真是自己喝汤，就见不得别人吃肉呢。有点好笑的是不？你且收起脸上的怨气，把目光放平和一些，再平和一些。然后，你冷静地想一想，你究竟想要什么。是继续纠缠于过去的失败中，与自己为敌，使自己不痛快呢，还是选择与自己和解？结局已经是这样了（你不接受也没办法），再坏也坏不到哪儿去。那么，你何不放宽心，让自己愉悦，好好地过好每一天？当你纠结于嫉妒与恨之中时，你的现状，并没有因此改变一点点，反而使自己活得更加痛苦，更加不甘。这样无休止的恶性循环，最终只能使你变得越来越糟糕，越来越面目全非。

倘若你换一种活法呢，能为他人的幸福而高兴，并努力向着这样的幸福奔，结果又会怎样呢？与阳光待在一起，不管怎么说，身上总会落下一点两点的阳光。当身上的阳光越积越多时，你也会变成一个幸福的人了。

佛家讲风水之说，说一个人身边的风水好了，这个人便会顺顺利利。我以为，风水不在他处，恰恰在我们自身。我们每个人，都是自己的风水。当一个人心里盛着愉悦和欢喜，那么，在他的脸上，必然呈现出善的光芒。他做事，便会越做越顺；反之，一个人整天处在悒郁忌恨之中，呈现在他脸上的，必然是灰暗阴霾。这样的人，谁愿意与之为伍与之亲近呢？他又如何能把事情做好？一个和善快乐的人，感染的不仅仅是他自己，还有周围的人。周围的人，又会用他们的和善快乐来回赠他。这样的人，自会有幸福去敲他的门。

所以芙蓉，放下你的嫉妒和恨吧。因为你的处境，不是旁人造成的，而是你自己。过分地忌恨别人，只能使你的内心，背离幸福越来越远，到最后，损伤的是你自己的"风水"。你的孩子有你这样的妈妈，她又怎么能健康成长？你的父母有你这样的女儿，他们又怎么能够安度晚年？

为了他们的幸福，芙蓉，你也要试着和自己好好相处，让自己的内心，多一点柔软，多一点快乐，多一点爱意。你也要学着让自己漂亮起来，每天化个淡妆，穿件漂亮的衣裳。有闲钱的时候，不妨买几盆植物回去，看它们一点一点地长叶，开花，让生命的欢实，充盈你的内心。还有，多看点书，书会打开你的人生格局。努力做好手头的事，并找出自己的兴趣点。如果你喜欢画画，不妨每天画两笔。也可从头来学，学烹饪学裁剪学插花，学什么都可以，只要让自己活得充实就行，每一天都不虚度。这样走下去，你哪里还有精力去忌恨别人？到时候，你已是一朵真正的芙蓉花，艳艳地照亮别人的眼，别人怕是羡慕你还来不及呢。

梅子老师

揣着一颗认真的心

老师：

你好！

我现在是一名高三学生，马上高考了，我有点紧张。

我平时学习还行，但这次期末考试没考好。我现在都月经不调了。我有个爱好，就是喜欢看小说。我妈说过我好多次，但我就是改不掉，我觉得还有这四个月我应该可以控制自己不玩手机的。但我怕未来四个月艰苦的生活。开了学就是一模了，然后二模，三模，就高考了。我挺紧张的，怕考不好，怕这三年的苦白吃了。

老师，我觉得好烦啊。我妈一直拿我和别人比，一直说说说。我都快被她逼疯了。我真的不想睬她，快被她烦死了。

你的读者

宝贝，你好。

祝贺你哦，就要告别你的中学生活了。你亮丽的人生，从此，要掀开新的一页了，有更广阔的天地，在前头等着你。

从小学到中学，你也算是久经沙场的"老兵"了，偶尔一两次考试没考好，真的不算啥。海浪还有起起伏伏呢，何况我们的人生？你要做的，不是追悔和懊恼，而是面对现状，怎样做好调整。

你也知道自己爱看小说，爱玩手机，这都是顶顶浪费时间的事。小说当然可以看，但毕竟是高三了，时间紧，我不建议你花大量时间去看。等你上了大学，有的是时间去读小说。手机上的诱惑太多，你埋头刷啊刷，根本不会觉察到时间的飞速流逝，一低头，半天就溜走了；再一低头，一天就溜走了。这个时间里，你能做多少习题，背诵多少课文啊。宝贝，你如果还不能醒悟过来，我真的要替你可惜呢。

四个月的苦你都受不了，我都不晓得你怎么面对你以后的生活了。要吃到盘中餐，得有禾下土。你想得到，必须先付出。没有付出是不辛苦的。与其恐慌未来，莫如现在用功。无论你如何害怕如何不愿意面对，高考的日子就摆在那里，不增不减。我以为，揣着一颗认真的心，笑着走向它，会更好。

天下的妈妈少有不烦人的，这是妈妈们的通病——孩子似乎都是别人家的好。既然知道这是妈妈们的通病，咱就不要计较妈妈的啰唆了。告诉她，她的孩子，也在努力成为称职的好孩子，希望她也努力做一个称职的好妈妈。

梅子老师

守护梦想

梅子老师：

　　我是偶然在图书馆看见了您的《等待绽放》而喜欢上您的作品的。您的书看时很轻松，给人讲一些教益。您的书我很喜欢，我无法做出好的评论。希望您多出书，给我们这些迷茫的人一个指路明灯。

　　我一直以来都有一个写书梦想，可家里人不断地打击我，说我一定实现不了。我知道我文采不好，所以不断地练习，可结果写出来的还是如同流水账。我有时真的想放弃，因为我真的坚持不下去了，我已经没了自信，更不知道如何找到自信。

　　自从没了自信心，我的成绩就下滑得很厉害，我觉得自己已经失败了，所以上课时总是一副吊儿郎当的样子，爱听不听的。我很想学好，但我不知道该怎样学好。

　　我爸爸一有不开心的事就拿我撒气，晚上我做作业时，他在那里玩手机，手机声开得老大了。我跟他说，他就回我一句我不要你管。每次我看到别人家的孩子有家人陪，有家人疼时我老羡慕了。虽说我妈也疼我，但她一年回来的天数就十来天，每一次回来他俩都要吵架，时不时就说离婚。我劝他们，他们不听。我真的不知道该怎么办了，所以只能发信息给您了。我想征求您的宝贵建议。

樱桃少女

宝贝，我给你讲一个故事吧。

有这么一只小青蛙，和一家人，一起住在一口枯井里。他们每天重复做的事只有一件，那件事是，捕捉虫子。岁月就这么一天一天流淌着，无波无澜，不惊不扰。

一天，小青蛙对着枯井上面的天空，痴痴看了一会儿，突然告诉家里人，它有个梦想，想做个探险家。

外面的世界里，一定藏有很多宝贝，我要找到它们带回家，小青蛙响亮地说。

家里人都当小青蛙是说胡话，它们嘲笑着它的不切实际，说，你真是不自量力呢，还要做什么探险家，你当心险没探到，就被外面的世界给活剥生吞了。

哎呀呀，你还是别做梦了，练习捉虫子的本领要紧，它的爸妈对它说。

小青蛙不听，它积蓄着力量，一路朝着它的梦想奔去。它跳出了枯井，到了外面的世界。外面的世界真广阔啊，小青蛙惊讶坏了，他蹦蹦跳跳一路走，一路看，它走过了旷野，渡过了河流，穿过了森林，遇到了花海。每一天，它都活在从未有过的期待和快乐中。

一年后，它返回家。

家里人见它两手空空，一齐笑开了，哦，你没做成探险家呀。

小青蛙没有辩解，他双眼熠熠地跟家里人谈起路上的见闻，听得家里人眼睛都直了。那些它们从没见过的风光，都在小青蛙的脑海里装着呢。

后来，小青蛙不时被些别的青蛙请去，讲外面世界的事情，它成了个演讲家。

宝贝，听完这个故事，你有没有想到一些什么？倘若你有梦想，那么，你就有责任守护好它，那是属于你的，风吹不走，雨打不掉，哪能因家里人的不支持，就自个儿丧失信念？知道吗宝贝，有时，梦想不是用来实现的，而是用来作支撑的。人生因有了梦想，才变得不苍白，才有了期盼，才有了走下去的勇气和力量。最后梦想能实现了当然好，倘若不能实现也没关系。因为，在追逐梦想的路上，你的收获，已远远超过了梦想本身。

好了，宝贝，现在，你准备好了吗，咱们要开始逐梦了。就从一堂课开始，咱集中精力，认真听讲，争取把课堂效率最大化。课余时间，咱多读些书，勤做笔记。另外，找个合适的机会，跟爸妈好好谈谈，谈谈你的困惑，和他们对你的影响，并用实际行动向他们表明，你的勤奋和懂事。你会成为父母的榜样呢，他们或许会因你而改变。

　　宝贝，命运从不薄待勤奋的人。你的自信，应该来自你的勤奋，而不是别的。

梅子老师

理想必须有所附丽

梅子老师：

我很喜欢你的书。

我有个烦恼，想问问你，希望你能帮我解决。

我这个人很喜欢唱歌，从我知道"理想"这个词以来，我的理想就是当一名歌手。

可是我的家人一直都不支持我。

我该怎么办？

为此也和父母经常吵架。他们把我的人生都规划好了，我不想让他们来安排我的人生。

浅念

宝贝，我们每个人的一生，都要经历很多个阶段，从童年，到少年，到青年，到中年，到老年。每一个阶段，都有着各自的梦想。

就拿我来说吧，很小很小的时候，我曾做过裁缝梦。那是因为我们村里有个刘裁缝，她整天闷在屋子里替人做衣服，不用下地干活。她能把一块不起眼的布料，变成漂亮的衣裳，这在那时的我的眼里，简直太神奇了，我要成为她那样的人。

待我再长大一些，识字了，我喜欢上看书。却因家贫，买不起书，我便萌生出新的理想——要做一个摆书摊的人。我们老街上有个摆书摊的男人，他把他的书摊摆在一棵老槐树下，我每回到老街上去，都直奔他而去。看到槐树底下那些花花绿绿的小人书，好似一个宝藏在发光，我就羡慕得不得了。我要成为那个男人，像他一样，拥有一个"宝藏"，做世界上最幸福的人。

后来，我又迷上了画画，我崇拜揣着画笔四处寻找美景的人，我抱定此生非做个画家不可。我对着墙上的画描摹，我对着门口的树啊花的描摹，我对着家里的鸡鸭猪羊描摹，简直成痴。

当然这些理想，最终我都没能实现，我走上了写作的路。但我却非常感谢曾经的这些梦想，是它们伴着我成长，给我的童年和少年时光，抹上了一道道绚丽的光芒。

宝贝，人的发展有着多种可能性，你现在的理想，未必就是你将来所执着的东西——我说这话并不是要你放弃理想，相反，是要你怀着赤诚的心去热爱着。人只有在热爱中，才会燃起生活的热情，才会让日子饱满而又充满欢喜，才会更接近幸福。

但热爱一桩事情，不是要你不管不顾，恨不得把身家性命全搭进去。不管什么样的理想，都要有所附丽有所支撑才行，否则，它只能是空想、妄想。
宝贝，如果你现在还是个中学生，我倒是建议你，不妨先立足于学习，建立
起一个完整的学习体系，念完高中，念完大学，好储备足够多的知识和才能。
同时，你的心智跟着日趋成熟，这是当今这个社会生存所必需的。在此基础上，
再去实施你的理想。也许，在追梦的过程中，你又会喜欢上别的什么，理想
因此而改变，那也是说不准的事。但你曾经拥有的这个理想，一定会在你的
生命里，留下不可磨灭的光和亮。

梅子老师

成为一棵树

梅子老师：

您好！

我是一名高职的学生，明年这个时候毕业。

读了很久您的书，您是像一个树洞，又像一个太阳一样的存在，一直带给我光亮。可有些事情我和爸爸妈妈说不明白，只好让您来帮我解决烦恼了。

我亲爱的老师，是这样的，我恋爱了。他是一名高三的学生，比我小那么一岁。在一年多的相处下我对他已经有些依赖，我很喜欢他，他也是，我们都在努力。但是这一年的相处也让他对我有了彻底的了解，我的小脾气，我的任性，无一不暴露出来了。我很烦恼，分手是我提的，之前也提过很多次。我知道您可能觉得我对感情不认真。不是这样的，相反，我很认真，但总是找不到最好的表达方式。分手是我提的，他同意了。我以为他还是和以前一样，会纠缠着离不开，没想到，被分手的是我了。

老师，我真的不知道该怎么办了。他说我要努力，也要改改自己的缺点，不可以总那么任性，他现在不会相信我了。可能迫于学习压力，他也不想谈恋爱了。老师，我理解他，并且，我也不想逼他，可我这心里却怎么也放不下，好像整个世界没了光亮。以前，我们把未来的路都铺得很明确。我毕业去他读大学的那个城市工作。但是现在那个方向变得越来越模糊了，我慌了。

老师，我该怎么办？我想等他，等他毕业再看看缘分，可是我心里总悬着，怕他喜欢上别人，怕他等不了我。

您忠实的读者

亲爱的好姑娘，你好啊。

看了你的故事，让我想起一首古老的歌谣，歌谣是这么唱的：

> 彼狡童兮，不与我言兮。维子之故，使我不能餐兮。
> 彼狡童兮，不与我食兮。维子之故，使我不能息兮。

诗里的姑娘，像不像你？两个人在一起时，她爱耍耍小性子，爱玩玩小考验，爱发发小脾气，直到他厌倦了，真的撒开手了，再不与她说话了，再不跟她一起吃饭了，她却又难过得很，不能餐不能息的，哀叹连连。

看来，千百年来的女孩子，都犯着同样的一种病呢，这种病叫公主病。心是善良的、脆弱的、柔软的、稚嫩的，渴望着被人捧着被人哄着，只是现实生活中，少有耐心的王子出现。生活是繁乱的，要应付的事实在太多，我们的恋爱，以及将来的婚姻，应该给繁乱的生活带来茵茵的芳草、幽香的花朵、可口的美食，给疲倦的身心带来愉悦、甜蜜和安慰，而不是更添风雨。

好姑娘，你现在要做的，不是难过，不是患得患失，而是好好地面对自己。

你还在完成学业中，他更加是。高三是整个中学阶段最为紧张的时期，这个时候他若分心，势必给他一生造成很大的影响。倘若你真的喜欢他，应该让他专心于学习，以旺盛的精力，迎接高考才是。你呢，也要趁着现在，趁着还在学校里，多读些书，学点技能，用知识把自己武装起来。即便将来两个人没有可能再发展下去了，你也不至于太过慌张。因为，你无须依附于任何人，可以凭自己光彩照人地活着，且因这样的光彩，吸引到真正喜欢你的那个人。

我很喜欢舒婷写的《致橡树》中的一句话："我必须是你近旁的一株木棉，作为树的形象和你站在一起。"我把它送给你。真正美好的爱情，应该是这个样子的：你若以树的形象站立着，那么，我也努力成为一棵树。

还有，请你记住，人与人相处，哪怕关系再亲密，也一定要给对方留点空间，好正常呼吸。

梅子老师

星星再亮，也在天上

梅子老师：

您好！

我想问您一个问题，追星对吗？

我喜欢一个明星，他很正能量，很善良，也很努力。我不知道自己这样做对不对？我甚至从没向别人说过这件事，因为我觉得追星的人都不理智，而且追星就是无尽的单恋，得不到任何回应。但这也带给我很多好处，因为他很优秀，所以我也要像他一样优秀，但我怕因追他而浪费我的精力。

我不知道怎么办。期待梅子老师的回信！

一位十四岁的少年

宝贝，你好。

首先羡慕一下你的少年时代，明星辈出，信息丰富。

我的少年时代，生活简单，电影电视那都是逢年过节才能看上一场两场的。

那时流行过一阵电影明星的贴画，我买来，贴在作业本上。也仅仅是把他们当作美好的事物欣赏着，就像欣赏一朵花一棵树一样，从没因此而迷恋过。他们的生活与我相隔遥遥，我有我的生活和人生。

然你的"追星"显然与我的不同了，你不仅仅是欣赏、喜欢，而且是迷恋和沦陷了，你把你有限的精力，用在这件事上了——如果真的是这样，宝贝，我是不能对你投支持票的。这种追星行为，是一种相当盲目且愚蠢的行为。

星星再亮，也在天上，它落不到地上来。正如你所说，你的这场追星，"就是无尽的单恋"。你把金子般的光阴和好年华，浪费在一件虚幻的事情上，你说你冤不冤？

当星星照亮你的时候，你感觉到了温暖和明亮，你有了喜悦和喜欢，甚至，是热爱，是感激，这都正常。你要做的，不是踮起脚尖，拼命伸手去够那颗遥不可及的星星，而是努力地把它身上传递出来的温暖和明亮，转化成你的温暖和明亮，不断修炼自己，争取也做一颗星星，在照亮自己的同时，照亮他人。

记住宝贝，最值得我们崇拜的明星，不是别人，而是每天都在变得更好的那个自己。

梅子老师

第五辑
人生的大自在

花朵不拒绝风的造访，
才使它的芳香传播四方。

不要放任那只叫恨的"小兽"

梅子老师，我是个大一的学生，我读过你很多的书，觉得你是个善良的人。今有一事，向你求助。

我本来觉得自己挺幸运的，有一个幸福的家，父亲母亲都很爱我。可最近，我无意中发现，父亲有了外遇。可怜我的母亲还蒙在鼓里。她是那种特别忠厚老实的女人，一心一意照顾着家庭。我不敢告诉她，我怕她知道了，会疯掉。

现在，我无心学习，无心做任何事情。我恨那个破坏我们家庭的女人。我更恨我的父亲，他怎么可以背叛我的母亲和我？可笑的是，我的父亲还以为我不知道，还在我面前扮演慈父的形象。今天他还打电话给我，要我注意不要在外面小摊上乱吃，怕我吃坏肚子。我听了，特恶心，却不敢表露出来。

梅子老师，我现在脑子很混乱，我不知道我该怎么办。我很想去找那个女人，警告她别再破坏别人的家庭了。我也很想让我的母亲知道，让她不要再那么傻那么辛苦了，把我爸服侍得跟老爷似的，让他体体面面出去约会别的女人。可我很害怕……

流泪的唐唐

唐唐，不哭，来，梅子老师抱抱你。

你且平静一下情绪。

一二十年的时光里，你的父亲、母亲和你，是相亲相爱的一家子。你母亲不消说，是爱你的。在你眼里，她是个忠厚老实的女人，一心为家。中国传统的母亲，都是这般模样。你父亲也是爱你的，这种爱的感情，你根本不用怀疑。从他叮嘱你不要在外面小摊上乱吃东西，就可以看出来，他是个感情非常细腻的男人，对你关怀备至。

现在问题出在你父亲身上，他有外遇了。然而这样的外遇，他是偷偷进行的，是不想让你母亲和你知道的。倘若不是你无意中发现，他会一直是个好父亲，你们的家庭，也会一直相亲相爱着。

这说明什么呢？说明你父亲爱的天平，还是有所倾斜的。我不想去诟病你的父亲，诟病他也没有意义。我也不想去诟病那个第三者。倘若你的父亲不乱了心，再有手段的女人，也难以靠近他。局面已成这样的局面，伤害已经造成，我只希望唐唐你，不要放任那只叫恨的"小兽"。因为人一旦恨起来，就会理智混乱，做出错误的判断，甚至会由此引发恶果。

毫无疑问，你是爱着和同情着你的母亲的。那么，你要做的，就是把伤害降到最低。你说你要去找那个第三者，这是毫无道理的。你凭什么去找人家？一个巴掌拍不响的。你若真去了，不定会闹出什么事来，到时候，满世界的沸沸扬扬。你想想，受伤害最大的会是谁？是你母亲！

唐唐，我前面已分析过了，你父亲对你是爱着的，这你不要否认。即便他出轨了，那爱，也没有减弱一点点。对你母亲，他应该多有抱歉和留恋。要不然，他不会把他的外遇给藏着掖着。既然有爱在，还有什么不可以原谅的？唐唐，你就给你父亲一个反省的机会，跟他挑明了这事，问问他的想法。当然，你要注意说话的方式，千万不要带着怨恨和责备。成人的世界，你不是太懂。成人的感情，也不是简单到可以用"对"或"错"来衡量的。他若选择回归家庭，你就当什么事也没有发生，他还是你的好父亲，还是你母亲的好丈夫，你跟母亲只字不提。这里虽有欺骗的成分在，但更多的是对母亲的保护。有时，善意的欺骗，也是一种爱。

倘若，你的父亲对他人真的动了感情，他坚定地要为他的爱情而活——我真不愿意是那样的。但倘若果真是那样的，唐唐，你也不要去恨。感情的事，都是一段一段的，每一段的热烈，都有它燃烧的理由，你要给予最大程度的理解。你母亲在这个事件中，是最无辜的，受伤害最大的。正如你所说，她知道真相后，会疯掉。你要慢慢把这件事告诉母亲，多多劝慰母亲，与其守着个不爱自己的人，还不如放手，让自己早点解脱，她再不用那么傻那么辛苦。不管如何，她还有你，你会永远站在她身边。这样，既解放了你父亲，也解放了你母亲。从此，他有了光明正大，她亦不再受蒙蔽。而他们两个，依然是你最亲的亲人。

梅子老师

人与人的相处，是有边界的

梅子老师：

　　您好！

　　我最近遇到一些事情。我上网课遇到了一个同学，他家境不好，遭遇也很悲哀，我就很同情他，鼓励他加油，让他奋进向上。

　　但是他呢，交女朋友了，那个女生一看就是不好好学习的，而且是他的前女友，以前在一起过。

　　我就跟他说现在是学习重要，等去到更好的平台眼界就不同了。我跟他说我周围的同学都特别上进，心中充满了理想。我也很讨厌那种女生，天天不好好学习，只知道打扮。

　　他不听，我很无奈，然后我就和他吵架了。虽然现在和好了，但我依然觉得心情不愉悦。您说我是不是多管闲事啊，我只会希望我的朋友都能有个好未来，况且我们现在的年纪也不适合做其他事情。

小葫芦

　　宝贝你好，首先给你点个大大的赞哦。小小年纪，这么理性，难得呢。是的，对你们而言，目前学习最重要，将来到了更好的平台上，见到的世界会更开阔，会遇到更多优秀的人。

对朋友赤诚是好事，关心帮助朋友是美德，但要注意分寸，不要越界。人与人的相处，是有边界的，这个边界虽是无形的，但不容侵犯。即便是父母与子女，也各有自己的私人"领域"，在各自的地盘上，做着各自的主人。过于越界，比方说，父母干涉子女的人生选择，子女干涉父母的生活，都会引起双方的不舒服。假设一下，别人跑到你的地盘上来当家做主，指手画脚，要你按照他的意愿行事，你乐意吗？尽管他出于好意，尽管他百分之百的赤诚。

所以，你对你的这个朋友只有建议权，却没有指挥权命令权，更不应上升到吵架的地步。且由此产生不愉快的心情，更是要不得——这都是越界了。如果他跟你一样，是个积极向上的孩子，他自然会慎重考虑你的建议，并为此做出努力。如果他执意要"一意孤行"，按照他的喜好去行事，那也没有错，因为那是他的事，你无权干涉，你只顺其自然跟他相处就是了。今后你若觉得你们两人的三观实在背道而驰得厉害，你大可以选择渐行渐远，不与之为伍。

对了宝贝，对你不喜欢的人和事，要有包容心。你不喜欢的，未必就是坏的。比方说那个爱打扮的女生。爱美之心人皆有之，她只是表现得过于爱美了，何错之有？她不爱学习，也不是原罪。我们不能这么来定义一个人，爱学习的就是好孩子，不爱学习的就是坏孩子。只要她的行为没有妨碍和危害他人，危害这个社会，她天天装扮，又有何不可？所谓"人各有志，出处异趣"，尊重他人的志向和趣味，也是优良品德的一种。

梅子老师

爱情是什么

梅子老师：

您好啊！

我是那个在深圳罗湖书城读者见面会上向您提问的女孩，当时我问您，什么是爱情？您沉吟片刻，回答我说，等爱情到来的时候，你就知道了。我便又追问道，爱情可以等来吗？您微笑了一下，说，每一个未诞生的爱情，都在奔来的路上。

我咀嚼着您的回答，并不很满意。当时提问的人多，我也就没再和您交流。我现在还是想问您这两个问题，什么是爱情？爱情可以等来吗？

我有一个群，里面有20来个志同道合的小姐妹。我们都没有男朋友。我们经常在群里吐槽各种渣男，警惕着打着爱情名义，对我们进行欺骗的男人们。我们也经常聚会，一起游玩。

然而，我怕回家，一回家我爸我妈就追在我后面问，什么时候有男朋友啊？夜晚睡不着的时候，也是有些寂寞和不甘的吧，这世上，有没有真正的爱情呢？如果有，它为什么没有降临到我的身上呢？哎，我今年都28了。

梅子老师，让您见笑了。您就当是一个傻姑娘的自言自语吧。您回信，或者不回信，我都很感激您。

您的读者

亲爱的，你好。

我记得那一天的情形，人群中一个女孩站起来，出乎意料地问了我这两个问题。我记得你年轻光洁的额头，和闪闪发光的眼睛。旁边的人都戴着眼镜，你没有。你的碎发染着淡淡的黄，一袭白裙子，宛如白荷绽放。年轻，多好！我当时在心里面叹。

爱情是什么呢？我现在认认真真想。是"执子之手，与子偕老"；是"既见君子，云胡不喜"；是"愿得一心人，白首不相离"；是"山无陵，江水为竭，冬雷震震，夏雨雪，天地合，乃敢与君绝"；是"在天愿作比翼鸟，在地愿为连理枝"；是"十年生死两茫茫，不思量，自难忘"；是"直叫人生死相许"；是"弱水三千，只取一瓢"；是一片云，偶然荡过一片湖心，留下一抹倩影，从此湖的心里全是他；是一丝风，拂过一朵花，从此此花只为他盛开，为他枯萎……

是见了你，心就低到尘埃，并在尘埃里开出花来；是想和你结婚，一辈子不离不弃；是与你拥有了这辈子，还要预约下辈子；是不再惧怕孤独、黑夜、风雨，因为有你陪着；是有了好东西，第一时间想跟你分享；是喜欢上你的所有，包括缺点都喜欢；是热切关注着和你相关的一切事物，哪怕曾经不喜欢的那一些，也能包容；是不隐不藏，互相打开心的大门，让彼此的灵魂来往自由，无拘无束……

世间有美好种种，爱情是最美的一种，它是花，是朵，是云，是雨，是朝朝和暮暮。谁的人生不曾遭遇过爱情，谁的人生就是苍白的，不完整的，充满遗憾的。

亲爱的，你和你的那帮小姐妹，或许曾被"爱情"伤过。这没什么，大抵过于美好的事物，都是不容易得到的。"世之奇伟、瑰怪，非常之观，常在于险远，而人之所罕至焉，故非有志者不能至也"，美好的爱情，也是如此，要靠机缘，要靠一番曲曲折折才能亲近。弃你而去的，那都不是真爱。属于你的爱情，正在奔向你的路上，请给爱情一点时间和耐心。

我有小同事，在爱情这件事上，也曾过尽千帆皆不是，一晃到了 32 岁，她急得不行，以为嫁不出去了。这一年，她街遇一从部队回家探亲的男青年，五分钟之内两人就擦出了火花，她在心里认定，就是他了。他也在心里认定，她的人很不错。爱情就这样神奇地降临了，如今两人的大女儿念小学四年级，小女儿也已上幼儿园了。

有时，爱情只是在路上走得慢了一些而已，要等。等一等，它就来了。

梅子老师

保持一颗愉悦心

丁老师：

您好！

我想跟您说说我步入高中的一些烦恼。

中考过后，我如愿以偿上了第一志愿。可是，新学校的同学大部分都互相认识，他们第一天就似是故人来一般，我的初中同学跟我不在一个班，自然也没有什么交谈的机会。以前听过这样一句话，"低质量的社交不如高质量的独处"。当然，我也没有说我的同学不好，可是我跟他们几乎没有共同语言，他们只跟他们认识的人一起玩儿，虽然现在的主要任务是学习，但学校有活动独自一人参加也不太好吧。比如一次去大礼堂，中间有休息，我左右两边的人都兴致勃勃热火朝天地说话，只有我一个人坐在那里，不知道该如何融入他们。

我现在每天上学就跟去刑场一样，而且我的老师绝大多数都是老教师。虽然很有经验，但是却不知道我们学生疑惑的点在哪里。数学老师最喜欢说："如果真的没听懂就算了吧。这种题目我眼睛眨一眨就出来了。"殊不知，对于我而言，却是晦涩难懂的题啊。班上绝大多数同学都补过课了，我没有。我知道一定要问老师，可是下课只有十分钟，办公室又那么远。现在的生活真是糟透了。一会儿老师安慰我们说，高中的生活要适应一段时间的，我不怪你们。一会儿又说，这种题目都不会，你们要完了。有的时候觉得自己不会是理所应当，有的时候觉得自己是真的很差。两种情绪一直折磨着我。而且我的妈妈每天给我送饭，我这样真的挺对不起她的。

我想问的是，如果我跟他们的价值观不同，是否真的需要"纡尊降贵"地去融入他们？尽管这种方式对我来说有点困难。还有就是我是不是应该向老师反映一下我的问题，让他以后在课堂上多关注学生？

希望能得到您的答复！

您的读者：雯子

雯子，你好。

我讲个故事给你听：有两个人，他们结伴去旅行，目的地是一处山明水净的风景地。路上却遇到暴风雨了，山上冲下泥石流，把道路给堵上了。他们不得不在一个寺庙里借居，行程被打断了。中途返回后，一个人抱怨不停，说这趟旅行真是倒霉透顶，什么收获也没有，白受了一趟苦。另一个人却心情愉悦，他欢喜不迭地说，这趟旅行，收获真是大大出乎意料呢，我从没在寺庙里住过，那感觉真是奇妙，晨钟暮鼓，吟诵的都是静谧，屋角的铃铛，在风雨里唱出了梵音。

雯子，你可能要惊讶，我干吗要给你讲这个故事，这与你的烦恼风马牛不相及呀。然而我却以为有关联，假如你是那个被阻滞在寺庙里，却能欣欣然聆听着风中的铃铛唱出梵音的人，你的这些小烦恼还存在吗？你以什么样的心态去生活，生活就会回赠你什么。外界的好与不好，好多时候，是你心灵的折射。

你现在到了一个新学校，一切都是初相见，应该有着新鲜感才是，怎么反倒生出厌倦来，弄得上学像去赴刑场？是你的心态在作怪呢，你抗拒着这样的崭新，你拒绝靠近，因此，眼前的一切，都格格不入。

你要做的，是调整好你的心态，尽快熟悉新的环境。看看校园里，长了什么样的树，开着什么样的花，这也是有意思的。数数校园里，有多少间教室，有多少级楼梯，这也是有意思的。在花坛里，寻到开花的野草，这也是有意思……当你以欢喜的眼光，看待你的新校园，你的脸上，会不自觉就荡出笑容来。而这样的笑容，是跟人交往的最好的通行证。

与同学相处，并非一朝一夕的事，时间长了，你们自然就会热络起来。咱不妄自菲薄，但也不要故作清高，说什么"纡尊降贵"。都是同学，没有谁比谁尊贵谁比谁卑微，以同等心、平常心待身边人身边事，你自己会舒服，别人也会感到愉悦。

再说说任教你的老师。他们的教学风格，他们的授课方式，你一时半会儿接受不了，这也正常。也许，你真的需要一段适应期。请给自己一点耐心好吗？不要让坏情绪左右了你，不要夸大那些坏情绪。遇到实在没听懂的，你完全可以在课堂上举手问老师，哪怕被老师批评为"笨"，也无妨。也可以课后去问同学。过去圣人还不耻下问呢，何况咱们！对老师有什么想法，你可以找个恰当时机，跟老师开诚布公地聊一聊。我相信，绝大多数老师都是一心为了学生好的，都希望他教的学生能得到他的真传。

保持一颗愉悦心吧，这些小烦恼，根本不值一提。

亲爱的好姑娘，祝你笑口常开。

梅子老师

你未来的世界很大很大

梅子阿姨：

您好！

我觉得您很开明，所以，我很愿意和您倾诉我的心事。

我今年 14 岁，在这个似花的年纪，我在网上遇见了一个男孩子，他比我大一岁，我和他聊得很投机，很快我就和他在一起了。

然在那以后，我开始担心我的学习。我想好好学习，但我又放不下他，我怕我放下他后，将来会后悔。他真的是个很好的男孩子，我不知道现在该怎么办，您能帮帮我吗？

您的小读者

小宝贝，谢谢你愿意告诉我你的小心事。

我不大明白你说的"很快我就和他在一起了"，那是指什么呢？是指你们开始交往了吗？阿姨真的好担心，怕你受伤害。小宝贝，你知道吗，年少时的有些伤害，可能一辈子也很难愈合。

你还太小，还是朵花苞苞呢。花朵在含苞的时候就做含苞的事情，到盛开的时间再做盛开的事情，为什么要急着走路呢？

不是说你不可以交朋友，不是说你不可以有爱，但一定要掌握分寸，要把它放在一定的距离之外。青涩的果实，如若抢着吃了会很涩嘴的、难咽的，我们还是静静等着它成熟了好吗？到时候再吃，你的嘴里心里，都将是甜的。

宝贝，把这段感情，妥善地藏藏好。你还在成长中，当下只有一件要紧的事要做，那就是，珍惜年少的光阴，好好读书，为你的将来，奠定坚实的基础。

听我的，放下他吧，将来你绝对不会后悔的。因为，你未来的世界很大很大，还有更多更好的人在等着你。

梅子老师

人生的大自在

亲爱的梅子老师：

你好！

我是你的一位忠实的读者。我的文字有些长，会占用你不少时间，你会理解我的，对吗？

一直见到有很多读者给你写信，我才发现，原来多愁善感的并不只是我。我也在你给他们的回答中，找到了不少自己想要的答案。但我的问题，似乎并没有因此而得到解决。我并不清楚究竟是什么在困惑着我，但我还是决定向你发送这一封邮件，请你帮我指出问题，指出后若是可以的话，你能告诉我该怎么做好吗？

由于父母的溺爱，以及在上幼儿园时被其他小朋友排斥，我变得很敏感，也很胆小，喜欢独来独往，害怕同任何一个除父母以外的人交流（除了在社交软件里），就算和朋友聊天都会很紧张。因此，我不擅表达，而别人也总是误解我的意思。

初二时我曾有过一个朋友，可由于软弱，我不敢向她说明我的想法，更不敢拒绝她提出的意见，所以我在与她相处时，觉得她没有考虑过我的感受，甚至以为她没把我当朋友，所以最后我选择远离了她。现在我在想，假如当初我勇敢些，大胆地向她表达，或许就不会与她成为过客了。

如今初三，我也遇到了新的朋友，是她主动跟我示好的。她很活泼，很爱说话，也很喜欢跟别人分享一些冷笑话，和她读过的小说；她很有心，会悄悄在我口袋里放她自己爱吃的牛轧糖；她也会耐心听我说话，会理解我的感受。这样是很好，可是与她相处时，我还是不快乐。我独来独往惯了是主要原因，另外或许也是因为她常误解我的意思。她有很多朋友，我只是其中一个，我也几乎只有她这一个朋友。于她，我只是一小部分，可是于我，她是全部啊。这就让我非常痛苦。可能是我心胸有些狭窄吧。

但我还是这么小心眼下去了。我在QQ上总共三次提醒她，要对我设防，我说我有些孤僻，不想伤害她。

我也渐渐恢复了以前的独来独往：放学时不叫她就自己一个人走了；晚修时不叫她，一个人去拿饭；昨天一模去考场时我也不叫她就自己走了。我一个人看校园开满的紫荆花，一个人看夕阳西下，我感觉有些快乐有些自在，却也感觉有些不快乐——我好像伤害了她。我很不想将就，更不想改变我现在的独来独往，但我也很不愿意伤害别人。梅子老师，我该怎么办才好？

你的读者：小筠

小筠，你好。

你的小心思真的有些乱哦，如杨絮一样的呢，小风一吹，就飘飘洒洒漫天飞了。

我帮你理了理，问题的症结只有一个，就是你不知如何与这个世界相处。

或许是从小父母的过度保护，让你成了温室里的花朵。你一再强调害怕伤害别人。其实哪里是啊，你是害怕被别人伤害才是。你畏首畏尾着，外面再多的绚丽和热烈，你也不敢尝试着触碰一点儿。你的内心，住着一只小怪兽呢，这只小怪兽的名字叫——不自信。

你被这只小怪兽操控着，认定自己是软弱的，是孤僻的，是敏感的，是胆小的……于是乎，你自设了一个樊篱，把自己囚禁在里头。

宝贝，你根本不认识你自己呢。青春着的女孩子，就像露珠浸润着的蔓草一般，水灵，清扬婉兮。人说，青春无敌。你拥有的，是傲人的资本，你有何不自信？花朵不拒绝风的造访，才使它的芳香传播四方。你也是花一朵呢，为何要拒绝他人的好意？

你也有你的可爱和善良，这点你要充分相信。不然，怎么会有同学主动和你交朋友？怎么会把她喜欢的牛轧糖悄悄放你口袋里？你享受独处的时光，这很好。我也是个顶喜欢独处的人，但我从不拒绝适当的热闹。独处不是封闭自我，不是孤僻，不是冷傲，我们需要与他人分享喜悦。独乐乐不如众乐乐，分享的快乐，有时，远远大于独自享受。就像你欣赏到满校园的紫荆花，你获得愉悦。但你在愉悦的同时，却失落着，又有些不快乐了。我替你遗憾着，假如当时你的那个朋友也同你一起欣赏呢，你是不是会获得双份的快乐？你们会聊些紫荆花的事儿，说不定还会吟出杜甫写紫荆花的诗句来："风吹紫荆树，色与春庭暮。"

又假如，她带来她的朋友，来和你一同欣赏呢？那景象该有多美好，紫雾般的花，映衬着一群青春的女孩子，如梦似幻呢。多年以后你回忆起这场景，将会多出多少的怀念和感恩啊。青春不留白，有过这样的陪伴，人生才算得上丰满。

宝贝，不要拒绝这个世界的好意，你也要努力成为其中的一个，做到大方、坦诚、友爱。在与世界的相处中，一切随缘吧，缘来，珍惜；缘去，不强求。记住，朋友是来去自由的风，而不是你的私藏品，谁也不是谁的全部。

世界很大，天地很宽，你会遇到越来越多的风景，越来越多的人。不刻意，不偏执，坦然相处，随遇而安，也才能赢得人生的大自在。

梅子老师

你有你的日月星辰

亲爱的梅子老师：

您好！

我很荣幸给您写信，此信就当我是向您诉苦的吧。感谢您在百忙之中看到我的信件。

我是个初一的学生，幸运地考上了傲班（强化班）。令我困惑的不是成绩，而是我的处世交友。

"我是个腼腆的女孩子。"这句话一直出现在我的作文里。我不擅长也没有勇气和别人说话，一个学期下来，看着别人都三五成群谈笑风生，在一群玩闹声中，我像个怪物一样，呆坐在那儿，尴尬地掰着手指。

不知道是不是因为我的外貌，班上的同学总是看不起我。很多人都在背地里说我："你看她的腿，壮得像个别墅。""噫，这种胖子也能考上傲班？是不是父母用钱换来的呀？""你看她脸上的痘痘，好恶心啊，和怪物一样。"他们都以为我不知道他们怎么议论我，但在他们无礼的手指指向我时，我一切都知道了。因为我小学时，已经受到过很多诸如此类的嘲讽了。

班上有一些比较皮的男生会大胆直接地说出来："×××，你这个老白痴！""你脸皮好厚啊！"甚至过分至极的还有叫"婊子""神经"之类的。

我在这样的称呼中长大，我觉得我没有心痛到自杀——像电视里那样，已经很不容易了。

我租住在学校附近，去上学时总会遇见一些校友。今天，我起床晚了些，路上剩下一些还不想去学校的男生，我从一个个子很高的男生旁边走过，那个男生的同伴指了我一下，我没在意，继续走。之后那个男生短促地喊了一声，我耳朵有点障碍，没听清，也不知道他是对谁喊的，所以我继续走。

但接着男生又喊了一声，声音更高了，这下我听清楚了，他喊的是"母猪"。但我还是不能确定他是对谁喊的，所以没有当场质问，而且我觉得如果我理了他，或许我真的成了他口中的"母猪"。

我走到了转弯口，男生又说了一句话，是对他的同伴说的："我×，那××母猪不理我。"我才后知后觉地反应过来，刚才路上好像只有我一个女生在走，他是在喊我"母猪"。我很想冲回去暴打他一顿，但多年来的憋屈使我变得胆小，我还是没有为自己复仇。记得曾在《学校2015》中看到过一句话：以暴制暴，是弱者的行为。但我即使不"以暴制暴"，也是一个不折不扣的弱者。

我一直把今天早上发生的这件事记在心里，想要忘掉它，它却像一条小尾巴一样粘在了我的身上。

梅子老师，我深度怀疑我也有抑郁症了，但我不敢对爸妈说，不敢去医院查，因为我爸妈会说"瞎说"，然后对我不闻不问。

以前我有过轻生的念头，但只是几个月有一次。现在越来越频繁了，两个月一次，一个月一次，半个月一次，一个星期一次，甚至一天就有过一次……
梅子老师，我该怎么办哪……我怕我真的坚持不了了……我真的受够了语言
攻击，可惜只能憋在心里，一辈子都不能发泄出来……

期待您的回信。

黑暗的太阳

亲爱的宝贝，你好。

看完你的信，我的鼻子直发酸。你受委屈了宝贝，来，让我抱抱你。想
哭的话，咱就哭一场吧，哭完会舒服一些的。

这个春天，天气真是反常得厉害，一会儿凄风，一会儿冷雨的，有些地
方还飘起了四月雪。然而该绿的草，如期绿了。该开花的树，如期开花了。
我看到美人樱，撑着一树一树大花朵，在雨后的天空下怒放着，绚烂了半个
天空。

上帝有时会给我们设置一些障碍一些磨难呢，来考验我们的意志。当我
们最终经受住了它的考验，也就能迎来人生的华美。就像春天里的这些花朵，
它们哪一朵，不是从最寒冷的深冬里，不是历尽风雨摧打，一步一步走过来的？

我的中学时代，也曾是灰色的。那时，我成绩算不得出色。这点可不及

宝贝你哦，你真不简单呢，能考进强化班去。单凭这个，你就有理由高昂起你的头，信心满满呢。

那时，我的样子也算不得好看，胖胖的。同学给我取绰号，"小胖墩"。我没少被人取笑过。家里又贫穷得很，穿我妈给改的大人的旧裤子，骑自行车时，被撕下一个大口子，后面跟一帮男生拍手哄笑。

我现在回忆起这些往事时，是淡淡微笑着的。因为呀，我已变得足够强大，强大到再没有什么能伤害到我。磨难虽是不幸的，却能成就人。是它，让我能够憋着一口气，一门心思读书，最终通过知识拯救了自己，改变了我的人生。是的，整个中学时代，我都是在读书中度过的，根本没有心思在乎他人的目光和嘲讽。我在自己的世界里春暖花开着。

宝贝，忘掉那些不快吧，它们是丑陋的，会污染了你的心灵。你且把它想象成狗吠。当狗对你狂吠时，你是不是要与它对吠？当然不会。最明智的做法是绕过去，远离它。你有你的路好走，读你的书，赏你的花，你有你的日月星辰。

当然，如果某些人做得太过分了，直接侵害到你，你要适当反击过去。这世上根本就没有十全十美的人，那些取笑你的人，难道他们就是才貌齐全，几无瑕疵？不会。首先他们无视他人的人格尊严，对他人任意辱骂和嘲笑，就显示了他们素质的低下和劣等，他们的灵魂该是多么丑陋和不干净。你大可以回敬他们一句，是的，我是胖，我是丑，这是上帝的安排。然你们的心灵，比我的外表更胖，更丑，你们的灵魂布满脓疮。

　　宝贝，你也不要过分压抑自己，把自己的遭遇告诉爸妈吧，他们才是你坚强的后盾。有时，也不妨告诉老师。我相信，老师会给你提供一些帮助的。还有对同学，你也要主动跟他们打打招呼。你的同桌，和坐在你前后排的同学，你们日日呼吸连着呼吸，应该是很亲近的人呢。不是每个同学都是邪恶的，是不？当你愿意敞开心胸，当你面带微笑，充满自信，不卑不亢，我信，美好会慢慢汇聚到你的身边。

　　宝贝，不要轻言死亡。那一点儿也不好玩，没出息得很。我们好不容易拥有的这副躯体，是用来好好爱的，而不是用来伤害的。每天早晨起床后，都对自己说一句，你好啊，我好爱你啊。是的，我们要好好爱自己。你只管走着自己的路，走着走着，也许就迎来柳暗花明了。

梅子老师

生命是在不断行走不断遇见中

梅子老师，我想和你说说我的烦恼——我有个好朋友，是很好很好的那种，我们一起考到了同一所学校，刚开始她会来找我一起吃饭一起回宿舍，尽管我们不同班，她也还是经常来找我学习。但是她最近认识了一个新同桌，然后我们每天去吃饭，都是和她新同桌一起去。我只能默默走在旁边，感觉插不上话。我很讨厌这种三个人的友谊，走在一起都是她们在说话，我就好像一个陌生人。

这种感觉我真的不好受，一种被冷落、被排挤的感觉，而且还是自己的好朋友。她现在也很少来找我了，除了吃饭的时候。她也不会再等我，以前无论多少人说要跟我一起，我都会等她，可是她……

梅子老师，你能帮帮我吗？

紫罗兰

宝贝，你好。

我们每个人，都对远方充满着渴望和好奇。我们认为的理想生活，是有诗有远方。是因为身边的事物不够好，我们不够爱吗？不，不，是因为人的心，它不是固死的僵化的，而是一直在蹦跳个不停，它渴望走到更广阔的天地里面去。

我们的一生，会路过很多的地方，会阅览很多的风景，有让我们魂牵梦绕的，有让我们怦然心跳的，但我们不会为此长久停留。生命是怎么一回事呢？就是在不断行走不断遇见中。每一份遇见和相伴，都值得感恩。

宝贝，回头看看你走过来的路，虽则只有短短的十来年，但一定也有过不少的遇见和欢喜。你还记得幼儿园里的小伙伴吗？你们一起玩过游戏，一起天真无邪地闹过笑过牵手走过，两小无猜。你还记得小学的同学吗？你们分吃过零食，交换过文具，吵过又和好过，一起疯玩过，一起梦想着去探险。那会儿，日月在你的眼睛里，永远是那样的日月。然而，你长大了，世界也跟着你长大了。你有了新的天地，别人也是。你与他们，有的人可能还能并肩走一段路，有的人，却早已成了记忆中的影子，不复再见。随着年深日久，那些记忆中的影子，也将渐渐变得模糊，直到彻底遗忘。

这是人生的常态。

你的人生路上，曾有好朋友相伴，这就够了。你怎么能够要求她的世界里，永远只有你一个？就像你的世界里，也不可能永远只有她。你们都在往前走，走着走着，就天南地北了。你将拥有你的繁花盛地，她也将有她的琉璃温润。你们或许还会有交集，或许没有了，彼此深深祝福，才是对这段友谊最好的感谢。

　　现在，你且抛开这一自找的小烦恼，快乐地融入到新的生活中去，你会结识到更多的新朋友，会获得更多的新的友谊。与你原来的这个好朋友，你可以继续相处，能走多远，就走多远，一切随心、随缘，不强求。再说，她有了新朋友，你该替她高兴才是。你们既然是好朋友，那么，她的朋友，也是你的朋友。

　　宝贝，不要把精力耗在这样无谓的小事情上，世界大得很的，有太多美妙的事，在前面等着你们呢。

梅子老师

今晚天上有个月亮

梅子老师：

　　你好！

　　希望这么晚没有打扰到你。

　　在我读到"人生最大的资本还是自己"时，我也真正去想过。但我发现，我内心的杂草太多了，却不知道怎么拔掉它们。

　　我交过一个朋友，但她和我并不是一类人。我们说话总不能说到一块去，听她说话，我会失望，甚至心烦。我不想和她一起，然而却不知道怎么去说。

　　我也喜欢过一个男生。我写信给他，当然只是匿名邮件。但他猜到是我，却没有直接找我，而是告诉他身边的人，让他身边的人来问我，结果弄得全班都知道了。我很生气，告诉自己不要再喜欢他。我以为自己放下了，却没有。最后，我发现，我还是喜欢他。从初一，到现在的初二，一直是。我不敢告诉他，心里却总想着这件事。我知道这样不好，就一直压抑着，表面上是风轻云淡的样子。

　　我现在也找不到当初那拼尽全力读书的动力了，那时候我的心里全是学习，但现在不知道为什么，根本找不到那种劲儿。而一切却不等人，也快中考了。

　　抱歉这么晚给你发信息。晚安。

新新

新新，你好。

今晚天上有个不错的月亮，像一瓣白牡丹，莹润轻灵地荡在天上，不知你看到没有。

人生要那么多烦恼干吗呢？有这个时间烦恼，还不如抬头看看月亮呢。每一晚的月亮，都是今生唯一的一个，错过了，也就永远错过了，不会再拥有了。

正如你美好的少年时光，比稀有金属还要珍贵，你却用来烦恼，着实可惜。

没有知心朋友？好吧，那就没有吧。古人都说了，千金易得，知音难求。我们每个人都是独立的存在，各有其个性，各有其独特的情绪和心理，谁真正能与谁的气息完全一致呢？别人不合你的意，你也未必合别人的意呀，何必苛求？倘若遇到合得来的朋友，那是幸运，珍惜就是。倘若遇不到，那也不要失望，自己做自己最好的朋友和知音，好好爱自己。

喜欢一个男生？恭喜你宝贝，这世上，再也没有什么情感，比得上少年的喜欢了。那是露珠般的、初雪般的。请好好护着你心中的这份情感，不要破坏它。你的"表白"，在一定程度上是破坏哦。还是让它在你的心中悄悄生长着吧，你要更加"努力"和"优秀"，作为最好的琼浆来浇灌它。等有一天，它真正地抽枝长叶，开出花来，那时候，你也长大了。我想，你的优秀，足以吸引到更好的"蝴蝶"飞过来。

学习嘛，允许自己有低潮期。谁也不能一直亢奋着昂扬着的是不是？但这个"低潮期"不能过久，你要提醒自己，沮丧完了，该爬起来用功了。

好了亲爱的宝贝，跟窗外的月亮道声晚安吧。明天早起，又是新的一天。

梅子老师

第六辑
暗香浮动月黄昏

知道如何避开俗世的锋芒和喧闹，

独守自己内心的芬芳，是一种大智慧。

此路不通彼路通

梅子老师：

　　您好！

　　做您的读者已四年了，一直很喜欢您温柔的文字，温柔得让人的心都融化了。每当我不开心的时候，就翻开您的书，看上一页，心情就会慢慢平静下来。

　　最近我遇到了一些烦心事，无法排解。说到底，我还是个孩子，没办法挣脱吧。

　　是与我父母之间发生的事。我爸我妈是那种控制欲很强的人，总把我当小屁孩管着，可我已经长大了，我都读初三了。我有自己的思想，有自己的主见，他们却拿我的主见当笑话看，比如我说看课外书有助于提高语文，有助于开阔解题思路，我爸我妈立即表示反对，他们说，把课本上的知识好好学完才是正道。反正吧，我说的都不对，他们说的都对。我们屡屡发生冲突，在一起时，很少有天晴气朗的时候。

　　今天在餐桌上，我们因周末要不要一起去赴亲戚家的一个喜宴，发生了争吵，我不想去，我讨厌那种场合。我妈当时就不高兴了，跟我说什么翅膀硬了，不听话了之类的话，我爸也帮着腔，最后，还摔了我的手机。我一气之下，摔门跑了出来。我再也不想理他们了。当然，我最后还是回家了，我又能去哪里呢？

梅子老师，我真的不知道如何跟我的父母相处了，他们让我很压抑。我很无奈，很难过。

谢谢梅子老师听我说了这么多。祝梅子老师天天开心。

您的小读者

宝贝，你好。我非常体谅你做孩子的辛苦，因为"弱小"，发出的声音，总是被忽视；因为"弱小"，从来没有自主权。

我想到黄山上的迎客松了。它扎根的地方是岩石，几乎看不到泥土。想当初，它的成长是如何艰难。然纵使山石来压，也没有阻挡住它成长的脚步，它破石而出，顺着裂缝的方向，努力生长。

成长，是什么力量也挡不住的呢。

父母的思维，不跟你在同一频道上，这个也正常，毕竟你们相隔着一代人。那你就不要硬把他们的思维，往你的频道上拉了，你拉得很辛苦，父母被拉得也很辛苦，双方的冲突，就在所难免了。何不换种方法，学学黄山上的迎客松，避开石头的锋芒，寻找一丝丝缝隙，把希望的根扎进去？

　　是的，宝贝，跟父母相处，有时，也要学会避其锋芒，不要跟他们硬碰硬扛。此路不通彼路通，迂回曲折，一样可以达到目的呢。比方说，你读课外书吧，你不用跟他们大声争辩，读课外书有多少多少好处。你默默地拿事实来证明好了，带回一份语文试卷给他们瞧瞧，上面的阅读题，可都是选自课外的呢。上面的作文，如果不读课外书，就写不好呢。有句话咋说的？事实胜于雄辩。

　　再比方说，你不愿意去赴喜宴。你何苦要说些惹父母不高兴的话，扫了他们的兴致呢？他们自然要生气的呀。赴喜宴本来是件欢欢喜喜的事，被你一搅，成什么了？你完全可以迂回一下，找个理由，语气放轻松些，告诉他们，你不是不喜欢陪他们一起去，而是实在没时间。诸如手头作业要紧着完成，约好了同学一起温习功课，等等。你甚至可以开几句玩笑，让父母在喜宴上帮你多吃点，让父母多给你捎些喜糖回来。如果你这样做了，你父母还会与你发生争执吗？

　　嗯，以后也不要动不动就摔门跑出去，不要动不动就不理父母。父母与你之间，所有的矛盾，还是集中在一个"爱"字上。只是他们不知道用什么方式爱你罢了，而你，亦不知道用什么方式回应这份"爱"。我曾在一篇文章中写过这样一段话，我想把它送给你：

　　　　这世上，被你伤得最深的那个人，往往是最爱你的那个人，你伤他（她）总是易如反掌，因为他（她）对你毫不设防。

　　祝你和你的父母能够早日冰雪消融，春暖花开。

梅子老师

且许他几年海阔天高

梅子：

　　你好！

　　儿子读高中时，我买过你写的《等待绽放》。那段日子幸好有它陪着我，让我度过了一段高考母亲的焦虑期。儿子后来参加高考，分数超过一本线50多分，上了所相当不错的大学。我本以为从此我可以高枕无忧了，谁知道他毕业后，又是种种曲折。

　　是我天真了，以为他好歹也算是名校毕业的，出来找个工作应该很容易。我和他爸都希望他能尽快把工作稳定下来，我们家经济条件尚可，只要他工作稳定下来，我们可以帮他把房子买了，车子买了，然后帮他成个家，他的小日子就过起来了，会过得很舒服。他却说，要趁年轻时出去闯荡闯荡。好吧，就由他去闯吧。结果呢，从毕业到现在，快三四年了，他走南闯北，东奔西走，还是没有一份合他心意的工作。

　　再看周围朋友和同事的小孩，当年考大学时，都不如他的分数高，读的大学也不如他的好。可人家如今不是考上公务员了，进了政府机关了，就是考上事业编制了，当了医生，做了老师，日子过得舒坦又风光。人家的父母聊起孩子来，一个个眉飞色舞。只有我和他爸，每每被人追问到他，都支支吾吾，说不出话来。他实在让我们说不出口啊。

　　跟他推心置腹地谈过，我们说，凭他的聪明，考个公务员或事业编制，应该不难。甚至承诺他了，如果他肯复习迎考，我们会为他创造一切条件，辅导公务员考试的老师会帮他请到家里来。他却眉毛一挑，回了我们一句，我自己的路自己走！我真的被他噎了个半死。我这个母亲当得挺失败的，怎么把孩子教育成这样！

　　我也不知道接下来该怎么办了，简直是束手无策。嘴里跟他爸说着气话，管他死活呢，由着他去！事实上，哪里能做到啊。可怜天下父母心，他在外吃不好睡不好，我在家里哪得安心。

　　梅子，你在教育孩子方面有经验。你能不能给我点建议？谢谢你。

洪姐

　　洪姐你好啊。

　　你焦虑的事，是不少父母都正焦虑着的事。天下做父母的，本同一心，痴心父母古来多。

　　曾经，孩子是一只温顺的小羊羔，成天黏着我们，不肯离开半步。我们习惯了大包大揽，习惯了在他跟前指点江山，习惯了让他唯我们马首是瞻，言听计从。也习惯了他对我们的依赖和跟随。我们一直扮演着那个无所不能的角色，恨不得为他扫除前路上的一切障碍，让他一世衣食无忧，生活安康。

可是，他终究是要长大的。他像只羽翼渐丰的鸟儿，外面的世界只轻轻一招手，他就压抑不住想飞的欲望，世界多大啊！他不听你使唤了，他飞走了。

你一时间惊慌失措，被他填满的日子，一下子空了下来。你找不到生活的重心了，你以为这一生这一世，都是为他而活的。你胡思乱想。你神思恍惚。你气急攻心。以为儿大不由娘了，你为此失魂落魄。

这些隐蔽的失落，你是不与人说的。表面上，你只是气他由着性子来，放着你们给他预设好的平坦大道不走，偏要揣着什么青春梦想，去闯荡江湖，尽往着崎岖小路去，过着朝不保夕的日子。实际上，你是舍不下你世俗的面子，你是害怕别人的目光，就像你所说的，当别人谈起孩子眉飞色舞，而你们只有支支吾吾，说不出话来。你觉得孩子丢你们的脸了。这真是挺好笑的事。孩子去走着自己想走的路，虽在摸索中，他却是独立在走哦，又有什么丢脸的？再说，孩子也不是你们的附属品，不是给你们描金绘银的，他有他自己的世界呢。

说句老实话，你虽是爱孩子的，但我觉得，你更爱你自己。因为，你根本不在意孩子想什么、喜欢什么，你全盘否定他的南下北上，却很好笑地画了一个圈儿，要二十大几的孩子，乖乖钻进去，做你永远的"宠物"。若换作是你，你愿意吗？

我们总自以为是大人，是吃的盐比孩子吃的米还多的大人，用我们的生活经验，来指挥他们的人生。殊不知，这恰恰是剥夺了他们的人生啊。完整的人生，它里面应该包含挫折、失败、弯路、哭泣、疼痛、迷惘、危难，甚至绝境逢生，而不是被我们过滤过的一路顺通，鲜花簇拥，波平浪静。失去磨砺的孩子，他的意志力、包容心、责任心和担当，必将稀缺得可怜。你的孩子敢于自己去闯荡，你应该为他骄傲和自豪才是。

洪姐，放下你的焦虑，你且许他几年海阔天高。只要他不偷不抢，不坑蒙不拐骗，不杀人不越货，能遵守内心的道德底线，遵守社会的规则和准则，就由着他去闯荡好了。当然，谁也不能保证他必定会取得成功。但不试又怎么会知道，万一成功了呢？又，无论他经历什么，闯荡本身对他来说，都是一笔巨大的财富。

纵使他输得一无所有，又有什么要紧？他有年轻垫底呢，可以从头再来。到时，你再让去考编制考职称啥的，也为时不晚。

梅子

你有你的一亩花田

梅子老师:

您好!

我是个脾气有些古怪的高中男生。

我没有朋友。其实应该这么说吧,没有知心朋友。表面上的朋友,也还是有的吧,就是一起打打球,一起听听音乐,一起去食堂吃吃饭什么的。天知道,我根本不喜欢和他们一起打球,不喜欢他们听的音乐,也不喜欢和他们一起去食堂吃饭。他们讲的笑话一点不好笑。他们谈某个女生好不好看,我一点不喜欢听。他们爱看的玄幻小说,我也没兴趣。我与他们,总是隔着一段距离,他们不能理解我,我也不能理解他们。

我很孤单,看着他们嘻嘻哈哈在一起,也羡慕,也难过,有种被抛弃了的感觉。我忍不住去迁就,跟他们穿同样的服饰,吃同样的饮食,听同样的音乐,看同样的书,聊同样的话题,可过不了多久,我总会败下阵来。我接受不了这样的一个我,他很伪装,我为这样的伪装而痛苦。

梅子老师,我该怎么办呢,是做真实的我,还是要继续伪装?

半夏

半夏，我想先跟你聊两件有关吃的事。

一是关于榴莲的。对这种水果，历来纷争颇大。爱它的人，爱到骨子里。说起它来，口角生津，意乱情迷。恨它的人，亦是恨到骨子里去。闻到它的气味，就如临大敌，不共戴天，一副恨不得斩之杀之的决绝表情。

一是关于臭豆腐干的。我的孩子就特别爱吃它。我们街上有一家，炸的臭豆腐干特别好，去买的人，常要排队。我孩子每次回家，都要去买上一份，哪怕排队等很长时间。我是不吃这个的，曾很不解他这一嗜好。他却睁着双大眼睛，相当莫名其妙地看着我问，这么好吃的东西，妈妈，你为什么不吃？

我去东北开笔会。当地一编辑朋友招待我们吃饭，是在露天大排档里。一阵风来，飘来油炸臭豆腐干的味道。我们倒没在意，那位编辑朋友却立即变了脸色，刚才还文质彬彬的人，竟掼了酒杯，愤愤道，真想宰了这些炸臭豆腐干的人的手！

半夏，你看，人与人的味蕾差别竟是这么大！何况其他？你看得顺眼的东西，未必是我看得顺眼的。你听着动听的声音，未必是他人爱听的。你推崇的，未必是我尊敬的。你爱读的书籍，未必是我读得下去的。我爱那榴花照眼明，你却独喜那石径入丹壑。有人喜素衣素食，性格安静。有人却偏爱热闹华丽，活泼喧闹。孰高孰低，谁能分得清？

半夏，你说你总觉得自己与他人隔着一段距离，他人不能理解你，你也不能理解他人。你少有知心朋友，为此，你很烦恼。你很想和他人一样，穿同样的服饰，吃同样的饮食，听同样的音乐，看同样的书，聊同样的话题，可是每每你总败下阵来。你接受不了那样一个你，总觉得那个你，很伪装。你为这样的伪装而痛苦。

这就对了，半夏，若你一味地伪装，却不觉得痛苦，那才真叫麻木了呢。当一个人不能真实地做他自己，总是曲意逢迎他人的时候，他也就把自己给弄丢了。幸好你认识到了这一点。

世上知音，本就可遇不可求。俞伯牙遇钟子期，巍巍兮若泰山，洋洋兮若流水，两个不同频道的人，却在琴弦之上觅得相知。然而前提是，俞伯牙得先抚好他的琴，才有机会用美妙的琴声，让钟子期循音而来。

半夏，人与人之间的相互吸引，有时不是因共性，而是因个性。就像满眼的绿色之中，突然跃出一朵红来，那才引人注目。所以，你要学会尊重自己的个性，不伪装，不扭曲，是什么就是什么，且尽量发挥自己所长。同时，也尊重他人的个性，学会欣赏他人。那么，你与他人的距离，便会越来越缩短了。每个人都有自己的一亩花田，你在你的一亩花田里，种好你的花，长好你的草，自会引来注视和欣赏的目光。

梅子老师

好脾气是有底线的

梅子老师：

　　您好！

　　我犹豫了很久，还是决定给您写下这封信。

　　我在中学时，读过您很多书。今天在大学的图书馆，看到书架上有您的书，让我想起读您文章时的那些平和时光，那是我一生中难得的平和吧。我突然，想对您说说话。

　　我是个性格懦弱的人，这性格的养成，多半因为我的父母。

　　我父母都是老实巴交的人，无权无势，是最底层的平头百姓。从小他们就教育我，不要与人争，不要与人斗，不要与人制气，什么都要让着点，咱惹不起，要躲得起。这让我从小就胆小怕事，被人欺负了也不敢吭声。小时一帮孩子玩，我永远是被当马骑的那一个。

　　上中学了，打扫教室的事，几乎被我承包了。我被同学们推举为劳动委员，起初我还蛮得意的，当官了啊。可事实是，我自此被理直气壮驱使着，同宿舍同学的脏衣服，都扔给我洗，他们笑嘻嘻说，你是劳动委员嘛。我却无法说出一个"不"字。

到了大学，我给大家的印象，还是一个老好人，谁都可以支使我做事。同宿舍一哥们儿拿我的床单擦皮鞋，被我发现了，他竟没事人似的说了句，啊，老兄，你把床单拿去洗洗得了。我心里气得不行，但愣是发不了火，过后，把床单默默拿去洗了。

从小到大，人人都夸我脾气好，这成了我的标签。人人都可以借着这个标签来侵犯我，而我却不能做出相应的回击。我有时真是难受得发慌，有种想毁了眼前一切的冲动。但我知道我不会，因为我还是懦弱的。

对您说了这么多，您听烦了吧？今日说出来，心里轻快些了。我喜欢您文字里的世界，那里花总是悄悄开着，阳光总是暖暖照着。祝您永远幸福安详！

凌夏

凌夏，看完你的信，真替你憋屈得慌。我猜你该有20多岁了吧？20多年里，你愣是没活出个人样来。

你让我想起小时在乡下，一个叫吴二的人来。别人笑话他，欺负他，他从不知反抗，只是好脾气地笑着。有一次，一群人拿他寻开心，先是叫他学狗叫，他叫了。后又把他按到地上，剥光他的衣服。他嘴里说着，别这样，别这样。却没人听他的，大家哄笑着，一团开心。后来，人群散去，他自己穿好衣裳，有人叫他，吴二，你过来。他便又跑过去了。我们小孩子都替他气恼，他长得那么壮实，怎么就任人欺负呢！我拿这话去问我的祖母，我的祖母摇摇头，叹息一声，他骨头轻。

从前我不懂这"骨头轻"是什么意思，后来我渐渐明白了，一个人若不自怜自爱，不懂得适当的拒绝，不懂得维护自己，就会活得不硬朗，那一身的骨头，自然就轻了。

是，凌夏，我们都要做善良的人。这个世界，是因善良才美好起来的。但善良不等于懦弱。不伤人，不害人，在能助人的时候，施以援助，对他人有爱心和怜悯心，这是与人为善。但不要忘了，善良还有另一面，那就是与己为善。我们只有懂得保护自己，不自伤，也不允许他人来伤害，才能活得有尊严有骨气。一个人存活在这个世上，首先要活出个人样来，也才有能力对他人善良，对这个世界善良。

俗语说，马善被人骑，人善被人欺。柿子专拣软的捏——这些话虽偏激了些，但不无道理。你得相信老百姓的生活经验，那是经过无数岁月千锤百炼的。善良过头了，就成了软弱和懦弱。大到一个国家，小到一个人，如果过分地"善"和"软"，其结局，只能沦为他人的笑料、附庸和奴仆。

当一个人的脾气好得没了脾气，没了是非曲直，没了好坏之分，没了任何棱角，像一团面粉似的，任谁都可以肆无忌惮捏来捏去，想叫你圆就圆，想叫你方就方，这个时候，你就该反省了。因为，你那不叫善良，你那叫自轻自贱。一个处处轻贱自己的人，他首先丢失的，是他作为一个人的独立人格。他从内到外，都活得相当不自我。兔子急了还咬人呢，何况是人？好脾气是有底线的，那就是，不要触及做人的尊严。当你活得没有了尊严，又指望谁会尊重你？

凌夏，适当学会拒绝吧，学会说"不"，从今天开始，从此刻开始。你不从属于任何人，无须仰仗别人的鼻息而活，当强则强，当刚则刚。与人为善的同时，更要与己为善，做一个站着的有骨气的人。

梅子老师

不将就，不妥协

梅子老师：

您好！

我是您的读者，读您的文章好些年了，从小学，到中学，到大学，到现在。我都不好意思告诉您我的年龄了，唉，我已经25岁了，整个一大龄青年了。

最近我很头疼很纠结，是因为被家里人催着成亲。我爸我妈就害怕我嫁不出去，不停在我耳边说，你都这么大的人了，再不嫁就成老姑娘了，辰辰那么好的一个小伙子，你还挑什么挑？赶紧成亲，生了小孩我们都还有精力帮你带。

他们说的"辰辰"，比我大一岁，我们从小就熟悉。两家大人曾经是高中同学，所以两家走动很频繁。现在，大人们硬要把我们凑一块儿，说我们是天造地设的一对。他对此好像没什么意见，真的像个男朋友似的，常来约我吃饭，约我看电影，很像那么一回事了。弄得我的朋友也都以为他是我的男朋友。

他呢，长相说得过去吧，个子高高的，身材挺标准。工作也蛮好的，是个公务员。我妈说他条件好，如果我不嫁他，抢着嫁他的姑娘要排着队。

可我就是对他不来电，没有那种心动的感觉。他这人有些高冷，从不会做些浪漫的事。我们一起出去吃饭，他也从不问我喜欢吃什么，啪啪啪，只管埋头下单。我们聊天也很少能聊到一块儿去，我说要去西藏看看，他说西藏不就地势高了些嘛，有啥好看的。高反还那么重，还是不去为好。

反正有好多事吧，弄得我心里堵堵的，又说不出什么。我很想等一份真爱，可年龄搁在这儿，我怕等不起。梅子老师，您说我是不是就这样算了？

想听听您的建议。谢谢您。

爱您的墨墨

墨墨，你好。此刻，我的窗外是盛夏，蝉鸣声排山倒海。这小小的虫子，实在叫我诧异，它们身体里似乎装着台音箱，早也在放着，晚也在放着，声音洪亮、激越。为着这一夏的欢唱，它们要在地底下蛰伏三年五载，甚至更多的时光。我想到生命的意义，这个颇有些高深的命题了。生命的意义是什么？我以为，是不将就，不妥协，努力活出自己想要的样子。

墨墨，你说你都25岁了。我忍不住要笑，笑你的故作老成。前几天，我去公园看荷，碰到两个老人，他们大概好久不曾见到，陡地遇见，热络得不得了，手拉着手，站到一棵树下就聊开了。聊着聊着，一个问，您今年多大啦？

另一个回，我小呢，才72的。问的那个频频点头称是，说，是哩是哩，我们都还小呢，我比你稍大一点儿，我75。

我在一旁听得肃然起敬。这两个老人多么可爱！他们有一颗不老的心。墨墨，催人老的，原不是年龄，而是心。

你说你现在很纠结，家里人成天催着你成亲。男方是你打小就认识的，双方家长都满意，认为你们是天造地设的一对。你清楚地知道，你不爱他。你跟他谈不到一块儿去，他做的有些事，让你心里觉得堵。然而你又犹豫了，因为他的条件不错，你的年龄搁在这儿，你怕等不起一份真爱。

墨墨，你不过才25岁，你已很着急了。看看我身边，的确有不少如你一样的女孩子，生怕嫁不出去，慌里慌张地谈一场不咸不淡的恋爱，稀里糊涂地走进婚姻里。结果呢，新婚不久，就矛盾迭出。

如果把结婚当作一项任务来完成，这样的婚姻，我还真不大看好。婚前就有着诸多的不和谐，婚后日日面对，曾经的缺憾会被无限放大。到时，两个人之间的裂缝，将会越来越大，生活又哪里有幸福可言？

墨墨，你该认认真真问问你的心，你到底想要一个怎样的人呢？你眼前的这一个，与你想要的那个人差距有多大？这些差距，有没有弥补的可能？如果你开诚布公告诉他，你对他的真实感受，他会不会为你有所改变？如果有，那你不妨再给他一次机会，也给你一次机会，试着交往下去。也许处着处着，你跟他会擦出爱的火花。有时，爱情是相互包容相互修补，最终趋于完善的。

倘若他对你的开诚布公不屑一顾，依然故我。那么，亲爱的墨墨，你最好停一停。如果是我，我将选择不将就，不妥协，耐心地等着属于我的真命天子降临。也许要等上三年，也许要等上五年，相较于一辈子的幸福来说，这样的等待，值了。

梅子老师

花朵的意义

丁立梅老师：

很难过。刚刚快写完的稿子被不小心删了，那就重来吧。

回想这个暑假，我真的挺难过的。父母给我报了几个补习班，每天和作业打交道。

因为补习班，我也认识了很多学霸，我以前一直觉得学霸等于天才。如今才知道，学霸每天要完成老师布置的作业，还要做自己买的资料。

我下学期就初三了，即将面临中考。而我的成绩总体来说十几二十几名。语文一直可以保持在班上前五。而数学和物理就不大漂亮了。

随着中考的到来，父母对我的要求也越来越高。以前他们都是非常支持我发展兴趣爱好。我想学钢琴他们就送我去学，我想买书他们就帮我买，一买都是五六本。像《穆斯林的葬礼》《雪落香杉树》这些小说一直是我比较喜欢的，百看不厌。而如今他们不用说买书了，连我看都不许。有这个时间不如多做几张数学卷子，这是他们说的。

我也反驳了，却被他们当作不懂事。

以前父亲和我几乎无话不说，可是今年我们却不怎么说话了。父亲喜欢说大道理，他的一些生意伙伴的孩子都考上了本市最好的高中，他不能输。他要靠我来弥补姐姐没给他挣过来的面子。

他没有直接这么说，可是我都懂。

我也知道他为我好。

放假第一天，我和很久没有一起玩的小学同学疯玩了一个下午。没想到晚上，同学的妈妈就找过来了，并且让我不要找同学了。爸爸一向好面子，把我一顿骂。以至于如今我和爸爸的关系越来越僵了。其实我也不想。我也想变成一个懂事的好孩子，不要父母担心，毕竟姐姐已经嫁人并且在外地工作，我是他们的全部了。我也想在十年后回想如今，觉得一切都是值得的。

可是现实总告诉我，我不优秀，我不是学霸，连朋友的家长都不喜欢我，父母也总和我说别人家的孩子。

我知道这么想会显得我很幼稚很孩子气。但是最近每晚上床，刚闭眼脑海中就是学霸们的奋笔疾书，好友妈妈的登门拜访，以及父亲说的那句"我对你太失望了"。

可是我已经在努力，并且很努力了，为什么父母看不到呢？

求回信了，梅子老师。

小妍

小妍你好，谢谢你把心里话告诉我。

你是个好孩子，这个，你一点儿也不用怀疑。

你会弹琴，又爱读书，多么好！我好希望这两样兴趣爱好，不会因时间、地点、环境而转移，会成为你终身的兴趣和爱好。

一个暑假，你都在补习，你没有过分抱怨，你知晓了学霸们之所以成为学霸的秘密——比别人付出更多的努力，"学霸每天不仅完成老师布置的作业，还要做自己买的资料"。我以为，这对你来说，是个很大的收获呢，你能够正视努力，并且付诸实施，"我已经在努力，并且很努力了"。

好，那咱就继续努力下去，父母或他人暂时看不到，他们不理解你，甚至误解你，那有什么要紧的？我们的努力，不是为了让父母或他人看到的是不是，我们的努力，更多的是为了我们自己。

很多时候，我们不需要去怀疑自己，去辩解什么，因为怀疑和辩解，无济于事。真正可行的方法只有一个，那就是，埋下头来，走自己的路。这一段路上，也许无人喝彩，也许很寂静，但走着走着，你就走出一片属于自己的光明来。到那时，你根本无须再去为自己辩解了，事实胜过一切。

当然，也有可能，你付出十分的努力，未必能达到预期的目的。即便如此，你也应该坦然。这正如花的开放，有的花颜色艳丽，却无香；有的花色彩浅淡，却香味隽永。有的花硕大如盆。有的花却小巧如虫子。花朵的意义，不在于颜色是否艳丽，不在于香味是否隽永，不在于是大是小，而在于，是否努力盛开了。你让你的每个日子，充实地度过，这就是最大的成功。

相信我宝贝，父母的不理解，朋友妈妈的不喜欢，那都是暂时的，你走好自己的路就是了。嗯，每天早起时抱抱自己，让自己喜欢上自己。然后，笑着迎接新的一天。这样的你，会变得越来越好，到时候，想让别人不喜欢都难呢。

梅子老师

拥有自己的铠甲

梅子老师：

您好！

从前我读您的文章，还是一个懵懵懂懂的小女孩；现在，我是一个刚刚实习一个月的初中老师。从前，作为学生，当我有疑问时，您的文字总会给我温暖，给我鼓励；现在，作为老师，当我的学生遇到困惑时，我却手足无措，我想请您给我一些帮助。

以下摘自一个即将升入初三的男孩的信：

"一年后，我也不知道自己能干什么。如果可以上高中就上，上不了就算了，我自己对上高中也没有太大的期望了。我本想去当兵，如果当不了就出去打工吧。在学习上，我也管不住自己，一上课就想睡觉，因为什么也听不懂，所以也没心思学习。我觉得自己什么都做不好。"

早上进办公室的时候，写有这段话的本子就悄悄地放在我的桌子上。我不知道该怎么去帮助这样一个少年，不知道该用什么样的回信去重拾他对生活、对未来的信心。我也不想辜负他对我的信任。

这段时间通过对他的观察和了解，我知道他是一个爱看书乐于助人的小朋友。我希望能给他一些帮助，让他能够看到生活的美好，看到自己的美好。

亲爱的梅子老师，请您告诉我该怎么做呢？

祝您一切都好。

含羞草

亲爱的好姑娘，你让我想到一句歌词，长大后，我就成了你。

恭喜你成了老师，从此后，你的言谈举止知识涵养，将会影响到无数的孩子，你将有桃李遍天下，这是件多么幸福的事。

你很善良。我为做你的学生、和即将做你的学生的那些孩子，感到幸运，他们遇上善良的老师，就如同遇到了灯塔、花朵、雨露、阳光和星辰。一个好老师的品质的芳香，会浸染孩子们一辈子的。好姑娘，愿你永远心怀善良和美好，愿你的眼睛，永远晶莹。

你提到的这个孩子，是个有上进心的孩子呢，只是他一时找不到自己的路了。也许从前落下的课程太多了，导致他现在上课听不懂，越听不懂，就越失去信心，在学习这条路上，就越走得艰难。

他能给你写这封信，说明他很信任你，他不想如此沉沦下去，却又茫然着，没有一点儿自信。

对一个人来说，最糟糕的事情，莫过于自己不相信自己了。你要帮他找回的，是自信。

首先，你要帮他理清一下他的现状，找到他身上"闪亮的地方"，让他能够认识到自己并不是一无是处。他不是爱读书吗？他不是乐于助人吗？这说明他的智商情商都不低，差的就是行动起来。

那么，鼓励他着手行动起来吧。这个时代，给真正拥有知识的人，提供的机会实在太多太多了。只要肯学习，什么时候都不晚。何况，他还这么小。告诉他，一切都可以从头再来。落下的课程多？不要紧，能补多少，就补多少。要做到上课努力听讲，实在听不了的，咱就记下来，课后去补，追根求源，总能找到解决的办法的。哪怕一天只弄懂一道题，也好过浑浑噩噩。不荒废时间——这是人生的好态度。

也要教会他，学会自己给自己鼓掌。当他解决了一个学习上的难题，或是读完一本书，就奖励自己一些掌声吧。一个自信满满的人，会让人生越来越顺利。而一个整天垂头丧气的人，好运不会光顾他的。

让他少去想一年后的事，一年后的事，留给时间去解决吧。他要想的是，当下的事。当下的每一天，他都有自己的读书计划，并努力去完成它，每天进步一点点。即便一年后，他未能考上高中，又有什么关系呢？只要他还能坚持读书学习，无论是去当兵，还是去打工，他都能让寻常的日子，散发出不一样的光芒。那个在诗词大赛的舞台上，一举夺冠的雷海为，人家本来也是个打工的，最终，人家凭借满肚子的诗词，逆袭成全职老师。

　　这世上，没有白读过的书。曾经读过的那些书，终将一点一点累积起来，成为我们的铠甲，笑迎生活的挑战。

梅子老师

你将白衣胜雪

梅子老师：

看了你的文章，我犹豫了半天才写下这些话。

我父母在六年前离婚了，我当时感觉天都塌了。从那时起，我变了，变得沉默寡言，脸上的笑也少了，我心里永远都有一个坎儿。

也许是怕我伤心，身边人从来不和我谈这个话题，我爷爷也不许我去看我妈。我妈现在又嫁人了，生了一对儿女，她家离我家挺近的，大约30分钟就可以到她家，但我一次没去过。每次谈论这个话题，爷爷脸色都特别不好，我不懂他为什么不让我去，她是我妈啊，凭什么！每次特别想时，我只有给我姨打电话，以此作为一个媒介吧。我不敢给我妈打电话，我担心我控制不住自己，哭了被我妈发现，让她担心。

我现在已经16岁了，但我会独自一人哭泣。我该怎么办？

一个找不到路的女孩

宝贝，咱不哭，咱是大姑娘了，泪水金贵着呢。

爸妈离婚，对爸妈而言，肯定也是无可奈何的事情，与其两个人痛苦地生活在一起，还不如分开。你就不要为大人们之间的事而伤神了。这样的分开，对他们来说，或许都是好事。现在你妈不是重新嫁人，又生了一对儿女吗？她开始了她的新生活，替她高兴吧宝贝。

你不敢给妈妈打电话，怕控制不住哭了会让妈妈担心——你是多么体贴多么善良的一个孩子啊。既如此，咱就不要哭了好吗？高高兴兴地和妈妈说话。听听妈妈的声音也是好的，不要丢掉这样的机会。

实在太想妈妈了，你也可以给妈妈写信，写下你的思念。嗯，文字是可以疗伤的，你写着写着，孤独的情绪就会得到舒缓了。等将来，你捧着这一叠"思念"，你会感谢这段时光的，这份纯粹的想念，纯粹的等待，它是人世间最真的情最深的爱。

这期间，你也要努力让自己变得更好。

是的宝贝，你要变得更好。心里的那道坎儿，你要自己越过去，往昔再多的不幸再多的哭泣，都已成为过去。人是要向前看往前走的，妈妈有了新生活，你也有你的新生活，你会长大成人，你将白衣胜雪，青春昂扬，拥有你的新天地。

想想吧，当有一天，你往妈妈跟前一站，从前的小丫头，已长成健康活泼的大姑娘了，明媚又阳光。你妈妈见了，她将是多么欣慰。在没有她的陪护下，你也能成长得这么好，她一定会为拥有你这个女儿，而倍感骄傲的。

这么一想，宝贝，咱还要哭吗？对，不哭了，咱要把哭泣的时间省下来，多读两行书。妈妈好好地在那儿等着你呢，总有一天，你们会相聚。而那一天，并不遥远。

梅子老师

一个人的独角戏

老师：

　　您好！

　　我是一名大二的学生，已经二十岁了。几个月前，谈了一个男朋友，是异地。我在山东济南，他在陕西西安。两个人很聊得来，也有了以后的想法。然后有一天，他告诉了他妹妹我的存在，妹妹就告诉了他父母，结果父母反对他，原因是他比我大三岁，经不起折腾了。他父母怕我本科毕业后考研不去西安，让他白等三年。我也不知道该怎么选择，当时我就告诉他，既然父母反对，那就听父母的吧。刚开始他还坚持说会跟父母讲清楚，后来他说对不起，没办法给我一个未来。

　　我很想不通，我觉得未来是我自己走出来的，不是他给的。我的问题是，我一直说服自己放下吧，但心里总是想着他。刚开始，我告诉自己，考研去西安，但是慢慢地，我怕，我怕三年后我去了西安，他有了女朋友。因为我一开始考研的城市不是那里，因为他，我改变了想法。

　　现在的我，静不下心来学习，总是一直在想以后怎么怎么样，也不知道该如何说服自己，也不知道要放下还是要坚持这份感情。我们已经很久很久不联系了，但所有的联系方式都还在。有时候，想起他来会感觉自己突然有了动力，有时候心里还是有一丝丝抱怨，为什么他真的就走了。

嗯，希望老师能给我一个关于当下我该怎么做的建议，很迷茫，不知道方向在哪里，不知道该怎么做，不知道该怎样对待感情。

谢谢老师。祝老师每天开心快乐！

月月

月月你好，我把你的信，反复地看了好几遍，我没有看出动人和绮丽来。

爱情的样子，本该是动人和绮丽的。

恕我直言，你的这场爱情——我姑且认为它也是爱情吧，只是你一个人的独角戏，你陷在自我导演的爱情剧里，出不来了。

是，你的 "受伤" 是真的，你的思念和放不下，也是真的。然而，这都是你的一厢情愿罢了，你在自我折磨。

想想你们的相识，是不是有些肤浅？你们只是网上聊了聊，也许连面也没见过几次，并没有深入了解，这就有好感了，就爱了，就谈起未来了。结果呢？他的父母稍稍反对，他便用一句"对不起"，打发了你。姑娘，这还有什么好说的？你还没叫他为你冲锋陷阵呢，他就缴械投降溜之大吉了。

醒醒吧姑娘，真爱不是这样的。真爱是你哭，我陪你哭。你笑，我陪你笑。

心里有一千个一万个舍不得，舍不得你为了我而疼而痛，舍不得你为了我千山万水。他根本不是这样的一个人呢，那你还幻想什么呢？

一个人的独角戏，唱得再精彩，也注定要以孤单和寂寞收场。月月，继续读你的书去吧，考你的研去吧，走你自己的路去吧。天涯大着呢，遍地芳草，也许你走着走着，就被真爱撞了腰。

你信中有句话我很赞同："我觉得未来是我自己走出来的。"这就对了，你的未来，包括你的爱情，你的婚姻和幸福，都是握在你的手里的，你且果敢地往前走吧。

也祝你天天开心快乐！

梅子老师

人生的历练

梅子姐姐：

你好！

我今年 16 岁，最近我后爸和我妈在闹离婚，我选择了住校。但周末我是真的想回来，因为我在学校的时候特别想家，偷偷哭了好多次。但当我回来的时候，迎接我的是他们的争吵，后爸骂我妈，我很生气。每次都是这样，接近一年，他把我妈当成条他可以随意欺负的狗。我妈懦弱，骂不赢，每次都让我不要参与。可是好多天以来我每天只睡四五个小时，因为感冒严重到失声，心疲力竭，我看到我想念的家是这个样子的。

我回骂了我后爸，因为他骂我妈。但我骂他他就打了我，我打不赢，手上全是伤。那一刻我很恨这样柔弱的自己。我哭了，我求我妈离婚。但她说房子扯不清，只有我搬出去。她让我去找我亲爸要房子，我亲爸从我出生开始就没管过我，我们家也没钱出去租房子。迫于无奈我去找了我亲爸，他让我妈跟他说，又说他忙改天再说。那一刻，我就觉得自己被全世界抛弃了。

我这一周在学校所受的委屈，都可以一个人承担，但回家看到后爸与我妈吵架，亲爸又不肯伸出手来帮助我，我觉得我撑不住了。梅子姐姐，我真的好无助，我该怎么办？

你的读者

宝贝，你好。

当我读完你写给我的信，我很难过，

让我抱抱你。如果你想哭，就哭一会儿吧。

大人们之间，常常有些莫名其妙的事情，他们会吵架，会闹出无限多的矛盾来，这个时候，宝贝，你最好不要去管。大人们的问题，就让大人们自己去解决吧。

当然，如果你后爸对你妈做得太过分了，上升到凌辱和施家暴的份儿上，你绝对不能再袖手旁观。你不要去骂去打，这个很不明智，也解决不了问题，弄不好，还弄出一身伤。你要求助于他人，求助于警察，求助于社会。相信，会得到妥善解决的。

摆在你跟前的现实，有点残酷——你已经没有人可依靠了，你到了必须依靠自己的时候了，你要能够独当一面。没有人关心你，那你就自己关心自己，你要好好吃饭，好好睡觉，这样才有力气好好读书。目前，读书是你唯一能摆脱家庭烦恼的途径，也是唯一能使你变得强大的途径。只有等你足够强大了，你才有能力保护好自己保护好妈妈。你且把前行路上的这些风这些雨，都当作对你人生的历练好了，所有的委屈，咱都可以把它化作前进的动力。是的是的，等你考上大学了，等你学得一身本领了，你就谁也不用怕谁也不用求了。

　　如果实在想家，就写日记吧。把思念的情绪，在文字里妥帖安放，用文字来安抚自己。你也可以走走亲戚。爷爷奶奶有吧？外公外婆有吧？他们不会不疼爱你的。

　　宝贝，全世界并没有抛弃你，山河日月，是别人的山河日月，也是你的；草木清露，是别人的草木清露，也是你的。你还有同学，还有朋友，还有老师，还有书本。

　　我也会一直在的。

　　坚持一下，再再坚持一下，你离飞翔的日子，已经不远了。

梅子老师

血浓于水

梅子老师：

　　您好！

　　我是个高中生，进入高中后，我两周才回家一次。然而每次回家，都避免不了跟妈妈吵架。

　　今天回家，我本来开开心心的，可不知妈妈的脾气从哪来的，在我耳边絮絮叨叨个没完。我知道我已经大了不能再还嘴，我尽力去逗她开心。她笑了，笑了之后又立马变脸了，絮絮叨叨，絮絮叨叨。还自己说自己就算得了神经病，也还是我妈。随即声音又变大，说我跟弟弟还嘴了。我辩解，我说我没有。可她却不讲理地说，她是我妈，我们只能听她说，不管她说的对不对，不对也要听着。

　　我真不知该说什么好了。小时她就没关心过我疼爱过我，从不满一周岁起，我是和奶奶一起生活的。到我上学了，她从来没有给我开过一次家长会。记得上小学的时候，老师说不能让爷爷奶奶来开家长会。但我爸妈的理由是他们忙，最后全班就只有我，还是爷爷奶奶来。

　　我知道自己几斤几两，所以很努力很努力地学习，在初中的时候，成绩很优秀，考入了理想的高中。但高中的竞争实在太激烈了，我的成绩一下子变得很渣很渣。我不知道内心的压力该和谁说，该到哪里释放。每次回家，都和我妈闹得不痛快，一想到这，我真的好难受啊。

奶奶心疼我。告诉我，她年龄大了，在家看到妈妈和我吵，心里也会不舒服，但又不能说什么。奶奶要我好好学习，只有我学习好了，才能远走高飞。我说我不想飞，我不想离开奶奶。说得奶奶也哭了。

也许是爸妈的感情不和，让妈妈很生气。但我真的没做错什么啊。我不知道该怎么办。

您的读者

好姑娘你好啊，回信晚了，请见谅。

初读到你的这封信时，满世界的花事正浓，争前恐后的花们，简直要把大地给点燃了。现在，春光已渐渐散去，花团锦簇的喧腾，已被夏天的新绿初放所取代。许多在春天想不明白的事，到了夏天，也许就找到答案了。

就像我小时候，想不通我为什么要成为我妈的孩子。我真的不愿意有那样一个妈妈啊，她大字不识一个，人黑瘦黑瘦的，脾气暴，动不动就弄得家里鸡飞狗跳的。脾气一上来，就拿我们几个孩子撒气，乱打一通。若是谁惹恼了她，她能哭骂上大半夜，什么诅咒的话都说得出口。那个时候，我和我姐，是很羞于有这个妈妈的，恨不得早早逃离那个家。

是在成年后，我才慢慢懂了我妈，对她有了真正的理解和同情。在那样一个穷家里，她上有老，下有小，还有小姑子小叔子拖累着。我爸又不太精于农事，一家老小，都要凭我妈的双手，一锄一锹地在地里面扒拉出口粮来。她整天除了劳作，还是劳作，从早到晚，无有间隙。她吃饭都是风卷残云般的，惹得我们在内心鄙视。天黑了，左邻右舍都回家了，她还要赖在地里多劳作一会儿。我们并不因此感激她，反倒因要等她一起吃饭，而生出怨愤之气。想我妈那时，也不过三四十岁的年纪。她哪里是不懂温柔啊，而是根本没有时间没有精力去温柔了。她那样拼死拼活的，却没有一个人感念她，包括我们做子女的。她是多么孤独和孤单。

好姑娘，你对你妈妈，是不是也是如此，被她的坏脾气蒙住了双眼，而看不到她在那"坏脾气"后的付出？一个中年女人，带着两个孩子，跟老公感情疏离，可能还时有拌嘴吵架。生活的压力或许也大，在工作上，在人际交往上。这样的一个妈妈，她的内心世界，该是怎样的纷乱而孤单。倘若你站在她的立场上考虑，也许，你愤懑的心，会平复许多。

这世上，没有谁是活得容易的。懂得了这一点之后，我们才能生起同理心，也才能对他人多一分理解，多一分宽容。

好姑娘，你和你妈之间存在的问题，不是爱不爱的问题，而是如何沟通，如何将心比心。不管如何，今生能够母女一场，都是值得感恩的。

她跟你絮絮叨叨，是她没能控制好自己的情绪。她把压抑了的情绪，对着自己亲近的人撒开了。常常，我们对外人能做到礼貌周到和颜悦色，偏偏对自己亲近的人，失了耐心。宝贝，你有没有犯着同样的错呢？

多反思自己，多站在他人的立场上着想，如果能做到这两点，一些矛盾，就能迎刃而解了。找一个合适的机会，好好跟妈妈聊聊吧，告诉她，你的心里话。也请妈妈告诉你，她的心里话。认认真真对她说，你爱她，你们不单要做母女，还要做最好的闺蜜，你的成长，还需要她的陪伴和扶持。

我信，你们会慢慢融洽起来亲密起来的。就像我和我的妈妈。毕竟，血浓于水啊。这世上，还有什么情感，比父母与子女的情分更深厚呢？

梅子老师

暗香浮动月黄昏

梅子：

你好！

想跟你说说我的委屈。

我在一市直单位工作，因为年轻，总觉得要多做点事，所以我工作勤奋，事事都抢着做。我喜欢唱歌，喜欢跳舞，人长得也不错，单位把有关文艺方面的活动，也全交给我了。我代表单位参加过几场比赛，比如歌咏比赛什么的，全得奖了。我从不曾把这当作我的荣誉，我认为这是单位的荣誉，我是在为单位争荣誉。当然，单位也给了我相应的肯定，年终评奖，我都榜上有名，最近还提拔我了。

可是，这样的一个我，却莫名在单位遭到嫉恨。今早我跟一个女同事打招呼，她鼻孔里哼了一声，就掉过头去了，似乎我跟她有什么仇。再看别的女同事，也是一脸幸灾乐祸的样子。平时她们背后说我坏话散布我的谣言也就算了，现在当面还这样，叫我受不了了。我扪心自问，从不曾对不起她们，宁愿自己多做点事，也从不曾跟她们计较过。日常相处中，也对她们以礼相待。我真的想不通，这到底是为什么。

跟我相处多年的闺蜜，也突然酸溜溜地对我说，你现在有本事呀，我打马也追不上了。我们的关系，再难恢复到从前。

　　梅子，一想到这些，我就难过不已。我到底做错了什么，我本善良，从不曾去伤害过谁，她们怎么这么对我？人心叵测，我都不知道怎么办了。梅子你能告诉我吗？

沁梅

　　沁梅，你好。

　　你的名字中也有一个"梅"字，这真让我开心。叫梅的女子，都自有暗香盈盈——这是我的自恋了。因这自恋，我对所有叫梅的人，都怀有十二分的亲切感。

　　我很想找一张印有梅花的信纸给你写信。当笔尖在纸上落下一个"梅"字时，我像在呼唤另一个自己——我这么小小幻想了一下，觉得美好。

　　我刚刚在读书，读到两句话："誉满天下者，必毁满天下。"记忆中的原话，好像不是这样的。我赶紧查找资料，找到了原话的出处，出自梁启超的《李鸿章传》：

　　　　故誉满天下，未必不为乡愿；谤满天下，未必不为伟人。

　　原话充满辩证思想，说的是那些誉满天下名望加身的人，未必就不是小人。

那些被天下人诽谤不待见的人，未必就不是品德高尚之人。

世事险恶，毁誉多在人言，得慎之。

那么，是谁断章取义了呢？誉满天下者，必毁满天下——两句相接，竟给出了现实的第三种可能：木秀于林，风必摧之。

沁梅，你是不是那棵秀出于林的大树呢？你人长得漂亮，又能歌善舞，多才多艺，单位里的所有荣誉，都几乎被你一人揽了。你又活泼好动，喜欢表现，走到哪里，都是一道亮丽的风景线。

这样的你，虽也善良，待人真诚，热情大方，却几乎少有朋友。连从前跟你相处甚好的闺蜜，也远离你。女同事们都对你怀有敌意，她们抱成一团，齐齐对付你，说你的坏话，散布你的谣言。你扪心自问，你从不曾得罪过她们啊。你想不通，这是为什么。

我笑了，傻姑娘，你无意中"伤"了人，却不自知。

好吧，沁梅，我们来做个试验。这会儿你那里的天空怎么样？是不是如我这里一样，骄阳灿烂？那么，好，请抬头，仰望天空，双眼直视太阳。然后告诉我，你能坚持多久？一分钟？两分钟？还是更长时间？我想，你能坚持几秒钟就不错了。太阳的光芒那么强烈，我们的眼睛，如何吃得消！

人们常说，做人要学会藏拙。我却想对你说，你应该适当地露拙藏巧才是。越是有才能的人，越懂得谦虚避让，低调内敛。这是一种修养，是对他人的善良和好。因为，你过多的光芒，会灼伤他人，会碾碎他人的自尊和骄傲。

虽然，那并非你的本意。

你也许不甘，有才华是过错吗？我的才华，从此就不能表露了吗？不，不，真正有才华的人，都是能盛得住才华的，而不是让它随处四溢。你当然还可以表露，只是在你表露的时候，也要带上他人一把，把你的杯中羹，也匀点给他人。那些浮云般的名利，能不要的，就不要了吧，也好留给他人一些机会。当你不耽于这世俗的名利追逐，不沾沾自喜于光环加身，不好表现，不时时把自己当作主角，你将变得外表恬淡，内心静美，宠辱不惊。这样的一个你，又怎能不让人喜欢和尊敬有加？

沁梅，想你也熟悉唐代才子林和靖吧？此人幼时就刻苦好学，通晓经史百家，却甘愿退隐红尘，结庐孤山，与梅和鹤为伴。他那首写梅的诗，实在是好：

> 众芳摇落独喧妍，占尽风情向小园。
>
> 疏影横斜水清浅，暗香浮动月黄昏。

知道如何避开俗世的锋芒和喧闹，独守自己内心的芬芳，是一种大智慧。

梅子老师

不完满

才是人生

丁立梅 著

人民东方出版传媒
People's Oriental Publishing & Media
东方出版社
The Oriental Press

图书在版编目（CIP）数据

N 个树洞 / 丁立梅著． 一北京 ： 东方出版社，2022.4

ISBN 978-7-5207-1780-9

Ⅰ ． ① N… Ⅱ ． ① 丁… Ⅲ ． ① 书信集－中国－当代Ⅳ ． ① I267.5

中国版本图书馆 CIP 数据核字（2021）第 220384 号

N 个树洞

（ N GE SHUDONG ）

作　　者：	丁立梅
策 划 人：	王莉莉
责任编辑：	王莉莉　贾　方
产品经理：	贾　方
整体设计：	门乃婷工作室
出　　版：	东方出版社
发　　行：	人民东方出版传媒有限公司
地　　址：	北京市西城区北三环中路 6 号
邮政编码：	100120
印　　刷：	小森印刷（北京）有限公司
版　　次：	2022 年 4 月第 1 版
印　　次：	2022 年 4 月第 1 次印刷
印　　数：	10000 套
开　　本：	680 毫米 ×940 毫米 1/16
印　　张：	44.5
字　　数：	509 千字
书　　号：	ISBN 978-7-5207-1780-9
定　　价：	138.00 元
发行电话：	（010）85924663　85924644　85924641

我很期待明天我会遇见什么，

我很贪恋这个尘世的烟火和温柔。

目 录

CONTENTS

第一辑 每一粒时光，都含着香的

绿阴幽草胜花时 / 002

每一粒时光，都含着香的 / 004

画一个雪人送自己 / 007

只要天没有塌下来 / 010

找回步入阳光的能力 / 013

世界如此动人，如此缤纷 / 016

山不过来，我过去 / 019

愿你不负韶华 / 024

他的心上，只住着荷花 / 044

第二辑 成长是流淌着的一条河

做全新的你 / 050

你的独特，无可替代 / 054

成长是流淌着的一条河 / 057

真正的美，是从内心散发出的好意 / 061

他只是换了一个地方居住 / 065

原谅自己的不完美 / 068

活在自己的愿景中 / 071

人生没有草稿 / 074

你不是月亮 / 077

敞敞亮亮做自己 / 082

第三辑 不完满才是人生

这样，就很好了 / 090

做个阳光的天使 / 094

我们都不是完美的人 / 098

花开花落，自有定数 / 102

山外有山 / 106

愿你成为自己的英雄 / 108

教学相长 / 111

留得青山在 / 115

正视自己的短板 / 117

草莓的活法 / 120

成为自己的小太阳 / 124

不完满才是人生 / 128

CONTENTS

第四辑 先谋生，再谋喜欢

野葱花儿开 / 134

先谋生，再谋喜欢 / 137

门槛的选择 / 141

一路前行，总好过坐以待毙 / 145

一张一弛乃是文武之道 / 148

后天的修炼 / 151

肉体是每个人的神殿 / 154

天要刮风，由它刮去吧 / 158

第五辑 走着走着，花就开了

走着走着，花就开了 / 164

找到适合自己的人生跑道 / 168

学海无边，书囊无底 / 171

好的，我们就这样说说话吧 / 176

闭上眼，先美美地睡上一觉吧 / 179

走好你的下一步 / 182

做棵拥抱太阳的向日葵 / 184

第六辑 第 N 个"树洞"

雨不会一直地下 / 190

懂得拒绝，是对自己的一种成全 / 193

给自己找一个"树洞" / 196

第 N 个"树洞" / 200

第一辑
每一粒时光，都含着香的

十年后的春风在等你。二十年后的冬雪在等你。三十年后的老酒在等你。四十年后的月色在等你……每一粒时光，都含着香的。

绿阴幽草胜花时

丁老师，我该怎么办？

我很喜欢我初中时候的一个语文老师，希望以后能跟她重逢。我得躁郁症有七年了，之前做过很多伤害她的事情，比如让别人打电话骚扰她，等等。其实我也不想这样做，但是因为之前生病很严重。她后来也知道我生病这件事情，她说她不会记恨，但也做不到真正释怀。

我今年二月份因自杀进医院，这次住院彻底改变了我原来不好的状态，这次药物调得很成功，从那以后也没有再骚扰过她。我现在还是默默追随她。

我从小就很喜欢文学，现在在学汉语言文学的自考。但我不知道她会不会原谅我，我以前在学校的时候跟她关系挺好的，就像好朋友一样，但是出了那些事情以后，她说从来没有把我当朋友，对我和对其他学生没有区别……可是发生那些事之前她不是这样说的，她以前经常说，看到我对她信任，她很高兴，也经常主动对我笑。我知道是我自己做错了很多事情，但是我那个时候确实控制不了自己，也很后悔。我不知道我和她还能不能回到从前……

您的读者

亲爱的，你好。

生病是一件很辛苦、很孤独的事，抱抱你，你辛苦了。

很替你高兴，你走过来了。愿你从此不再受疾病困扰，身心皆舒展。悄悄儿说一句，今后不管遇到怎样的苦痛，你都不要再动自杀的傻念头，那不算英雄好汉，那是懦夫。记住，好好活着，才是天底下最大的事。

过去的事情，都成了往事。对与错，是与非，爱与不爱，都已翻过去了，再后悔也回不到从前了，咱就不要再执着了，好吗？记住那些好，蕴藏于心，化成前行的力量，往前走吧，你还会遇到一些美好的人，美好的事。到时，做到格外珍惜就是了。

现在，窗外一个绚烂之极的春天就要过去了，曾经它是那么好，百花齐放，融融洽洽。可再好的春天也是要走的呀，我们不必为之伤感，不必徒劳挽留。我们遇见过它，被它的春色抚慰过，就很好了。下面有一个夏在等着呢，夏虽没有太多的繁花争妍斗艳，没有成群结队的蜂飞蝶绕，可它有满把满把清新的绿呀，"绿阴幽草胜花时"呢。

人生的每一个阶段，都有每一个阶段的好，我们经历了，无悔了。该丢的要丢开，该记取的记取着，路是往前走的，明天在前面等着。好好爱着今天，奔着明天而去，这是对自己的一种体贴。对转身而去的人和事，不打扰，不纠缠，也是一种体贴。

愿你开心。

梅子老师

每一粒时光，都含着香的

梅子老师：

　　您好！

　　有很多话我没办法讲，现在我已经有很严重的抑郁症了。可是我不敢跟父母讲，我只是一个学生，连去医院都没有资格。而且我也很怕，我现在已经开始强烈讨厌身边的每一个人了，包括父母。

　　我总能在别人身上看到人性的劣根，我知道每个人都是不完美的，但是没必要用一些心机来应付生活。我想活得轻松一些，可是我父母反反复复提醒我，要认真且一丝不苟地活着，因为他们为了我读书，为了我可以考好的大学，拼了命为我争取机会。

　　但是我现在满脑子只有死亡，我不敢讲，真的谁都不敢讲。每个人都想过自杀，可是很多人都没有这样做，因为生活中有太多惧怕的，怕父母掉眼泪，怕朋友、亲人伤心难过，怕这个世界再也没有自己的痕迹。可是现在我这种惧怕的感觉越来越弱，我怕自己有一天真的什么都不畏惧了，这个时候的我一定濒临死亡了。我知道这个危险在逼近，可是我却手足无措，我到底该怎么活下去？

您的读者

亲爱的宝贝，我在。

谢谢你把心里话跟我讲了。来，让我抱抱你。

患了抑郁症，说明咱的精神免疫力降低了，这没什么的。这就像我们偶尔会患上感冒一样。治愈感冒的办法，最快速的是打针吃药，也有的靠大量喝水，也有的靠运动出汗。总之，只要积极配合治疗，不几日，也就能恢复健康了。

治愈咱的抑郁症，也是如此。有病咱就治，你不要回避它，不要害怕它，那样只会使它越来越猖狂。疾病如弹簧，你弱它就强。你强，它自然也就弱了。

你得告诉你的家人。他们是你最亲近的人哪，为你，他们愿意千千万万遍奉献。所以，不要怕讲出来后他们会伤心，会失望，相比较于你的隐忍不说，和你的自我沦陷，那实在算不了什么。要是你真的出了什么事，那才叫他们痛不欲生哪。如果事后他们得知了缘由，他们该多么恼恨对你的 "无知无觉"，痛悔和自责会让他们痛断肝肠。亲爱的宝贝，那个时候，对你的父母来说，他们情愿失去全世界，也不要失去你。

宝贝，请给你的家人一点信心好吗？让他们和你一起，共同面对抑郁症这个 "小妖精"。从此，你不是一个人在战斗了，你有你的团队呢。相信，用不了多久，这个 "小妖精" 就会被你们打跑的。

这期间，你要做的，是积极调整好你的心态，不要让自己长时间陷在坏情绪中，不要放大生活中的那些缺陷和不圆满。要知道，花半开，月半圆，这才让我们的人生多出许多的回味和期待。

宝贝，掐掉想自杀的念头，尽量少想死亡的事，多想点活着的好。你还年少，还没有碰上自己的意中人呢，你难道就不好奇那个人长什么模样吗？世界这么大，你到过哪些地方呢？你在布达拉宫的平台上望过燕子飞吗？你在新疆的草甸上望过雪山吗？你在西双版纳的丛林里遇过蝴蝶吗？你在莱茵河畔漫过步吗？你在科罗拉多大峡谷望过瀑布吗？你在丽江的书吧里看过书吗？你在洱海边听过风吹吗？你在松花江畔品尝过俄罗斯冰淇淋吗？你在雪乡里喝过北大仓吃过冻柿子吗？

亲爱的宝贝，十年后的春风在等你。二十年后的冬雪在等你。三十年后的老酒在等你。四十年后的月色在等你……是的是的，咱好不容易来这人世走一遭，总得把这世上的所有酸甜苦辣一一尝到，才不枉活过一场。咱又如何舍得旅途尚未正式开始，就提前下车了呢？

来来来宝贝，什么乱七八糟的事，咱都不要去想了，反正天不会掉下来，地球还在转着，再大的事，大不过天去，大不过地去，还有什么想不开的呢？咱就读点书吧，听点音乐吧。实在没兴趣，咱也可以看看天上的流云，听听一片叶子在风中唱歌。如果你愿意细细地去品，每一粒时光，都含着香的。

宝贝，咱就试一试吧，对这个世界笑一笑，你会发现，世界也会还你一个笑。好好地活着，是件很美妙的事呢。

　　　　　　　　　　　　　　　　　　　　　　　　　　梅子老师

画一个雪人送自己

梅子老师：

　　您好！

　　对不起，我又来麻烦您了。开学半个月了，在学校待了15天，不知道为什么，学习没有动力，没有了激情，浑浑噩噩的，每次小测试也都考不好，总感觉很累。

　　在学校也很想家，军训期间和开学的第一个星期，一给我妈打电话就哭，星期六我妈去看我的时候，我晚上请假回家了。不知道为什么在那就是不太想学习，但周围的同学都很努力，而我……

　　我也想好好学，但就是没有从前的激情了，我想找回初三刚开始时的那股拼劲，但怎么也回不去了。我一回家爷爷奶奶也在那安慰我，让我好好学，不会就问。他们都是农民，没有什么文化的。我爸在外面上班，也是给我打电话，问问我怎么样了。我妈也是竭尽全力地对我好，一直鼓励我。我不想让他们失望，但状态一直不好，每次我遇到一个挫折和困难，咬牙坚持下来，等待我的不是彩虹，而是又一个困难。

　　下午又要去学校了，希望梅子老师指点一下，让我把状态调整好，谢谢梅子老师。

梦影

宝贝，向你道一声：辛苦了！

初三阶段的最后冲刺，让你用尽了浑身的气力，你现在，只不过是进入了身体的疲惫期。虽你不想如此，可身体有时不随我们的意志而转移啊，它累了就是累了，它不会欺骗我们。

又，人的情绪也是会波澜起伏的，有高潮，必有低谷，你眼下正经历着情绪的低谷期。这非常非常正常，就像秋天再斑斓华彩，冬天也还是会来，大地几乎在一夜之间就被寒冷和肃杀垄断了，再不见丝毫绚烂。这个时候我们诅咒冬天有用吗？着急和哭泣能改变什么吗？当然不能。那我们何不放宽心，坦然接纳这个冬天，让心慢慢沉淀下来，换个角度，打量一下眼前的冬天，享受它的干净、简单和安宁，充满期待地等着一场雪的到来？即便最后等不来雪也没关系，我们可以画一个雪人送自己。不知不觉地，你以为难捱的冬天，就这么悄悄过去了，春天的脚步轻盈而来，你又将迎来一个世界的明媚。

宝贝，不要急，适当放松一下自己是不要紧的，不要怕你一不努力，就让别人超过了。神经之弦也有它的承受度呢，当弦绷得过紧，必会断的。再说，你的同学也不是钢铁之躯，他们也有他们的身体疲惫期和情绪低谷期，只是你不知道罢了。

是的是的，你目前要考虑的不是如何不负众望，而是怎样让自己快乐起来，一个人只有在快乐中，做事情才不会感到吃力，效率也才会提高。去听听好听的歌吧，画点好玩儿的画吧，哪怕就是对着天空发发呆也好。你也可以把小心情写在纸上。我一直以为，抒写是缓解情绪的最好方法。学习掉下来一点也没关系，等咱调整好心态了，咱还是元气满满的美少女，稍稍一发功，"噗"一下，就又赶上去了。

祝你快乐！

梅子老师

只要天没有塌下来

我在一个学校做讲座，讲座完了后，一些孩子拿着自己的作业本或是书来让我给签名。他们争相跟我拥抱，有的孩子还调皮地在我脸颊上左啄一下，右啄一下，跟小鸟啄食似的，礼堂里充满快乐的笑声。就在这时，一个小女生挤过来，她手里揎着一张小纸条，不声不响地递给我。我笑着问她，是写给我的吗？她不说话，冲我严肃地点点头，脸上一丝笑容也没有。我接过纸条，展开一看，大吃一惊，只见上面写着这样一行字：

谢谢你刚才的演讲。如果你今天没来，我现在已不在了。

我张开双臂紧紧抱住她，一时不知说什么好了。后面的孩子在催她，你快点呀快点呀。我低头，迅速在她递给我的书上写下了这样的话：

宝贝，请记住，这世上，再也没有比好好活着更重要更有意义的事了。

我附上了我的电话号码，嘱她，若有什么不开心的事，你打电话告诉我，我们一起来想办法解决。无论什么时候你打我电话，我都在的。宝贝，请你一定要爱自己好吗？

她认真地看着我，低低道了声"谢谢"，挤出了人群。小小的身影，如水花一现。

——题记

宝贝，你好。

我已回到我的城。一放下行李，我就迫不及待坐到书桌跟前，想跟你好好说会儿话。

从昨天下午到现在，我的脑子里全是你。那么多活泼的孩子里面，你也是青嫩的一个，本应该也是活泼的热闹的，如盛开的花朵一般的。但你，却了无生机。我不知道你的小身体里，到底在承受着什么样的打击，让你想逃离这个人世。这个人世，是有着太多的不好，让我们碰着磕着，痛得流泪，甚至流血。然而，它也有着很多美好的事情，慰藉着我们的眼睛和灵魂。比方说，眼下的这个秋天，就叫人欢喜。

你知道吗，昨天在给你们做讲座之前，我把你们的校园走了一遍。我看到秋天，正踩着碎步，在你们的校园里漫游。它徜徉在好大的一片银杏林里，那里，已描着一片一片的金黄。用不了多久，它将给你们端出一树一树的灿烂，如同挂满黄金。

它又在你们的教学楼附近转悠，那里，长着好多棵桂花树，浓密的枝叶间，已缀满了花苞苞。再过三五日，将是满校园都喷着香了吧，桂子月中落，天香云外飘。我想象着，你们读书时，刚一张嘴，哇，就咬了一口桂花香。你们低头写作业时，哇，那桂花香，像打了蜡似的，滑溜溜地溜到你们笔底下去，把你们写下的每一个字，都染得香喷喷的。你们在课间聊天，那桂花香，在你们的话语里乱窜。你们去食堂吃饭，去宿舍睡觉，都是踩着花香而去的。

多好玩儿啊！

我还看到一串红开在池塘边。一池的锦鲤，在池子里快乐地游弋，像开在水里面的花朵。它们听到有人拍掌，就全都游了过来，嘴一张一合的，以为是要给它们喂食呢。你说它们傻不傻？都说鱼的记忆只有七秒，可它们怎么就记住了人的掌声？这很有意思的是不是？

是的，生活就是这么有趣这么好玩儿，如果你愿意去亲近的话，叶子会为你跳舞，花朵会朝着你微笑，天空会为你歌唱，鱼会为你游弋。宝贝，我们活着是为了什么呢？就是为了发现并爱上这些小美好啊。

如果因为一次跌倒、一场打击、一次不幸，我们就放弃了整个人生，那真的很对不起我们自己。尤其是你，你的人生才刚刚开始，就像一枚芽苞苞，它后面还要长叶，还要开花，还要结果，还有大把大把的好时光，艳丽斑斓。你又怎么舍得离开这个人世？

宝贝，你拥有明亮的双眼，你拥有矫健的双腿，你拥有青嫩的生命，这些只属于你，不要浪费它们好吗？不管你的世界里发生过什么，只要天没有塌下来，人生总还可以继续。快乐来时，我们享受快乐。痛苦来时，我们迎向痛苦。无论是身处黑暗里，还是光明中，只要坦然相待，就没有什么东西能压垮我们。

宝贝，你对这个世界来说，也很重要，有你在，这个世界便多了一份鲜活。好好爱自己，好吗？等着你把你的未来告诉我。

梅子老师

找回步入阳光的能力

梅子老师：

您好！

我是一名高三的艺考生。有时候我觉得，外表乖巧的我，心底总有叛逆在隐隐作祟。十八岁的年纪，我去文了身，开始抽烟。

记得小时候看你的文章，有个女孩在手上刺了一个"爱"字，她哭着和你说，她想要爱。我觉得小小的她，真的很像现在的我。很愧疚，读您的书，却并没有长成像您一样温暖的人。记得您当初来学校做讲座，温温柔柔地喊："宝贝儿，宝贝儿。"心都要被您叫化了，变得柔软。

而彼时此刻，我已经连续十多天凌晨三四点才勉强得以入眠。烟好像成了一种药，身上的文身不说话，安静地陪着我度过每一个不眠的日子。您笔下的生活甜美安宁，我也曾在这样美好的时光里成长。现在阳光依旧温暖，微风依旧和煦，可我总是觉得很冷，很冷。

玮玮

玮玮，你好，读你的信，我的心一个劲儿地往下沉。想你文身时，该多疼啊；想你抽烟时，烟该多呛人啊；想你难以入眠时，身体该有多煎熬啊。倘若你是我的女儿，我该多么自责和无地自容。

推己及人。玮玮宝贝，你也是有父有母的人，当他们得知了你生活的真相，他们该有多难过。我们可以借青春的名义叛逆、张狂、率性而为，但当这些行为触及生命的底线——健康和正常的生活时，我们就应该懂得反思和及时刹车了。

我不想询问你到底遇到了什么难解的结，那没有任何意义，因为发生的，都已发生。或许，本就没有什么结，你只是陷入了青春期的迷惘中。不管是出于什么原因，宝贝，我都不希望你用毁灭自己的方式，来麻痹你自己。这种做法非常的蠢，因为你所有的伤，都必须靠你自己慢慢养。况且将来，你说不定有多悔恨呢。

我曾遇见过一个二十八九岁的女孩子，她在商场里做营业员。她的手臂上，文着一条巨蟒，触目惊心着。她把她的手臂拼命地往袖子里藏，脸红红地跟我解释，年少时不懂事，现在洗也洗不掉了。我笑了笑，我并不介意她的文身，别人或许也不介意。但是，她介意，年少时的"伤疤"，已烙在她的生命里，不是轻易就能去掉的了。

我遇见另一个女孩子，是做家政服务的。她给我留下深刻印象的是她的笑，她的笑太感染人了，像风吹过铃铛一样，叮叮当当，清脆入耳。她麻利地扫地擦窗子，一边跟人讲着什么笑话，听的人还没怎么笑呢，她已叮叮当当笑个不停了。她一笑，全世界的阳光似乎都跑了来，让人觉得特别的明亮和愉悦。

我以为她是天生的乐天派。但她说，不，我曾经也灰暗过一段日子呢。曾经，她是家里的小公主，父母是做生意的，锦衣玉食惯着她。她念书时，也就没怎么好好念，想着反正家里有钱，她日后不愁生活没着落，又何必辛苦读书呢。但生意场上的事，谁说得清呢？昨天还是家财万贯，今天也许就家徒四壁了。在她高中毕业的时候，父母的生意一落千丈，连住房也被卖了抵债，父亲出去以酒买醉，在夜归途中，出了车祸，当场死亡。母亲精神大受打击，一病不起。那个时候，她从云端一下子坠落到泥地里，哭天抹地，连死的心都有了。可是不能啊，母亲还要靠她照料。她出去找工作，因学历低，处处碰壁。她灰心过，颓败过，但最终她自己站了起来。她报了家政培训，一点一点跟着学习，渐渐地，在这行里做得熟练起来，出色起来，有了自己的团队——阳光家政服务公司。她说，在阳光里生活，就要有步入阳光的能力。说完，她又叮叮当当笑起来。

我真是喜欢她的笑，仿佛身上装着个小太阳，一笑就光芒万丈。拥有这样的笑容，尘世再多的艰难，都可以越过去的吧。玮玮，你若笑起来，会不会也像这个女孩子一样，叮叮当当清脆入耳呢？不管过去有过什么不快乐，我们统统原谅它好吗？从现在起，把烟戒了吧，一日三餐好好吃，一天一觉好好睡，太阳好的时候，仰起自己的脸，让太阳晒晒。没有太阳的时候，在心里给自己画一个太阳，对自己笑一笑。

是的，我们要先抱紧自己，给自己取暖，打开心扉，接受阳光。然后慢慢，你也就会找回恢复阳光的能力了。

梅子老师

世界如此动人，如此缤纷

梅子老师：

　　您好！我是一位初三学生，而且也是一位抑郁症患者。我觉得您一定很讶然，一个十多岁大的孩子居然会有抑郁症。嗯……我即将面临中考，然而我的成绩简直不堪入目，甚至毕业都成了问题。可是，我实在不喜欢学习，是啊，谁喜欢学习？不过是为了完成那九年义务教育，我或许是没用心吧，可……我用心不起来。

　　我有一个爱好，就是画画，我可以用心地去画一幅画。现在，我在爱好和学习中要选择一个，我的父母，也不能多说什么，因为我的抑郁症。所以想请您给我一些建议。

您的读者

　　你好啊，宝贝，我没有讶然呢。

　　生病嘛，是件再正常不过的事。谁的一生中没有生过病呢？至于我们在什么年纪生病，会患上什么病，这是由不得我们选择的。这就好比天要刮风它就刮风，要下雨它就下雨。春天的时候，还会刮龙卷风呢，还有沙尘暴呢。所以呀，不要觉得你是特殊的。

你不喜欢学习，我把它理解为你只是不喜欢做老师布置的那些作业。宝贝，那些物理、数学的运算，若是对你造成很大的困扰，你实在喜欢不起来，那就先放一放，咱又不要做物理学家或是数学家。但书，我还是建议你要读一些，比如文学的，比如历史的，比如地理的。遇到一本好书，就等于结交到一个顶好的朋友，它可以帮你打开又一扇认识世界的窗，让你体验不同的人生，给你带来精神上的富足和愉悦。

你喜欢画画，这是相当棒的一件事。你可以画下去呀，未必要成为一流的画家，只为自己的这份喜欢，天长日久坚持下去，也是了不起的成功呢。也许，画着画着，你就画出一番新天地了。

倘若你能把读书和画画融会贯通起来就更好了，当你拥有了一定的文学素养，对画面的理解与构图，会更有自己的独到之处的。所有的艺术，都是相通的，尤其是文学、音乐与绘画之间。鉴于此，我还是要叮嘱你，多读点好书吧，多听点好的音乐吧，这对你的整个人生，是有很大的帮助的。

宝贝，我不希望抑郁症成为你的挡箭牌，让所有人都对你小心翼翼着，让你肆无忌惮地自我抛弃自我沉沦。我希望你能及早从抑郁症的阴影里走出来，世界如此动人，如此缤纷，多少的美景，等着你一笔一画去画出它们呢。

宝贝，你会拥有自己的灿烂的，只要你愿意好好地走下去。

梅子老师

山不过来，我过去

丁老师：

您好！

我是伏兮，一名抑郁症患者，我喜欢穿极具个性的衣服，因为我喜欢别人看我时惊艳的目光，我喜欢众星捧月的感觉，因此我在别人的眼里是一个性感自信骄傲热情的人。其实这些都是我装的，实际上我是个具有社恐、隐藏着自卑、温柔安静的姑娘。我恶心头晕，心口一阵阵地疼。

家里人一直都认为我情绪很好，确实一开始是很好。但是在家时间长了，我就感觉他们都对我有意见，各种嫌弃，我还要天天装作听不懂无所谓的样子，装作迈过了那道坎，瞒了好多人。其实我迈不过去，也放不过自己。

我每天都很想发脾气耍性子，好好地发泄我的情绪，但我也知道这样做的后果，他们肯定会说："你现在怎么变成这样了，这么不听话，我说你两句还不行了是吧？你为什么不好好说话？小孩子家家的脾气不小呀。"我想变成这样吗？我也不想呀，我明明每天都好好吃药了，为什么还是好不了？

妈妈每天说，难道你就这样逃避，逃避是小孩子才做的，你都多大了。可我明明就是小孩子呀，遇到事我就想躲，不开心我就换头像，对着手机发呆，对着手机哭。他们从来都不了解我，脑回路从来都不在一个频道上，眼泪心事等任何事，被子和枕头都比他们知道的多，他们从来都不知道我半夜会哭得喘不过气，晚上会因为腿疼睡不着，会因为无缘无故的燥热难受。

曾经我以为我是一个非常幸福的人，现在我发现我想多了。以前我过生日他们好歹打电话跟我说声"生日快乐"，发个红包，现在他们都在我身边了，怕他们忘了，我提醒了他们好多次，在生日当天我都提醒了。他们说过生日就过生日呗。从我记事起，他们就没给我过过一个正式的生日。每次我弟过生日的时候，他们都提前几天给他订蛋糕，做一大桌子的菜，过生日的视频发朋友圈，发抖音。可我呢，什么都没有，过生日那天被他们各种数落，没有一个人跟我说"生日快乐"。晚上八点多我自己给自己买了一块蛋糕，一个人默默坐着在路边哭着吃完。我真的好想问一句凭什么，凭什么我要一个人吞尽所有的委屈，躲在角落连吭都不能吭一声？凭什么认为我是装的，就是不想上学？凭什么你们要认为你们很了解我？凭什么认为我变了，变得不可理喻了，变得不懂事了？我又凭什么要懂事呀，就是懂事才把我害成这样，很多事情压得我喘不过气。

我现在很敏感，安全感很低，他们无心的一句话也会让我难过一整天，我难过也不会让他们看出来，免得他们又说我矫情、小心眼、无理取闹。我生气了我心软，他们哄一下就好，可他们哄的时候都漫不经心。他们对我的承诺他们忘了，可我都记得，他们能不能别对我承诺了，他们不实现我会失望的，我怕我走不出来。

最近老是做梦，不是梦见我自杀了，就是梦到我杀别人了，我现在怎么这么可怕，太恐怖了。今天我刷到一个新闻，一个十四岁的小孩从二十多层楼上跳了下去，他没有喊"救命"，而是说"终于解脱了"。他解脱了，那么，我呢，什么时候解脱？家和学校就像沼泽一样，陷进去了，要想爬出来太难了，疼得无法呼吸。我喜欢读书，丁老师所有的书我都读过，只有读书我才会忘记痛苦，获得短暂的安宁。

老师，你说我要是熬不过去怎么办？抑郁真的好可怕，我好想吃完医院给我开的安眠药，永远也醒不过来。

伏兮

亲爱的宝贝，你好。

来，到阿姨的怀抱里来，让我抱抱你。

我刚刚伏在阳台的窗口，什么也没做，就是闭着眼睛，听风吹。今日立秋，天上聚集着无数朵好看的云。在我闭眼的时候，我确信，肯定有几朵被风吹得掉下来了。它们掉在栾树的枝头，变成花苞苞了吧？栾树快开花了。

这是活着，可以见到季节的转换，如此的明媚动人。

其实，这些天我的心情也有点儿小压抑，我不得已辞掉我的工作，在我无法兼顾到写作和教学时，我选择了写作，放弃了几十年的教师职业。人生有时要做很多选择，放下，才能拥有吧。然放下哪那么容易，总伴随着疼痛在里头。可终究，我们要翻开新的一章，重新书写人生的。

　　宝贝，你也是，有什么放不下的呢？咱放下伪装吧，做真实的自己，是怎样的一个自己，就做怎样的一个自己。人不是活给别人看的，而是要活成自己的小宇宙。疼了，就喊出来。想哭，就哭一场。允许自己有些小任性，允许自己把自己当小公主。你还处在一个不要你操心柴米油盐的年纪，生活相对来说，还比较简单，那么，就好好做你的美少女吧。

　　父母的思维，跟你无法同频率，这个也正常。他们离做孩子的时代远了，渐渐忘记做孩子是怎么一回事了。咱就原谅他们的忘性大吧，不去跟他们多做计较。因为计较的结果，只能使你陷入更深的苦恼中去，这又何苦呢？既然改变不了他们，你就改变自己。有句话讲，山不过来，我过去。你就把他们当作一座山好了。他们不记得给你买生日礼物，你就用他们的钱，自己买了送自己，就像你自己给自己买生日蛋糕一样。不过，不要躲着一个人吃，而是要请他们一起吃，看他们惭愧不惭愧！如果你表现得落落大方一些，如果你的心胸开阔一些，结果会很不一样呢。我想，你的父母会很乐意你跟他们分享你的快乐的。

　　宝贝，有什么不满，咱就好好说出来。人与人是需要真诚地沟通的，谁也不是谁肚子里的虫儿，知晓对方肚子里的事情。家人之间，并没有什么原则性的纷争，有什么问题不能解决的？佛说，千年修得同船渡。你看，同船一渡都要修个千年才成，那父母子女一场，要修多少年才等来这缘分？咱好好珍惜吧。

　　如果能回到学校去，我还是建议你回到学校去，把学业完成了。学习的事，任何人都替代不了你，你必须自己去做。尽管艰难，还是要做。因为，这是我们立足于这个世界的资本。等你走过这段时期了，回过头来，你会发现，唯有学习，才是你这段时期最大的收获。

不要怕抑郁，它不就是想让你不快乐么？咱偏不如它所愿！咱想唱时就大声唱。你看，山川河流多么壮丽！你看，天空的变化多么奇妙！未来有那么多美景等着你去赏，有那么多有趣的事，等着你去参与，小小的抑郁，能奈你何？当你变得快乐了，它就被吓跑了。

宝贝，别怕，我与你同在。

祝你快乐！

梅子阿姨

愿你不负韶华

丁酉年。冬天。天阴了一天了，云都冻起来了。晚间，我正坐灯下，用彩铅细细描一枝蜡梅。我时刻关注着我楼下的那两棵蜡梅，它们光溜溜的枝条上，小榛子般的花骨朵儿已饱胀起来，不几日就快开了。这时，闻听得窗外有惊呼声兴奋地响起，啊，下雪了。

唔，真的下雪了？我情绪一昂，赶紧丢下笔，跑去窗前。黑黑的夜空下，果真见到像小虫子似的雪珠，从天而降。四下里响起窸窸窣窣的声音，是这些"小虫子"在爬。

今年的雪来早了，这还没进入腊月呢，我想。这意外的"客人"的到来，让一个寻常的冬夜，变得不寻常起来。我站窗前看了很久，直到确信雪一时半会不会离去，我才放心。明日晨起，我将看到一个粉妆玉琢的世界了。

我打开我的微博，想随手记录一下这天的雪。一条留言跳了出来，是青岛一中学的孩子写来的。她让我叫她幻影。说是因为读了我很多文字，觉得我是个善良的人，这才决定给我写信的。

我和这个孩子，自此通起信来。近一年的时间里，我们通了100多封信。而今，她早已从曾经的阴影里走出来，走到了阳光下，活得健康而充满活力。现择我们之间的几封通讯录于此，或许对处在迷途中的孩子有所帮助也未可知。

一

梅子老师：

　　您好！

　　我是青岛一中学初三的学生。您就叫我幻影吧。人生如梦幻泡影，还真是啊。

　　从小学五年级起，我开始读您的书。您的文字让我安静，我很喜欢。我觉得您是个温柔的人，善良的人，美好的人，所以决定给您写信。我也很想像您一样，做个温柔和美好的人，好好爱生活，好好爱这个世界，但是我做不到。

　　现在有一事想求您，您能不能告诉我，最好的死亡方法是什么。不疼，死相也不难看的那一种。

您的读者：幻影

青青：

　　你好！

　　我不喜欢幻影这个名字，我叫你青青吧，青岛的青，青春的青，你可喜欢？

我不知道你遇到了什么。我想告诉你我遇到的，我这里，下雪了。起初是细细的小雪粒，静夜里听着，就如同一些调皮的小爪子，在给夜挠痒痒呢，窸窸窣窣，窸窸窣窣。此刻，就在我给你写信的此刻，那些小雪粒已变成小雪花了，飘飘洒洒，无声吟唱着。夜，越发宁静了，有多少雀跃的心，等着明天晨起，要去雪地里撒欢啊。

青青，世上的许多事物不是梦幻，不是泡影，而是如此真实着，这样的天空，这样的大地，这样的宁静和美好，可触可摸可感。我们能置身其中，何其幸运。

青青，我无法告诉你最好的死亡方法是什么，因为我不知道，我没有尝试过。我惜命，不舍得放弃它，除非上天要收回它——比如疾病，比如灾难，比如衰老，那是我无力抗拒的。否则，我一定要把它牢牢掌握在自己手中。上帝给我们每个人同样的旅程——童年、少年、青年、中年、老年，每一段都有每一段的风景，我想全部走完它。

青青，你的旅程还长着呢，你这才走到少年，你对你的青年、中年和老年就不好奇吗？想象一下吧，青年的青青会是什么样子的呢？她长发飘飘眉目含笑地走在春风里，在一朵花前驻留，人面花面两相映；中年的青青，会一手挽着一个娃吗？最好一个男娃一个女娃，他们都亲热地叫她"妈妈"，她脸上荡着笑容，无比幸福；老年的青青，儿孙绕膝了。她种花，她养草，她戴着老花眼镜，坐在藤椅上，翻着从前的相册，回忆起一生的时光，笑容不知不觉盛满她脸上的皱纹。人生的每个日子都算数，她的一生，没有白白度过。

青青，我虽不知最好的死亡方法，我却知最好的活着的方法，那就是期待每一缕清晨的阳光，并爱上它。你的一生中，将有多少个美妙的清晨啊。

我想知道，明天清晨，青岛第一缕阳光的样子。麻烦你来信告诉我。我也会告诉你，我这里第一缕阳光的样子，如果有的话。

等你。

梅子老师

二

梅子老师：

您好！

您还是叫我幻影吧。我就是一个梦幻般的影子，活着，也如同死去。

昨天傍晚放学时，从教室里走出来，我站在走廊上，望着楼下，我有一个冲动，想跳下去。四楼不算高，我不知道能不能一下子摔死。我怕半死不活，那太难堪了，所以我犹豫了。

我回家后，又用小刀割了手腕。我的手腕上，卧着十多条深深浅浅的伤疤，都是我割的。我是个怕疼的人，可是，当刀划破我肌肤的时候，我却有一种解脱般的快感。死亡，是唯一一件快乐的事吧，对我来说。

　　我的桌上，摆放着您的书。我翻了几页，也只有在看您的文字时，我才能获得暂时的平静。后来，我上网，冒昧地给您写了一封信。没承想，您迅速给我回了这么长长的一封信。我很意外了，甚至有点儿小激动。我好久都没有激动过了。谢谢您梅子老师，让我看到您那儿的雪。谢谢您梅子老师，跟我说了这么多的话。

　　您可能想象不到，看完您的信后，我独自微笑了很久。我已记不得我什么时候笑过了，好像自从患了抑郁症之后，我就没笑过了。是的，我患抑郁症两年了，刚刚休学了半年，去治疗了。病情平稳了些，我又回到学校。一坐进教室，我整个人又不行了。

　　我也很想看看我的青年、中年和老年的样子，但我恐怕坚持不下去了。我太难受了。每分每秒都很难受，脑子里像住着一头怪兽，无时无刻不在想着撕裂我，毁灭我。

　　你让我看今天清晨青岛的第一缕阳光。抱歉啊梅子老师，我没有去看。因为我昏昏沉沉，根本提不起劲跑去看太阳。我的眼睛里也看不到太阳了。

　　打扰您了。对不起。

您的读者：幻影

青青：

　　你好！

　　原谅我宝贝，我还是想叫你青青。

　　青青！青青！青青！你是宝贝青青。你是青青宝贝。你是这个世界上唯一的一个青青，是独一无二无人能够取代的青青。我们每个人，都是这个世上的唯一啊，所以，特别珍贵。

　　青青，我迫切地想告诉你，今天清晨，我所在的小城的情形。下了一夜的雪已经停了，如我所预想的那样，满世界一片银装素裹。我站在东边阳台的窗口，等着第一缕阳光。这个时候，天空发生着奇异的变化，云彩曼妙如轻纱，有靛蓝的，有绛紫的，有橘色的，有青色的。一枚红果子似的太阳，被这些轻纱托着，从东边雪地里缓缓升起来，在雪地里划下一道道红色的光芒。我不可抑制地想到你，这枚红果子似的太阳，也映照着青岛的海吧？也映照着青青家的窗吧？

　　青青，每一个有阳光的清晨，都是上天的恩赐。愿你能爱上它。

　　我能体会到，你在黑暗里，独自走了两年的路，走得多么辛苦。那我们能不能试着从黑暗里走出来？先迈出一小步，哪怕仅仅一小步，你也会看到，阳光飞舞在枝头的样子。

青青，我很心疼你的手腕。当小刀划破它，它该发出怎样的暗泣啊。那原是要留着戴漂亮的手镯和手链的呢。

你喜欢漂亮的手镯和手链吗？我很喜欢的。我收藏着不少呢，有石头的，有贝壳的，有玛瑙的，有珍珠的，好多都是我自己手工制作的。我一天换一个佩戴，它们缤纷在我的手腕上，我的心情跟着它们缤纷。好物娱情悦心呢。

青青，你有喜欢的东西吗？跟我分享一下吧。

等你。

梅子老师

三

梅子老师：

你好！

让你久等了。

说来也奇怪，在跟你通信之前，我满脑子都是死亡。跟你通信之后，我满脑子都是雪、蜡梅、奇异的云彩、红果子似的太阳、手链和手镯，还有你的样子。我下载了你在网上的照片，你的每一张照片上，都伴着一条丝巾。我看着你，看着你，总会不由自主笑起来，觉得没那么难受了。你是多好的一个人呢，像太阳。我真想见到你，真想你就是我的妈妈，我的姐姐。

你问我可有喜欢的东西，我一下子陷入了茫然中。这几天我一直在想这个问题，我怎么会没有喜欢的东西呢，我有过呀，有过很多呢，我怎么都忘了呢。

小学里，我喜欢各种毛绒玩具狗，喜欢芭比娃娃，喜欢扎头发的漂亮的发结，喜欢绘本，喜欢好看的文具、笔和本子，喜欢跳舞。我太喜欢跳舞了，曾上过一段时期舞蹈班。那个时候，只要学校举办庆祝活动，准有我上台表演舞蹈，老师和同学都说我跳得好，都喜欢看我跳舞。可自从上了中学后，父母说跳舞会影响学习，再没送我去练习过，也不再给我买毛绒玩具狗、芭比娃娃，也不再允许我看绘本。他们说，那都是小孩子玩儿的和看的。他们给我定下的目标很明确，一门心思埋头学习，三年后，考上我们这里最好的高中。再三年后，考个好大学，至少也是211的。顺便告诉你，我爸我妈都是985毕业的。

我再没有喜欢过什么东西了，渐渐地，也就不会喜欢什么了，除了学习，还是学习。我做着父母的乖孩子，内心却有头小兽在叫，不，不，这不是我想要的生活。可我想要的生活是什么呢，我又不知道。我听不进去课，一心想着逃离，也不知要往哪里逃。我听到有人在我耳边说话就烦，头似乎要爆炸。有一天，我扔掉我所有的毛绒玩具狗和芭比娃娃，我烧掉我所有的绘本，我剪掉我从前跳舞穿的裙子，我把我收藏的好看的文具和笔统统扔进垃圾桶。那一次，我爸打了我，我妈骂我做作。我说我不想活了，我当着他们的面，用刀划破手腕（事实上在那之前，我已划过好几次手腕，他们不知道罢了），我妈这才慌了。后来，我被送进医院。后来，我休学了。我爸我妈向我保证，以后什么事情都随我，只要我喜欢。可我已经没有喜欢的东西了。

我现在虽然重新回到学校，但我已彻底被孤立了，同学们看我的眼神像看一个怪物，老师也轻易不惹我，我听不听课，完不完成作业，他们都不会说我什么。我也听不进去什么课，一节课听上五分钟，我就烦得不得了。我设想着种种死亡的情节，在设想中，有隐蔽的快乐。

这几天，我也只偶尔想想死的事。很烦的时候，我看你的信，我就能安静下来了。我答应你，不再割手腕了。你说那是要留着戴漂亮的手镯和手链的。也许我会戴，也许我不会。

不知不觉就跟你说了这么多，亲爱的梅子老师，你听烦了吧？

哦，对了，我把"您"换成"你"了，这样觉得跟你距离更近一些，你不会怪我吧？

晚安，梅子老师。

你的读者：幻影

青青：

你好！

好高兴又等来了你。

你把"您"换成"你",使我很感动,这说明,你不再拿我当外人。那么,来,拉拉钩吧,我们做一辈子的好朋友,可好?看,现在你再也不孤单了,至少还有我这个朋友在的,对不?

青青,说来你也许不信,我其实,也度过一段相当压抑的少年时光呢。那时,我在一乡村中学读书,家里还很穷,身上穿的衣裳都是大人们穿旧的衣服改的,有时上面还会缝着很大的补丁。有一次,我穿着屁股上打着补丁的裤子,在骑自行车时,不小心被破损的车座剐了一下,屁股上的补丁哗啦一下被撕开,后面跟了一群嘲笑的男生。你知道那对一个女孩子来说,是多么毁灭性的打击,回家了还不能跟父母诉说委屈,因为他们根本无暇倾听。他们整天在地里忙着,面朝黄土背朝天,有时忙得连饭也来不及吃,哪里有闲工夫管我裤子的事情。我后来自己找了根针,把破损的地方重新缝起来。这事情造成的阴影,让我有好长时间都走不出来,那段日子我不跟人说话,活得自卑极了。幸好天空温暖,大地慈悲,阳光照着万物,不论贫富。花朵朝着每一个生命微笑,无论贵贱。我也拥有一样的阳光,一样的花朵,我充满无法言说的感激。

是从那个时候开始的吧,我爱上天空的云朵,爱上地上的花草,看到它们,我总能获得巨大的宁静和安慰。我也爱读书,想尽办法找了书来读,书里面有着万千世界,我想去哪个世界就去哪个世界,我在其中徜徉,体会到万千种人生,从而懂得我所经历的人生,绝对不是最不幸的那一个,我因此庆幸,因此珍惜。我也爱写文字,每天都会写上两三行,我用文字和自己的灵魂对话,我活得自在、真实、丰盈,无所畏惧。我坚信,只要天没有倒塌,大地没有沦陷，再多的不愉快，终会成为过去。我就这样，独自在黑夜中，寻找着心头的喜欢和光明，度过了那段难堪的少年时光。现在回忆起来，我已没有悲苦，有的只是感激。感激那段光阴的锤打，让我知福、惜福，让我学会热爱。

青青，你所经历的，和正经历着的，也只是光阴对你的锤打。咱要不畏不惧不回避，坦然地迎上去，对它大喝一声："命运，来吧，看看谁比谁狠！"你掌握了主动权，它就不得不认你做主人，完全听你驱使。等走过了这一段，你会变得更开阔，更结实。将来的一天，你回忆起这段少年时光，也会没有悲苦，有的只是感激。

好了，青青，现在，咱先寻找点小欢喜好吗？让热爱一点一点，重新进入心里。

我很期待，有一天你能告诉我，你找到了欢喜，哪怕只是一点点。

等你。

你的朋友：梅子老师

四

梅子老师：

你好！

我把你的信都打印出来了，装订起来，一遍一遍看。看哭了，又看笑了。

梅子老师，你真好，你怎么可以这么好呢？你的信是我的糖，是我的酒，我烦躁的时候，就打开来看，看得我都会背诵了，还是看，我被甜到了、醉到了。

我在课上看你的信时，我对自己说，一定要好好听课，不然对不起梅子老师。于是今天我坚持听了半堂课，都没有走神，老师讲的内容我全听进去了，老师都表扬我了呢。我好高兴呀，回到学校以来，老师这是第一次表扬我呢。谢谢你梅子老师，这是因为你啊，因为有你这个朋友在。

我好惊讶好惊讶，原来梅子老师曾经生活得那么苦，也曾经活得那么自卑和孤单。读你的文字，我一直以为你的人生，都是铺满鲜花的呢。梅子老师，你好坚强，我争取向你学习。

你让我从喜欢一缕阳光开始，我努力这么做了。今天下午，从教室的窗户外，射进来一束阳光，落在我的课桌上。我伸手去捉，我发现，我的手指在闪亮。那一刻，我是欢喜的。那一刻，我想到了你。你的眼睛，也会这么闪亮吧？

你说我是青青宝贝，宝贝青青。你知道吗，这是第一次有人这么叫我呀。好的，从现在起，我要做个宝贝，青青宝贝。

梅子老师，爱你哟。

爱你的青青宝贝

青青:

你好啊!

不知道怎么形容我的开心。我想象得到,当阳光在你手指上跳动的时候,仿佛有一朵花,在你心中悄悄开了。哎,我的眼睛忍不住有点儿潮湿了呢。原谅我呵青青宝贝,我是个善感的人。

昨天我去买了两盆水仙,两盆仙客来。水仙我喜欢从小球球开始养起,我喜欢看它在水里,一点一点冒出芽来,然后抽长出枝叶,然后结出花蕾,最后,开出花来。生命的成长,每一步里,都充满期待和惊喜。我们的人生,不也是如此吗?

仙客来我每年都养,草花,好护理。喂点水,它就能不停地开给你看。我养的仙客来,每年的花期都长达半年。玫粉和大红的花朵,如兔子耳朵,俏皮地翻卷着。每每见到它们,我的心情都很愉悦。

我把它们称为"春天的信使"。它们一开花,春天就快到了。

想想春天,我就激动不已。春天一到,空气都恨不得开了花。那个时候,人的眼睛和鼻子多么有福,天天享受花的盛宴。

青青,我们一起等着春天来吧。

你喜欢花吗?养一盆吧,等着它开花。

另:咱可以试着把一堂课完整地听下来,那感觉,说不定更美妙。

你的朋友:梅子老师

五

亲爱的梅子老师：

你好！

告诉你一个好消息哦，我今天看到了非常非常漂亮的夕阳。我不知道怎么形容它才好，好大好大，圆滚滚的，红彤彤的。我呆呆地看着它，直到它小了下去，就像你文章里写的那样，"它一圈一圈小下去，小下去，像一只红透的西红柿，可以摘下来，炒了吃"。哈，那时我也真想摘下它来，炒了吃。

这是我今天的小确幸吧。你在上一封信中，建议我每天记录一个小确幸，我听你的话，有去做了。每天出门，看到路边的树叶子在风中摇动，也会感到高兴。听到一只小猫叫，我也会高兴。我已好久没有郁闷啦。梅子老师你说得对，人活着就应该开开心心的，干吗跟自己过不去呢？拳头打在身上，疼的是自己，那是傻嘛。嗯，你放心，我不会再做这样的傻事了。

我还要告诉你一件事，我养的风信子谢了，我按你教我的方法，剪去它的枯叶残花，把它的球根埋到了楼下的土里面。想到冬天我又能见到它，我还真是很期待呢。

我的学习也能跟上教学进度了，月考测试我进了班级前十。老师昨天找我谈话啦，夸我底子好，人聪明，一点就通。哈哈，我本来就聪明嘛。

我也有两个好朋友啦，一个是我的同桌，一个是同桌的发小。我们三个下课了会一起去上厕所。她们两个还请我吃绿豆糕，我也请她们吃棒棒糖。我想起你曾说过的，一个人只有好好地爱自己，才能更好地爱他人，爱这个世界。那时我还没有深刻的体会，现在我终于明白了。我一定会好好爱自己的。

总之呢，我现在很开心的啦，遇到什么花呀草的好看的东西，恨不得立马告诉你。

我是不是很打搅你啊？真抱歉啊。谢谢你，梅子老师。

我会有更多的好消息告诉你的。

送你十万个飞吻。

爱你的：青青宝贝

青青：

你好！

这几天我一直在外忙着，都没来得及回你的信，你等急了吧？

你写来的信，我都看了。你发来的图片，我也都看了。看得嘴角弯弯，眼睛也弯弯起来。你是个多么可爱的姑娘啊，咋这么聪明呢，简直聪明得不能再聪明了。

人的心境，映照着世界万物。当你心境开明时，万物便跟着你开明起来。你看，你现在多好，心里清洁明朗，落入你眼里的，便是清洁明朗。

中考的脚步越来越近，你说你偶尔会焦急，偶尔会莫名其妙地想哭。这个时候，你会把目光投射到窗外的树上，投射到天空上，你会想起我说的，每天的天空都不一样。想着想着，就笑起来。心里就没那么焦急和难过了。结果是什么并不重要，重要的是过程。反正就这么走下去，每一天都喜欢着。

你不知道，我看到你写的这些，我是多么感动。好孩子，你能够直面你自己了，你不是个完人，所以会焦急，会哭泣。喜怒哀乐本是人生的常态，没什么的，我们照单全收。

你人生的路上，一定还会遇到一些坎坷，这是必然的。你还会不时陷入情绪的泥淖中，这也是必然的。但我坚信着，一个眼里有树有花有天空的孩子，定不会被坏情绪所左右，再长的雨季，终会过去，她会等来她的艳阳天的。

考试虽重要，但不是生命中的唯一。把每个日子用心来过，才是人生中最重要的事情。尽力而为，顺其自然。

祝你天天快乐，亲爱的宝贝。送你一个大大的拥抱。

我是你的"树洞"。我在。

梅子老师

六

梅子梅子梅子，我来了。

我是青青。因为忙着迎考，因为忙着出行，我都没有好好给你写信，但我每天都有想你的哟。

考前我爸我妈跟我说，可以考虑上个不错的技校。我也有这个打算，想着去学学烹饪也不错，说不定还能学成个大厨呢。梅子老师你不是说过嘛，这世上唯美食和文字不可辜负。到时我请你吃我做的大餐，想想那也是非常美的一件事啊。所以中考我是一点儿负担也没有啦，就那么轻松愉快地考完了。

一考完，爸妈就安排我去西藏游玩儿。选择去西藏还是看了你的书后决定的呢，你写的西藏游记我看了好多遍啦，这次去西藏还带上了你的书《慢慢走，慢慢爱》呢。西藏真的很美啊，我都没有起高反。每到一个地方，我都感到亲切，因为你也来过了。在羊卓雍错，我对爸妈说，梅子老师也在这里拍过照呢。你看看我发你的图片上，我站的位置，是不是和你站在同一个地方呀。

说了这么多，差点儿把正事忘了，我要告诉你一个特大的好消息，我收到我们这里最好的高中的录取通知书了。嗯，通知书我已复印了一份，用快递寄给你了，想请你帮我收藏着。梅子梅子，你意不意外？惊不惊喜？我接到通知书的第一反应是，人家别是搞错了吧？哈哈。再看看我考的分数，貌似确实不低的。然后，我就飞奔着想告诉你了。

真想能立即见到你啊。可我现在还不够好，我想等我变得再好一些，嗯，等我考上大学的时候，我一定跑去见你。

梅子梅子，你一定要等着我哟。

梅子梅子，你最近怎么样了呢？是不是每天都很快乐？我想你是的。你是那么温暖光明的一个人。送你一颗大大的心。

你的小朋友：青青宝贝

青青宝贝，你好啊。

你的喜悦已穿透屏幕，淋了我一身了。啊，我真是意外极了，惊喜极了。

唔，我也喜欢听你叫我梅子，这样显得我多年轻啊。

我最近很好呀，还是干着我的老本行，读读书，写写字，画点儿画。爱在黄昏时从家里出发，一直走，一直走，走到沿河的风光带，从北到南，全程走下来，约莫三公里。我一边走，一边看树看花，听鸟叫蝉鸣。遇到大大的夕阳时，我就停下来看会儿夕阳，看晚霞们在天边排练大型舞蹈。有时，我会在一朵花前停下来，看看它。它也看看我。我们彼此无言，却都懂得。没有一朵花，是大声喧哗的。

也看水，看河里船只穿梭，驮着一船的暮色，各有各的忙碌，各有各的方向。这是生命的奔流。这时候，我感到了灵魂的静和空灵。我爱这个时候的自己，也爱这个时候的世界，很爱，很爱。

你刚从西藏回来，心里一定装着太多风物和见闻吧？好好回味，并用文字把它们记录下来吧，那将是一笔丰厚的财富呢。人生的阅历，很多的来自行走。有机会的话，你还要多走走。我国地大物博，随便一处，都藏着无尽的惊喜。就是你所在的青岛，你也未必全部了解它呢，那就从青岛开始，用脚步丈量它的每一寸土地，你会获得很多快乐的。生命的丰盈，就是这么一点一点累积起来的。生命丰盈了，心胸就开阔了，人生就越发有趣了。

青青，你现在已经很好很好了。就这样，很好很好地走下去吧，你会遇见一个更好的自己的。真心期待着某一天，我的跟前突然出现一个大姑娘，她长发飘飘，亭亭玉立，一身朝气，眼眸如星地笑对我说，梅子梅子，我是青青啊。

那样的画面，想想也够美的。

愿你不负韶华。

你的大朋友：梅子

他的心上，只住着荷花

梅子老师：

你好！

我想对你说下我的遭遇。

我没有考上大学，上了个职业学校，毕业后，也没找到什么好工作，进了一家公司旗下的超市打工，从服务员做起，因为我勤奋，很快升了职，成了领班，后来又升到中层，做了一家门店负责人。然而流言随即四起，说我是靠美色上位的（我们总经理是个男的）。其中有一个和我同时进超市的女的，对我尤其不服气，到处散布我的流言。有一次，我看到她跟几个服务员聚在一起，冲我挤眉弄眼的，嘴里不知在说些什么。我很气愤，走过去质问她。她竟理直气壮回我："心里有鬼才怕人说呢，你若心里没鬼你怕什么！"

我把这事告到领导那里。领导找她谈话，她却不承认是在说我。领导也不好处置她，只劝我不要跟她计较。

很叫我烦恼的是，她和我是在同一个小区住，她一定也在小区里散布我的流言了，弄得我们小区的人，看我的眼神也是怪怪的。我现在只要一看到有人聚在一起说话，就觉得是在谈我，浑身上下都气得发抖。我的心情很糟糕，上班都没有精力了，业绩甚至出现下滑现象。

我实在受不了了，很想跑去跟她大干一场，她不让我好过，我也不让她好过。但我妈拦住了我，我妈不让我跟恶人去拼命，我妈说，不值当。

梅子老师，你说我该怎么办？

若烟惹尘

亲爱的，你的"遭遇"我已知悉，我不想评价，亦不想对你有什么劝慰，也没有什么好的建议。我只想跟你来说说沈从文，观照了他之后，你或许能有所感悟，释怀一二。

我们知道这个人，多半是因他文学上的成就，一部《边城》，足以让他在文坛上坐稳一个席位。但那仅仅是他人生极细小的一部分，他大半辈子的光阴，是交给文物学术研究的。他长时间地，静默在喧闹背后，蜗居于简陋的一室，吃穿俭朴，只埋头做着他的学问。世人诽他谤他打击他，或是把他遗忘掉了，他多半是不在意的——他没时间在意，也没那个心在意。这使得他即便处在风雨飘摇中，亦能处之泰然，安之若素。

看黄永玉对沈从文的回忆，有三件事让我印象深刻：

之一，他被批斗。有人把一张标语用糨糊刷在他的背上，斗争会完了，他揭下那张"打倒反共文人沈从文"的标语一看，很难为情了。他告诉黄永玉说："那书法太不像话了，在我的背上贴这么蹩脚的书法，真难为情！他原应该好好练一练的！"

之二，他被监管改造，到湖北咸宁干校去了。文化人纤弱的手，拿起竹竿子赶猪赶牛，还要时时做些思想汇报，身心的凄苦，那是无法形容的。他却浑然不觉其苦似的，在写给黄永玉的信里，竟欢喜地说道："这里周围都是荷花，灿烂极了，你若来……"

之三，他对一个爱发牢骚的、搞美术理论的青年说："泄气干什么？咦，怎么怕人欺侮？你听我说，世界上只有自己欺侮自己最可怕！别的，时间和历史会把它打发走的……"

我们做人，得修炼多少，才能达到沈先生的那种境地啊！在那人人自危，朋友亲人路上相见亦不敢有亲密言行举止的年代，他路过黄永玉身边，头都不歪地叮嘱黄永玉一句："要从容啊！"管它风雨雷电，他只当它春花秋月。

我们要做到这样的"从容"，难。我们有着诸多的放不下，有着诸般的怨。受到不公正对待要怨。过得不如别人要怨。受了委屈要怨。得不到要怨。分离要怨。生病了要怨。不能晋升了要怨。错过了要怨……静下心来想想，我们真是有点儿傻。我们怨天尤人着，却不会撼动天一点点，也不会撼动他人一点点。天要下雨，它就下雨；天要出太阳，它就出太阳。天高兴了，它就来个万里晴空，你奈何得了么？天不高兴了，又会来个乌云密布，你同样也无可奈何。结果呢？他人的生活不因你的怨就发生一点儿的变化，他们该谈笑风生的，还在谈笑风生；该花团锦簇的，照旧花团锦簇着；娶妻生子去了。倒是你，一个劲儿地在欺侮着你自己，在怨恨中憔悴，一事无成，虚掷光阴。

为何不能转换个角度看？虽世事多纷繁，夏日多烦躁，然你看，荷花开得这么灿烂啊，灿烂极了！一颗心里，只让荷花住着，也只有荷花在开着，香是从心底里溢出来的，再混浊的世事，又怎么能掩盖得了那香？所以沈先生能在极艰难严峻的环境里，坚守着自己，身边无任何资料，他仅凭记忆，用蝇头小楷，写下了《中国古代服饰研究》的补充材料，洋洋洒洒几十万字，为中国服饰史画下了最璀璨的一笔。而今我们望他，唯有仰望和惊叹。

当然，他并非要我们仰望和惊叹。他只是那么从容地做着一个人，一个有着自我坚守和坚持，一个至死也不失天真的人。

梅子老师

第二辑
成长是流淌着的一条河

怀揣着一颗真诚之心，跟着岁月的河流，向前走着就是了，

遇山越山，遇水涉水，只要你不停下脚步，再多的迷茫和

忧伤，都会走过去的。

做全新的你

梅子老师：

您好！

我想对您说一下心里话，突然间不知道该怎么说。

自从上了初中后，我发现自己变了好多，总结：变得更差了，脾气变得暴躁了，成绩变得不好了，变得更加自卑了。

我爸妈是卖炸串的，我深知他们不容易，想变得更好，可每次都下定不了决心，每次都想往后推一推。现在上课的时候很喜欢发呆，有时候还会犯困。

我有一个姐姐一个哥哥，我很爱他们，可有时候又很恨他们。每当产生恨他们的念头时，就觉得自己像个傻瓜。我三岁被送到一个亲戚家里，在那里长到六岁，我不知道当时我想不想去，但他们都说当初是我吵着闹着要去的。我长大了，我接受不了他们将我送出去这件事。有一次，他们说起这事，说我被送出去的时候，妈妈哭了好久好久，有时候晚上睡觉也会突然哭起来。这件事情我记到了现在。

我特别在意别人对我的看法，网课期间，妈妈说了一句："你考不上高中，有可能连初中也毕不了业。"这句话我记在心里，一直忘不掉。有时候可能因为别人的一个小动作，就会觉得是自己哪里做得不好。不管是在小学，还是在初中，我总是刻意讨好别人。

我的成绩一次比一次下滑得厉害，老师找我谈了好几次，说不要让我辜负她的期望。我不想辜负，可偏偏就是辜负了。我很清醒地知道自己是在自我放弃，我也想努力，可又做不到。

再说说我的哥哥吧，我有时候很喜欢他，可有时候又很讨厌他，我讨厌他诋毁我喜欢的人和事物，讨厌他在我难过的时候说些我讨厌的话。可当他为我着想时，我又很喜欢他。

我总对父母发脾气，明知会伤他们的心，可又控制不住。我想过退学，可又不敢对父母说。我拿刀割过腕。或许您觉得很好笑，可那样会让我舒服一些。我想过自杀，可当我站在楼上想往下跳时，害怕了。记得有一次，我站在楼上想往下跳，妈妈在楼下喊，如果我跳下去她也跟着跳。当时还觉得挺可笑的，都已决定死了还会在乎这些吗。但最终我没跳，被人拉了下来。有时候一想到未来，就会双腿发抖，因为我觉得我的未来是迷茫的、黑暗的。打扰到您了，谢谢。

您的读者

宝贝，你好。你的来信我认真看了，很怜惜你那一颗敏感的小小的心，抱抱你。这辈子来人间一趟，很不容易，所以，要狠狠爱上自己。你以往很多行为，是对自己多大的伤害啊。

过去的都已过去，不管曾发生过多少不快乐，统统让昨天把它们收去吧。从今天起，咱要脱胎换骨一场，就当自己是重生。来，重新认识一下你眼前的这个世界吧，一如初见：

你有爸爸，有妈妈，有哥哥，有姐姐，他们都很爱你；

你双眼明亮着，双腿健全着，头脑清晰着，上帝待你不薄；

你有书可读，有学可上，虽说成绩有起伏有波折，虽说偶尔会犯困，会发呆，可没关系啊，只要一颗努力的心还在，什么时候开始都不晚。即便高中考不上了，还可以上上职高，选一样自己感兴趣的事情去做。上了职高也还有冲刺的可能，如果你不放弃学习，将来读研读博，或者转而去做其他的事，都是可以的。学习是我们的终身行为，当你在学习时，你就走在改变自己命运的途中。

宝贝，看看你拥有的，是不是很多很多？你还有什么不满足的呢？从现在起，你就是全新的你，是一棵初生的小树，有点儿光照，有点儿雨水，就能唰唰唰蓬勃生长。你不用讨好任何人，你只需把自己讨好，追着光亮而去，你要让自己开心，愉快，充满活力，张起理想的帆。未来会走向哪里去呢？

由着风吹吧，风吹到哪里是哪里，你就不用多想了，跟着走就是了。天底下，最不缺的就是路了，总有一条路在等着你。

对父母和哥哥姐姐，你要多些理解和尊重。一家人相亲相爱多好，哪来那么多鸡毛蒜皮？你要时刻想到，你就是一个小公主，是被他们疼爱着的小公主，感恩和知足吧。对了，你喜欢发呆是吧？我希望你在发呆的时候，眼睛里能看到欢喜，不妨多看看天空，多看看大地，哎呀，一个春天多么好，那么多的花哎。

你也拥有这样的春天啊，多好多好啊！望珍惜，珍重！

梅子老师

你的独特，无可替代

梅子老师：

您好！

真的很喜欢您的文字呀，很温柔。想您也是个温柔的人吧。

我想跟您说说我的事，您会听到的吧？

我刚考上大学，到离家一千多里外的异地他乡来了，感到很不适应。

同宿舍有四个人，有两个是本地人，另两个一个来自南京，一个来自上海。她们家庭优越，性格开朗，彼此说说笑笑的，关系好得不得了。我也很想融入进去，却融入得很辛苦，很笨拙。我听着自己不喜欢的音乐，假装喜欢。我看着自己不喜欢的电影，假装喜欢。我剪了个自己不喜欢的发型，假装喜欢。我穿上自己不喜欢的裙子，假装喜欢——只为，她们都说好。

她们说，乔乔，记得帮我们晒一下衣裳啊。我哪怕非常不情愿，嘴里也会忙忙应道，好的。她们出去玩儿，却扭过头来，对我丢下一句，乔乔，记得帮我们抄一下课堂笔记啊。我心里十分拒绝，说着一万个不，可嘴里说的却是，好的，没问题。她们说，乔乔，帮我们去食堂打个饭啊。我正忙着，但还是笑着答道，好的。我就是个成天为她们跑腿的，只为，赢得她们说一声谢谢。她们笑，我跟着笑。她们不开心，我跟着表现得愁眉苦脸。我如此地小心翼翼着，如此地伏低做小着，她们却没有真心接纳我，她们有着她们的热闹，却把我排除在外。我有一点点的小瑕疵，她们竟联合起来，抓住不放，挖苦我，打击我。梅子老师，你说我究竟做错了什么？我为什么找不到一个懂我的可以倾听我的人？

苦恼的乔乔

乔乔，读你的信，我真有点儿喘不过气来了。说真的，我替你累得慌，真想拿把大锤敲敲你，傻姑娘，你醒醒吧！

你是错了，大错特错了！你干吗要活在别人的世界里，完全没了自我？要知道，你是一个独立的你呀，你有你的心，你的手，你的脚，你做什么，不做什么，应该自己做主。而不是围绕着他人的喜好打转，你不是牵线的木偶。

我曾远足去一个偏僻的山沟沟。那个山沟沟，一眼望过去，除了石头，还是石头。偶尔的灌木也是有的，只是稀稀落落的，杂乱无章地长着，灰扑扑的，望上去，跟石头差不多。听不到流水声。听不到鸟鸣声。我跟同行者打趣说，这方世界都被石头大一统了。正在这时，一抹红，突然跳进我的眼睛里。我很意外，想，不会是花吧？我不能确定。等我走近了看，清清楚楚明明白白，那是一朵花。它努力撑起红艳艳的小脑袋，从灌木丛中，探出大半个身子来，笑逐颜开。

那一刻，我真的为那朵花感动。它没有为讨好谁，而丢失了自己。你来，或者不来，你欣赏，或者不欣赏，它都在那里。到它该盛放的时候，它就认真地盛放，一点儿也不含糊。没有人喝彩又如何？风会记得它的香。我看到一只小蜜蜂，循着香飞了过来，停在上面，亲吻着它的花蕊。它没有做石头的追随者，而是做了它自己，用它特有的绚烂，点亮了整个山沟沟。

乔乔，向那朵花学习吧，你有属于你的芳香，你的绚烂，没必要自轻自贱。世上之人，各有各的活法，你无须丢掉自己的活法，辛苦地去讨好他人。再说，一生中你会遇到很多很多的人，你讨好得过来吗？倘若你的一生都奔波在别人的眼光里，那你不是白活了一场么！我们是人，不是神，不可能做到人人喜欢，何不做个真实的自己，让喜欢你的人喜欢着，不喜欢你的人不喜欢着。不强求，不奢望，不卑不亢，落落大方，岂不舒畅？

乔乔，从现在开始，对自己好点儿，吃自己的饭，做自己的笔记，穿自己喜欢的裙子，看自己喜欢的电影，听自己喜欢的音乐，剪自己喜欢的发型，一步一步，做回自己。只有你自个儿活得有尊严，才能赢得他人的尊重。这世上，只有一个你。你就是你，是天下唯一的一个你。你的独特，无可替代。

梅子老师

成长是流淌着的一条河

梅子老师：

您好！

我是您的读者。我是一个初二的女生，性格内向，不大喜欢说话。长得也不算好看，成绩也一般般，没有多少人注意我。我难过，我伤心，从来没有人安慰我。

我原来有一个好朋友，我们从小学一直在一个班，那时我们形影不离，我对她无话不说，把她当作我生命中最重要的人，有了什么好东西，第一个就想到要跟她分享。她也一样。我们曾说过要永远好下去。可是，自从上了初中后，她就不像小学时对我那么好了，她有了新的朋友，她和她们一起说说笑笑。有时放学了，她约她们一起走，我在前面等她，她假装没看见。我很伤心。

我过生日，她答应送我一个礼物，可最后却没有送。还有我妈也是，答应带我去看一场电影，最后也没有看。生日那天晚上，我一个人躲在被窝里偷偷哭了很久。这个世界太虚假了，只有小孩子还能无忧无虑地笑。我多想回到小时候，一直做个小孩子啊。

同学们都说我性格孤僻，有老师也这么说我。梅子老师，我真的很苦恼啊，您能救救我吗？

您的读者：杏子

杏子，看你的信，让我想到曾看过的一幅小画：一朵小黄花，在一堵墙的墙脚下，踮着脚尖，努力向上昂着它的小脑袋。一墙的斑驳肃杀，被它衬得很是典雅。我想那里地不肥，土不沃，阳光也少有眷顾。可是，它不在意，它只努力活着它的，到它盛开的时候，它端出一朵金黄来，不让春风。

这是一朵小黄花的成长，它是卑微的、渺小的，然它又是强大的。成长，本身就是一件很强大的事。

比如，我们的成长。也卑微，也渺小，然又是不可抗拒的。成年后，我每每回故里，我的乡邻，总会拉着我的手，不住瞅我，而后感慨地笑着叹："梅，你还记得你坐在地沟头，抬袖子抹鼻涕吗？谁知道一转眼，变得这么出息了。"

记忆里，那个金灿灿的童年还在闪亮啊，夏夜的天空，星星密布得像撒落的米粒，虫子们在草丛里唱着歌，风轻轻吹来田野里的稻花香。祖母摇着蒲扇，讲那些老掉牙的故事。故事里的白胡子老头，神通广大，若讨得他的一颗仙丹吃，会长生不老。我会老么？我不大相信，那实在是太过遥远的事情。我扔下说故事的祖母，跳着去追萤火虫。头顶上的星星永远那样繁密。墙脚下的花永远那样开着。门前的树永远那样长着。我的故园，永远在着。我以为，此生此世，永远都是那般模样。

但时光的河流，已不知不觉流过百里千里去了……十岁的少年，因母亲的责骂，愤而离家出走。能走到什么地方去呢？离家不过二三里远，眼中所见的，却是一片茫然的陌生。正站在路边手足无措地哭泣，突然听到母亲的呼唤，远远传来。是暗里头，突见到光亮，哪里还记得生气？一头扑过去。十二岁，和一帮同学，逃课去看电影，回来，气得绿眉毛绿眼睛的班主任，正候在教室门口。一边低头听他训话，一边在心里窃笑，电影的场景，百回千转着，又兼着逃课的乐。十六岁，暗恋一个人，恋得心口疼，不能说出，只能咬着被角偷偷哭泣。母亲问，怎么了？撒谎说，肚子疼呢。

成长的路上，总要经历一些茫然、叛逆和忧伤，才慢慢变得像颗果粒一般成熟。

我的一个学生，课后塞给我一张小纸条，纸条上写满她青春的凄惶与无助。家境不好，长相不好，成绩不好，因而活得很自卑，她不知道她的明天在哪里。我在那张纸条上回：

宝贝，笑一笑，明天交给时间去吧，你只要管好你的今天就行了。成长是流淌着的一条河，水面倒映着的，就是你的人生。你对着它哭，它就对你哭。你对着它笑，它就对你笑。学会笑对人生吧宝贝，让你的今天无憾，也便足够了。

曾很喜欢一首诗："记得当时年纪小，你爱谈天我爱笑。有一回并肩坐在桃树下，风在林梢鸟在叫。不知怎样睡着了，梦里花落知多少。"这样两小无猜的光阴，这样落花无忧的时光，杏子，我希望你，一直都能记得。你且不要去害怕成长，亦不要伤感世间虚假太多，怀揣着一颗真诚之心，跟着岁月的河流，向前走着就是了，遇山越山，遇水涉水，只要你不停下脚步，再多的迷茫和忧伤，都会走过去的。

梅子老师

真正的美，是从内心散发出的好意

梅子老师：

您好！

我是您的小迷妹。今天鼓起勇气给您写信，不知您会不会给我回信。不管您回不回，只要您看到了，我也就满足了。

您叫我胖妞好了。是的，我很胖。为这个我很苦恼。因为，走到哪里，都有异样的眼光看着我，瞧，这小丫头长得好胖！

我试着减过肥，一天只吃了一个鸡蛋，一个苹果和一根玉米棒，可我最后受不了了，我饿得眼睛发花。

我的同学都比我瘦，班上排演节目，扮小丑的肯定是我。他们看着我的表演，好开心，嘴巴都笑歪了，我表面上也在笑着，心里却在流着泪。我不想扮小丑，我也想穿着白纱裙跳天鹅舞，然而我这辈子都别想了。

我很喜欢您写的文字，唯有躲进您写的文字里，我才能获得一丝平静。

有时做梦，梦到自己变得好美啊，醒来总要难过好久。梅子老师，您能理解我的感受吗？我真的好难受好难受。

胖妞

宝贝，你自称胖妞，我笑了，这称呼也曾是我的呢。

别惊讶。对，梅子老师曾经也是胖妞一枚。

那时念中学，因胖，被同学起了个很不雅的绰号——胖墩。一帮同学在一起谈笑风生，说起各自的理想，都是裹着云彩镶着金边的。唯独说到我，一男同学伸手指一下，"扑哧"笑了，说，胖墩她最适合做厨师啦。结果，哄堂大笑。

那日，我不知自己是怎么度过的，自卑、难堪、悲愤，都不足以表达伤痛。也只在心里暗暗发着誓，我要做一个不一样的胖妞！然后，我就一路发狠读书，把自卑的时间，全花在读书上了。记得那时，学校门前有条小河，东西横亘，河岸边杂树生花，是个读书的好去处。每天天一亮，我就捧着书过去，倚着一棵树读，把太阳从东边的大海里迎出来。每日黄昏，也跑去读，直读到日落西山，鸟雀归巢。多年后，我的高中同学遇到我，回忆起当年，他们清晰地记得那样的场景：我捧着书，在小河边读，河水汤汤，垂柳依依，野菊花开满我的脚边。他们说，你那时的样子，真美。

原来，我以为最自卑的年代，也住着美好啊。

人的外貌，是上天给的，这个我们无法改变。但内心的修为，还有焕发在浑身上下的光彩，却是后天而为。当然，现在科技发达，整容去脂的大有人在，但我不建议做这个。好好的，却要在自己身上动刀动针的，那个疼，我受不了。且还要承担高风险，万一整容失败了呢？还是做真实的自己最舒服，身上的每个"零件"都是独家拥有，仅此一件，无法复制的。我们要做的，就是发挥好这些"零件"的用途，用善良、好意、爱和博学来喂养它们，让眼神变得奕奕，让耳朵变得灵敏，让心灵变得细腻，让脚步变得轻轻，让精神变得丰饶。这样一个你，有谁还会说不美呢？

我有个女同事，初见她时，我吃惊得不行，她委实，太胖了，个子又矮，走起路来，呈摇摆状，像只企鹅。那个样子，真的与美挨不着一点边儿。当时我替她担着心，她站到讲台上，如何收服那些喜欢高颜值的孩子们？

她的课，却上得出乎意料的好。一站到讲台上，她跟换了个人似的，神采飞扬，妙语连珠，旁征博引，抑扬顿挫，一举手，一投足，都散发出迷人的光彩。她又爱笑，活泼开朗，善良温暖，让人渐渐觉得，她的样子与她的神态，再和谐也没有了，亲切、自然、率真，像山野里的小野菊，自有芳华。越看越觉得好看，叫人打内心里喜欢她。

学生们狂热地爱上她的课。他们给她取了个昵称，格格。是拿她当公主的。炫耀她，就像炫耀一件宝贝。我们家的格格，学生们这么说。她成了最受学生欢迎的老师。

一个人有没有魅力，原不在于外貌，而在于他的内心。真正的美，是从内心散发出的善良和好意。

宝贝，你大可不必再为自己的长相难过自卑了，也绝对不能不吃不喝强行减肥。只要不胡吃海喝，不过分贪嘴吃太多零食，保持正常饮食，辅之以必要的锻炼，持之以恒，过一段时间，你再看自己，会发生一些惊人的变化的。若是因先天基因，本就是胖的体质，那咱不折腾了，只要身体是健康的，胖点儿也无妨。

宝贝，爱上你自己吧，努力打造属于你的丰富的内心世界，做个快乐的人见人爱的小胖妞。

梅子老师

他只是换了一个地方居住

梅子老师：

　　您好！

　　不知道从何说起。我走在人生的路上，丢了最疼我的人，感觉就像我的天空，又落了一颗最亮的星星。

　　我是一个初三的学生，在离家乡很远的地方读书，爷爷来陪我。这个冬天，我的爷爷在接我放学的路上出了车祸，走了。我受不了所有人悲痛的目光，也受不了我最爱的老头倒在血泊里，而我蹲在他身边什么也做不了。他没来得及看我最后一眼，我只记得他的呼吸越来越弱，我感觉天都塌了。

　　我从没见过爸爸哭得那么悲伤，也没见过家里摆着那么多花圈。人死后会去天堂吗？我记得足足有17辆车送爷爷走，他会开心的对吗？他一辈子是个强势的老头子，我没来得及告诉他我爱他。

　　梅子老师真的对不起，没与您先打个招呼，故事说得乱七八糟。我只是说了，如果您能回复对我一定会有所帮助的。谢谢。祝您晚安。

您的读者

亲爱的宝贝，你还好吗？

我桌上的水仙谢了，它跟了我一个冬天。我准备把它埋到楼下的花坛里。我坚信，那土里会长出什么来。比如说，长出几棵狗尾巴草，或长出一蓬繁缕，或长出几丛婆婆纳。有时也会很意外地，长出一些苋菜来。

世事万物，都在不断的别离中，今天要告别昨天，夏天要告别春天，夕阳要告别大地，少年要告别童年……然这又不是叫人绝望的，因为这世上，并没有真正的消失，只是存在的形式发生了变化而已。

我的奶奶倘若还活着，今年应该整整一百岁了。她是在八十八岁那年离开我的。我与她感情深厚，她走了，有很长一段时间我不能接受，无数次从梦中惊醒。春天的时候，我去给她扫墓，看到她的坟头上开满了油菜花。那一刻，我释然了，我的奶奶，她一定变成了油菜花里的一朵。再后来，我看到天上的飞鸟，会这么想，它或许是我奶奶变的。我看到一只小虫子，也会这么想，它或许是我奶奶变的。我的奶奶也许变成了一缕风，一捧月色，一枚叶子……终究有一天，我也会跑去跟她会合，在风里。——这么一想，我快乐起来，我的奶奶从未离开过我呀，她一直在我身边。

宝贝，你掉落的那颗星星，它肯定也在地上长出什么来了，它或许长出了一棵草。或许长出了一棵树。又或许，它变成了一只调皮的小虫子。

不知宝贝有没有读过作家林清玄的文章。他曾跟人论过生死，他说，其实生跟死没什么两样……就好像移民或者搬到别的城市居住,总有相逢之日。

他走时,很突然,什么预告也没有,连衣袖也没有挥一下。他的家人,他的朋友,还有无数的读者,也只当他是去往极乐世界,或者去了琉璃净土。总之,只是换了一个地方居住。

那么宝贝,你也可以这么想,你那个强势了一辈子的老头,他住腻了我们这个地方,跑去别处玩儿了。他这回可任性了,非要一个人远离红尘去隐居不可。他可能住到了一个四面环水的小岛上,整天在那里钓鱼晒太阳。他也可能跑到哪座深山老林里去了,在那里与松鼠们做邻居。还有可能在哪个雪谷里种花养草,做着神仙老爷爷。

是的,他只是换了一个地方居住,他好着呢。你也要活得好好的,珍惜眼前人。

梅子老师

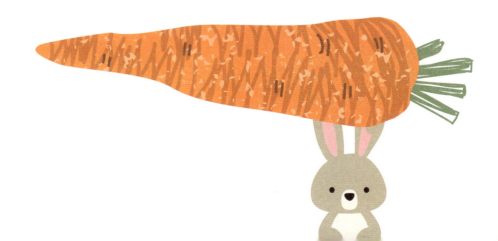

原谅自己的不完美

梅子老师：

您好！

您可以称呼我为梦梦。

我是一名高中生。我中考时考得比较好，在我们市大概排了300多名吧。但是我几乎用了一个学期的时间，才真正融入到高中生活，名次却已经滑到了600多名。

我知道要努力。我也知道一时的努力未必有成果。我也告诉自己，要稳住，一点一点来。可是结果却是，频频遭受打击。

我英语是九科当中最好的，一般都保持在130分以上，然而这次期中考试也才考了119分。我真的很久没有看过"11"开头的数字了。三门主科里，我的语文最差，刚过及格线。

我想继续努力，又怕方向是错的。就像做数学压轴题，明明按着思路写下去就是对的，但那一步却久久下不了，觉得下面没有路了。

一直班级倒数第十名可不行啊。新的高考改革方案出来了，我选了纯理科。我在的这个班，不仅理科好，文科也是一流的。就我一个理科不是很好，文科也一塌糊涂的混在里面。

其实我也明白这样一句话："即使绝望也不要否定自己，你还有时间，你还可以努力，你还可以学到很多东西。" 但是我没有办法不否定自己，没有办法不自卑啊。求您指条明路好吗？谢谢您。

梦梦

梦梦，你好。

我非常理解你的焦虑和困惑，付出足够多的努力，收获却甚微。这事摊谁身上，谁都会心理不平衡的。

那怎么办呢？我也想不出好的办法来，除了继续努力下去。倘若你停滞不前，你就真的没有希望了。

我也曾历经高考。我们当年的高考，也分文理科。我读的是文科。我因是从乡下考进城里去的，乡下在初中没有开设英语课，导致我的英语不是一般的差，而是非常的差。数学也是勉强学着。要说打击，我简直天天在受着打击，一上英语课，我就如同听天书。但还是硬着头皮学呀。我原谅着自己的不完美，每天都给自己打气，我背一个单词，总比不背一个的要好。我做一道数学题，总比不做一道的要好。人家迈一大步，我就走一小步。我可以把步子走得紧密一些，尽量赶上人家的一大步。

是的，我就是这么走过来的。别人花一分钟走完一步，我要花上两分钟甚至更多的时间。我把自己最不擅长的学习难点，一一列出来，像蚂蚁啃骨头似的，一点一点消化它们。有沮丧吗？有。我也会痛哭，也会迷惘，但我不允许自己长时间陷在其中。路总得继续，所以，眼泪擦干后，我又埋头走路。即便后来没有如愿考上，我也对自己没有抱怨。努力过了，就无悔了。

梦梦，人是在不断否定自我中成长起来的。有否定是好事，这样才能看清自己，找到自己的不足。但是，千万不能过分自卑。你有什么可自卑的呢？这世上，谁都不是全能的。你在这方面薄弱些，那一方面就未必了。比如，你的英语就很好，119 分很不错了呢。何况你实际水平要远远高于它，你只要稳住它就好了。其他学科，你做好均衡，给自己制订个周密的学习计划，有步骤有目标地一一完成。结果如何，就不必去想了。管它呢！

原谅自己的不完美，那是光照进来的地方。当你原谅自己了，你也就看到光了。

梅子老师

活在自己的愿景中

亲爱的梅子姐姐：

您好！

我是您的忠实读者，我很感谢，您能百忙之中抽出一点时间来读读我的信。

我是一名高二的学生了，我喜欢您的文字，喜欢那种暖暖的风格，我自初一开始偶然间接触到您的作品，便一发不可收拾地爱了六年。

我想跟您聊聊我的故事，这个想法在我心中已经好久了。我很爱您的文章，但我更爱里面一个个鲜活的人物。

我认为我是一个"双面"人，当我看到那些叛逆最终却又步入正轨的人时，我想到了自己。"栀子花，白花瓣，落在我蓝色百褶裙上"——您写的张丹的故事，我反反复复读了好几遍，我喜欢那个叛逆却又敢爱的女孩。

现实生活中的我就是这样的，我内心叛逆，追求个性和张扬，也就是这样，我会抽烟会喝酒会打架会逃课会玩滑板，是一个不可理解的坏女孩。可在老师和家长面前我又是那么优秀，成绩常年名列前茅，我是老师对外侃侃而谈的骄傲，是家长的明珠，知书达理的好孩子。

但是就是这样一个两面的我，真的撑不住了，我一方面不想放弃自己的内心，喜欢那些酷酷的事情。另一方面却没有勇气做一个"名副其实"的坏孩子，因为我知道我不能辜负了那些期望。外人看不出来那么爱玩儿的我为什么会考出那么好的成绩，他们不知道我半夜苦读到凌晨，不知道我叛逆的背后还爱读着那暖暖的文字。我就是这样的一个"双面人"，我很困惑，为什么就是这样两面的我，不能得到大家的认可，难道这世界只有好和坏，一锤定音你就是好学生和坏学生吗？

梅子姐姐，我来这请求您的帮助，我不知道这样做是否正确，我也不知道我算不算得上好女孩，我不知道下一步应该怎么做，我想好好学习，可我内心的小魔兽总是会扰乱我。希望能得到您的帮助，谢谢您。

爱可可的女孩

我叫你可可，可好？

可可，谢谢你，爱了我的文字六年。它见证了你从一个小姑娘，长成一个大姑娘，这是我文字的幸运。

我们每个人的内心，都住着一头不安的小兽呢。我们一方面遵守着道法礼仪，按着被设计好的人生路，向前走着。但另一方面，我们又羡慕着小鸟的自由，想逃离人生应有的轨道，去走走那些不曾走过的路。

这没有什么不好。谁的青春里，没有几分张狂？那些活色生香的"叛逆"，那些"酷酷"的事情，都是平淡之中泛起的小浪花。人生因此，多出一些体验，多出一些可能性。

只是亲爱的可可，在你做出任何行为之前，请你一定要先掂量一下，它会不会伤到你，会不会伤到他人。假如它真的能让你心情愉悦，能使你在事后想起，也绝不后悔和内疚，那么，你尽可以去做。

世上之事，有时的确很难用对错来简单区分，它不是非黑即白。但你的心中，一定要有个衡量的标准。我以为，仰不愧于天，俯不怍于人，能做到这一点，就很棒了。

或者我们弄个简单易操作的标准：不伤人，不伤己，不危害社会。那么，你做什么，或不做什么，都是你的自由。

亲爱的好姑娘，人活着，不是活在他人的期望里，而是活在自己的愿景中。要成为怎样的人，将来要遇见一个怎样的自己，都是你自己说了算的事。

你的愿景是什么呢？如果你想好了，你就一心一意朝着它走吧。

梅子老师

人生没有草稿

梅子阿姨，也不知道你能不能看见。

梅子阿姨，我好难受。我从小寄居在姑父姑母家九年，去年才回到爸爸妈妈身边。我的妈妈真真是不负责的，在我十一岁时，走了。那时我的妹妹才三岁。

我初二那年，她又回来了，回来之前拿着爸爸的卡买了首饰衣服。现在我升高二，她又走了，又要把我们丢下。阿姨，她为什么要生我和妹妹呢？她这个暑假走了，我也才十七岁，我每天要写繁重的作业，还要极不熟练地煮饭，我也想要开开心心的。2020 年下半年就是我刚进高中那年，我查出了抑郁症。我已经被数学折磨得不行了，高中带给我的落差太大了，阿姨，我也不知道和谁说了。

碧落黄泉

宝贝，我看见了。拥抱一个！实在难受的话，就大声哭出来。有时，哭一哭，心里会松快一些的。

我刚在抄写古罗马诗人贺拉斯的一首小诗，极愿意与你分享一下：

人生没有草稿，

雪化了是春天，

不管是生活的路越走越宽还是越走越窄，

不管暴风雨将我吹向何方，

我都将以主人的身份上岸。

每个人的人生，都没有草稿，上帝大笔一挥，就落地生根了，修改不得。比如你生在这样的家庭，遇到这样的妈妈，是由不得你选择的事。生活的"暴风雨"会把你吹向哪里呢？说不准。然总有抵达岸上的那一天。而在上岸之前的这一段时光里，你将成为一个怎样的你，是被命运之船操纵着，还是反过来操纵着命运之船，这得看你的选择了。

俗话讲，穷人的孩子早当家。过去缺衣少吃的年代，有的孩子从七八岁起，就担负起照顾一个家庭的责任了。你就当你是生在一个穷家里，家徒四壁，你总得找到生存的法子。咱已十七岁了，不怕了，不就是做做饭么，咱边听音乐边做，边听唐诗边做，边听英语边做。在愁苦里，找点乐子，愁苦的事，也就不会那么愁苦了。

对于学习，我一直的看法是，有多大力，使多大的劲。不要背负太重的包裹，去想万一的事情，什么万一我追不上别人的脚步怎么办？万一我最后考得不好怎么办？万一……哪有那么多的万一啊，最坏的结果不过是，考不上一个中意的本科。怕什么呀，此路不通，还有别的路，去读个不错的专科院校也很好呀。只要你不停下学习的脚步，条条大路都可以把你送上一个较高的平台去的。

数学对绝大多数女生都不友好呢，原因是女生偏于感性。我高中的时候，也挺怕学数学，我还特别害怕学物理，听到摩擦力抛物线运动啥的头便大了。当时也就硬着头皮学呗，能学多少是多少，其他的学科我拼命学好，把总分拖上去了。

妈妈是你的一面镜子，她做得不够的地方，你都要尽量避免。你要做得比她好，活得比她出色，你要活成妹妹的榜样。宝贝，顺境是财富，逆境更是财富，坦然接受现在的你，包括接受你所处的环境，更快地成长起来。不管将来你在哪里上岸，我都祝愿你能以主人的身份上岸。

梅子阿姨

你不是月亮

致丁立梅老师：

丁老师，好久就想给您写信了。现在是暑假，想跟您说说我的烦恼。其实……也算不上吧，只是当困难来临时觉得特别崩溃，但事情过去之后，又没那么强烈了（挺奇怪……）。

我叫小宗，一个女生。

我是一个平凡得不能再平凡的人，出生在一个不起眼的地区。我是贵州遵义人，六年级毕业后，我爸妈准备送我去重庆读书。因为，重庆的教育资源比贵州领先至少10年。说实话，对于这点，我挺佩服我爸妈的。如果把这个事情放在其他家庭里，恐怕没几个会这样做。因为——经济方面、年龄方面、成绩的要求……我才十三岁，初一。

上个学期，我考上了重庆市某重点中学。可是……我数学不咋地，而且，数学老师认为我是贵州的学生，能力肯定有差异，就故意给我降低难度（当时，我在全校最好的班）。我英语和语文都是拔尖的（哈哈，作文还在学校校刊上发表过好几次）。我非常感谢我的语文老师，她欣赏我，让我成长。虽然只有一个学期，但我一辈子也不会忘记她。

寒假时，数学老师没给我布置提升作业，理由是——怕我不会做。真是打击我的自信！我当时就火了，我爸也火了。后来……我们想尽办法，说我妈妈得脑瘤了，得回家（妈妈生病这件事是真的，但医生说是先天性，没有生命危险。我挺心疼的，但我不想说出来）。虽然校长和班主任一再挽留，但是，我还是决定转学。

庆幸，我考上了重庆市又一所重点学校。学费挺贵，八万一年。那里的学生都是些富二代，但成绩却好得出奇，非常优秀。经过选拔，只留下100多号人，全年级共七个班，每班二十几个人。这里的老师随和，同学大方，很容易融入，我很快爱上了这个地方。但，我数学分数又低下去了，期末考试非常差。我爸妈着急，我也着急啊，虽说是在重庆读书，很多人羡慕，可真本事是重要的呀。我也很迷茫，不知道怎么办。我妈甚至决定让我回老家上学。可我真的舍不得这里……所以，我妈还在犹豫。

我也内疚，毕竟，我家并不富裕。自从我转学后，我爸妈决定开个诊所。我爸是实力派，在单位上班，好多病人都点名让他看病。经过他们的努力，勉强能负担得起我的学费和全家人的生活。他们那么努力而我却……唉，我也不知道怎么办……

丁老师，我是在语文考试的阅读题上认识您的。后来，蒋老师给我推荐您的书，我一下子就迷上了。您所有的书，我每本起码都看了不下五遍。现在的语文老师，他是班主任，喜欢拿综合成绩来对比，综合成绩好的，他就对待认真些，一般的，就一般对待，不那么认真。所以，我的作文他也不那么看好，或许他根本没有认真看过吧……可每次大考我的作文都是第一，他却以为我是抄的。因为，在他看来，我平时并没那么出色吧。

就这样吧，我也是您的粉丝，想认识一下您。顺便，倾诉一下。

谢谢。

您的小读者：小宗

小宝贝你好，读完你这封长信，我很感慨。

我想起我的十三岁，那时我在乡下一所初级中学读书，除了上课能好好地坐在教室里，别的时间就是疯玩儿。春天下河捉蝌蚪，夏天上树捉知了，秋天到处去采野果子吃，冬天呢，几个同学一起玩冰也能玩儿上大半天。也不曾想过明天的事，也不曾计划过未来，只懵懂得如乡野里的一棵植物，到该打花苞苞时，就打花苞苞。到该开花时，就开花。那时，四野的风是绿的，天空也高。

你的十三岁，却在无尽的焦虑和辗转中。你怕是好久不曾看过天空的样子吧，好久没有听听鸟叫的声音吧，好久没有看看一朵花，是怎么慢慢开放的吧。是的，你很用功很努力，你目标明确，志向远大，你很能体谅父母，知道疼惜他们。这样的一个你，懂事成熟得让我怜惜。

从遵义，到重庆，你迈出了人生中的一大步。在那里，你进了学校最好的班，遇到了欣赏你的语文老师——这本是多么幸运多么值得珍惜的事，却因为数学老师没给你布置提升作业，你火了，不顾校长和班主任的一再挽留，转学走了。

你进入到一个新的学校。你的运气不错，这里老师随和，同学优秀，你很快就爱上了这个地方。却因为班主任对你不够欣赏，因为期末数学考试没考好，你心里不平衡了，你又焦虑到近乎崩溃，迷茫得很了。

宝贝，我真替你担心，倘若你这次真回遵义去，你就能保证所有的人，都会把你捧在掌心里？要是有谁再对你"冷淡"和"忽视"呢，你怎么办，难不成又要再次转学？

你在第一所学校遇到的那个数学老师，我相信，他不是成心瞧不起你。他给你降低难度，不给你布置提升作业，也是因材施教吧。你也说你的数学不咋地，老师也许是出于好心，想照顾你。你不想被照顾，可以跟老师好好沟通呀，我想老师他不会固执己见，他当然希望他教的学生都能表现杰出。

你现在遇到的事情，也是很不值得生气的。你说班主任不重视你，不看好你的作文，你大考作文第一，他认为你是抄的。我想问问，是老师亲口对你说的，还是你私下里猜测的？倘若是老师亲口说的，那请老师当场出题，你现场写一篇作文给他看，证明一下自己的实力。

好，就算你的老师他不欣赏你，那又怎样？你如何学习如何生活，自主权掌握在你的手里，你只要踏踏实实走好你的路就好了。

宝贝，你不是月亮，不可能让所有的星星都围着你转。在你成长的路上，不可能都是平坦顺遂事事如愿的，有时难免会碰到一些坑坑洼洼。这个时候，你要做的，是想办法解决，而不是抱怨和回避。也许那些坑那些洼，只是个小小的浅浅的坑和洼而已，你稍稍抬一抬脚，也就跨过去了。

宝贝，我建议你，在你感到焦虑迷茫的时候，去关注一朵花吧，去听听风吹过叶子的声音吧，去看看夜晚天上的星星吧。大自然的心胸，疏朗开阔，既接纳白天，也接纳黑夜。好多的事情，远非你想象的那么糟糕。

祝你暑假开心！

梅子老师

敞敞亮亮做自己

亲爱的梅子老师：

您好！

梅子老师，我是一名高一的学生了，似是随着年龄的增长，烦恼也越来越多。我不知道该怎么办，所以就想给您写一封信。

从小到大，我被贴上了各种各样的标签，例如：乖乖女，懂事，听话，惹人疼……我不敢反抗，所以便一一接受，久而久之，他们似乎真的成了我的代名词。

每认识一个人，她们都会说：你好淑女，好文静，好温柔啊！对此，我总是一笑而过。同学们见到我，总会喊上一声：冬冬姐。您可能会认为，这多好啊！大家都认识你，都和你打招呼。不，梅子老师，我想说，我是孤独的，我真的感觉好孤独。

去往食堂的路上，我一人独行，夜晚回家的路，我依旧独行。班里的同学有说有笑，可我却像个圈外人，插不上一句话，似乎一点儿都融不进他们。我依旧保持着微笑，但我的内心真的好难受，好难受。他们不知道我的微笑只是为了掩盖孤独，我不爱说话只是因为没有一个朋友可以听我倾诉。

我也想像其他孩子一样，受了委屈，心里难受了，回到家可以和父母说。

但我不能！我的父母很严肃，不瞒您说，我真的很害怕他们，很害怕很害怕。我的父母从来不会带我出去玩儿，他们只会说，为什么人家的成绩可以这么稳定？

我本来就很难受，很孤独。可听到他们这么说，原本想说的话怎么也说不出口。我还想告诉他们，你们的女儿也很努力，也很优秀，只是不知道为什么就是考不好，总在100名左右。我一直都是老师身边的红人，每到一个班级，老师都会很喜欢我，我的父母就会说，你老师觉得你好有什么用，成绩不还是没考起来。我真的很难受。

久而久之，每遇到什么事，我都是自己憋着，实在难受了，就躲起来一个人默默地哭。第二天上学了，我又遮住自己的伤口，还是他们那个冬冬姐。

梅子老师，今天就因为弟弟乱动我东西，我说了他一句，妈妈就说我两个星期才回家一天，刚到家就和弟弟吵架，她说了我好久。我真的很难受，在学校孤零零的一个人，只能不断地学习，回到家不仅没人可以倾诉，还要被训。梅子老师，其实，我只是不喜欢别人未经我同意就动我东西，您可能会认为我这是自私吧。我也不知道，只是一个人久了，那些东西就像自己的最后一道防线，你动了，我好像就没了保护，好像自己最后的东西也被抢走了。

梅子老师，我真的不知道该怎么办。孤独、考不好、和父母的距离越来越远……

梅子老师，不知道这封信您是否能收到，但我依旧想试试。

愿您：烦恼随风而去，不复返；欢乐随风而至，流水长。

您的读者：冬儿

冬儿，你好。

今天是个特别的日子，西方人把今天叫作圣诞节。它本来是一种宗教纪念仪式，纪念耶稣诞辰。但后来，它渐渐发展成一个狂欢的节日，就像我们国家过春节一样热闹。它的来源和本意，人们已不去在意和关心了。人们关注的是，可以通过这个节日来消遣快乐，拥抱值得感激的人，给喜欢的人送去礼物，给陌生人送去祝福。

冬儿，此刻，我也想对你说一句，要快乐啊好姑娘，愿你一生平安顺遂。

你说，从小到大，你被贴上各种各样的标签——乖乖女、懂事、听话、惹人疼。这些好孩子才有的标签，让你深受其累，于是，你分离出两个你。一个是戴着面具，展示给父母和他人看的你，那个你，温柔、文静又听话。而另一个你，是住在你身体里的你，当你微笑的时候，她在哭泣。当你低头答应一声好的时候，她却在说，不，不要。她活得脆弱、憋屈、孤单，她没有朋友。

好姑娘，这两个你，都不为你喜欢吧。你想要的一个你，她可以乖一点，但不要那么乖。她可以文静一点，但不要那么文静。她也可以闹，可以哭，可以任性，可以无理。是的是的，这是一个姑娘本应该有的样子。可是你为什么就拥有不了呢？原因不在于他人，而在于你自己，是你自我设限，把自己囚禁在别人的目光里。

也许，从小到大，你听到的肯定和表扬太多了，诸如"乖乖女、懂事、听话、惹人疼"类似的标签，这些标签并不是你一生下来，就贴在你身上的，而是在你成长的过程中，慢慢儿地，一个一个贴上去的。每被贴上一个，你就有短暂的眩晕感吧，甚至还有些沾沾自喜吧？那种被认同的幸福感，让你舍不得撕下它。就像小时在幼儿园里，因为表现好被老师奖励了小红花，那小红花要一直一直戴在胸前，让每个看到的人，都夸你一句，啊，冬儿是个好孩子呀，得了小红花呀。可是，当你后来不小心弄丢了小红花了，生活怎么样了呢？它真的没有变得更坏呢。

冬儿，如果那些标签贴在你身上，只让你感到累，你何不撕掉它？要那些标签做什么呢？敞敞亮亮做自己，你有你的坚强，也有你的软弱，你不妨把那些软弱展示出来。是的，你没有他们想象的那么完美。这样，你做人会轻松多了，因为不用伪装呀。揭去伪装的外衣，你真实的样子，自带光彩。

对于学习上的事，你有什么可自责的呢？你已经尽力了呀，问心无愧了呀，这就很好了。想想，你已经很不错了呢，成绩能排到100名左右。你后面还有那么长的队伍呢，那些排在你后面的孩子，是不是望到你都要羞愧死了？名列前茅毕竟只是少数人，我们可以有争取第一名的心，但切不可以此作为衡量人生的意义。人生除了考试，还有好多事情要做，好多物事要爱。

　　和父母之间，我们要善于表达。父母是爱你的，这点你不会否认吧？只是他们爱你的方式，与你想要的，有些出入罢了。你大可以说出来呀，对自己的父母，有什么不能说的呢？好姑娘，不要把心思都在怀里揣着，你不说出来，父母就永远不可能知道你的真实感受。倘若你当面不好说，你也可以选择采用书信的形式，给他们写一封信吧，把你的委屈，你的努力，你的爱，统统写出来。我想，父母读了之后，一定会有所感觉的吧。亲人之间不是用来误会的，而是用来爱的。

　　冬儿，只有你敞开你的心胸，外面世界的缤纷，才会进得来。

梅子老师

第三辑

不完满才是人生

　　物无全胜，事无全美，人无全盛，不完满才是人生。我们活着一场，就是来修缮它的，用梦想，用期待，用追寻，用光亮……

这样，就很好了

梅子老师：

你好！

读过你很多文字，看过你很多照片，特别羡慕你奔跑的样子，看着看着，我就会流下眼泪。

怎么跟你说我的故事呢？一直记得十六岁的那个夜晚，我下晚自习归家，在十字路口，一辆卡车把我扑倒，夺去我的双腿。我记得好清楚啊，那天的夜，好黑好黑。从此，我的天空，再也没有明亮过。

我恨，命运为什么要这么残酷地对待我？我整天躺着胡思乱想，想死，脾气变得越来越暴躁。连我妈也烦我了，有一天她负气出门一天，发誓不再理我。可晚上回来，却抱着我哭得天昏地暗，对我说了无数个对不起。

我不想我妈难过，但我做不到。我已成了个废人，除了拖累她，我还能做什么？

阮阮

阮阮，你好啊。

你喜欢读诗么？在所有的文字中，我以为，诗歌是最能抵达人的灵魂的。

我读现代诗，很少能在瞬间记住。但今晨，我读到一首，却立即就记住它了。诗是余秀华写的，其中有几句很戳人心，是泪中的笑，冰中的暖：

人间有许多悲伤

我承担的不是全部

这样就很好

能悟到这般境地的，非大苦大难的人不可。上帝赋予他们苦难的同时，也教会他们承受苦难的智慧和能力。我在想，如若不是脑瘫，余秀华或许不会写诗。千千万万的读者，也就错过了阅读她笔下好诗的机会。这对读者来说，是损失。对她来说，未尝不是。她会成为一个什么样的女人呢？不好设想。

阮阮，你也许会说我矫情。谁愿意脑瘫啊！你很生气。我当然知道，对余秀华来说，她宁愿不要诗歌，不要所谓的才华和成名，她也要选择健康健全。或许她只愿做一个健康健全的女人，哪怕就是过顶顶寻常普通的日子。

可事实是，不幸它降临了！就像你，阮阮，因一场车祸，失去了双腿。从此，你只能坐在轮椅上。你能绕开它吗？你能对它大喝一声，去！你走开去，我不欢迎你！苦难它是不肯听你的话的，它就赖上你了缠上你了。好的命运是上天赐予我们的礼物，坏的命运又何尝不是？我们只有坦然接受，并力争活出点意思来。

我又想到岩缝里的草了。我去过不少的大山，几乎在每座山上，都能看到那样的景象，有小草，从岩缝里挣扎着站起身来，笑微微地顶着一朵花，或黄或红，惊艳了一方岩石。我只觉得，一座大山都在为它唱赞歌。命运对它来说，何其不公，把它的种子，随意撒到岩缝里去。它若气馁，它若妥协，它必将永远埋藏于岩石之中，化为尘土，不见天日，哪里还会迎来花开的明媚？然它没有这么做。既然已经在岩石中了，总好过飘落在海洋里吧？——这样，已经很好了，它一定是这么想的。它接受着命运的安排，又不屈从于命运的安排，它努力适应新的环境，并努力做出改变，借着一点点空中落下的尘埃，借着一点点露水和雨水，它竟也顽强地生长起来，为自己争得了生命的绽放。

亲爱的阮阮，我不想同情你。别骂我，我其实，很想恭喜你，恭喜你失掉的仅仅是双腿，而不是双眼。有多少人在车祸中丧了命？又有多少人因车祸从此躺在床上，无法动弹？还有多少人因车祸，从此告别光明，只能生活在黑暗里？阮阮，你真的不是最不幸的那一个。这样，就很好了。

如今，事实已成事实。阮阮，你又何必日日与自己较劲，沉溺在昔日双腿能飞奔的日子里，不愿面对现实？这样天长日久下去，你失去的不仅仅是双腿，你还将残缺了你的生命和心灵。这等于发生了第二次“车祸”，且比第一次要严重得多。而制造这起“车祸”的人，就是你。

还是醒醒吧阮阮！醒过来，接受现在的你，尽快找到新的活着的方式。腿没了，你还有手啊，还有眼睛，还有耳朵，还有一颗完整的心。这些，足够你应对新的人生了。

不知你有没有听过澳大利亚人胡哲的故事。他出生时，天生没有四肢，只在左侧臀部以下的位置，长有一个带着两个脚指头的小"脚"。就是这样一个人，他不单学会握笔写字，而且饱读群书，顺利大学毕业，获得会计与财务规划双学士学位，并出版多种书籍，在东南亚进行过巡回演讲，还感动了无数的人。

阮阮，比起他来说，你的命不知要好过多少倍去。所以，不要再沉沦了，也莫要再悲戚了，从现在开始，接受新的一个你，并努力爱上她。给她一个重新绽放的机会，好吗？嗯，笑着对自己说，没什么呀，这样，就很好了。

梅子老师

做个阳光的天使

梅子老师：

您好！

我是一名单翼天使，只有妈妈，我的爸爸在今年四月的时候突发三级冠心病去世了。

我现在很苦恼，因为我知道，自己现在越来越不喜欢和别人交往，越来越喜欢沉浸在自己的世界里。妈妈很担心我，但是她也没有办法，爸爸在外面还欠了许多外债，她自己都应顾不暇。我自己也没办法，我还是接受不了今后再没有爸爸的日子。而且现在家里的情况很窘迫，我知道班里一些人背地里都会嘲笑我，但是我不能反驳，因为他们说的都是真的。我很伤心，我想努力学习，可是静不下心来。我想像您演讲时讲的一样，可以沉浸在书的海洋里，但是家里实在没有多余的钱买书。我想借一下别人的书，可是我知道他们肯定不会借给我，因为在他们的眼中，我是一个不祥的人。所以我现在没有好朋友，也没有人可以倾诉。直到今天听了您的演讲，我觉得我可以把这些讲给您听。您可以给我一些启示吗？望回复。

单翼天使：楠楠敬上

楠楠小天使你好。

我们这儿，已连续下了好几天的雨，下得人心里好不烦闷。空气都是潮潮的，伸手轻轻一戳，似乎都能戳出个洞来。衣服被褥，也都是潮湿的、不清爽的。——这似乎是件很不美好的事。然倘使我们换个角度来看呢，下雨天自然也是有好处的。比方说，植物们饱吸一通雨水，变得更加葱茏茂密。鸟儿们的叫声听上去，也是含着翠滴着雨的，别样的悦耳动听。我还看到一株小小的爬山虎，几场雨后，它的茎和叶，已攀满了人家的半面墙。

这样的天，还适合听雨。雨是自然界最强的音乐师，它会弹奏各种各样的乐器。打在屋檐上，打在晾衣架上，打在窗台上，打在楼下的桂花树上、栾树上、玉兰树上、橘子树上、蜡梅树上、紫薇树上，发出的声响，又个个不同。或者，就撑着伞，去雨里走走，听雨打在伞上，又是另一番境地。或者，就坐到路边的某个小亭子里发会儿呆，听雨在亭子四周歌唱。

雨落在河里，那是水落在水里，更是奇妙。它们会画出一个一个的小圈圈，像水在笑，笑出的梨涡或深或浅。雨落在草地上，像手掌摩擦着头发，轻微的沙沙声，听得人的心发软。这时候，你会想起很多背过的有关雨的诗句，如"沾衣欲湿杏花雨，吹面不寒杨柳风"；如"小楼一夜听春雨，深巷明朝卖杏花"；如"天街小雨润如酥，草色遥看近却无"。哪一首，都在唇齿间芬芳。察古人心意，竟不觉有距离和遥远。

我为什么要跟你说这些呢，楠楠？我只是想告诉你，当我们面对窘境、困境和不幸时，不妨换个角度去看、去想，也许，洞天就在另一边。你失去爸爸，这是件很不幸的事。你伤心难过，无力无助，这都属正常，也是可以理解的。何不这样去想，上天这是在考验你呢，让你速速长大，独自去承担风雨。你若一味地沉浸在悲痛的情绪里，一味地封闭自己，不肯再走出来，那是在浪费和抛弃自己的生命啊。我想，这也是你爸爸不愿意看到的吧。

死亡，是我们每个人都无法回避的事情。早早晚晚，我们所有的人，都要面对这个现实，只不过，你提早了些而已。你可以选择不接受吗？不能。那么，坦然接受吧。失去的，已失去了，而你，还要好好活下去。

不知你有没有看过日本电影《天使》？它聚焦于一条街道上的一群人，那条街道上，住着超市职员加藤、单身父亲吉川和女中学生米禾等人。加藤一度陷在感情的泥沼里，艰难跋涉。吉川是个深爱小女儿的父亲，他在不喜欢孩子的女友卡斯米和女儿之间，做着艰难的抉择。米禾因一件小事被误会，在学校里受到孤立，变得孤独……生活的十字路口，站着不知所措的这样一群人。正在这时，神秘的天使降临了，她身穿雪白的衣衫，背后镶着一对雪白的羽翼，眼神清澈如雪，似乎能穿透人的心灵。她用她的光和暖，向这条街道上的人们传递着她的爱，使人们敞开了心扉，重新燃起对生活的信心、勇气和希望。最后，他们各自通过自身的努力，摆脱了生活的烦忧和困境，过上了相亲相爱的幸福生活。

楠楠，你称自己是单翼天使。天使是带给人信心、勇气和希望的，是不是？我们先给自己一些信心、勇气和希望好吗？做真正的天使，虽失去一翼，仍能飞翔。失去爸爸，那不是你的错，你无须自卑，更不要自认为自己是个不祥的人。倘使你一直自怨自艾，原本怜悯你理解你的人，也会变得不耐烦。因为，谁也不愿意老是面对着一张幽怨的脸，一个不快乐的人。久而久之，你才真的被孤立了呢。

班里一些人背地里嘲笑你，你又有何惧？贫穷和窘迫并非你造成的，你为何要羞愧要自卑？昂起你的头来，笑对他们，用乐观和坚强做盾，让他们在你面前自惭形秽。

楠楠，爸爸走了，最无助的不是你，而是你妈妈。你要代替爸爸，照顾好妈妈，成为妈妈的有力支撑才是，而不是成为她的担忧和负担。你也知道，你爸还欠着一些外债，你妈要替你爸偿还。她一个人奔波劳碌，她的处境，该有多难！这个时候，你更应该坚强起来，为妈妈分忧，成为妈妈活下去的勇气和希望。这也是天使要做的事哦。

你说家里无钱买书，想问同学借书读，怕被拒绝。你没试过怎么知道他们不肯呢？我去过你们学校，看到有个不错的图书馆，你也可以去图书馆借书读。还可以求助于你的老师，没有哪个老师，不喜欢读书的孩子。实在不行，我也可以给你寄书，只要你真的愿意读。

楠楠，我希望，你能迅速恢复到从前的状态，像爸爸在世时一样。他在天上，会看着你呢。你要笑起来，像天使一样微笑。当你一身明媚，满身阳光，融入到同学中去，有谁还会嘲笑你呢？嗯，天使的微笑，会融化冰雪的。

做个阳光的天使吧宝贝，不要再陷在自己悲伤的世界里，胡思乱想，而要学会主动去敲幸福的门，大声喊出来：喂，幸福，你在吗？天使来了。

是的，你要宣布：我是天使，我来了。日子慢慢地，会变得明媚起来的。

梅子老师

我们都不是完美的人

梅子老师：

您好！

我总会无意地与父母发生冲突，感觉随着自己长大，他们有些缺点越来越突兀地显现在自己面前。他们会不分场合地发脾气，就像张爱玲说的那样，只有在父母形象趋于崩溃的时候，我们才会真正认识他们。

我不知道怎么跟他们相处了。

小鹿 19999

小鹿你好，我给你讲一个小故事吧。

有这么一个小女孩，她和她贫穷的父母，一起住在山里头。十岁之前，她从没走出过大山，眼中见到的，除了山沟沟，还是山沟沟。十岁这年，她偶然被人带出山外，带到城里，住进一富人家里。在那里，她第一次看到吃饭有专门的餐桌，盛饭有漂亮的碗碟，每样食物都那么精致好看，又特别好吃。她第一次见到睡觉的房间，干净、明亮、色彩绚丽，里面堆满了玩具。

她第一次看见宽大的浴缸，还有能不断喷水的花洒，喷出来的水，都是温热的。她第一次知道，大小便居然不用蹲在露天里，而是有专门的卫生间，有泛着釉光的马桶。她第一次穿上绵软的睡衣，身上喷着香……小女孩完全呆掉了，她不知道这个世上，还有这样的一种活法，与她贫穷的山沟沟是多么不同。

她对富人家的一切都好奇，她吃着从未吃过的美食，穿着从未穿过的华衣，睡着从未睡过的席梦思床，玩着从未玩儿过的玩具，她很快乐。然这种快乐并没有持续多久，小女孩强烈地想她山沟沟里的家了，想爸爸妈妈了。她闹着要回家。富人逗她，这里就是你的家呀，你以后就是我们家的女儿呀。小女孩愣愣看着富人，信以为真，她并没有因此高兴，反而难过地哭了，说，不，这里不是我的家，我要回我自己的家。富人很意外，继续逗她，你家那么穷，有什么好？在我们家里多好啊，你想吃什么就吃什么，想穿什么就穿什么，想玩儿什么就玩儿什么。我们还会带你到处去旅游，你不喜欢吗？小女孩抽抽噎噎答道，喜欢。可是，我的家里有我的爸爸和我的妈妈呀。

小鹿，不知你听了这个故事，有什么感受。有爸爸妈妈的地方，才叫家。尽管，小女孩的爸爸妈妈，完全活得没有那个富人富裕、优雅和有品位，他们是粗糙的、卑微的，也许还都是大嗓门，做不到和风细雨地说话，话语里，有时还会夹杂着一些脏话……可是，那是她的爸爸妈妈，是她的！任何人都替代不了的。

不可否认，当这个小女孩再长大一些，在她见识到更多的事物之后，有了比较，她心里会产生落差，曾经那么依赖着的爸爸妈妈，原来是这么的平凡，甚至是粗陋的。她在内心排斥着——这是每个小孩在成长中，都会遇到的心理变化。小时，哪怕自己的父母再不济，在自己眼里，也是顶天立地无所不能的。我们绝对的崇拜，从不拂逆，因有了那个爸那个妈，我们天不怕地不怕，觉得整个世界都是我们的。然经年之后，我们大了，个头超过他们了，他们却矮下去。我们看他们，得用俯视了，他们的衰老，他们的"软弱"，他们的"不堪"，他们的"无能"，他们的"无知"，被我们一览无余着。我们似乎才恍然大悟，这么多年的仰视，原来都是被他们给欺骗了呀，他们根本不是高大的、完美的、超能的！我们站在制高点上，俯瞰着他们，放大着他们身上的缺点，挑剔着，嫌弃着，并由此生着小小的怨恨。

可是小鹿，你有没有想过，你是完美无瑕的孩子吗？既然你不够完美，为什么要求父母完美？父母也只是普通人，不是圣人。就算是圣人，也还有不足呢，所谓人无完人，金无足赤。

我们都不是完美的人。正因如此，我们才要在这个世上，寻找美好，一点一滴，润泽我们的人生。最终，相遇到一个更好的自己。所以小鹿，不要再对你的父母生出怨愤了，亲人之间，应该多些包容，你说呢？不管怎样，父母养育了你，这份恩情，比天大呢。你可以等他们心平气和时，说出你对他们的感受。为他们身体健康着想，你也要劝他们少发脾气。父母也是一面镜子，照出你的样子，你要时时检查自己，是不是长成你不喜欢的样子了。你的言行举止，要避免重复父母那部分不好的，在跟父母交流时，你尽量要少指责少埋怨，多些理解和同情。

是的，父母也需要同情。你长大了，父母慢慢变老了。有一天，他们终将变回孩子，天道循环，如此残酷，又如此理所当然。你要做好搀扶着他们走完余生的准备哦，就像从前，他们耐心地搀扶着你，教会你走路一样。

梅子老师

花开花落，自有定数

梅子老师：

您好！

我是一个大一的女生，我从初中起，就读您的书。从您的文字中，感受到您的日子总是一派的云淡风轻，好像从不曾有过痛苦。您的生活真是如此吗？如果不是，您又是怎么做到如此安宁不着痕迹的？

我在夏天的时候，刚刚痛失了一个最好的朋友。这个朋友是我的发小，我家与他家住在同一幢楼内，我们一起上的幼儿园，一起上的小学，一起上的初中，一起读的高中。我们称兄道弟，关系好得模糊了性别。就在高考前夕，他还和我开玩笑说，哥们，等到了大学，你帮我追女孩子，我帮你追男孩子，我们同时去谈一场轰轰烈烈的恋爱。

是的，我们一直互称哥们。

但，有一天他却突然在跑课间操时倒下了。那么爱笑爱跳的一个人，就在我面前倒下了，再也没有站起来。时间已经过去了一个夏天，我还是没能从失去他的阴影里走出来，睁眼闭眼都是他，我无法做到遗忘。

梅子老师，您说人活着，究竟为的是什么？一个个来了，一个个又走了，最终什么也握不住。所有的相遇，都是一场空啊。

痛。不能言。谢谢梅子老师听我倾诉。

绿萝

绿萝，你好。我很想借个肩头让你靠靠，很想抱抱你。

每个人的一生中，都在不断地遇见，不断地别离。我也是。

读小学二年级时，我的同桌凤，一个有着饱满的圆脸蛋的小姑娘，在一场伤寒中闭上了眼睛。那是我第一次知道，人走了，永远再遇不见了。小小的心里，有惊惧，有不舍，期望着再相见。有时上课，一扭头，似乎看见她还坐在我的旁边，圆脸蛋像只红苹果。

我10岁那年，跟我玩儿得最好的表哥溺水而亡。我二姑悲痛得语不成调，好几天粒米未进。然生活还得继续，再多的伤痛，时间也会一一抚平。一些天后，再看我二姑，她脸上又有了笑容，看见我表哥生前之物，也能平静相待了。你表哥他去了天堂，她告诉我。那时我信以为真，心里颇得安慰，觉得茫茫宇宙之中，总有一处，收留下死去的人，他年，我们会再度相逢的。

后来陆续地，又有一些我熟悉的人故去，同学、朋友、师长，还有最疼爱我的祖母、祖父。每一次失去，也会痛，但都能坦然地接受。因为我渐渐明了，我们来到这个世上一遭，原就是为了来相聚一场，而后别离。只是有的人会相聚得时间长一点，有的人会短一点。不管时间长短，有缘相聚，都值得庆幸和感激。

我们的生命中，还将有人故去，亦将重新遇见一些人。而最终，我们也将成为故去的一个人。正因如此，每一次遇见，才显得格外弥足珍贵。我们要做的，是珍惜。花开的时候，不要错过。天上有月的夜晚，多仰望天空。

就像这几天，我每晚都要出去等月亮。我在长着梧桐树、樟树和栾树的林荫道上，慢慢走。秋已渐浓，栾树的枝头，开始点起了"红灯笼"。这些红灯笼一样的果实，即便是暗夜里看着，也是很显目的。秋虫的叫声，嘈嘈切切。告别的大幕已拉开，它们，将要和青草、花朵、鸟雀、树们别离。遇见过，热闹过，对它们而言，这就够了。梧桐树的叶子，掉落了不少，踩在脚下，发出清脆之声。它们曾蓬勃在枝头，如今，纵然跃下，无惧无畏。它们将化为泥土，供养明年枝头的又一蓬青绿。

这世上，哪有真正的别离呢？总会化成另一样的存在。比方说，成为泥土。成为养料。成为风。成为雨。成为露。成为来年的叶子、青草和花朵。

月亮也就从东边的一排树的后面，长出来了。那些树木的后边，是河流。河流的后边，是村庄。村庄的后边，是庄稼地。我猜它是从庄稼地里长出来的。就像长棉花一样的。它就是天空中开起的一朵棉花。

我追去河边看。我如愿看到河里，也长出来一个大大的月亮。风吹着清凉，虫鸣声响在耳畔，桂花的香气，在深处。我在有月亮的天空下。我在河边。我在时光里。有那么一刻，我感激得想哭。我为什么来到这个世上呢？我来，就是为了遇见这些美好的啊！

　　亲爱的，花开花落，自有定数，让逝去的安息吧。而我们，要好好守住的，是当下。比如说，天上的这一轮月。只要你肯走到屋外，只要你肯抬头，你就能赏到。比如说，那密密的桂花开了，我们可以去闻香。我们还可以摘下它来，做桂花糖藕、桂花汤圆和桂花饼吃，日子里充满它的香甜。比如说，和家人一起，守着热气腾腾的餐桌，一边吃着，一边随便聊着。他们在，你在，这便是拥有了。

　　时光不多，珍惜每一寸的好。让每一场遇见都不虚度，这就是活着的意义吧。

梅子老师

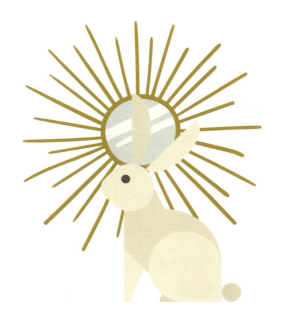

山外有山

梅子老师：

您好！

不管我怎么努力，都不能做到最好。

我也不擅长才艺，不敢真正地展现自己，每次学校一有活动，我都会很胆怯，怕自己会出岔子。我该怎么办？

小读者

宝贝，我给你讲一个我初中同学的故事。

那是个男同学，圆脸，大眼，皮肤黝黑黝黑的。倦怠的春日午后，老师让我们玩击鼓传花的游戏，鼓声停，"花"落在谁的跟前，谁就要唱一首歌。那日，"花"落在这个男生的跟前，全班同学哄笑。因为，这个男生五音不全，唱不了歌。

我们以为他会拒绝和难堪，但他没有，而是大大方方站起来，笑着说，你们都知道我不会唱歌的，但我会竭力唱的，里面的歌词我肯定一句也不会记错。说完，他真的认真地唱了起来。

教室里一下子安静下来，安静得针掉地上也听得见。整个演唱过程中，他不断跑调，不断唱走音，最后，几乎是念着歌词，把歌唱下来……

他唱完后，教室里响起了经久的掌声，把窗外的鸟都惊飞了。

过去这么多年，这会儿，我想起这个同学来，很是有些敬佩他正视自身不足的勇气。这样的人，经历再多的艰难，也不能压垮他。我的这个同学，现在已是个小有名气的企业家。

知道吗宝贝，这世上的每一个人，都不是完美的，都有这样或那样的短板和缺陷。正因这样的不完美，才构成我们五光十色的人生。就像你，不擅长才艺，那就不擅长呗，这又有什么值得胆怯的呢？你可以找出你擅长的东西，加以发挥，也可以重新学习，培养出另外的特长来。

宝贝，不要羡慕别人拥有的，你拥有的，别人也未必有。也不要动不动就说，我要做到最好呀。什么叫最好？山外有山楼外有楼哎，没有谁能做到最好的。你只要能够正视自己，诚实大方，努力进取，一直一直都在进步中，就很好很好了。

梅子老师

愿你成为自己的英雄

梅子老师：

您好！

我是一名高二新生，面对这沉重的作业，和给予期望的父母，内心其实并没有那样自然和快乐。在他们面前，我或许只是为了完成一个表演罢了。

有时候，我真的觉得自己很没用，和别人比起来，真的好不如意。我伤心，为什么我付出了那么多努力，却永远也得不到自己预期的效果，我怀疑自己……

阳光依旧在照着，我的心依旧在慢行。

我承认自己贪玩儿，面对手机或者其他的诱惑，我控制不住自己。可，可我该怎么办。

学习越来越紧，我也想变优秀，也想闪耀，也想改变。

愿得到您的回复。

您忠实的读者：小龙

小龙你好啊，"优秀"和"闪耀"，不是想出来的，也不是愁出来的，而是努力出来的。

你其实，早已找到自己问题的症结所在——"贪玩儿""面对诱惑，控制不住自己"。

当别人都在奋力向前奔跑的时候，你却站在原地，沉溺于玩耍中，事后却徒劳哀叹。结果，你与他人的差距，只会越来越大。

幸好你还有醒悟，还有清醒，说明你还有一颗积极向上的心。那么剩下的事情就变得简单多了，就是努力克服自己的惰性、玩性，一点一点，朝着你所说的"优秀"和"闪耀"前行，做一个真正能开怀大笑的人。

我给你开的"药方子"是：

一、离开你的手机，用做别的事来充实你的时间。从离开半天，到一天，到两天，到三天，到一个星期，慢慢儿地，远离它的诱惑。渐渐地，你对它的依赖性就小了。

当然，也不是完全隔绝，如果用它来查阅资料，阅读一些好的文章，用它来听听音乐，也是可以的。但千万不能再沉迷于和学习无关、对自身无益的事情上去。你应该让它为你所用，而不是被它操纵，吞食你的光阴你的青春。

二、远离"其他的诱惑"。当又一个诱惑来临时，你坚决地对自己说，不。

等你经过了这个诱惑的考验，回过头去，你会感到，原来抵制诱惑，也不是想象中的那么难。你会很有成就感的。

三、每天早上醒来，给自己制订一个小目标。比如，今天背多少课文。今天做多少习题。今天写多少文字。到晚上，一一对照，看看完成了多少。倘若全部完成了，你就会感到，这一天过得好充实啊。

人天生都有惰性。我们的人生，往往不是输给别人，而是输给自己的惰性。

好孩子，愿你能战胜你的惰性，成为自己的英雄。愿你的生命里，永远充满希望和期待。

梅子老师

教学相长

梅子老师，我今天想跟您吐槽下我们的数学老师。

我在初一的时候，数学成绩还可以，我也很喜欢学数学。但到了初二，换了这个老师来教，我的数学成绩开始步步下滑。为什么会出现这种情况呢？容我慢慢说来给您听。

首先，他没水平，不会讲课。站到讲台上，他只顾自己啪啪啪往下讲，全不顾我们有没有听懂。他语速快，普通话又不标准，也不给我们思考的机会。讲公式定理定律，也不给时间让我们去背诵，迅速地讲过了就算了。随即却又抽我们背诵，我们背不下来，他还发火，骂我们是笨蛋，说不好好学不如回家睡觉去啊之类的话，可难听了。梅子老师您给评评理，难道我们是神人是天才？特别是每次讲解考试题目，他只速速地讲完答案，也不提问，边讲还边骂我们笨，说，这么简单的题目也做不出来。

其次，他还特别喜欢布置作业，一布置就是一大堆，没个两三个小时是做不完的。我和我的同学都非常反感，因为，我们不是单单学数学这一门学科，还有其他功课要做。他总是霸占其他老师的时间，害得我们被其他老师数落。

再次，他还特别爱打小报告，在校长那边说我们语文老师的坏话，说语文老师拖课，影响了他上课等等的。明明一下课，他就风一样卷过来了，把我们课间时间都占去了，不让我们有喘息的机会，他还倒打一耙，足见他的人品太坏。

我有次没有完成他的作业（我实在来不及完成），他竟罚我做双倍的作业，我当面顶撞了他，他勒令我在教室后面站了一节课。从此，我恨上他了，我们的关系，已到了水火不容势不两立的地步。我妈让我去给他道歉，我誓死不从。我妈今天还为这事跟我吵起来了。

梅子老师您说说，是我错了吗？我应该要去给他道歉吗？这样的老师他还配做老师吗？

圈圈

圈圈，你先回答我几个问题吧：

一、你们班有没有同学数学学得很好？

二、你们班所有同学都讨厌这个数学老师吗？

三、这个数学老师从教多少年了？教出多少学生？是不是从来没有一个学生说过他的好话？

我想，你未必答得出来。因为，你对你这个数学老师，并不真正了解。你只是凭着一些表面的事情，轻易就给他下了定论，把他推到你的对立面。

圈圈，凭自己一时的喜恶，去定义一个人，是有失公允的。

圈圈，这个老师再没水平，解题能力也一定比你强很多。不同的老师，有不同的教学风格。他的教学风格，让你一时半会儿适应不了，比如他的语速过快，比如他不大顾及你们的听课反应……这也很正常啊。有的老师就是这么风风火火讲课的，做他的学生一秒都不敢松懈。这不能作为他的原罪吧？你该从自身找找原因呢，假如你的反应更敏捷一些，是不是就跟上老师的讲课节奏了？你应该提高这方面的能力才是。

你说他讲书上的公式定理定律，讲过就算了，也不给你们时间背诵，就急急提问，害得你们背不出来。他是性急了些，恨不得你们一下子把他讲的知识全吃进肚子里去，这，算不得多大的错吧？一个会学习的学生，是要做好课前预习的，书上那些公式定理定律，应提前掌握一些，老师再讲的时候，接受起来就容易多了。你们不能够迅速掌握，只能说明你们还不够用功。学习是件主动的事情，而不是被动地接受。

你说老师布置作业太多。他的出发点也是好的，他希望你们能够勤加练习，做到熟能生巧。要知道，他每多布置一条作业，他批改作业的量，就多增加一条。他这是自找苦吃呢，作业收上去，他得挑多少夜灯，才能批完？当你没有完成作业，他罚了你，方式虽粗暴，心依然是好的，希望你不要掉队。难道你希望老师对你放任不管吗？

他"抢"着一切时间，为你们烧小锅灶，还不是想多喂点知识到你们胃里去？他和语文老师的小矛盾，是两个成人之间的小事情，你们跟着瞎掺和做什么呢？你们把两门功课都学好了，他们自然就开开心心的了。

圈圈，如果我是你的数学老师，吃力不讨好地被你这么怨恨着，我该多委屈多难过啊。你是不是该去跟老师道个歉呢？心平气和地，跟老师好好说说话吧，把你的想法告诉他，建议他上课的时候，尽量放慢些语速，你们会听得更清楚更仔细；建议他不要责骂你们，多鼓励，你们肯定会更努力；建议他多留点时间给你们反刍，你们对知识的掌握会更牢固；建议他减少点作业量，你们会举一反三，提高学习效率……教学相长，这才是学习最好的状态。

圈圈，一个好学上进的学生，老师没理由不喜欢。希望你学会遇事冷静，忌冲动，忌偏激，更不要动不动就心生怨恨。怨恨，是一件伤人又伤己的事，对有限的生命，绝对是种践踏。

祝你学习进步。

梅子老师

留得青山在

丁阿姨：

您好！

我是世东。

今年的高考结束了，而我因为身患重病，错过了高考，而且是永远地错过了。所以我有些悲伤，心里塞塞的。

我不知道是不是错过高考，就等同于失去了飞翔的能力呢？

世东

世东你好。

痛。替你。

现在，你的病情好转些了没有？但愿。

知道吗世东，在疾病面前，世间一切的所谓大事，都是小事，都可以忽略不计。包括高考。

错过的已经错过了，悲伤又能如何？要紧的是，眼下的路和今后的路。眼下，你要把身体养好，把精神养足。留得青山在，不怕没柴烧，只要你的人还在，今后就有无数种可能。

不知道你的"永远地错过了"是指什么。若是你愿意，明年一样可以重新参加高考的啊。后年，后后年，也可以。新闻里曾报道过爸爸和儿子一起参加高考的事。你看，人家都做了近二十年的爸爸了，不也还是捡起从前的热情，走在追梦的路上？

现在的社会，给我们提供的飞翔机会太多太多了，什么时候都可以重新开始。曾看过一个老太太的故事，老太太八十开外了，一天，她忽然心血来潮要学画画，买了纸墨笔砚，报了个老年绘画班，就热火朝天地学开了。大家都笑话她，这么大年纪了，养养老算了，还折腾个啥，能折腾出个什么来？然人家硬是埋着头，画呀画呀，活出了少年的样子。到她八十五岁时，成功地举办了个人画展。

想想吧世东，人家都八十五了，还能飞翔，你还有什么理由暗自神伤？高考不是人生唯一的一条路，高考之外，还有上千条上万条的路，无论你踏上哪一条，只要你用心去走，都会走出属于你的风景来的。

祝你早日康复。

对了，现在，外面的夏天已很夏天了，荷花都开好了，去看看荷花吧。

梅子老师

正视自己的短板

丁老师:

您好!

在微信的公众号里阅读了您的文章,又笑,又哭,很感谢您的文字治愈了我。

最近有件烦心事,有些想不开,虽然一直觉得人生难免有挫折,撑撑就过去了,但还是有点儿烦心。

我想问您的是,如果一直在一些学科中找不到方法怎么办呀。看着一些我学不好的学科,我的同伴却学得最好。有时,我竟会生出不好的情绪。我懂,这会伤害友谊。可我,却控制不住。这样会让我郁闷和烦躁,为什么我学不好呢,我也尽力了。

父母也只看成效。他们告诉我付出就要有结果。我却认为,追逐梦想,重要的是过程,就像您说的一样。

谢谢您看到这封信。愿尽早收到您的回信。我会继续热爱文字和音乐的,谢谢您。

您的读者

宝贝你好，你让我想起我的中学时代了。

那时，我最痛恨的科目是物理。我始终弄不懂电流是怎么回事，我一看到那些计算公式，脑子就要炸开，每次物理考试，都可能成为我的噩梦。但我的好朋友却学得兴趣盎然，她一直做着物理科代表。去参加地区的物理竞赛，高手林立，她也能捧回大奖。

我嫉妒她吗？没有。只是有些羡慕而已。她也有羡慕我的，我语文好呀，好得她怎么追赶也追赶不上。后来，我读了文科，她读了理科，我们发挥着各自的专长，在各自的领域里，抽枝长叶，开花结果。

宝贝，尺有所短，寸有所长，我们每个人都有自己的短板。也许，某些学科它就是不对你的胃口，你怎么努力也没用。你要正视它，尽自己的心，尽自己的力，能做到哪步，就做到哪步。如果你已尽心尽力了，你还郁闷什么烦躁什么呢？

不要嫉恨别人的好。世界这么大，大山有大山的好，平原有平原的好，每一个存在，都有自己的位置，做好自己就是最好。

有付出必然有结果——这句话没错。只是要看我们如何看待那个结果。有人只看到了表面成效，而有人却看到了那一个一个结结实实的脚印，成为生命中最饱满的印迹。在追逐梦想的过程中，倘若你一步一步坚持下来了，就是最大的成功。

梅子老师

草莓的活法

敬爱的丁老师:

您好!

我有些烦恼想和您倾诉,但思绪太多,难免语序混乱,还望您包容。

首先,也是我认为最重要的一点,我是个很认真负责的人。这本是件好事,但在我们班级里,有很多人不屑于班级公务,这与我的三观极其相冲。这时候我总是想发脾气,但转念一想,有必要为了这点小事就毁了人缘吗?今后到了社会上,不是还有很多这样的人吗?难道你能一一指责?

我是个向往范仲淹思想的人,所以总是哀怨这个社会有些不太上进的思想。我犹豫我该成为怎样一个人。有些事情,按这个时代的说法,怎么说都对。世上道理太多,总会有矛盾。

其次,我迫切希望自己能变得更好,思想觉悟更高。但事实上,我都是在一些与人相处的事里犯浑。我害怕一辈子也绕不出去。我朋友跟我讲,人的性格总归会有缺点,你要接受。但我想变得更好,这有错吗?我希望我能宠辱不惊,不需要他人,做很有气势的人。我很有好胜心,我希望别人服我,我能光彩照人。然而事实上,我是个开朗的,有点儿疯疯癫癫,属于邻家女孩系的,很在乎别人看法的人。我不知道能不能改变自己的性格。

最后，我迷茫于爱情。我并没有喜欢上某个人。只是很多社会新闻让我觉得性行为是在侵犯女性。我有时候有个想法，这辈子都不会喜欢上谁，最多做知己，结婚也是直接做亲人。我觉得中国缺乏对这方面的教育。

请原谅我话多。希望您能给我建议，是不要想太多，在经历里总结，思考，还是多读书呢？

此致

敬礼

学生：叶子

叶子你好，读到你的信时，我刚好看到一个小故事，想复述给你听。

故事说的是，有这么一个国王，他拥有一片花园，他的花园里长了很多的树、很多的灌木和花，大家都按着自己的次序长着，花园里一片生机勃勃。国王很高兴，常去他的花园散步，摸摸这棵树上的叶子，嗅嗅那朵灌木上的花朵，日子美好得不得了。

一天，国王又去他的花园散步，却被眼前的景象惊呆了：花园里一片凌乱，植物们失去了往日生机，全都倒伏在地上，气息奄奄。国王非常不解，忙向植物们询问原因。结果，植物们各抱着一肚子的怨气撒向他。

橡树说："我无法长得像松树一样高，不想活了。"

松树说："我不能像葡萄一样结出果实，还活个什么劲儿！"

葡萄说："我不能像玫瑰一样开花！"

玫瑰哭了："我怎么也没办法长得像树一般高！"

国王听得哭笑不得。他的眼光忽然瞥到一株草莓，它夹杂在灌木丛中，正努力开着它的花儿，白色的花朵，如雪似的。青翠的叶子，油亮饱满着。国王意外极了，问那株草莓："大家都死气沉沉的，为什么你却活得这么兴高采烈的？"

草莓看了国王一眼，笑笑说："哦，我也不知道为什么。我只知道，我是株草莓，就要活得像株草莓。"

其他的植物们听见了，醍醐灌顶。不久，国王的花园，又恢复了往日生机，橡树按着橡树的样子长着，松树做着它的松树，葡萄欢欢喜喜地爬着它的藤，玫瑰在风中摇晃着它的花朵。草莓呢，则结出了又红又大的草莓，路过的风都忍不住要趴到它身上，不肯走了。

叶子，这世上的存在，原各有各的个性，各有各的道理。奋发上进是一种活法，光华璀璨是一种活法，安贫乐道是一种活法，守住本分也是一种活法。就像草莓要开它的白花儿，要结它的红果实，这是草莓的活法。海之所以阔大，是因为包容，鲨鱼鳄鱼可以在里面出没，小鱼小虾也可以在里面游弋。

你有好胜之心，你想光彩照人，这都是你自己的事，你自己修身就好了。但亲爱的，请你记住，光芒是从一个人的身体内部散发出来的，而不是从别人嘴里说出来的，也不是从别人眼里射出来的。要让别人服你，你要有这样的资本和能力，而不是靠强势。一个人拥有的资本和能力，靠自身修炼而来的才算数。人的一生，倘若能做好自己，能够真诚待自己，能够真心实意地喜欢自己，也就不枉活过一场了。

至于爱情，等你遇到了再说吧。人类之所以能够千秋万代，能够生生不息，就是得益于爱情——这枝明艳的甜蜜的永不衰败的花朵。

读书是件终身受益的事。多多读书吧亲爱的。

祝你愉快！

梅子老师

成为自己的小太阳

梅子老师：

您好！

我是一名学生。我想和您说说我的故事。我出生时被亲生父母丢弃，那时天在下雪。因为我有唇腭裂。后来被人发现几经周折送给我现在的父母。他们对我很好，虽然他们身体不好。

在我上初二的时候，我爸得肺癌去世了。学校给我爸组织过捐款，但我宁愿不要。因为当时学校没有告诉学生是给谁捐的。不知道他们怎么知道了。然后就有很多人都看不起我，经常针对我。我也觉得抬不起头。渐渐地，我的心思不在学习上了。觉得我爸老跟着我。我喜欢一个人走路，晚上总想哭想自杀，喜欢一边自残一边笑，我觉得这样我心里的压力会减轻一点。

初三我从实验班到了普通班，我想我要好好学习，不再想以前的那些事。第一次月考我考了班级第一名，我很开心。可同学还是针对我，说我是兔唇。我被她们搞得上课都没有心情。您知道吗？梅子老师，有一次，我们班有人说我，我和她吵了一架。我把自己杯子摔了，跑了出去。后来老师知道了，找到了我。我说出原因。老师教育了我们。晚上我们回宿舍的时候，老师走了。有一个女同学对我说，是不是你告诉老师你和张某某吵架的！我说我没有啊，我也不知道啊！她们就有人说，不是你是谁啊！不要骗人了。你也不照照镜子看看你自己什么样子。反正我也不想念了！大不了我们打一架。

我说不过她们，把头蒙在被子里哭。我想自杀。我很痛苦。那天我上晚自习，老师正在复习诗词。我跑了出去，拉开四楼的窗户想跳楼，我觉得自己这样就能解脱了！死没什么可怕的！我的老师拉了一下我，把我拉回班级说了一句，老师对你不好吗？班里同学有人对我说，要死早点死嘛。这就是同学吗，梅子老师？

梅子老师，我有一个愿望就是想做您的学生。您的每一本书我都看过都很熟悉。我明年中考的时候想考您所在的学校。您能告诉我您在什么学校任教吗？谢谢梅子老师。我真的很喜欢您，虽然我们没见过面，但我却感觉您很亲切。

巧儿

亲爱的巧儿，你受苦了！

曾看到过这样一句话：每个人都是上帝跟前的苹果，上帝偏爱谁，就会咬谁一口，留下一个深刻的印迹。我想宝贝你，也许，也是上帝偏爱的一个孩子吧。

"唇腭裂"是上帝给你的礼物，那么，好，咱接受它。外表欠缺，咱拿智慧来修，拿灵魂来补。你现在努力读书，就是修补自身的好办法。当你的书越读越多，你就会走得越来越高，越来越远，你的天地也会越来越广阔。知识铸成的盔甲，最终会让你变得强大，无所畏惧。

生命给你设置了一重一重的磨难，可再多的磨难，也不会超过最初你在雪地里的那种孤立无援了。你的同学打击你，看不起你，那又如何？人世间的温暖和美好，到底还是多于寒冷和丑陋的。想想最初抱起你的那双温暖的手，最先接纳你的那个宽厚的怀抱。想想这些年，你行走的路上遇到的那些善良，还有待你极好的老师……他们，足以让你可以无惧这世间的寒冷和阴暗，让你留恋和珍惜。

曾经，那场冰冷的雪，也没能湮没幼小的你。现在，你又岂能不珍惜你的生命？宝贝，不管多么委屈多么伤心，也请不要自残好吗？咱的身体金贵着呢，咱能活到今天不容易呢，咱要好好保管好它。

不要去跟看不起你的人辩解，不要去跟针对你的人怄气，这犯不着啊。他们瞧不起就尽管让他们瞧不起好了，咱是兔唇就是兔唇又怎么样？本姑娘从来不瞒不藏。当你坦然坦荡了，当你能直视命运的坎坷，并努力让它活出精彩来，那些针对你的无聊行为，也会变得软弱无力了吧。嗯，阳光一出来，阴霾就被驱散了，咱要成为自己的小太阳。

如果你还不能释怀，宝贝，我推荐你去看一本书，是美国作家莎朗·德蕾珀写的《听见颜色的女孩》。里面的主人公美乐迪比你不幸多了，她是个严重的脑瘫儿童，不能说话，不能行走，不能自己吃饭穿衣。一句话，最基本的生活能力，她都不具备。可她拥有聪慧的头脑，灵敏的耳朵，她能用耳朵听见这个世界颜色的回声。面对刻薄她的同学，她很潇洒地设计了一句台词：也许我们都是有残疾的，而你的残疾在哪里？

宝贝，不要让自己陷入情绪的泥淖里，把时间交给读书吧，交给一些细小的欢喜吧。比如说，现在外面下雪了，你会欢喜的吧？

梅子老师

不完满才是人生

梅子老师：

您好！

此刻，您睡了吧？一定的。都凌晨两点了，您怎么会不睡呢！

我好喜欢您的文字，感觉您的文字透着一缕缕花香。又似月光来照，洁白，明净，温柔……在这个失眠的夜里，我躺在床上，一遍遍回忆您的文字带给我心灵的震撼，很想对您说说话。

是从大学毕业后吧，我总是无端失眠（我妈说我是千金小姐命，得了富贵病）。曾经许多的期盼，似乎都成了空想。午夜辗转反侧，想着自己，想着别人，太多的虚空，太多的失望，对自己的，对别人的。想我的人生，好像处处艰难，一生不知该如何度过，越想越难受。我数了小羊，数了星星，还是无法入眠。

真想大梦一场，长睡不醒啊。

梅子老师可有办法治愈我的失眠？

一百只小羊在叫

好姑娘，你好。

一百只小羊你放出来了没有？如果你真能养上一百只小羊，那才叫美好呢，你大概不至于老是失眠了。因为你每天要忙着给小羊们找草吃呀，一时一刻也不得偷闲，晚上一挨上枕头，还不倒头便睡？

忙碌是治愈失眠最好的办法。

近期看一个采访视频，疫情下的志愿者们，穿着厚厚的防护服，奔波在一幢又一幢居民楼之中，给这家送菜，给那家送粮。接送这个去核酸检测，接送那个回家，没日没夜。有记者前去采访，问他们，当疫情结束了，你们最想做的事是什么？几个志愿者异口同声说，大睡一觉。亲爱的，你看，忙碌让睡眠成了奢侈。

人闲易生病，无所事事易空虚。好姑娘，不要给自己太多闲暇去胡思乱想，工作之余，给自己找点事做做。长期目标太远了，咱一时半会儿实现不了，那就制订些短期目标好了，比如，去做一个星期的志愿者；比如，去见一个想见的人；比如，看一本喜欢的书，写下几行读书心得；比如，化一个好看的妆，学跳一支舞……

物无全胜，事无全美，人无全盛，不完满才是人生。我们活着一场，就是来修缮它的，用梦想，用期待，用追寻，用光亮……

　　每日的时光，都有着丰富的表情。如果你留意，你将会看到，清晨的露珠美极了，它们吊在一枚叶子的"耳朵"上，如明月珰，晃晃悠悠。它们上了蜘蛛的"床"，如一堆小钻石，闪闪发光。你也将会看到，傍晚的彩霞绚烂极了，它们给河水染了色，给树木染了色，给房屋染了色，给路上的行人染了色，天地交融，华丽庄严。如果你能爱上这些时光，你的心底，就会少些遗憾。

　　我每天都浸泡在这些丰富的时光里，快乐地忙忙碌碌。对了，今天我还专门买了个放大镜，随身携带着，遇见什么照什么。寻常的一花一草，在我的放大镜下，显露出它们隐藏的秘密——每条纹路，都是一道蜿蜒的山路，可有趣了。

　　好姑娘，多去大自然里走走吧。草木多清明，我常常要为一个声音、一点颜色而雀跃。希望你也是。心里住着欢喜，你的失眠，将不治而愈。

梅子老师

第四辑
先谋生，再谋喜欢

想要在这个世上立足，必须先谋生，再谋喜欢。谋生是个前提，提供必备的物质条件，把我们这尊肉身安置下来，我们的精神世界才有附丽。

野葱花儿开

梅子老师:

您好!

我是一名中学生,刚刚出国读书不久。在国内,我算是成绩比较好的学生。到了国外,上课要用英语,可是我的英文水平不行,和国内大部分普通中学生的英文水平一样,只能简单地表达,无法深入理解过难的英文。这造成了我上课无法听懂老师所讲的内容。

这里有一些学生懂中文,我只能每次问他们作业和上课的内容。我深深觉得自己很没用。帮不上老师的忙,也没有办法和外国学生相处。我现在真的很迷茫。在国内,我算是一名学生干部,能帮助同学,协助老师,可是我现在却像一个废物一样,什么也做不了。

我该怎么办?

您的读者

宝贝，你好。

几年前，我去新疆，在草原上看到一种野葱花儿，花簇生成紫色的圆球球，好看得如同绣球花一样。我挖了几棵，千里迢迢带回，想让它们在我的花坛里开花。结果，好几年了，它们只长个头，抽出瘦条条的一枝枝，愣是没开过花。

就在我对它们有些不耐烦了，准备动手拔去它们的时候，奇迹却出现了，在一个盛夏的清晨，它们之中，秀出了一枝花苞苞。不久，花开了，虽没有我在草原上看到的那么饱满，却也是一丝不苟色彩鲜妍的。然后是两朵三朵，四朵五朵，跟着冒出来，紧接着盛开了，开出了一片草原风光。

你的境况，让我想到我花坛里的野葱花儿。它们很清楚自己的处境，若要蓬勃如昔明媚如初，只有两条路可走，一是重返它们的故土去，这条路显然行不通；二是努力适应新环境，直至完全与新环境融合到一起。它们选择了走这条路，默默积蓄力量，与新环境握手言欢。

宝贝，倘若你已回不了头，那就一门心思往前走吧。英语不好，就补呗。你所处的环境，是非常适合练习口语的，到超市买东西，到饭店点餐，到景点问路，都是你练习的好机会。你也要多跟你的外国同学接触，抓住一切能够交流的机会进行交流，不要怕出错，一遍听不懂，来两遍。两遍听不懂，来三遍。多看一些纯英文的书籍和电影。你年纪小，适应力是非常强的，用不了多久，你就能在那个环境里如鱼得水了。

我朋友家的小孩，也是如你这般大时去的国外。他可怜的英语曾让他寸步难行，问个路也是磕磕巴巴的。那会儿，他天天打电话给我朋友，声音里都带着哭腔，说他耳朵里整天塞的是听不懂的外国话，还说吃不饱，整天饿着肚子。我朋友很后悔，要接孩子回来。孩子这个时候却犹豫了，说，再等我三个月，如果三个月后我还不能适应，我就回去。三个月后，那孩子没回来。一年后，那孩子也没回来。那孩子后来在英国读完高中，考进剑桥大学去了。

他有一次回国，我遇到，曾问过他，怎么过语言关的？他轻描淡写地一笑，说，学呗，练呗。

宝贝，目前最适用于你的办法，不是哀叹和迷惘，而是学呗，练呗。

希望你能成为一朵盛开的野葱花儿。

祝你好运！

梅子老师

先谋生，再谋喜欢

梅子老师：

　　您好！

　　我有些话想对您说说。一直都想写这样一封信，但是不知道从何说起，而且我觉得有些不好意思，我可能是给您写信的最大的读者了吧，早就过了青春期多愁善感的年纪，但还是有很多的问题。

　　我已经大学毕业两年了，至今还待业在家准备事业单位考试。去年进入了公务员面试，但由于笔试成绩有些低，勉强进了面试还是被刷下来了。面试之后，我就急着想要找工作，几经周折，终于找到一份公益岗的工作，但由于一些原因，我做了一个月就辞职了，可是交上了保险，就失去了择业期内应届生的身份。今年的公务员考试也因为没能报上应届的岗位与这份工作失之交臂。令我感到难过的不是没考上，而是只上了一个月的班，就没有报上应届的岗，否则的话应届的岗位我都是第一名，领先将近4分。刚开始的时候我没有办法接受，埋怨自己，也埋怨帮我找工作、让我上班的所有人。

　　一段时间后，我也慢慢想开了，不那么难受了。可这个时候我妈又因为这件事得了轻度抑郁症，最近一直吃药，才有所缓解。现在我的心情又反反复复的，有时候很乐观，觉得一切都会过去，天无绝人之路，我并不是失去了一切。但有的时候又很悲观，一直忍不住去想这些事，感觉我的人生都因此改变了。

我是学幼师专业的，但是一直不喜欢当幼师。现在的我对于公务员这个职业好像有了一种执念，觉得是我失去的东西，就想要一切回到原点，以后的单位要比失去的更好，心里才会平衡，所以对于幼师这个工作就更加排斥了。老师，我想要问您一个问题：人真的要为了生活去妥协吗？家里人总是劝我说有个工作就不容易了，哪轮到你来挑三拣四的！可是我还是不喜欢。上次有幼儿园的招聘我也没报名，相比之下，事业单位和公务员更难考，我的心中也因此一直纠结。我知道每份工作都有它的艰辛之处，也许当上幼师以后我会慢慢喜欢上这份工作。但是此刻的我真的不愿意，总是不想违背自己的心意。

以前念书的时候我是个很恋家的孩子。但自从这次的工作没考上之后，我就不想在家里了，家里的气氛也不像以前那样了，每天讨论的都是我工作的话题。我妈又有病了，虽然现在有所缓解，但是一直要靠药物维持，要是我一直都考不上，她可能又要严重了。我爸的脾气一直不好，他在家的时候，我一点儿安全感都没有。而且我现在变得比较敏感，他每次说"你毕业这么长时间还花家里的钱，有什么资格说这说那的"这种话的时候，我就会感觉很受伤。每次从外面回到家都会感到很压抑。这种情况下，我是不是考到外地去，大家才会好一点儿呢？

梅子老师，期待您的回信。

您的读者：一朵玫瑰

亲爱的，读完你长长的信，我叹了一声，年轻的忧愁啊。

此时，河南正暴雨，多处受灾，无数人被困水中；南京禄口机场在对机场人员例行检测中，一下子检测出九例新冠呈阳性……这世上，每一时每一刻，总在发生着比你的烦恼更大的烦恼。你以为天大的事情，其实，只是芥粒而已。

大学毕业后，你一直在为寻找一份职业而努力着，这是值得肯定的。有担当，肯作为，这是年轻人最好的品德。然你过于执着于某一份职业，就有些不明智了呢。当你与公务员的岗位擦肩而过，你心有不甘，对它生了执念，觉得那是你失去的东西，你一定要找到比它更好的职业，你的心里才能获得平衡，于是乎你陷入魔障了。我笑了，姑娘，你从未拥有过，何谈失去？再说，你真的很喜欢公务员这份职业吗？你对它了解多少？我想，你从众的成分应该多了些，因为大众都说公务员好，这份职业的光鲜和稳定，让人觉得倍有面子和保障。那有一份虚荣在里面。姑娘，你也虚荣着，你承不承认？

你学的是幼师专业，但你不喜欢它。嗯，这有点儿莫名其妙了，你既然不喜欢它，为什么当初要学它？好吧，这已是过去式了，我们暂且不论它，就当那时你过于年轻幼稚，不懂，随便瞎选了个专业学了。那现在，你应该能明确内心的喜欢了吧。你到底喜欢什么，擅长什么，能做什么？你能脱口说出么？不要告诉我，啊，我就是喜欢公务员或去事业单位。好多年轻人都会这么说的，你也明白，那根本不是基于喜欢。

亲爱的，有时，我们真的没有资格说喜欢不喜欢，职业只是个谋生的手段而已。如果一份职业能契合自己的喜欢，那再好也没有了。如果不能，也没关系，它在维持我们生存的同时，可以维持我们去做自己喜欢做的事。一个人待开发的潜能多着呢，在工作之余，我们完全可以放手去做，活出自己喜欢的样子。

你父母的焦虑亦很正常，大多数父母都会这么焦虑着，希望已长大成人的子女，能速速有份安身的职业。不要埋怨他们过于庸俗，想要在这个世上立足，必须先谋生，再谋喜欢。谋生是个前提，提供必备的物质条件，把我们这尊肉身安置下来，我们的精神世界才有附丽。你何不先谋生，再谋喜欢？不要吊死在一棵树上，选择职业的空间可以扩大一些，再扩大一些。以你的聪明和努力，在哪个岗位上不能发光呢？这不是与生活妥协，而是与自己和解。当你拥有了生活的资本，供你选择的机会多的是，你要改变生活，随时都可以。到时，如果你还很喜欢公务员，你大可以再报考的。我以前有同事都四十大几了，还通过社会招考，跳槽去了别的单位呢。

你还年轻得很，拥有着无数的可能。祝你幸福！

梅子老师

门槛的选择

梅子老师：

您好！

我去年复读了，但是今年高考依然没考好。准备再复读，可是我又担心年龄和身边人的言论，怎么办？

家里人劝我去读三本算了。但我就是觉得，上个三本，那比别人的门槛就低很多了，而且周围的环境和遇到的人也不一样。我想让自己上好点儿的大学，遇到和自己有相同情趣和想法的人，在一个好的氛围里成长。

不知道对于再次复读您的建议是什么。期待您的回复，谢谢您。

装在袜子里的豆豆

豆豆，我很佩服你的勇气呢。要知道，选择复读，那是需要极大的勇气的。高考这条路，大凡走过来的人，都对它心存畏惧，除非万不得已，少有人愿意再回过头去重走。我至今还时常梦见，自己坐在高考考场里，卷子上大部分地方都还空白着，可是，考试结束的铃声却响了，我那个急啊，急出一身的汗。醒了后，愣愣半晌，方才知是梦，按按"咚咚"乱跳的心口，觉得好庆幸。

你选择再次复读，是选择了一条艰辛的路。别人的闲言碎语根本不足惧，因为那是你的路，你走你的，与他人何干？只是，你真的想好了吗？一年的时间，你又将投身到题海战中，做无数你做过的习题，背无数你背过的书。而这个时候，你当年的高中同学，已奔走在上大二的路上，学着自己喜欢的专业，在更大的舞台上施展拳脚。

我不是说你的选择有什么不对，只是要权衡利弊吧，把有限的黄金时间，用来做更有意义的事。因为复读的结果，只有两个，一是达到了预期目的，一是再次失利。如果能达到预期目的，自然相当完满了。如果达不到呢？你得花多长时间，才能从失意中走出来？在你失意的时候，你曾经的同学，应该读大三了。

豆豆，在选择复读前，我希望你对自己来个客观评价。你真正的实力如何？它有上升的空间吗？一年的复读，它能上升多少？你心里应该有个数。如果你平时的实力相当不错，只是高考的时候考砸了，你心有不服，一定要挽回损失，那我鼓励你复读。因为，现实确如你顾虑的那样，不同的大学，所遇到的人和环境很不一样。但倘使你并不自信，对自己的实力完全糊涂着，那我要劝你，还是冷静一下吧，不要拿青春赌明天。

你不愿意上三本，很大程度上，是因为"上个三本，那比别人的门槛就低很多了"。你在意的，还是别人的眼光。事实上，一所好的三本大学，并不比一些二本一本差多少，可你并不关心它的内里，你关心的只是它的表象，是你的面子，是一时的荣耀和光芒。对此，我表示遗憾，不能赞许你。亲爱的宝贝，"面子"不能给你带来真正的成长，尽快学到真本事，拥有真才实学，那才算数的。三本的"门槛"或许是低了些，可跨进去之后，怎么在那个空间里舞蹈，完全是你的事啊。你如果肯把冲刺高考的劲头拿出来，那你的舞姿，将会相当美好。告诉你一个小秘密，我当年读的也只是个师范专科，相当于你现在所说的三本吧。但我很感谢那所师范院校，在那里，我读掉几百本文学书籍，做了大量的读书笔记，写了大量的诗文，它助我最终走上了写作之路。

亲爱的豆豆，高考是道门槛，高高低低，一溜儿排开，这个跨不过去，我们再试试那个，终能找到适合自己跨的那个门槛。就像走路，有的时候，遇到阻碍，明明走不了，你却执拗着不肯信那个邪，硬要往前闯。精神是很可嘉了，可结果会是什么呢？此路不通啊。你这不是白费力气么？为此消耗掉许多好光阴，真是得不偿失呢。倒不如，拐个弯儿，另辟新路，走出另一番光明来。

考上名校的孩子，未必个个都能成为精英。我身边就不乏这样的事例，我有个朋友的孩子，考上北京一所名校，轰动四方。谁知他入学后，只一味沉浸在网络游戏中，再不碰书本，连课也懒得去上了。最后，被学校劝退回家。还有一个朋友的孩子，考上的是三本，这孩子在学校刻苦勤奋，年年拿奖学金，毕业后，直接去读了研，后来又读了博。豆豆，学习是个终身行为，只要你肯付出努力，坚持不懈，你终会取得一些成就，到那时，谁还会去追问你是从哪道门槛上越过来的？得了诺贝尔文学奖的莫言先生，不过才小学毕业呢。

豆豆，不管你选择走哪条路，通向的，都是明天。明天的你，一定比今天更好，只要你下定决心，好好去走。

祝你快乐！

梅子老师

一路前行，总好过坐以待毙

梅子老师：

您好！

我是您的一个读者，特别喜欢您写的文字，就是那种无法用语言形容的美。就像是用世界上所有美好的东西煮出来的文字，让人不禁想咬一口。

我是一名高一的学生，因为小时候生过病，休了学。到现在为止，我上学的所有时间加起来也只有三年多。小学读过一年，初中两年，跳过级。这也导致我现在成绩很不理想，我也很努力很努力地学习，可是还是在班里排倒数第一。这次期中考试又退步了一些……我真的不知道怎么办才好。但是我特别欣慰的一点，就是这次作文分数是班里第一名，上次月考作文分数是倒数第一，就因为短短的一个月内我读了一些您的文章。

作为一个山东学生，所有的时间被老师安排得满满的，只有课间才能读一点儿课外书。虽然读的不多，但是我真的用了心去读您的文章。谢谢您，让我的作文有了这么大的提升。可是，我现在在学校根本听不进去课，心里特别乱，一直持续着一种很不好的心情，我自己很清楚，如果这样下去我只会越来越差。梅子老师，我该怎么办？

雪儿

亲爱的雪儿，好是心疼你，你怎么就这么懂事这么要强呢！

因身体缘故，你长期休学，中间脱节的那部分，全靠你自己一一填补，这实在太了不起了！好姑娘，你知道自己已经很棒很棒了么？虽说你现在在班上排名倒数第一，但你委实不比排列在前的那些孩子差。

你说你现在听不进去课。我想，一定是那些课太无趣了吧。咱就努力让它变得有趣起来好吗？嗯，努力张开你的耳朵，能听进去多少，就听进去多少。听不明白的，咱就想象，它是鸟语好了。我们能听明白多少鸟语呢？

当然，这是说笑了。不过，你大可以这么想象一下：每一堂课，都有着属于它的鸟语花香。实在听不懂，咱就享受一下也不错啊，也许听着听着，就入了耳入了心呢。

亲爱的雪儿，因为你迟走了几步，跟不上别人的节奏，这不是你的错。不要埋怨自己，不要用"差"字来定义自己。你脚下又没装着风火轮，你肋下又没生出双翼，你也只是个平常人，靠双腿一步一步来走路。那咱就按着自己的节奏来走路吧，一步，一步，尽自己的力，读书，听课，考试。过度地忧虑，改变不了什么，那还不如让自己心神安定，坚定地走自己的路。无论如何，一路前行，总好过坐以待毙。

你的作文写得好，我真为你高兴。好姑娘，那就继续把书读下去吧，把文字写下去吧，说不定写着写着，你就开辟出一块属于自己的新天地。

梅子老师

一张一弛乃是文武之道

梅子老师:

　　您好!

　　我今天十五岁了，来自一个普通的小县城。刚刚升入高中，因为奥赛班分数线下降了，我很庆幸自己能够进入奥赛班。但是进入了这个班之后，因我的中考成绩是靠后的，各方面的能力，包括学习能力、学习习惯、学习效率真是赶不上其他同学。我时时有面临被淘汰的危机感。十一这个假期我几乎每天都在学习，每天都是学十多个小时。但是梅子老师我的学习效率不高呀! 这个问题在初中的时候就有了，上了高中我决心要改正，但是还没有改掉。

　　每个人都有清华北大梦，为了这个梦，要为之努力奋斗。但我发现，我每天都很忧伤，心态不怎么好，每天都觉得自己有很大的压力。老师告诉我不要把成绩看得太重，但是我的心里真的放不下。马上就要月考了，我对自己的成绩感到特别迷茫，有的时候看到别人上课在画画在睡觉，老师叫他们回答问题，他们还能答得上来，成绩还比我高。说心里不难受，这真是假话。

一个努力奋斗的小男孩韬涛

韬涛你好，祝你迈入十五岁的门槛。

我也生活在一个小县城呢。

我走过很多地方，其中不乏光彩迷人繁华旖旎的，但到最后，我还是觉得我的小县城才是最好的。我熟悉它的每一丝呼吸，熟悉道旁的那些树那些花，熟悉这里的天空，熟悉我的左邻右舍。这是一种没办法说得清的眷恋，因为熟悉到骨子里，所以亲切。我多么希望你也是这样的，热爱你的小县城。我以为，人生是因为热爱，才有了追求生活的勇气和力量。

你很自律。你对你的人生有着明确的目标，且为了实现这个目标，付出相应的行动，这是多少孩子不能做到的事。想来做你的爸爸妈妈该有多省心，他们不用苦口婆心整日对着你念念叨叨。

你却活得不轻松。你又怎么会轻松呢？每天都顶着那么大的压力，每天都在负重而行。哎，我都替你累得慌。

你不快乐，甚至是忧伤的。这种情绪如果持续下去，你将陷入忧伤的深潭中，学习的效率又怎会得到提高？好孩子，适当放松一下吧，一张一弛乃是文武之道，用在学习上，亦如是。

我欣赏为了梦想而拼命奋斗的人，但我不主张打时间战，以为时间花得越多，离梦想就越靠近。以为力气用得越大，收获也就越多。事实上，不是这样的。我们要善用时间、巧用时间才对，让每一分钟都能落地生根。就像你说的，有的同学上课似乎不怎么听讲，他在画画，他在睡觉，居然能回答出老师的问题，成绩还比你好。你哪里知道，那孩子在画画时，耳朵其实正听着老师的课呢；在睡觉时，思维也正在想着老师的问题呢。他只不过找到了一种放松的姿态，让自己更有效地学习而已。又或许，他在无人的时候，挑灯夜战到深夜，对于老师课堂上讲的，他都懂了，也就没必要那么全神贯注地听着了，而是用画画或假寐调剂一下。

好孩子，你现在要做的不是焦虑，不是患得患失，而是放松。不要搞时间战和题海战，重复地机械地做着同样的习题，那做十道题目与做一道题目有什么区别呢？还不如省下时间来，寻些别的乐趣，比如画画，比如唱歌，让紧张的大脑得到缓冲。当你再次投入到学习中时，你的精力才会高度集中。

我想起我高中时一个叫强的同学来，他做作业时，爱摇头晃脑，一边唱歌一边写作业。他还特别喜欢打球，一下课就抱着个球蹦，成绩却好到令我们多数同学只能仰望。问过他，你怎么做到学习玩耍两不误的呢？他答，不会玩儿的人，是不会学习的。

"不会玩儿的人，是不会学习的"，这话真是有道理。会玩儿的人，精力才会得到滋养，才能够以愉悦的心情去学习，从而取得事半功倍的效果。

至于你最后能不能考上梦想中的清华北大，那都无关紧要了。考上固然好，若考不上也没关系，社会上那么多优秀人才，并非全是清华北大毕业的。你毕业于哪里不重要，只要你一直走在路上，便好。

梅子老师

后天的修炼

梅子老师：

您好！

刚刚上大学的我，进不了学生会，各种面试也过不了，报名老师的小助手，也没有被选上，我觉得好难过。

大学好难，她们都好优秀，优秀的人会更优秀。我也想变得优秀，但是现实就是不行，我觉得自己长得也不好看，有点儿绝望。我该怎么办？

雪愿

亲爱的姑娘，我好想问问你，你都心生绝望了，那些没考上大学的，或没有念过大学的人，岂不要绝望死？

进不了学生会，做不了老师的小助手，这是多大的事儿呢？一个大学，总有上千人的吧，能进去的，寥寥无几。是不是别的同学都要因此生了羞愧，难以见人？

答案是，当然不会。

你的同学，在你郁闷的时候，他们也许正在图书馆里看书，也许正在实验室里做实验，也许正走在去做家教的路上。他们张着理想的帆，欢欣地朝着他们的目标奋进。唯有你，独个儿在那里怨天尤人，浪费着大把的好时光。其结果，必然是"优秀的人会更优秀"，而你，只能是那个平庸的。

你埋怨自己的长相，觉得自己长得也不好看。唔，我心疼了一下，假如我是你，我该替自己多难受啊。一个连自己都不喜欢自己的人，又岂能让他人喜欢上？

姑娘，现实的不行，绝对不是因你的长相。上帝赐你一副皮囊，你该做的，不是挑挑拣拣（你也没有办法挑拣），而是积极地填充内容进去，让它由内到外，散发出智慧的光芒。人的长相由天定，但更多的，靠的是后天的修炼。古今中外，那些有成就的人，有多少是靠颜值闯天下的？然他们的形象，却愣是叫人热爱膜拜得很。

姑娘，你已到了明确自己要什么和做什么的年纪了。你想过你上大学可以学到些什么吗？你有清晰的目标要去实现吗？你想过毕业之后将从事或能从事什么样的职业吗？时间经不起惆怅和沮丧，稍稍晃一晃，你的大学也就过完了。你能从大学里获得什么样的经验和技能，好让你在将来的路上，走得有底气些，这对当下的你来说，才是最重要的事。

雪愿，你已不是耍小性子的小姑娘了，不能一点儿小事得不到满足就难过，就绝望。"绝望"不是能轻易说出口的，没到山穷水尽，没到走投无路，这两个字，咱千万不要说。即便山穷了水尽了，还有柳暗花明呢。所以雪愿，请你一定要记住，人生可以失望，但不可以绝望。

大学的路是宽广的，是通向四面八方的，你可以有多重的选择，找到适合自己做的事，并尽力把它做好。没有谁能阻止你变得优秀，能够阻止你的，只有你自己。

梅子老师

肉体是每个人的神殿

亲爱的梅子老师：

　　您好！

　　感谢您能在百忙之中抽出时间来看我这封信。我是一名大二的学生，就读于某 211 院校。我从小就是一个非常好强的人，什么事情都努力做到最好。小学、初中、高中，我都是学校的佼佼者。但当我走进大学时，才发现自己需要学习的东西有很多。除了上课学习，因为专业的原因，我还要拓展其他技能，比如平面设计、视频剪辑、摄影等，出于兴趣爱好，舞蹈零基础的我还参加了学校的艺术团，在学习和参加社团活动之余，还要备战各种各样的竞赛和考试。

　　每天我都计较着一分一秒，生怕时光从我的身边白白溜走。常听长辈们教育说："社会需要全面发展的人才，多学一项技能就多了一条谋生的出路。"也听到一些人说："大学四年就是要尽可能做那些能为你的简历增光添彩的事情，这样你才能在众多求职者中脱颖而出。"

　　也许是长期的心理压力，很不幸在今年的暑假，我被诊断出有慢性肾炎，被迫休学一年，在家调养身体。我开始思考自己真正喜欢什么。阅读和写作让我的心暂时沉淀下来。可是待明年去了学校，我又要面对同样的问题：我想让自己成为更优秀的人，可是成为一个优秀的人就必须要学习很多东西，而且要有拿得出手的成果。

在大学四年，我应该怎样做才能让自己变得更好，过上自己想要的生活，让父母不再为我的事情操心呢？

一个疑虑的女孩：云云

云云，你好。

你的身体恢复得怎么样了？但愿一切都好。

我曾因病住过一段时期医院，在那里，见到了形形色色的病人，他们的愿望，简单到只要能安稳地睡上一觉，只要能吃得下一碗饭，就是天大的幸福。我们平常人轻而易举能做到的事，在他们，比登天还难。如果能交换，他们愿意拿出他们的所有，来换取的东西只有一样，那就是健康。

这世上，真的没有比健康更重要的东西了。我们努力向前奔跑本没有错，谁不曾有过雄心和壮志呢？但前提是，要在保证健康的基础上。当健康没了，还谈什么抱负，还谈什么明天？

村上春树曾说过，肉体是每个人的神殿。想想，真是不无道理。我们每个人都拥有这座神殿，对待它的态度和方式的不同，直接决定了我们的幸福指数。敬重它，珍惜它，好好供养它，会让它巍峨耸立气宇轩昂，能盛得下我们所有梦想。反之，轻视它，随意消费它，随意糟蹋它，只会让它很快颓败下去，成一堆破砖烂瓦，让我们所有的追求，在一夕间瓦解。

云云，世界太大了，好的风景太多了，我们根本不能一一览尽，只能尽自己的心，多走几步路。佛说，脚下生莲。我真是喜欢这种生命的态度。我们不可能到达世界每一个角落，这也没有什么可遗憾的，我们只要把属于我们的每一步，踏踏实实走好了，让每一步都能走出自己的风景。

云云，我们的手掌只有杯口那么大，能握住的东西实在有限，那又何苦贪恋太多，让自己陷入崩溃得不偿失呢？你现在什么都想学习，什么领域都想涉足，貌似你的知识储备多多。事实上，你对什么领域都不精通，只能是蜻蜓点水，涉及一点儿皮毛而已。这样的你不会变得优秀，只会沦入平庸和一事无成中。

社会需要的人才，不是上知天文下通地理的，而是实实在在在某一领域某一方面有所专长的、游刃有余的。如果你是打铁的，你能够打造出比别人更锋利的刀，你就是优秀的；如果你是裁剪衣服的，你能够裁剪出比别人更多花样的衣服，你就是优秀的；如果你是种地的，同样的土地，你能够收获到比别人更多的粮食，你就是优秀的；如果你是画画的，你能画出让人愉悦让人深思的画作，你就是优秀的……优秀的人不是全能，他们都是有着明确目标的人。要搞科研，他们就往科研的路上奋斗。要实现企业家的梦，他们就往商业上靠拢。要出国留学，他们就苦练一口流利的外语。

云云，人生是丰富的，我们可以培养广泛的兴趣爱好，但更要有立足的根本。这个根本，就是能够找出一两桩事，作为供养你生命的支撑。面对万花筒般的大千世界，我们要有所选择，有所放弃，才能更好地拥有。倘若我们一生能做好一两桩事，就很了不起了。

梅子老师

天要刮风，由它刮去吧

亲爱的梅姨：

您好！

我是一名准高二的女同学——可可。一直想转学，但有太多的顾虑，让我很烦恼，希望您能指点一二。

我是因为在疫情延学期间性冲动而焦虑、恐慌的，从而让我没有办法正常学习，当时我知道这是青春期正常现象，但就是过不去。由于这种状态，我没能被我的第一志愿录取，我一直很懊恼。说实话，我很讨厌我第二志愿的学校，由于种种原因，我得了轻度抑郁症，一度想要休学，那时候没有转学的勇气，其实现在也有点儿害怕。

第二点是借读的费用很高，目前我就读的是一所私立高中，如果转去其他的学校，就要拿出双份儿的钱，我们家有三个孩子，家里只有爸爸挣钱，如果我转学，开销会很大，我怕家里吃不消，但是我真的很想转呀，那本该是我考上的，一直想着，很偏执吧。

第三点，也是最重要的一点，我只是想远离那个充满着不愉快的"地狱"，那里有太多的痛苦，我真的不想再回到那儿，想换个环境，一想到开学要回学校，心里就阵阵恐慌、烦闷，想要逃离。

第四点，新班级是不容易融入的，我害怕所谓的孤立、所谓的闲话，有些懦弱吧。在上高中之前，我一直以为我有一个强大的内心，但事实却恰恰相反，我很容易受到别人的干扰。

我现在抑郁症已经好了，心律不齐也消失了，像胃病这样的毛病也都好得差不多了，身体健康，真是万幸。一直以来也受这方面的太多影响，一切都终将会过去，但转学的想法从未消失，我真的很难受，真的不知道该怎么办了？

您的文字真的很平静，我总尝试着像您那样，看着容易，实际上却很难。这确确实实是因为我的阅历远远不够，真希望将来有一天会像您这般平静，感觉再难的事情在您那儿都可以很好化解。

请梅姨帮帮我，尽快回复，万分感谢！！！！

祝您永远健康快乐！

想和您做朋友的可可

宝贝，你好。

我刚散完步回来。今晚的夜空中，云朵好似一些岛屿，飘浮在天上。月亮形似一朵白灿灿的木芙蓉，游荡在那些"岛屿"中，忽隐忽现。农历初十的夜，月亮快饱满起来了，充盈着一股子喷薄而出的力量。天空是这么的好看，今天又有多少人错过了呢？

你也错过了吧？有点儿可惜呢。我们生命中的每一个夜晚，都是唯一的一个夜晚，错过了也就永远不可能再拥有了。愁闷、焦虑、懊恼这些情绪，是对生命极大的浪费。

你目前焦虑的事，集中在转不转学上。假如我是你，我不转。我是从你这个年纪走过来的，你所说的情况，曾经也在我身上发生过。当年考高中，我没考上重点高中，上了一所普高。如果找找关系，花点儿钱，家里人也可以把我弄到重点高中去，但我没有走那条路。我接受了现实的安排，把用来懊恼、焦虑的时间，拿来重塑自己，最后反过来掌控了现实。是的，我做了普高里的优秀生，一路高歌，考进大学。

宝贝，我不知你的具体情况，如果仅仅是因为心中的"执念"，非要上自己心仪的学校不可，我得劝你三思，最好别折腾。因为转学过去，你要适应新的课堂，新的教学方法。还有，开销大。你也说过，家里会吃不消，父母会跟着受累的。

如果是另一种情形：你就读的私立学校师资力量很差，生源很差，任你再怎么努力，也无法腾飞。那我支持你，赶紧办理转学。虽说会给家里造成一定的经济压力，但好在时间不长，熬一熬，两年很快就过去了。等你上了大学，你就可以勤工俭学了。

至于转学后会遇到什么样的状况，等你转过去再说吧，提前焦虑有用吗？无论选择了走哪条路，都要有勇气把这条路走好。不要一遇到不痛快就想逃离，就想躲，你的一生还长着呢，总会遇到这样那样的不痛快，到时往哪儿躲去？还是直接面对吧，你只是个学生，只有一件最主要的事做，就是埋头把书读好。有多少人跟你有仇，要去孤立你说你闲话？再说，你行得正，坐得正，心中无鬼，又害怕别人说什么闲话？

管好自己。如果我们不能重塑境遇，那就重塑我们自己，努力让自己变得强大。天要刮风，由它刮去吧。

梅子老师

第五辑
走着走着，花就开了

只要你不停下脚步，这一刻是道阻且长，下一刻，

也许就遇见了人生的丰美。就像牛羊掉进了丰美的草原。

走着走着，花就开了

梅子老师：

　　您好！

　　我是栎栎。我在两年前曾给您写过信的，那时我暗恋一个女生，老师您给了我很好的指导，让我从暗恋中走了出来。

　　我现在又遇到新的困惑了，眼看着要奔向高考了，我的状态却一直不好，成绩往下掉得厉害。我很焦虑，很着急，觉得自己不应该这样，周围人却不觉得，他们对我充满不屑。我越来越多地陷在从前的回忆里，那时，没有一个人不夸我聪明的。在一帮孩子里，我是最出众的，走到哪里，都有掌声围着。母亲教我唐诗宋词，才教两三遍，我就能背得一字不差。去学钢琴，教我的钢琴老师直夸我天资好，一首曲子弹了一二十遍，我就能流畅地记住曲谱指法。学校里大小活动现场，我是当仁不让的小主持。我总是听到同学的父母对同学说，你瞧人家华栎栎，样样都比你杰出。可从前那个杰出的少年，却一去不复返了。

　　我感到，自己似乎很老很老了，再也没有了雄心壮志。我害怕明天，我不知道要走向哪里去，不知道哪里才是我的归宿。我很忧愁。梅子老师，您说我该怎么办？

您的读者：栎栎

栎栎，在给你回这封信的时候，我的音箱里，正播着周艳泓唱的《春暖花开》。这歌我真是喜欢听，好些年了，我一直喜欢着。春来的时候听着，十分的应景。即便是隆冬里听着，也很合宜。它轻快明丽的旋律，总能使人如置万花丛中，鸟在鸣叫，花在歌唱，生命真是美好啊。"对着蓝天许个心愿，阳光就会照进来"，有些时候，果真是这样。并不是你许的愿有多灵验，而在于你的心情。心里若有阳光，再多的灰暗，也会变得灿烂。

你现在的心情，却整个的，都是灰的。你告诉我，你很焦虑。你不知道要走向哪里去，你惧怕着那个"前头"。十八九岁的年纪，你感到，自己已经很老很老了。你陷在童年少年的回忆里，无休无止。那时，天也蓝，云也白，你聪明伶俐，唐诗宋词，教过几遍，你就能朗朗上口。你学钢琴，一首曲子，弹了不过一二十遍，你就能弹得流畅飞扬。你还登台表演，做过小主持人。一帮孩子里，就数你最出众，你深得众人喜爱。如今，一切都变了，你处处碰壁。从前那个杰出的孩子，已像一粒沙子，掉进沙堆里，再也显示不出一点点的独特。你害怕往前走，你只觉得前头都是黑暗里的黑，看不到一丝光亮。

栎栎，恕我直言，我要说，不是你变得不杰出了，而是，你本身就是一个寻常的孩子。这世上，我们原本都是寻常中的一员。江海宽大，还不是由一滴一滴寻常的水组成？是的，我不否认，你的聪明伶俐，你的优秀，但这都是在智力正常范围内的。这世上，又有几个孩子天生是愚笨的？你只不过是在某一个或某几个领域里，比别的孩子多走了几步路而已。因此，你有光环加身。那样的光环，耀花了你的眼，使你误以为，鲜花和掌声只属于你。

等你长大一些，你发现，那光环，不知何时，已黯淡了，已无踪无影了。你成了一堆沙子中的一粒，你不能接受，你无所适从。然我却要恭喜你，恭喜你终于回归到正常，恭喜你成了你。一个人，只有当他不慕虚荣，远离浮华，他才能回归到本真，看清自己，脚踏实地，做好他正在做着的事。就像你的现在，高考在即，那就好好温习你的功课，读好你的书，热爱大自然，热爱生命，你也就很优秀了。

栎栎，每个人，在这个世上的存在，都是唯一的，独一无二的。做好你自己，以一颗平常心，待人待己。一辈子很长，怎么可能时时有鲜花掌声相伴？很多时候，路得靠你一个人去走，途中会遇到山石林立、崎岖艰难，这都正常。因为你遇到的，别人也会遇到。而这时候，拼的就是勇气、毅力、恒心、信念，你如果比别人多出一份勇气、毅力、恒心和信念，你就有可能到达成功的彼岸，到达你所说的"杰出"。

栎栎，放下你的焦虑，思考一下你到底想要什么。然后，拿出勇气来，认真走好脚下的路。将来的事，充满了无数的不确定性，去愁着忧着做什么呢？你只管走下去，走下去，走着走着，花就开了。只要你不停下脚步，这一刻是道阻且长，下一刻，也许就遇见了人生的丰美。就像牛羊掉进了丰美的草原。

祝福你!

梅子老师

找到适合自己的人生跑道

梅子老师：

　　您好！

　　自从上高中以来，我真的感觉好不适应，分在所谓的强化班，上课看着别人和老师那么默契，自己却像听天书一样，真的好绝望，考试也很糟糕。

　　我也总是特别敏感，别人不经意的话很可能让我独自难过很久。他们都说我"娘"，我跟他们辩论，有一个学生还拿起凳子要砸我，问我服不服。我真的好难过，强忍住气。

　　有一次我值日，明明擦过黑板了，擦得干干净净的。然而不知道谁在上面乱写了什么，老师来上课，一见到黑板上有字，大怒，问，谁擦的黑板？滚后面去！我想解释也没人听，我觉得好委屈，眼泪一直憋着。可是班里连一个朋友都没有，一个可以说话的人都没有，情绪在低谷时，我希望您能告诉我该怎么办。

小虫子

小虫子你好，我很能理解你的感受。因为，我曾经也是这样的一个孩子。

那时，我从乡下考进城里念高中。在乡下读初中时，我压根儿没学过英语，而城里的孩子，英语早已学掉六册书了。每逢上英语课，在我，不啻是听天书。我不懂单词读音，我不懂什么过去式什么现在分词，我更不懂什么语法。英语老师一看到我，眉头就皱成一团儿，他"哒"一声，说，丁立梅，你怎么这么差？你在拖班级的平均分你知不知道？

难过、自卑，我恨不得找个地缝儿钻进去。可地上没有地缝儿可钻，咬咬牙，我还得继续我的读书生涯。也顾不得别人的窃窃私语，也无暇在意别人对我的种种责难，我一头埋进书本里，从最简单的 ABC 的读音开始学习。下课别的同学去操场，我在教室里背诵。晚上所有同学都睡觉了，我还在看书。早上别人还没起床，我人已在教室里了。我当时想的是，没有谁能拯救我，只有我自己。

我渐渐听得懂老师在讲什么了。我也能回答老师的一些问题了。我终于像正常的孩子一样，坐在英语课堂上，心安理得了。虽然，我的英语最终没能成为我的强项，但它也没有拖我的后腿，我远远超过了班级的平均水平。

小虫子，我跟你讲这些，是想告诉你，别把时间浪费在无聊的事上。把绝望和难过的时间，用来弥补你的不足。与其在那里哀伤，让自己越来越陷入泥淖之中爬不起来，还不如唱着快乐的歌儿，勇往直前，才能挣得一线光明一线天。

或许你会说，哪那么容易啊，强化班的都是尖子生呐，要赶上他们，难上加难。那么，好，咱不要在强化班混了，咱转到普通班去。有时，找到适合自己的人生跑道，相当重要。只有在适合自己的人生跑道上，才能完全放开手脚，发挥出自己巨大的潜能和爆发力。

小虫子，当有一天，你能够惬意舒畅地奔跑起来，你还会在意别人的闲言碎语么？到那时，别人的闲话，你根本没工夫去旁听，也不屑于去听呀。他们说好说坏，都影响不了你奔跑，你还是你。他们有力气说，就让他们整天去说好了，你又何苦争辩？你用实力向他们证明，用你的乐观向上向他们证明。

至于老师对你的误会，哎，根本不值一提的嘛，你大可以选择一笑了之。不就是被罚站到教室后面去了一回么，没什么大不了的。课后，你也可以找老师笑着做个解释。这都无妨的，你说呢？小虫子，一个人只有自己变得强大，别人才找不到攻击你的缝隙，才不能轻易将你打败。

祝你好运，亲爱的宝贝！

梅子老师

学海无边，书囊无底

梅子老师：

您好！

我是山海寻远。是来自广东的一名初中生。

我读过您不少书，很喜欢。在您的书里，我看到很多描写乡村和古镇的文字，都非常美。但我也很伤感，这是梅子老师的乡村和古镇啊，是属于从前的，它们那么好。现在呢？再也不是了。虽然也有好多人在夸乡村如何美好，古镇如何美好，可我觉得他们夸得很虚伪。因为我眼里看到的乡村和古镇，要么空荡荒凉，要么花里胡哨。可能是我变得很世俗了吧。

我从小喜欢读书。大概是书读得比较多，写起作文来，从来不觉得是件难事。我非常喜欢上作文课。我的作文往往都是老师拿着当范文讲的，我的同学都称我是"作文大王"。是的，一度我很飘，很荣耀，活在满满的自豪中，认为没有人会超过我，认为自己已是登峰造极。

直到这一次，省里要举行作文大赛，先在市里初赛。我却摔了个大跟头，作文完成得很糟糕，竟没能被选去省里参加比赛。这对我打击太大了，像是从高高的山顶上，一下子滚到山脚下。看到以前那些不如我的人，现在写出那么好的作品，夺得高分，我感觉自己一无是处。

　　有个同学劝慰我说，都是运气作的怪。我冲他苦笑，我知道那不是运气，而是实力的原因。这位同学，明天就会去省里参加作文大赛了。他和我也是好友，我真诚祝福他比赛顺利，但我同时活在自卑中，他如果夺得省里的名次，我该怎么办？或许，我以后还会去参加作文比赛，但我如果冲不到全市的名次，全省的名次，那一刻的人生差距会使我如何？我突然想到，我可能就会这样庸庸碌碌地活在世界上，他可以走上人生的巅峰，拥有精神与物质的双重丰收。

　　以前，我一直是个很自信的人，作文写得好，其他学科也学得不错。我立志一定要考上我们市里最好的高中，还要上最好的班。我以为我有这个能力。现在，我有些沮丧和害怕了。我总是不由自主地胡思乱想着，万一呢，万一我考不上呢？我的作文退步得这么厉害，我的英语底子也不如别的同学扎实……真是不能再想了，一想就有种万念俱灰的感觉。我是一无是处的了。

　　梦想真遥远啊，比山高，比海远，不知何时，我才能抵达。

　　心绪缭乱，有些胡言乱语了，梅子老师见谅啊。

　　祝您天天笑口常开。

山海寻远

山海寻远，你好。

你的信写得真长，我夜里开信箱时看到，粗略看了一下。这会儿，又拖出来，重新看了一回，大体梳理出你的烦恼有三：

一、你说你变得很"世俗"，别人口中的乡村美好，那些古镇的美好，你觉得非常虚伪。

二、你作文写得好，曾一度活在虚荣、高傲、荣耀之中，认为自己已登峰造极。然而，有同学竟超越了你，把你远远甩在后头，你感到恐慌。

三、你想考上你们市最好的高中，且要能上最好的班。

嗯，少年。一个意气风发的少年。我羡慕你。这么好的年华，这么蓬勃向上的精神。

我想着怎么来答复你。在想之前，我是要做一些小动作的，做些貌似无关紧要的事。比方说，我把一盆花端到太阳底下去。比方说，我站在窗台旁，看着阳光，怎样趴在一盆吊兰上。它把每一片吊兰的叶片儿，都当摇篮了。这么看着，我笑起来，心情愉悦。我想着这样的阳光，一定也落在乡村，落在那些沟畔河边，落在那些植物上、房屋顶上。也一定落在古镇，落在那些青石板上，落在那些或平或拱的桥上，落在那些瓦楞间，落在人的眉睫上。

美好的存在，无处不在。乡村抑或古镇，很多的消失，似乎也把曾经的美给带走了。然而，这世上，哪一时哪一刻，没有美在诞生？再荒芜的地方，也有小草生长。而每一棵草都会开花。

所以，宝贝，请不要怀疑美。任何时候，任何状况下，都要怀抱一颗美好的心。心里有美好，你也才能看到美好。

你说你在写初赛作文时失利了，"看到以前那些不如我的人，现在写出那么好的作品，夺得高分，我感觉自己一无是处"。唔，我简直要笑死了。到底是个孩子啊，芝麻大的小事，愣要看成比天还大。不就是作文失了分么，也只是一两次，怎么就代表了你的全部，你怎么就变得一无是处了呢？且不论你有那么多学科，就拿你的人生来说，多长的路还要走啊，你得遇到多少的艰难险阻，然后才争得自己的风光流转。如果遇到一点阻碍，你就"一无是处"了，你还怎么走下去？

"这位同学，明天就会去省里参加作文大赛了。他和我也是好友，我真诚祝福他比赛顺利，但我同时活在自卑中，他如果夺得省里的名次，我该怎么办？或许，我以后还会去参加作文比赛，但我如果冲不到全市的名次，全省的名次，那一刻的人生差距会使我如何？我突然想到，我可能就会这样庸庸碌碌地活在世界上，他可以走上人生的巅峰，拥有精神与物质的双重丰收。"——好孩子，我真佩服你的"歪思歪理"呢。来，我且帮你设定个"最坏"的结果，这个同学得大奖了，且是特等奖第一名，你后来连去参加的资格也没有了。是不是你的人生到此就画个句号打个结不走了？这世上，没有谁能够登峰造极，我们永远都走在路上，每一个阶段都有各自的辉煌。

打个比方说，当我吃一只橘子时，觉得橘子好甜，很爱。当我再吃一只苹果时，觉得苹果好脆，多汁，也是极爱了。当我再吃一只杧果时，那果肉之香，浸绕唇齿，又是极爱。那到底是橘子好，还是苹果好，还是杧果好呢？如果按你的思维，橘子该嫉妒苹果，苹果该嫉妒杧果了。橘子会想，曾经我是被人爱着的，怎么苹果超过了我呢？苹果会想，我怎么不是杧果呢？——这很可笑是不是？其实，橘子有橘子的好，苹果有苹果的好，做好自己最重要。

你的强项，不可能永远是强项。你的弱项，也不可能永远是弱项。我们要做的，是要找到平衡，继续努力，不断学习，走好脚下的路。倘若眼睛总盯着别人，那我们一天也活不成。因为，再完美的人，也不可能是个全能，也总有比不过他人之处。差距的存在，是最为现实的，且是永远存在的。我们竭尽全力，拼尽一生，也做不到登峰造极。故而，古人才会说，学海无边，书囊无底。

梅子老师

好的，我们就这样说说话吧

亲爱的梅子老师：

展信佳！

我是一个总爱多愁善感的女生。我写了六年的日记，以前写日记总是记流水账，后来，慢慢地，长大了，日记里有了好多故事，好多感悟。有的时候觉得人生很漫长，路很远。我不知道前方的路是怎样的，是否布满荆棘，会有多少人陪我走下去。可当听说有人去世的时候，我就会感慨，时间过得好快，说不准哪天就会离开人世。有的时候，我甚至觉得自己现在的成熟、懂事都不是我这个年纪应该有的。有的时候，我特别迷茫，我自己到底是一个怎样的人。不开心的时候，我喜欢看您写的书，因为我可以从里面找到灵魂安放的地方。

山东省的高考很残酷，特别是在新高考改革之后，面临着"3+3"的高考压力，我真的有些不知所措。压力总是很大，没有可以释放的地方，只有在看您的书的时候，才可以稍微感到世界的一丝平静。我以后也想跟您一样，当一位优秀的作家。我喜欢用音乐煮文字，让文字更有生命力与渲染力。有的时候就想这样跟您说说话，这是我梦寐以求的事啊。

卿卿

卿卿，好的，我们就这样说说话吧。

我原也是个多愁善感的人呢。

记得读高中时，教室外面长着一排很粗壮的梧桐树。我总爱盯着那些梧桐树看，鸟在上面啁啾，我会伤感，啊，我为什么不能像鸟那么自由？雨落在叶子上，发出啪嗒啪嗒的声音，我会惆怅，哎，梧桐更兼细雨，这人生怎么就这么湿漉漉的呢！更别说秋风扫落叶了，那会让我掉眼泪的。

现在回头去看我当年写的那些日记，哦，天哪，整个一林黛玉嘛。大概每个女孩子，在青春的心里，都住着一个林黛玉的。这也没什么坏处，至少，它让我们与这个世界相处时，内心有天真，有柔软，有善良，懂得洁身自好，懂得轻拿轻放。

这个世界，多么需要一些柔软啊。所以卿卿，别介怀你的"多愁善感"，只要不过分感怀伤神就好。等走过了这段青春，历过了一些风雨，你自会拥有人生的开阔。

卿卿，哪里的高考都不轻松呢，不管是在山东，还是在别的地方。做学生本来就是一件苦差事。以前，我参加高考时，老师们说，高考就是过独木桥。千万个人过独木桥，总有人要摔下去的——这是它残酷的地方。然又有着它的公平，有能力者上，没能力者下。不练就一身本领，拿什么过独木桥呢！所以那时，我拼了命地学习，根本来不及惶恐，来不及不知所措。现在，偶尔回头去看，我对那段读书时光，真是充满留恋。虽说它又苦又累，可它饱满、充实，心无旁骛。

现如今的高考环境，比我当年的要宽松多了，你们现在过的不是独木桥，而是结结实实的钢筋混凝土大桥呢，再怎么走，也掉不下去的（除非你自己硬要往底下跳）——总有一所大学，在等着你们去深造。再不济，也还有各类技校的大门开着的。即便高考发挥得不好，那之后的之后，也还有很多机会，供你们去大展宏图。所以呢，卿卿，你不必给自己太大的压力，尽心尽力就好。

很开心你说要像我一样，以后当个作家。其实呢，我的写作绝对不是为了成名成家，而是因为热爱和喜欢啊。我希望，写作也是你真心热爱的一件事，无论将来你是否能成名成家，你都要热爱下去。因为热爱，不管你身处何地，心灵都将是饱满的、喜悦的。

聊到这儿，我的眼前，晃过一蓬小花。也不知怎么的，我突然就想到那蓬小花了，它们开在三清山的崖壁上。上有大山压着，根本容不得它们抽枝长叶，它们就想办法把枝蔓旁逸出来，密集的小花朵，被它们托举在半空中，跟一团紫雾一般的。那日三清山之旅，旁的景致我都印象不深了，独独这一蓬花，清晰明艳在我的脑海中。

好了卿卿，今天我们就聊到这里吧。祝你快乐。

梅子老师

闭上眼，先美美地睡上一觉吧

梅子老师：

您好！

我是一名高三的学生。距高考还有276天的时间，感觉时间过得真快，转眼间我也到了面临高考的时候，虽然每天都忙忙碌碌的，但是我觉得我所做的事情并不是我喜欢的，我有自己的学习计划，但是被一大堆的作业挤跑了自学的时间，自己也挺没辙的。

我是一名文科生，对历史这样的学科，有些东西自己看看书就明白了，可是又不能不跟着老师的步调走。还有作业，有时压根就写不完，实在是令我头疼，感觉总是找不到自己的学习方法，忙忙碌碌地写作业、上学、记忆……其实也没学到什么。还有周围的同学，写作业貌似都比我快，比我超前。我上课偶尔还会困，强行让自己清醒时就听不进去课了。已经高三了，我觉得自己身体上心理上都需要调整一下，所以希望梅子老师能够帮我答疑解惑。

月月

月月，你辛苦了。

人生路上多的是风雨，为了抵挡这些风雨，我们必须历练一些本领。而读书学习，是其中最大的本事。祖先有训，吃得苦中苦，方为人上人。这是对读书人讲的。读书向来是件苦差事，没有谁天生喜欢这件苦差事，然，一代一代的人，还是奔赴在读书的路上。人生的厚度，因此而增加。

我也曾经历过紧张的高三生活。大学毕业后，做了老师，亦曾多年执教于高三。再到后来，我的孩子，也从高三走了过来。对了，他在念高三时，我每天记录他的高三生活，还因此写下一本书，叫《等待绽放》。

我的经验，高三的日子，与别的读书的日子，并无两样。一样的上课听课，一样的温习做作业，一样的叶绿花开有四季，只要保持自己的学习节奏，到高考时，就不会出现太大的偏差和意外。

可是，偏偏紧张了，偏偏恐慌了，偏偏手忙脚乱了，每个人似乎都在争分夺秒着，让高三的每一天，都弥漫着硝烟。表面上看，是把时间抢到手了。可实际上呢？时间本来就在那儿，不增不减，你在慌乱的忙碌中占有的时间多了，势必用在睡眠和休息上的时间就少了。结果是："上课偶尔还会困""忙忙碌碌地写作业、上学、记忆……其实也没学到什么"。

真是替你委屈得慌呢，挤掉那么多本该睡眠休息的时间，你只是重复地机械地把时间的空隙给填满了而已，只是做了一场又一场的无用功。代价却是身体的虚弱，是永远睡不够的苍白，是上课也无法集中注意力的疲惫。

月月，是到了狠下心来说"不"的时候了。人各有异，每个人都应该找到适合自己的学习方法，而不是从众，不是随大流。你可找老师好好沟通一下，让他们能够稍稍放手，给你一些支配时间的自由，让你能够按照自己制订的学习计划来走。哪怕先试行一阶段也行，如果效果不错，咱就继续进行下去。如果没取得预期效果，再改变学习方法也不迟。那些你会做的题，可以少做，甚至不做。那些你已弄懂的知识点，可以少听讲，甚至不听讲。把这些时间腾出来，做你自己计划中的事。你也不要跟谁比做作业的速度，也不要跟谁比刷题，你只需按照自己的节奏来，夯实你的每一个知识点，举一反三，这应该比重复地做题效率要高得多。

月月，不要去打时间战和题海战。制订明确的计划，有的放矢，才是真正有效的努力。到该睡觉的时候，要好好睡觉。到该休闲的时候，要好好休闲，看点儿课外闲书，听一些好听的音乐，让紧张的大脑，得到放松。这样，你才能在课堂上神采奕奕精力充沛，你也才能够在做题时思维敏捷游刃有余。

嗯，闭上眼，先美美地睡上一觉吧，天不会掉下来的。宝贝，倘若你以愉悦心平常心对待高三，或许别有洞天呢。

梅子老师

走好你的下一步

梅子老师：

　　您好！

　　我是您的一个小读者，今年中考。很苦恼的是，三年来，我每次的考试分数都在全市最好的高中分数线以上，甚至远超二十几分，但这次，我却差了15分，连第二名普通高中的实验班都去不了。

　　我不知道如今该怎样，虽然一遍一遍安慰自己没事，但是，我还是心有焦虑，想听听您的意见。这两天，每次想到这件事，都好痛苦。

追风筝的人

　　宝贝，你好。

　　我想问你一个问题啊，三年的初中生活，你有没有付出十分的努力？你有没有愧对过你的时光？

　　从你走过来的路——每次考试都在全市最好的高中分数线以上，我已得出答案：你已努力了，你没有愧对你的时光。

那么宝贝，你还有什么可自责和痛苦的呢！结果已然是结果，你不愿意接受也不成，与其如此，还不如坦然一些，承认它，接受它。对你来说，人生才是个开始呢，后面还有高中，还有大学，还有无数的考验……

实验班能不能上，又怎样？只要有课桌，有书本，有老师，有努力学习的劲头，有坚持不懈的一颗心，坐在哪里上课，都是一样的。穷乡僻壤里也出人才，鸡窝里还飞出金凤凰呢。

所以呀，你不要把大好时光再浪费在所谓的"痛苦"上了，那很不划算的。你把今天的时间"痛苦"掉了，这个时间就再也回不来了。而它，带给你的，除了让你情绪低落，还有什么？已走过的路，无论顺畅与否，都无关紧要了，重要的是，要走好你的下一步。

趁着这个暑假，多读几本书吧（也可把高中课程提前预习）。如果有条件，多走几个地方，找找诗和远方的感觉。或去看两场电影，去逛一场花市，哪怕就是用心地研究一道美食，至少也能让你收获到愉悦。

宝贝，拥有一颗愉悦的心，才能使你充满力量，稳稳地走好下面的路。

梅子老师

做棵拥抱太阳的向日葵

梅子姐姐：

上午好！

我觉得自己好没用，特别笨，笨到别人对我说了一两次甚至好几次的话，我都听不懂。

一个人来到了梦寐以求的北京，这才发现自己一无是处，对不起自己，更对不起家人。我不知道学什么。现在我在朝阳一家火锅店当服务员，什么都不会，很笨，连菜名酒水都记不住。上班一周了，什么都没有学到。我到北京本来有一个目标，就是赚五万块钱回家，给家里老人操办酒席。现在看来梦想要破灭了，我什么时候才能赚到五万块钱？

长这么大，我知道谁才是真的在乎我关心我的。虽然大爸和老头从小对我打骂，但那是爱我，想让我成才，所以我会好好孝顺他们。至于我的父母，我就不去想了，他们多我一个儿子不多，少我一个也不少。我从小被他们送到大爸家，他们就再没有过问过我的事，对我不管不顾。今天上午我在饭店看见一个孩子在玩儿手机，他妈妈在旁边喂他吃东西，我的眼泪就流下来了。我真羡慕那个孩子，他多幸福啊，有妈妈疼爱。我恨我的妈妈，她生了我，却没有养我。

都说生活是诗篇，理解的人开心快乐着，不理解的就只有默默地去面对一切。梅子姐姐，我现在过得很盲目，再过一个月，我就19岁了。时间过得好快，牙牙学语的时候，最爱的大爸和老头还年轻着，可现在，他们已经老去。我不知道为什么姐姐写的文章，都那么愉快和开心，所经历的事情历历在目，流露出一种美好的生活方式，而我只能向往。我也想和姐姐你一样有那么好的记忆，有那么好的心情，大概对于我来说，只能是一个梦罢了。

梅子姐姐，我只想和你说说话，打搅你了！

拥抱向日葵

宝贝你好，你该叫我梅子阿姨才是。因为，你还没有我的孩子大。

记得你曾给我发过一组图片，图片上有我的书，和你摘抄的我的文章，字迹端端正正。还有一张你的大头照，白衬衫，大眼睛，笑得很青涩。当时我还在心里面叹了声，好俊的一个小男生！后来，你又录了一首歌给我听，声音也脆也甜，带点儿童声。我不知道那个时候，你已独自在外，挣钱养活自己了。

陆陆续续地，你给我写了不少信，我拼凑出你的故事：出生时就被大爸（你们那里叫大姑为大爸？）抱养，亲生父母很快又有了孩子，一个弟弟，一个妹妹。弟弟妹妹在父母的疼爱下长大，你却少有这种疼爱。虽然大爸和老头对你很不错，但你到底是失落的。又，你大爸和老头太穷了，可以用"穷困潦倒"来形容，你读书读到初中毕业，他们就再也没有钱供你读下去了。你好想上学，跑去找亲生父母要钱，亲生父母冷冷回你两个字，没钱。你不想让大爸和老头再为你受苦受累，就断了上学的念头，跑到外面打工了。

我除了心疼你，也不能给予你实际帮助，唯一能做的，就是鼓励你多读书。你很听话地照办，无论去哪里，都会带着一本书，并且时不时告诉我，你从书中得到的教益。我很高兴，我信，你读进去的那些书，定会照拂你。你从中获得生存技能，说不定有朝一日，还会来个咸鱼大翻身的。——我如此美好地期许着。

没想到，你已从深圳跑到北京。宝贝，你真能跑啊。这也是好的，读万卷书，不如行万里路，行走也是阅读的一种，路上所遇种种，都是生活在给你上课呢。那你就好好地做一个好学生，乐受得，苦也受得，认真地把脚下的路走好了。不要再纠结于过去的种种，去想那些不快乐的人和事。也不要去怨恨亲生父母，毕竟你们没有共同生活过，感情上有疏离也是情有可原的。你得以成长到这么大，也是有爱的滋养的。宝贝，学会原谅吧，这也是你在成长路上必须上的一课哦。原谅他人，与自己和解，我们才能拥有更开阔的明天。

在火锅店里打工，并非如你所说，一样东西都学不到。你想一想啊，那么多的调料菜蔬酒水，都是你手底下的"兵"呢，你将一一熟识它们，这也是生活积累之一种。又每日里迎来送往，诸色人等从你跟前走过，时间久了，你也是阅人无数的。阅人，也是一门学问。当然，你不会长久留在火锅店，你会离开那里，去做别的事。所以，更深人静时，你不妨好好想想，自己到底喜欢什么，能做什么。给自己一个职业规划吧，宝贝，等积攒了一笔钱，赶紧去弥补，去学习，一步一步，朝着规划好的那个方向努力。各行各业，缺的不是人，而是人才。只要你肯努力，肯钻研，让自己成为一个"人才"，到时候，你今日所苦恼之事，也都不成为事儿了。

宝贝，别泄气，也别着急，你还年轻得很，有的是年轻做资本。我要关照你的是：

一、不做违法和违德之事。

二、不伤害自己。比方说，不自暴自弃（自我放弃也是伤害的一种）；比方说，不让自己每天纠结于过往（有时放不下，也是伤害的一种）；比方说，不浪费青春，得过且过（虚度光阴也是伤害的一种）。

三、不要放弃学习。有时间就看看书吧，你并不知道哪些知识对你有用，但，书读多了总没有害处。谁知道你播下的哪一颗种子，什么时候就出芽就开花就结果了呢？只要勤于耕耘，意外的惊喜，随时随地都可能发生。

宝贝，你的昵称是"拥抱向日葵"，我很喜欢。我更愿意你就是棵向日葵，一棵拥抱太阳的向日葵，心怀美好，目标坚定。

梅子阿姨

第六辑
第N个"树洞"

我很期待明天我会遇见什么。

我很贪恋这个尘世的烟火和温柔。

雨不会一直地下

梅子老师：

你好！

我这里的春天似乎还很远，持续的降温降雨让人有点儿受不了，人的惰性加上眼前的空虚让我只想睡去，却又无法面对夜夜袭来的噩梦。在餐桌上把不会喝酒的自己弄得微醺，轻扶着墙壁，怕被人看出我已经稳不住的步伐，在包房里唱着我知道的所有新的、旧的歌，我好想骗过全世界，我困惑着痛苦着，却和其他人不同。

好像没有人真的可以理解谁，是吗，梅子老师？

也许我们每天都活在误解里，还是说我太无知了？

瑶琴

瑶琴，你好。

我的东台，也才下过几场雨。在三月里，甚至还来了一场飞雪。风吹料峭，然春天的脚步，谁能拦得住呢？该钻出的芽儿，自会钻出。虽现时还不明显，然草色遥看，已然是新绿如烟。我的阳台上，冬天枯死的一盆绣球花，也有了复活的迹象。走过河边，柳条们在清寒的风里袅娜，上面爬满鹅黄的芽苞苞，密密的，像长着绒毛的活泼的小虫子。——春天离得再远，它也会如期赶来。就像雨不会一直地下，太阳才是这个世界的主宰。

我不知道你到底发生了什么事。那些事，也许让你受伤了，潮湿了，你沉溺其中，不想再爬出来。你听不见春天走来的脚步声。你看不见风雨的后面，阳光正快马加鞭赶过来。你只在那里独自哀吟，没有人理解我呀没有人！可是，我想问你一句，亲爱的，你理解你自己吗？

别告诉我你理解。你是不理解你的，你是不爱自己的。倘若你有一点儿爱自己的心，你也不至于拿自己泄愤，作践自己。喝酒买醉消愁？在 KTV 包房里声嘶力竭？这都是最最没出息的，又是十分幼稚的举动。"好想骗过全世界"——唔，口气好大，全世界与你何干？你先骗过自己再说吧。

被人误会，遇到不公，情感失意，走路摔倒了，等等，这都是生活中的正常现象。你遇到了，别人也会遇到。谁的人生里，不曾摔过跤、伤过心、流过泪、有过痛？因遇到一段崎岖路，就否认了所有的阳光道，干脆灰起心来，躺倒不走了，那未免犯了以偏概全的错，也未免太懦弱和不争气了。

我很欣赏电影《立春》里的女主人公王彩玲，相貌丑陋的她，天生拥有一副唱歌剧的金嗓子。她在梦想和现实之间，一路摸爬滚打，遇到不公、不解、不屑、背叛、谎言，然她最终，坚持着走过来了。虽梦想还离她很远，也许她已经放弃，但又有着新的希望，开始在她的生命里萌芽生长。正如她所说的：

> 立春一过，实际上城市里还没啥春天的迹象，但是风真的就不一样了。风好像一夜间就变得温润潮湿起来了。这样的风一吹过来，我就可想哭了。我知道我是自己被自己给感动了。

瑶琴，给自己一点儿信心，你的春天，它终会到来。不管你被伤着哪儿了，不管伤得有多重，那伤口，终究会愈合的。你也要学会自我疗伤，用信念，用坚强，用微笑，用善良，用干净，用宽容。不要总试图等着别人来拉你起来，能得到别人的理解更好，倘若得不到别人的理解，咱自己就不走路了吗？自我的认同，才是最重要的。

最后，我想提醒你的是，在你的人生路上，还将会遇到一些风雨，一些崎岖，你还会痛，还会流泪。但不管有多伤心多难过，请记住，千万别再拿自己当发泄的靶子。作践自己，是很让人鄙视的一件事，傻瓜和笨蛋才会那么做。

梅子老师

懂得拒绝，是对自己的一种成全

梅子姐姐：

您好！

首先表达一下对您的感谢！一直以来，您的文字都是我前进路上的萤火，温暖明亮照耀我的心灵。您的陪伴是我莫大的幸运。

我是一名高中生，还有不到两年的时间将面临高考。在本就辛苦的高中生活里，我又遇到了难题。班里没有生活委员，班主任就让我来担任。最近，班里的原文娱委员辞职，班主任又希望我可以兼职。

班主任坚持认为，我属于比较细心的人，适合做这种工作。但我，尤其是我的家人，比较担心我的学习会因此受影响。我很为难，这两项工作加在一起，会很累很辛苦，真的很影响学习。但我却做不到很好地向班主任去解释去说明……嗯，我真的是一个特别特别不会拒绝别人的人。

我也有很多其他缺点，比如没有安全感，很多事情过于细致而导致纠结，甚至细致到有点儿强迫症……现在最困扰我的是，我不知道该如何去拒绝别人。

我很迷茫，很多时候遇到事都是我承担后果，结果包容了太多，反而使自己越来越没有安全感。闺蜜也说我太爱揽责任了。也因为这个，绝大多数时候我都无法传达出我的真实想法与感受。有时候我也害怕某一天我承受不了了，反而会丢掉我的善良。

我该怎么做，才能显得既得体，又能说出我想要说的真心话呢？

梅子姐姐，可以请您帮帮我吗？

小梦

小梦你好，看了你的信，我有些心疼你。好孩子，你可不可以不要这么"懂事"和"听话"呢？

从小到大，你应该没少得到过夸奖、赞许和表扬吧？你温柔、乖巧、善良、努力、负责、善解人意，从不给他人添麻烦。你是同龄孩子学习的榜样，是大人们口中的"别人家的孩子"，特别让父母和老师省心。

你的"美好形象"就这么被塑造出来，被定格下来。这形象，好似一顶亮闪闪的桂冠，戴在你的头上。不管你走到哪里，不管你在做什么，你都习惯了戴着它。你的言行举止，你的所作所为，自觉不自觉地，都要为它添光。有时候，哪怕你心里有一千个一万个不愿意，你也绝对说不出口一个字，这个字叫：不。你怎么可以说"不"呢，那不是给自己的美好形象抹黑么？

你把自己套进了一个怪圈中，别人越是信任你欣赏你，你越要表现得没有任何瑕疵，你害怕大家对你失望。结果，是你的责任你担着，不是你的责任，你也要担着。你越活越累，越累越纠结，越纠结就越害怕。你没有了安全感。

为什么会这样呢？还不在于你的虚荣！你害怕什么呢？不就是害怕别人不再信任你不再欣赏你么？你一直活在别人的目光中，这就是你的虚荣心在作怪啊。

要从这样的"怪圈"中走出来，得看你的勇气了——你敢不敢正视自己，你其实并不完美。是的，你没有那么"乖"，你没有那么"宽容"和"大度"，你也会有情绪也会难过，你也会在意也会疼痛，你也有腹黑也有埋怨，你也有你不愿意去做的事情。

当你真正意识到并承认了自己的不完美，接下来就好办了，你根本不用考虑多少措词，只需态度坚决实话实说。"谢谢，但我不能接受，因为我胜任不了"，或者，就简洁明了地回一个字："不！"掉转头，你该干吗干吗去。嗯，请相信，你这一个"不"字，绝对不会影响到什么，别人的生活，一定都还按部就班着，而你，却甩掉了负累和面具，还自己诚实。

宝贝，咱有多大能耐，就做多大的事，不要为难自己，不要勉强自己。有时懂得拒绝，承认自己并没有那么好，是对自己的一种成全。安全感别人给不了你，只有自己给自己。你是你自己的坚强后盾。你是你自己的守护神。

梅子老师

给自己找一个"树洞"

梅子老师：

您好！

我是从妈妈那里知道您的。我的妈妈是您的忠实读者，她买了很多您的书，她推荐给我看，我看着看着，也喜欢上您了。

小学时，我是个快乐的人，成绩好，人缘也好，什么都好。可自从升上初中后，我有越来越多的苦恼，学习上的，生活上的，人际交往上的，太多了。表面上我却装着若无其事，夸张地笑着闹着没心没肺着。大家都说我活泼大方，乐观阳光，只有我自己晓得，才不是。这是我的秘密吧，我不愿意告诉朋友，也不愿意告诉爸妈，只憋在心里，一个人独自承受着。有时，我偷偷哭着，真的怕自己承受不了。我也常觉得神思恍惚，对什么事都毫无兴趣。

梅子老师，我不知道怎么办了，我只是觉得好难受啊。

您的读者：叮当

亲爱的叮当宝贝，我想给你讲个有关树洞的故事：

传说在很久很久以前，有一个国王，因长久的情绪郁结（为了维护国王的威严，他有了心思从不对人说），患上了一种怪病，好好的耳朵，突然间长啊长啊，竟长成了一对驴耳朵。这个秘密除了国王自己知道，再无他人。国王为了掩盖这个秘密，不得不整天披着他长长的头发，戴着他重重的王冠，来遮掩他的一对驴耳朵，睡觉了也不敢把王冠摘下。

然而，有一天，国王的这个秘密，却不小心被一个理发师发现了。理发师大吃一惊，这真是个天大的秘密啊！他多想告诉别人，可又怕被国王杀掉。因为，国王威胁他，如果再有第二个人知道这个秘密，他的脑袋肯定要搬家。

理发师从王宫回家后，就一副愁眉不展心事重重的样子。家人追问他到底怎么了，理发师坚决不肯吐露半个字。就这样，国王的秘密，像一块巨大的石头，压在理发师心上，他做什么事都无精打采，他快被国王的秘密折磨得疯掉了。愁苦中，他走到一片森林中，遮天蔽日的树木，让他的情绪渐渐平稳。这时候，他看到一棵树上，镶着一个大大的树洞。那方树洞，像无言的眼睛，温柔地凝视着他，似在鼓励他大胆说出心中的秘密。理发师不由自主地靠过去，对着树洞，大声说出了国王的秘密，笼罩在他心头多日的阴霾，不翼而飞。

恢复了健康的理发师，决心帮助国王。因为他知道，只有医好了国王的心病，他才是万无一失的。他于是再度进宫，悄悄建议国王，去找一个树洞，大声说出心中的秘密。国王采纳了理发师的建议，跑到大森林里，找到一个隐蔽的树洞，对着它，把多年来的积郁，一吐为快。奇迹发生了，国王的一对驴耳朵悄悄消失了。国王快乐极了，他终于又可以束起他的长头发，做回了正常人。

叮当宝贝，每个人都有属于自己的小秘密，这些小秘密，有时会从我们的胸中，挤着拥着要飞出来。但我们却苦于不能说，天长日久，它会像传说中的国王一样，长出一对"驴耳朵"，我们更会因它忧愁、苦闷、羞愧、痛苦，甚至绝望。就像你所说的，你心中的烦恼，不愿向家人和朋友倾诉，只一任它们憋在你心里，憋得你好痛苦。你常觉得神思恍惚，对什么事都毫无兴趣。

那就找一个你的"树洞"，寄存你的那些小秘密吧。人的情绪有时需要发泄，如不及时发泄出来，只一味死守在心里，它会发酵，直至把你的心塞满。到时，你想不受它左右也难。这个"树洞"，可以是无垠的旷野，可以是一截少有人光顾的短墙，可以是一条河流。也可以是一座桥、一丛花、一棵树。记得我小时受了委屈，特喜欢跑去屋后的竹林里，对着一棵竹子哭诉。那棵竹子上被我刻上了我的名字，我亲切称它为"我的竹子"。每当我倚到它的身上，诉说完心中的烦恼后，我重又变得快乐起来。上学之后，我又迷上了写日记。我的日记本就成了我的"树洞"，从小学，陪伴我到中学，到大学，一直到现在，好的坏的情绪，我都会对它倾诉，它总是温柔地接纳，默默倾听，从不背叛，宽容又大度。

叮当宝贝，如果可以，也把日记本当作你的"树洞"吧。当有一天，回过头来，你会发现，那些所谓的疼痛和纠结，不过是花开时的颤动。你唯有感激。

梅子老师

第 N 个 "树洞"

1

丁老师，我想问你一个问题，是每个人都有优点，还是有的人一个优点也没有？就像我这样的，学习不好，长得不咋样的。

小读者

宝贝，当然每个人都有优点呀，没有优点的人是不存在的。只不过有的人优点很显现，有的人需要慢慢去发现罢了。

你肯定也有优点呀。你四肢健全不？你健康不？你头脑清晰不？你笑起来很阳光不？你很善良不？你有时也很努力，是不是？这都是你的优点呀。

别把自己否定得一无是处，这世上，只有一个你，谁也替代不了的你。你是唯一的，自然就是最好的。

梅子老师

谢谢丁老师，我四肢健全，头脑清晰，笑起来阳光，也很努力上进。

对，丁老师，我只是没有发现我的优点罢了，而且世界上只有一个我，我被代替不了，谢谢老师。

小读者

2

我特别内向，并有抑郁倾向。在学校里一个朋友也没有，也就回答问题说说话，我经常感到没有朋友，很自卑。我在家里，话语连篇，我也不知道为什么。

小读者

嗯，宝贝，众生喧哗，而你是安静的那一个。这又有什么不好呢？自古以来，最是知音难觅。那咱就随缘好了，有朋友固然值得庆幸，没朋友也没有什么可自卑的呀。自然万物，花鸟虫鱼，书籍美食，音乐艺术，都是咱的朋友。这世上，没有人是一座孤岛，每个人都与这个世界有着千丝万缕的联系，如鱼在水，如花在野。爱自己，爱人生，你将拥有美好的未来。

梅子老师

3

老师，我昨天跟我妈妈聊起了我的未来和我坚持了十年的梦想，她就用一句"别做梦了"来结束对话，我们一直冷战到现在。梅子老师，我究竟该怎么做呢？

小读者

宝贝，跟他们聊不下去了就拐个弯，默默去做，去坚持。你已坚持梦想十年，那再坚持个十年会怎样呢？奇迹都是在坚持中发生的。不用试图获得外界的支持和帮助，咬咬牙靠自己撑下来的坚持，才是货真价实的东西，也是最香的最动人的。

梅子老师

嗯，老师，我知道了。我会试着做自己坚强的后盾的。

小读者

4

梅子老师，我真的希望有人告诉我人是有宿命的，可是世界又是那么的真实，我无法热爱生活，我感到茫然。我又想起一些从前根本看不懂的话，比如"我用尽全力度过平凡的一生"，比如"人生的意义也许永远也没有答案，但就是要享受这种没有答案的人生"，比如"真正的英雄主义就是在认清生活的真相后依然热爱生活"，这些从前不能理解的话我终于弄懂了。可是我感觉好痛苦，好无力，可能我是真的属于那种整天没事就在家里瞎想的人，但我也曾奋斗过，拼搏过，可我现在已经被永远没有回报的努力榨干了。我不知道该怎么办。

读者

姑娘，你还好吗？春去夏来，自然界是这么活着的。人呢，也是吧。我今天吃到美食，嗯，新煮的玉米，糯糯的，黏黏的，特别好吃。我就想啊，为了这几口好吃的，我也要好好活着呢。生命很轻，可以眨眼之间就飘走了。可生命又很重，双脚踩在大地上，风是轻易吹不走我们的。所有的努力都会得到回响呢，只是你过于看重结果，而忽略了一些小小的回响。不信，你每踩一步下去，侧耳听听，是不是有脚步声？

我很期待明天我会遇见什么。我很贪恋这个尘世的烟火和温柔。希望你夏天过得快乐。

梅子老师

谢谢梅子老师，我有些懂了。

我试图去热爱每一步发出的回响。

祝老师永远快乐。

读者

5

梅子老师，我真的很难过。我的语文老师总是在误会我。我没做过的事她也总是强加在我身上。我说真话，她也觉得我在说假话。可我没有啊，我真的很难受。我就想老老实实过完初中三年，可是她总在讨厌我，针对我。

小读者

宝贝，我们先平静一下情绪哦，莫难过了。然后冷静地想一想，自己身上是不是有什么不足，而引起老师的误会呢？如果有，努力把它改了，并向老师做出解释。

老师面对的是一个班的学生，而不是你一个，她没有必要针对你的是不是？她也不可能把注意力全集中到你一个人身上。既然有误会，那就想办法消除误会。我建议，给老师好好写一封信吧，态度诚恳地理清所有事情的来龙去脉，欢迎老师对你进行批评指正。你做到这个地步了，如果老师还不能理解你的话，那就随她去吧。清者自清，水落石出，相信时间会给你做出最公正的判断。

梅子老师

老师老师，我按你教的方法去做了，老师找我谈话了。她还笑着向我道歉了。我真高兴。谢谢梅子老师。

小读者

6

梅子老师，我是一名初三的学生，感觉到压力特别大，怎么缓解啊？

小读者

宝贝，所有的压力，都是由多思多虑引起的，患得又患失，每天把自己弄得紧张兮兮的，实际上收到的效果却甚微，因为，好多时间都用来胡思乱想了。不如把那个时间匀一点儿出来，奖励自己，哪怕一刻钟也好。在那一刻钟里，你是自由的，你可以娱乐，可以休闲，可以什么也不做地躺平了。

管它去呢，且许我一刻钟的自由。如果每天你都能给自己留一刻钟，心情会变得轻松许多。

梅子老师

好的，谢谢梅子老师支招。我今天让自己学唱了一首歌，感到很快乐。

小读者

7

梅子老师，我现在伤心死了。我有一个朋友，在她最难过最孤独的时候，是我陪她度过的。她也说过，很感谢我。后来，她有了新的朋友，却渐渐地对我爱理不理的。今天，我们为了一件事，还闹起矛盾。我就发了一条QQ说说：你有晴天，我有细雨。她跑来质问我，你发消息恶心谁？我真不知我做错了什么。梅子老师你能帮帮我吗？

小读者

孩子，为这样的小事伤心，好像不值得哦。朋友在最难过最孤独的时候，你陪伴了她，这是你的善良和情谊。但你不能以此作为筹码，来绑架友谊哦。

她有结交新朋友的权利，也有疏远你的权利。你和她，能处则处，不能处则分，不必勉强。管好你自己的事，力争做个优秀的人。你若盛开，蝴蝶自来。世界大得很，你也会遇到很多新朋友的。

梅子老师

我知道怎么做了。谢谢梅子老师愿意倾听我的烦恼。

小读者

8

我是一名教师，女儿初二，老师推荐看一下你的书，我一翻开，就被吸引了，感觉轻声慢语中，给人一种向上的力量。想和你聊聊你对几个事情的看法，好吗？

一、关于教学中带来的压力、学校的排名，您怎么看？成绩不好如何调节呢？我是一个特别在乎别人评价的人，而且好的成绩与所有评优挂钩。你会有这样的烦恼吗？

二、初中学生该不该有手机呢？孩子有事爱和自己顶嘴，你曾遇到过吗？还有，如何看待孩子看电视这件事？

读者

第一：我做老师那会儿，曾带过多年高三毕业班。我只尽心尽力去教，善待每一个孩子，每次出成绩，也都不会差到哪儿去。我也没有特别看重排名，自己心里有杆秤吧，清楚自己已经尽力了，考得好，我自然高兴。考得不是太好，我也不会不高兴。坦然着呢。至于评优，我一次都没要过那东西。不就是多了几百块钱的事？那么多同事争着，我有点儿不好意思挤进去。

不要太在乎别人的眼光，谁都不是完美的人。

第二：彻底地让孩子不碰手机，好像不大现实。毕竟现在的网课呀查查资料啥的，都要用到手机。跟孩子约法三章吧，在什么情况下可以用手机，用多长时间。双方都遵守约定。家长也要做好示范，别有事没事捧着个手机刷刷刷，还是捧本书吧。

孩子顶嘴，那是正常的呀。孩子有了自己的独立意识了嘛。大人说的话并非全是真理，要允许孩子质疑。我跟我儿子经常辩论。

不让孩子看电视，也不大现实。除非你家里不装电视。也跟孩子来个约法三章吧，每个周末，可以看半个小时。

梅子老师

谢谢丁老师的耐心解答。有您的引导，是孩子们的福气，也是我们做家长的福气。祝您身体健康，精神永远明亮。

读者

9

梅子阿姨，看过您的写景文章，特别好。可是恰恰写景作文是我的硬伤，我就是不能像别的同学那样表达出那种意境美。我很喜欢写作文，可是总是写作之前想到很多，每当动笔写的时候却不知道怎么开头是好。您能给我一些好的建议吗？

读者

宝贝，除了多读、多写，没有别的法子哦。

每天写两行，写写日出的美，写写日落的美，写写天上云变化的样子，写写风走过耳旁的声音，写写花盛开的模样……让自己变得敏感起来，坚持不懈。某一天，你会突然发现，啊，原来写景是这么容易啊。

梅子老师

好的，谢谢梅子老师。我会努力去写的。

读者

10

老师，没有谁可以再让我倾诉，世界上只剩下了灰暗。

每个人都那么虚伪，那么不可信。能够值得我相信的，只有陌生人了吧。老师，原谅我把你当成陌生人。

身边是优秀的同学那刺目的成绩和奖状，还有就是自己努力化为泡沫的绝望。我对自己越来越没有信心了，好怕自己考不上高中，好怕自己没有活下去的勇气。

老师，我该怎么办，面对这虚伪的世界，我该怎么办，是当被人操纵的木偶吗？真的很恨自己，也恨这个社会，老师，你能懂吗？

读者

好孩子，这世上，是橘子注定成不了苹果。那就安心做只橘子好了。为什么总要和别人比呢？成绩好的同学固然让人羡慕，可考试成绩不代表人生的全部啊。你做好你自己就好了。

努力了，没有达到预期目标，的确叫人遗憾。可如果不努力，情况只能更糟糕呀。我们能不能换个角度看待学习这件事，我努力了，我就无憾了。许多运动员本都是冲着赛场上的冠军去的，佢真正能得冠军的又有几人？可他们努力的每个日子，都闪闪发光呢。因为没有虚度呀。

在没大考之前，都不要去想考得上与考不上的事，继续努力就是了。

你才遇到几个人呀，就把这世界一棍子给打死了？阴霾虽然时常有，但阳光还是占着主流的。

梅子老师

您说得对，或许是我太悲观。可是，现在的社会，不就是这样的吗？没有任何人会在这样的社会里安然。老师，恕我冒犯，您敢说，您能不受外界的影响，处之泰然吗？

读者

外界还真的拿我没办法。因为我不听它的呀，我只听从我的内心，活得清明而清澈。

宝贝，修炼自身吧，多读书，向书中先贤们学习为人之道。多走进大自然，向花草树木学习生命之道。当你的内心变得丰盈而强大，外界再多的喧哗，也撼动不了你。

我也希望你，学会宽容。当你有了宽容之心，你会发现，世界也对你宽容了。

梅子老师

好的，谢谢老师。我会向您学习，做个宽容的人。

读者

11

我是一个喜欢写作的人，写一些自己的小感悟、小情调，但发表的并不多，可见我的文字功底不是很好。现在只在我们这个小城市的晚报和日报发表一些文章，现在写文字的人太多了，没有一点儿特殊的文笔，很难持续走下去。

我想问您，如果喜欢写作，即使没有什么成就也应该坚持下去吗？

还有一个问题，如何能够提高自己的写作水平呢？多看多写吗？除此之外，还有什么好的方法？

希望不会打扰到您，期待您的回信！

读者

先拥抱一个。一个爱好写作的人，是多么美好的人啊。希望你永远如此美好下去。

在回答你的疑惑前，我很想知道，你，为什么要写作？是因为要发表？是因为要成名？

倘若是真心喜欢，那就不会在意什么结果，你说对么？带着明确的目的性的喜欢，是很沉重的呢。虽未尝不可，但我以为，那样走路，会很累很累，一点儿都不快乐。而喜欢一件事，应该是很快乐很享受的。

写下去吧，每天写几行字，日积月累，也就多了。写作上没有什么捷径，也没有什么好办法速成，它真的靠的是强烈的兴趣和爱好呢。还有，要耐得住寂寞，守得住清静。

你不要去管会走到哪里，会得到什么。也许走着走着，花就开了。

梅子老师

梅子老师，您好，您的回信我记下了，不管结果，走着走着花就开了。这也是最美好的事情。写作不能有功利心，那样会很累。的确如此，前些日子，一心想着写作，一周写了三四篇，并投了出去，总等着来信，但结果您应该想到了，那段时间就会很不开心，很有压力；这段时间没有强制去写，而是读书，感到轻松了许多。

很感谢您的回信。坚持下去吧，我会走得慢点，但不会放弃。

祝您生活愉快！

读者

12

梅子老师，我没有抑郁，但我很不喜欢同学聊八卦，特别是关于"爱情"的，说其他年级的事或"××好漂亮哦"，感觉他们好无聊，还聊着聊着就说到我身上了。我很快乐，真的没有抑郁，我觉得活着很美好，但这个问题从我上初中后就有了，您能帮我解决一下吗？另外我很喜欢您，也喜欢您的文章，疫情期间给了我很多治愈。很幸运能和我非常喜欢的作家之一进行这种心声对话。

读者

哎，别对"抑郁"两个字这么敏感嘛。谁都有忧伤的时候，难不成一忧伤就是抑郁了？你觉得活着美好便是美好。

不喜欢同学聊八卦，是你的生活态度，你坚持着就是了。就像对于臭豆腐，如果咱不喜欢吃，就不吃。但，你要允许别人吃是不是？不把自己的喜好，强加在别人的身上，这是做人的修养哦。人家喜欢的，只要没有触及法律法规，没有触及道德底线，又有何不可？做人要大度一些，你不喜的，你避开就是。

梅子老师

谢谢梅子老师。我现在觉得聊八卦也没啥了，有时也跟着聊聊，哈哈。

读者

13

梅子姐姐，我是一个快成年的女孩。我妈总是看不到我的努力，总是否定我，让我很不自信。我好难过。我现在一度感觉自己可能真的什么都做不好。

读者

哎，宝贝，自己知道自己很努力就好了呀。妈妈看不到，那是妈妈眼神儿不好，对一个眼神儿不好的妈妈，你除了原谅她，还能做什么呢？那就原谅她呗。

自己肯定自己，是战胜一切困难的法宝哦。不要一件小事做不好，就否定全部。偶尔摔个跤，难不成就不会走路了？相信自己，我行，我能，我一路且歌且舞。

梅子老师

14

　　请问梅子老师，怎么才能让作文分数稳定下来呢？我作文的分数就是忽高忽低。真的困扰我很久了。

读者

　　这个很简单呀，让你的每一篇文章都写出真情实感，都有它闪亮的地方，得分自然就不会低了。

　　平时还是要多练多写才行。写不离手，到写作文的时候，自然而然就能做到行文如流水了。

梅子老师

15

　　梅子姐姐，我是你的小书粉，看了你的文章我会觉得很温暖，也明白了很多道理，可在现实生活中为什么人们总是急于奔波，忽略了太多美好？

读者

宝贝，有人出于无奈，因为要解决生存问题，要保证一家人的温饱；有人因为失了热情失了自我，随波逐流，被生活裹挟着而行；有人出于利益心，所谓"天下熙熙，皆为利来；天下攘攘，皆为利往"，拥有了一坛金子，还想拥有一座金山，欲望总得不到满足。

我希望宝贝能成为一个既烹得了烟火，又能拈花一笑的人。

梅子老师

谢谢梅子老师。嗯嗯，我一定争取做一个美好的人。

读者

16

亲爱的梅子老师，我是一名初一的学生，昨天刚刚考完试，晚上回来自己对答案，考得很差。我哭了，哭着哭着睡着了。同学们都很棒，每个人都有自己所擅长的学科，但我没有，我没有办法保证哪个学科考好，处处都是竞争，我站在年级前80名的同学里，卑微得像一株小小的草。我希望自己可以有好的状态，考出好成绩，超越我的同学。梅子老师，我该怎么样一直保持很好的状态呢？

读者

小宝贝啊，如果总是想着要比别人好，你永远也不会开心的。因为你的前头永远有比你好的啊。为什么不往后面看看呢，你的后面也站着很多人哎。各人有各人的造化和特长，谁也不比谁强哎。只要尽心就好啦。哪怕最后做一棵小草，我也要美美地开花，这就行啦。

开心比不开心重要。我希望你能每一天都开心，以这样的心态去学习，会轻松许多呢。说不定一下子跑到前面去了，因为你是轻装奔跑呀。

梅子老师

17

梅子老师，您好！我是你千万读者中小小的一个。读您的书《暖爱》，记忆最深刻的一篇就是《粉红色的信笺》。因为它让我很惊讶，一位学生写了一个与学习无关的东西，老师竟然没有把她拉到办公室，或是叫家长来。我当时很羡慕文中女孩有这样好的老师。

我想问您一个问题：到底老师是否能打骂体罚学生。

请您站在老师的角度回答我。谢谢！

读者

我当然要回答，不能。老师嘛，要春风化雨地教育学生。就像我文章中所写的那个老师，对待学生有颗温柔心。

然不是所有的温柔心都能被善待的。当出现了不守校规的学生，三番五次闹事的学生，在课堂上严重影响老师授课的学生，不好好完成作业的学生……你觉得老师又该如何呢？

《三字经》里有句话，教不严，师之惰。又，严师出高徒。戒尺之下，才出人才。鉴于此，适当的惩戒，又是必需的。

如果你遇到一个对你们要求很严格的老师，那么，我要恭喜你宝贝，你很走运。请珍惜那个手拿戒尺眼中有光的老师，好好听他的话，认真学习吧。

梅子老师

18

　　我有天生的胎记，很影响美观。别人脸上都没有胎记，只有我有。我觉得上天是那么不公平，我觉得自己不配社交，于是胆怯懦弱，将自己封闭起来。

　　上课我不敢举手发言，害怕别人盯着我脸上的胎记，每次有人路过我身边都会打量我的胎记。我真想在身上插满镜子，我讨厌那样的眼神。和朋友、家人倾诉，但我知道他们永远无法感同身受。

读者

　　脸上有胎记呀，那是上帝偏爱你了，给你盖了一个印章。你也拒绝不了呀，那么，就高高兴兴收下吧。昂起你的头，迎接那些看向你的目光，怎么了，胎记没见过呀？让你们见识见识！

　　不要怪别人无法感同身受，因为没有长在他们身上呀。也不要老去倾诉，碎碎念上一万遍，它还长在你的脸上是不是？

　　等你再长大一些，等皮肤长老成了，你可以去做激光手术，把它去掉。现在，你就和它好好相处吧。

梅子老师

嗯，我的小姨也告诉我，胎记不是每个人都有的，有了才是幸运的，独一无二的，我会好好和它相处的。

读者

19

我妈妈经常在很多人面前不顾我的形象，完全按照她的意愿强行要求我，不考虑我的感受。我不期望我妈妈有多高的学历，只希望她能用正确的方式教育我，我经常羡慕我同学的妈妈，她们那么和蔼善良。我讨厌我妈妈教育我的方式——粗暴，我一直在想为什么我的妈妈是这样的，别人的不是，为什么是我？

读者

哈，如果可以把妈妈当货物退掉，我想，百分之九十的小孩都会选择退货呢。别看别人的妈妈和蔼可亲，说不定在家里也是唠叨得很，遭小孩嫌弃呢。妈妈已然是这样了，如果你改变不了她，那就改变你自己吧，尽量不让她有在别人面前说你的机会。

妈妈说不定也在感叹，为什么我的小孩是这样的，别人家的不是，为什么是我？

梅子老师

好的，梅子老师，我会渐渐成熟起来，处理好和妈妈之间的矛盾。

读者

20

梅子老师，您的文章真的对我帮助很大，我经常在您的书里收集素材，您的文风让人觉得特别特别舒服，不开心的时候翻看您的几篇文章，烦恼就都烟消云散了。我也努力地朝您的那个方向写作文，但总遇困难，真希望您能看到我。

可能到了初三吧，压力也越来越大，经常都觉得自己快撑不下去了，可能也因为压力我更重视作文了，并且总担心自己写不好。现在自己写作文没有那么轻松，总是找不到素材，真的太苦恼了。

读者

宝贝，首先呢，咱来减减压。初三么，就是人生中的一个小小的节点而已，你认真过着就行了，没必要搬块石头压自己身上嘛。迈过这个节点，有可能是大道通天，也有可能是曲径通幽。别怕，总有一条路可供你走的，每条路上都有各自的风景，好好把握住，人生一样活得精彩哦。

心上轻松了，咱笔下就轻松了。作文呢，没那么可怕，就是搞搞文字排列组合罢了。平常的吃穿住行、落入眼里的一应物事人事，皆可以请进文字里。写普通人、普通事、普通情、普通景，注入你的真感情。嗯，你就无往而不胜了。

梅子老师

嗯嗯，好！谢谢梅子老师的指点！太感动了！

读者

21

梅子老师，您好！我是您的读者，从小学开始一直很喜欢您的书，现在我马上初三了，现在遇到了一个问题，希望您能为我解答：

我和一个朋友在这个暑假每天都聊天，关系越来越好，前几天他为了拉近我们的关系，还认我做妹妹。这本是一桩好事。但昨天我问他几个问题，觉得他对我很好，可他说"是因为我比较特别，不然他也不会这样对我"。这句话让我很是难过，可又说不清楚难过在什么地方。您觉得呢？

读者

宝贝呀，想这么多干吗呢？与人相处，只求坦荡。你坦荡了，就能迎接任何变数。

再说，谁不特别呀？哲学家说，这世上，从来没有完全相同的两片树叶。同样的道理，这世上，从来没有完全相同的两个人。每个人都是独特的呀。

梅子老师

22

敬爱的丁立梅老师，您好！

因为一次偶然的机会，看到了您的公众号，特别喜欢那些文章，也特别喜欢您。

我常常在经历一些事情之后自我陶醉，想要将它们记录下来，可是有时候也只是感动了自己，感动不了他人。这应该怎么办呢？向您取取经，希望老师给予指导。

读者

谢谢你喜欢我呀。

你只管记录你的哦，只要你觉得快活。

平平常常的人生，本没有多少轰轰烈烈的事情，一些细微的日常，有些人会感动，有些人会漠然，每个人的触感不一样呢。当然，也可能是你没有把一件事情叙述好，引不起他人的共鸣。

平时多动笔，多动嘴。动笔写，动嘴讲。文字多用些口语化的，少耍文艺腔，天长日久坚持下来，你就能熟练掌握叙事方法了。

梅子老师

好的，谢谢梅子老师。我记录，我快活。我会一直记录下去的。

读者

23

梅子老师，您好呀。

素未谋面，可是我真的好喜欢您！

老师是个温暖人心的作家。不瞒您说，我常常守着公众号看您的文章，我是一个消极的人吧，但我也渴望乐观，常常矛盾又自失。新的学期就要开始了，马上我就是一名初三的学生了，我不想再矛盾迷茫下去了，不知道老师可不可以来温暖一下我呢？我很需要您。

读者

宝贝，不矛盾、不迷茫那是不可能的呀。生活本就是一个矛盾统一体，有阳光，必有阴霾；有白天，必有夜晚；有花开，必有花落；有草长，必有草枯；有相聚，必有离别；有欢笑，必有忧愁……没有矛盾，生活也就失去滋味了。

只是呢，我们要懂得苦中求趣，知足常乐，生活总是充满等待和希望的，明天又是新的一天。

嗯，我刚刚阅读时，看到这样一段话，觉得不错，我把它送给你吧：

做自己，多注意自己所拥有的，同时，接受自己的无知和有限；少去想那些原本不属于自己的，同时接受世界的深广和无限。

祝你初三学习顺利！

梅子老师

谢谢老师送给我的话，我本能地记在心里了。我保证，我会努力，做好自己，做好这一切。送上我的祝福！爱您！

读者

24

老师，我读您的文章已经很久了。

我现在还只是一个大学生，也是在上了大学之后，我才发现大学和我想象的很不一样，尤其这段时间特别累，每天都在做各种作业、项目，经常要熬夜到很晚才能睡。

可能是每个阶段都有自己的压力吧。但您一直都是我的目标，我也好想成为像您一样懂得生活，见微知著的人。

读者

恭喜宝贝呀，你现在的日子，过得好充实呀。

当然，这份"喜悦"和"自豪"，总要等一些年后，你回过头来再看的时候，突然涌上你的心头，你会羡慕且神往地说，啊，我的青春，过得好丰富啊，我没有辜负日子。

你要相信，每一个你在努力的瞬间，将来都会开花结果的。

也要适当学会减压哦，在完成作业、项目的间隙，找点乐子，比如，去寻一份美食。对我来说，这世上，唯文字和美食不可辜负。

不要把我当目标哈，我只是个平常人，你会超过我的。

梅子老师

老师，您说话好风趣好有哲理呀。我开心地笑了。我懂了。

我还是要当您是我的目标，向您看齐，爱文字，爱美食（偷偷告诉老师，我特别爱吃零食）。

读者

25

梅子老师，我很焦虑。我既不是学霸也不是学渣，不逃课也不捣乱，我的青春是安安静静的。

我想考入自己喜欢的那所高中那所大学，可竞争太激烈了，我根本不敢往前冲，但我又不甘心。

读者

哎呀，我要祝福你呀宝贝，你既不是学霸，也不是学渣，说明你是个平常人呀。做个平常人多幸运啊。周国平为我们平常人说过这样一段话，甚好，我把它送给你：

人世间的一切不平凡，最后都要回归平凡，都要用平凡生活来衡量其价值、伟大、精彩，成功都不算什么，只有把平凡生活真正过好，人生才是圆满。

那咱就把咱的平凡生活过好呗，每一个日子认认真真地过，扎扎实实地开心。最后能考上所喜欢的学校自然是好事儿，不能考上也算不得糟糕，日子还会一天一天过下去的，在那些日子里，同样会时时遇到惊喜。

梅子老师

26

梅子老师您好，我是您忠实的书迷。我一直都活得挺压抑的，我没有交心的朋友，也不习惯和父母沟通。在喜欢上您的文笔之后，每次难过的时候，我就会拿出您的书，静静地看几篇文章，感受一下生活的美好，这样一想，似乎就没有那么伤心了。

现在我给您发这样一段话，没什么特别的意思，只是今天心情不太好，很想找个人说一下，我没什么朋友，只能发给您了。不知道为什么，敲下这些话后，我心里也平静了许多。

读者

好的宝贝，欢迎你，这里是你永远的"树洞"。

这世上，能交心的朋友很难寻的。不瞒你说，我至今也没有一个。但我一点儿也不感到孤单，我把书当知心朋友，把写作当知心朋友，把大自然当知心朋友，把艺术当知心朋友。

当然啦，日常交往的朋友也要有的哦。因为走上社会，我们免不了要跟各种人打交道，或许有些人就入了你的眼呢，他们会成为一段路程上愉快的同行者。

梅子老师

27

梅子老师，我今年向暗恋了三年的男生表白了，然后交往了，之后因为中考就暂时先不联系了。但是中考结束之后，他却和我提出分手，原因是觉得恋爱太麻烦了，我也同意了。但是我真的很伤心，那天哭了一晚上。我朋友和我说可能是因为他不够喜欢我，因为如果真的爱一个人，是绝对不会嫌麻烦的。但是，我真的放不下他，也很怕会影响以后的学习和生活，所以就想着来请教您一下。

我该怎么办呢？

读者

傻姑娘，还能怎么办呢？难不成去哭着求他，再爱你一次？

你已爱过，这段少年的时光很美很美，这就很好了呀。挥挥手朝前走吧，你还要走进你的青春里，还要走到更广阔的天地中去，那里的花草树木更葳蕤。

现在，收拾好你的心情，投入到学习中去吧。当你拥有的知识越丰富，你所见到的世界就越宽广。到那时，你的白马王子，自会驾着马车来找你。

梅子老师

谢谢梅子老师。我懂了。我会加倍努力，好好学习的。等我考上大学，我会第一时间告诉您。

读者

28

丁立梅老师，您好！我是一名初二学生，很喜欢读您的作品。有一个问题想请教您：您在《一一风荷举》中有一句话，"好时光原是容不得打马飞奔的，须得一丝一缕地珍惜，才不算枉度。"您说好时光应一丝一缕地珍惜，而老师和父母都教导我抓紧时间，合理利用时间才是珍惜时间。请问您对这两种观点有什么看法？谢谢。

读者

宝贝，这两种观点，说的其实是一个意思呀，都是指要"珍惜时间"。只是从不同角度阐述罢了。我说的一丝一缕地珍惜，就是指不浪费眼下的每一分每一秒，让它们都能发挥它们的功效。这跟老师和父母说的"抓紧时间"，本质上是一样的。

梅子老师

29

梅子姐姐，我开学就高三了，但好像一点儿压力都没有。唉，也不是一点儿没有，就是这一点点压力还不足以支撑我努力学习。我也想鼓足劲好好学习，但最后都以失败告终，我知道是我决心不够，但就是心里挺别扭。明明想好好学习，明明想加把劲儿考个好大学，但自己就是不争气。

是我不配了。

我语文太差了。

此时此刻我竟然不知道怎么形容我现在的心情。

读者

哈，我笑了。

真有你的。

我教你念一个口诀吧：学完就吃，学完就玩儿，学完就睡，打怪升级一路通天。

束缚一下自己想飞的心呗，必须做完这道题，才可以吃饭；必须背完这段课文，才可以玩耍；必须写完这篇作文，才可以睡觉。当你每完成一项学习任务，就如同打怪升级一般，心情应该很喜悦。

来，试试吧，从现在起。祝你高三学业顺利！

梅子老师

30

丁老师，读您的书，发现您的笔名是梅子，所以，我可以叫您梅子吗？我转学了，以前一直在上海上学，只想有一个可以倾诉的地方。以前在《读者》上读到一篇叫作《树洞》的文章，我也希望有一个树洞可以倾诉。

转到江苏来，我一直没有遇到交心的好友，以前最好的朋友在不同的地区上了私立学校，而我原先也打算上私立学校，可人家没有录取我，我觉得我和那个朋友已经渐行渐远了……我好羡慕你在书中描写的生活，那给了我很大的触动，我觉得自己有些矫情，大家都在为学业和工作奔波，只有我在不满地抱怨。

您说我该怎么办呢？我对生活有很大的期待，可又对未来的生活害怕。

读者

宝贝，这里就是你的树洞，梅子树洞是也。欢迎你前来哦。

如果真的是好朋友，不会因距离的分隔而渐行渐远的，只是暂时分开来而已。到假期，你们一样可以相约了再聚的呀。如果不能回到从前，说明你们的缘分尽了，那就随缘吧。没什么可叹息的，人生不就是聚聚合合分分离离吗？春去了有夏，夏走了秋来，嗯，就是这样的。一切顺其自然，心儿澄澈，眼神明亮，还有什么可抱怨的？

不要对生活做出很大的期待，而是要对你自己做出期待才行，一天比一天进步，一天比一天变得更好，这样的你，带来的生活和未来还会差吗？

梅子老师

31

梅子老师您好，我是一名初三学生。前天我们班有一名学生煤气中毒去世了，突然觉得人生无常，心里灰灰的，很迷茫。

读者

宝贝，的确，人生无常。谁也不知道，明天和意外是哪个先到来。我们唯一能做的，就是珍惜今天，珍惜当下，珍惜身边人、眼前事。管它明天如何呢，只要今天我们都在，只要把今天狠狠爱过了，就没有辜负我们来人间一趟。

梅子老师

谢谢梅子老师！您说话，总使人豁然开朗。我一定好好爱今天。

读者

32

我很想让自己变成一个充满朝气的女孩，但是现在我身边围绕的都是负能量。我不知道该怎么办了。

读者

嗯，这个时候，就让自己变成一束光，给黑暗照出一个通道来。通道的那头，就是希望。在无法突围的时候，就静心守好自己，不要让心头的火焰，被风吹灭。等一等，再等一等，云开了，雾散了，光明就来了。光明它终究会来的。

梅子老师

33

梅子老师，我快要开学了，我好害怕和新同学相处，我也害怕新环境，我好想找一个没人的地方待着，我好焦虑和不安，不知道怎么去面对未知的未来。

读者

啊，为什么不是怀着兴奋的心？想想你的新学校是什么样子；想想里面栽了多少棵树，开了多少种花；想想新同学都会是哪些人；想想他们长什么模样，有什么样的性情。

对未知的事物，抱着极大的兴趣，你的焦虑和不安，就会自动跑远啦。

别担心，未知的未来不用你去面对，你走着走着，就走进它的世界里了。

梅子老师